雅古
复仇记

Jacquou le Croquant

〔法〕欧仁·勒儒瓦 / 著
〔法〕摩甘 / 绘
邱海婴 / 译

图书在版编目(CIP)数据

雅古复仇记/(法)欧仁·勒儒瓦著;(法)摩甘绘;
邱海婴译.—北京:人民文学出版社,2018
ISBN 978-7-02-014062-6

Ⅰ.①雅… Ⅱ.①欧… ②摩… ③邱… Ⅲ.①长篇小说-法国-现代
Ⅳ.①I565.45

中国版本图书馆 CIP 数据核字(2018)第 062518 号

Eugène Le Roy
Jacquou le Croquant
© Éditions Gallimard, 1982, pour les illustrations de Morgan

责任编辑　黄凌霞
特约策划　杜玉花
装帧设计　高静芳

出版发行　人民文学出版社
社　　址　北京市朝内大街 166 号
邮政编码　100705
网　　址　http://www.rw-cn.com

印　　刷　山东临沂新华印刷物流集团有限责任公司
经　　销　全国新华书店等

字　　数　178 千字
开　　本　890 毫米×1240 毫米　1/32
印　　张　11.75
版　　次　2011 年 10 月北京第 1 版
印　　次　2018 年 9 月第 1 次印刷

书　　号　978-7-02-014062-6
定　　价　49.80 元

如有印装质量问题,请与本社图书销售中心调换。电话:010-65233595

目 录

第一章	001
第二章	038
第三章	072
第四章	115
第五章	144
第六章	197
第七章	238
第八章	295
第九章	335

译后记	358
欧仁·勒儒瓦生平小传	361
国外评论	365

献给

我的朋友阿尔希德·杜梭利埃[1]

---

[1] 阿尔希德·杜梭利埃(Alcide Dusolier, 1836—1918),本书作者勒儒瓦的同代人,文人、记者、政治活动家。——本书脚注除注明原注外,均为译者注

第一章

一八一五年是我记忆所能追及的最遥远的年代。这一年,外国军队开进巴黎,拿破仑被流放到海外的圣赫勒拿岛上去了。埃尔姆城堡的老爷们都管拿破仑叫"科西嘉的吃人妖魔"。那时光,我父母住在上佩里戈尔①地区的龚贝奈格田庄,是南萨克侯爵的佃农。龚贝奈格是一块贫瘠的领地,傍依着巴拉德森林。记得那年圣诞节前夜,我坐在壁炉边的小凳上,等着去城堡小教堂望子夜弥撒。等呀,等呀,总也不到时候。母亲在炉火前纺着麻线,一面还给我讲故事听,好使我尽量耐住性子。终于她站起身,走到门口,望了望天上的星斗,就回来对我说:

"该走了,我的乖乖。待我把火埋好,回来好用。"

她随即到做面包的地方拿来一段特意留着的胡桃树根,放在壁

---

① 佩里戈尔(Perigord),法国西南行政大区阿基坦地区现在的省份之一多尔多涅省(Dordogne)的旧名,分为白、绿、紫红和黑色四个区域。上佩里戈尔位于该地区东南部,因覆盖着枝叶阴郁的橡树和栗树,又称黑色佩里戈尔。

炉的铁扦架上,又在四周放了一些焦木柴和刨花。

炉火封好后,母亲就用条破旧的羊毛方巾把我严严实实地裹起来,又在我的背后扎了个结。她给我戴上针织便帽,将帽檐压得低低的,一直遮到耳根。接着在我的木鞋里放了些热木炭块。她自个儿则戴上棕色粗呢风帽,点着被油烟熏黑了玻璃罩的风灯,吹熄挂在壁炉上的油灯。走出家门后,她用钥匙钩将门反拴起来。然后把钥匙钩藏在一个墙洞里,对我说:

"你爸回来,会摸到的。"

户外,天空阴沉沉的,看样子很快要下雪了。大地上了冻,寒气逼人。我紧挨着母亲走。为了尽快赶到城堡,她拉着我的小手。可怜的母亲顺着我的小步子走,这样促使年仅七岁的我拼命迈动两条小腿,朝前赶路。不知多少次,我听住在毕麦格田庄的女邻居米庸谈起,南萨克家的几位千金每年都要到埃尔姆城堡小教堂里做马槽。我多么急切地盼望见到她讲述的这一切。我们走在硬实的小路上,木鞋发出脆亮的声响。这条小径在阴森森的荒野里很难辨认,母亲提着的那盏风灯的微光也只能勉强照个亮。走了一刻钟光景,我们上了一条布满石头的大路。这条被当地人称作"路嘉米费拉"①,也就是"铁路"的大道顺着光秃秃的格里耶山宽阔山坡的坡底延伸而去。远处,可以看见去望子夜弥撒的人提着的风灯犹如鬼火一般在山脊或小路上闪动。而在田野里游动的点点星火是小伙子们提的灯。他们一边欢快地奔跑,一边用方言唱着我们祖先高卢人的一首古老歌曲。从方言译过来的歌词大意是:

---

① 路嘉米费拉(lu cami ferrat),音译,佩里戈尔方言。

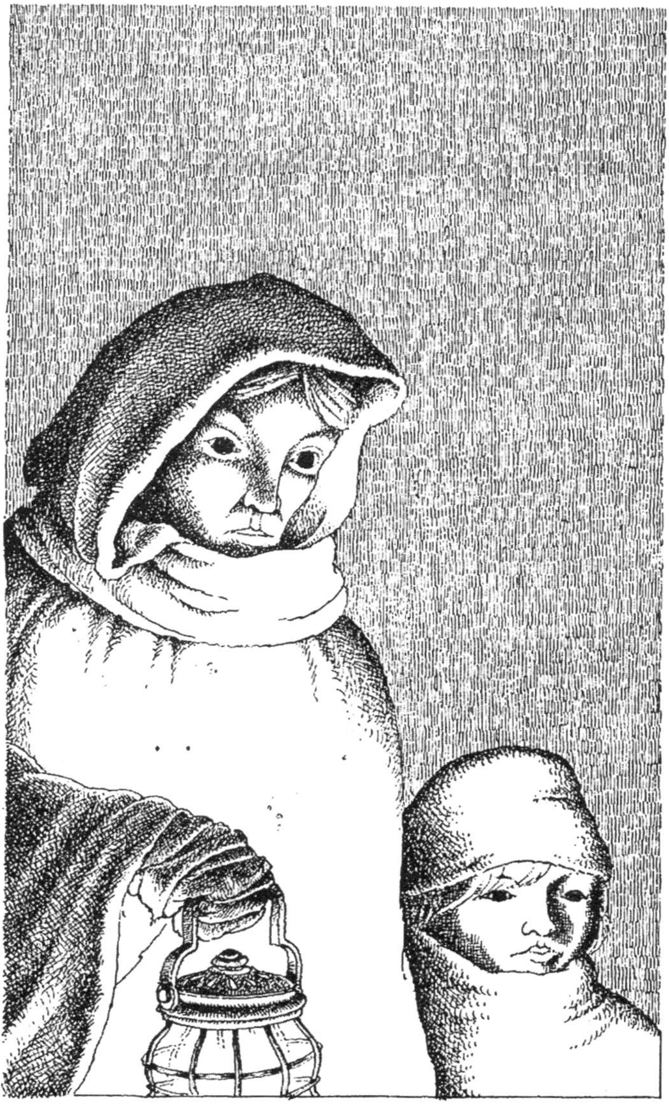

我们到达,

我们到达,

首领的宅前,

夫人,请赠给我们新年礼物槲寄生①!……

假如令嫒已到芳龄,

夫人,我们请求得到新年礼物槲寄生!

假如她准备挑选郎君,

夫人,请馈赠我们新年礼物槲寄生!……

我们来了二三十个棒小伙,

渴望得到新年礼物槲寄生!

假如我们都已到当婚之年,

夫人,请赠给我们新年礼物槲寄生!……

当我们走到城堡的另一处庄园毕麦格时,母亲用一只手拢着嘴角,大声呼唤:"喂,米庸!"

米庸的身影立即出现在门口,回道:

"等一会儿,弗朗苏!"

不一会儿,她慢悠悠地抄近路赶上我们。

一见到我,她便问母亲:"怎么?你带雅古去!……"

"别提啦!他吵着非要跟着我去不可,吵到肚子痛。再说了,我

---

① 槲寄生,一种象征不朽和新生的植物。这首歌反映了高卢人新年之日赠送槲寄生的古老习俗。

004

家那位马蒂苏①出去啦。我哪能把他一个人撂在家里呢。"

沿着源自森林的小道走不多远,我们踏上那条从里摩日通向贝日腊克的旧公路。顺着这条旧公路走了约莫一刻钟,我们来到通往埃尔姆城堡的大路。

这条大路原有六十尺宽,路两旁种着两行老榆树,路面铺着大石块。与大路平行的侧道上长满低矮的野草。夏天行走很是爽适惬意。如今这条大路已踪迹全无。大路笔直地通向坐落在山巅的城堡。城堡的尖屋顶、人字墙、大烟囱黑黢黢地巍然耸立在灰蒙蒙的天穹之下。

正当我们和半路遇到的几个人一起往山上爬时,天上开始下起鹅毛大雪。好大的雪啊!待我们爬到山顶时,个个都跟雪人似的了。上了年纪的妇女见到这纷纷扬扬的大雪都说:"瞧,圣诞老人拔鹅毛了。"那天晚上,城堡外层的大门敞得大大的。这扇大门开在一个雉堞状的、筑有枪眼的建筑物上,从前为防备刀砍斧凿用粗大的尖头钉加固起来。如今这个建筑物已被夷平。大门通向城堡的环形围墙。围墙四周开凿了宽阔的护城河。墙内即是城堡的建筑群。通往内院的拱穹下摇曳着一盏指路灯,照耀着入口和横跨在护城河上的旱桥。

在这固若金汤的壕墙深处,城堡的右侧,可以看到小教堂色彩斑斓的窗玻璃熠熠闪光。现在这座小教堂已荡然无存。母亲熄灭风灯,我们走进小教堂。

---

① 马蒂苏,雅古父亲的姓名叫"马丁·费拉尔",马蒂苏是马丁的爱称。

嘿！里面可真是灯火通明！在教堂的祭坛区，石砌冢形旧祭台上摆满了蜡烛。设在一扇宽敞窗口下的、用青枝绿叶搭成的马槽刚刚被照得透亮。人们先沾点圣水在胸前画个十字，然后走到马槽前跪下，为躺在食槽里、身下铺满了金色麦秸的圣婴耶稣祈祷。马槽一侧立着一头若有所思的牛；另一侧则是一头浑身毛茸茸的驴，正扬起头准备到小饲料槽里衔干草。这一切真好看极了！马槽就像一个穴洞或山洞，里面布满了苔藓、黄杨和幽香沁人的冷杉。被墨绿色染得柔和的光线里，圣母身着蓝袍，坐在她刚出世的婴孩身旁。圣母旁边立着身穿绿外套的圣约瑟夫。他仿佛在用慈爱的目光端详着这一切。离他们不远的地方，几个牧羊人跪在地上，身边跟着几只牧羊犬。这些牧羊人手执曲柄棍，对着圣婴顶礼膜拜。马槽深处，是赶来礼拜圣婴基督的三贤人，他们长髯飘飒，携带着要送给小耶稣的礼品。树枝搭成的拱门下悬挂着一颗亮晶晶的星星。这是三贤人的指路明星……

我和在场的人都拼命睁大了眼睛，贪婪地凝望着所有这些美妙的东西。可惜不一会儿，弥撒的钟声敲响，我们必须离开这个专门给老爷用的祭坛。

所有的老爷、太太、小姐都来了。他们排列成行，步入教堂。走在最前面的是老侯爵。他全身穿着大革命前的旧服饰：短裤、白丝袜、金扣鞋，镶有雕镂钢制纽扣的褐色天鹅绒上衣，齐腰的彩绒绣花背心，一头撒粉假发，假发末梢扎条黑带，一直拖到上衣领。老侯爵挽着儿媳南萨克女伯爵。这是一位体态臃肿的贵妇，头发用条方巾盘着扎起来，穿一件紧身棕褐色裙袍，腰带几乎系到腋下。

随后走来的是伯爵。他身穿英国式燕尾服①和灰色紧身裤,携着他的长女。这姑娘虽已年届婚龄,可是还留着短短的鬈发,像个小丫头似的。接着进来的,是一个十一二岁的男孩,四个年龄在六岁到十七岁的小姐以及一个女管家,女管家牵着最年幼的那一个。

在农民们胆怯目光的注视中,这一大群贵族列队而过,径直走到祭坛前,在排得齐整的跪凳上跪下。

随即弥撒开始。做弥撒的是堂②·昂贾贝神甫,从前在圣阿芒德高丽修道院③做过修道士。他觉得城堡住得舒适,在这个地方待习惯了。辅助神甫做弥撒的是位金发青年。他脚登一双漂亮的薄底浅口便鞋,身着一条浅灰色长裤和一件小巧的黑色天鹅绒齐膝紧身外衣,衣领垂着绣花打裥颈圈。

举行领圣体仪式时,乡下妇女都戴起面纱静静等候。当然啦,那些老爷用不着动弹。神甫首先过来给他们授圣体。他们之中所有到了法定年龄的人都领圣体,唯独老侯爵例外。据城堡里的人说,他的胃功能极弱,向来经不起较长时间的斋戒。可是当地的老人都嗤之以鼻。谁都清楚地记得:大革命前这个老家伙既不信上

---

① 拿破仑上台后,许多贵族移居英国,旧王朝复辟后,重返法国。燕尾服正反映了他们那段流亡经历。
② 堂,修道院里给予院长神甫的尊称。
③ 圣阿芒德高丽(Saint-Amand-de-Coly),一座位于黑色佩里戈尔地区的奥古斯丁式修道院,相传建造于公元七世纪。一八八六年被列为古迹。

帝,也不信鬼神,又不信阿韦西埃①。阿韦西埃是个比魔鬼还神通广大、凶恶可怕的神秘家伙。

老爷们领圣体完毕,就轮到仆人。他们沿着祭坛四周的栏杆屈膝而跪。打头的是总管拉波里先生。他板着一副冷酷奸诈的面孔。仆人之后,方才轮到戴面纱的农妇、农民、城堡佃农、短工和其他一些像我们一样的乡巴佬。按规矩,凡在老爷手下干活的人逢年过节都得领圣体。这成了金科玉律。可是母亲这次没去参加这个仪式。事后,老爷把她训斥了一通。

弥撒结束后,堂·昂贾贝神甫把他的金色祭服搁在祭台一角。这时祭坛外围的栅门打开了。神甫让我们进入祭坛内,在马槽前祈祷。由神甫起调,大家先唱了一支古老的圣诞歌,然后各自做祷告。所有这群下跪的人一边喃喃地念着祷词,一边虔诚地望着面色红润、一头亚麻色胎毛的圣婴基督。忽然,圣婴张开臂膀,转动眼珠,扭过脑袋,发出新生婴儿的一阵啼哭……

此时,迷信的人丛中发出低低的一声"哦!",一声既惊诧又赞叹的"哦!"。当然,这些善良的农民大都相信这是圣迹显现。他们睁大双眼,一动不动地待在那儿,巴望圣迹再度显现。

然而圣迹瞬间消失不复再来。我们成群结队走出教堂。大家议论纷纷、喋喋不休,有些人确信这是圣迹,有些人怀疑,真正不信神的人一个也没有。母亲到城堡厨房去点风灯。厨房设在塔楼楼梯脚旁,门敞开着,里面炉火正旺。多么阔绰诱人的厨房啊!带挂

---

① 阿韦西埃(Aversier),相传是"地狱王子"。

钩的粗大铁铸柴架上一大捆薪柴在熊熊燃烧。火上烤着一只肥大的火鸡,圆鼓鼓的肚子里塞满块菰,香气扑鼻。壁炉台上,一个特制的架子上放着半打烤肉铁扦和相配的小铁扦,按大小排列齐整。规格齐全的平底锅挂在固定于墙壁的木板上,辉映出炉中的火光,闪闪发亮。平底锅上方挂着巨大的铁锅和淡金黄色深口大盆。几块搁板上放着一些紫铜或镀锡的糕点模子以及式样古怪、猜不出用途的器皿。巨大的长桌上铺着一块小桌布,上面摆着好几把菜刀,按大小排列得整整齐齐。桌上还搁了几个锻铁盒,里面分成数小格,盛辛香佐料。另外还放着两个摆满食物的炉算子,一名厨娘正把炉算子朝壁炉这边拉。一个上面摆着猪血肠,另一个上面搁着猪蹄,一切准备就绪,只等放到火上烤了。长桌上还放着冷肉块和烤得黄黄的、看着很舒服的馅饼。

点燃风灯后,母亲向厨房里的人道谢,祝他们晚安。可是只有两个女人应答。而厨师对母亲根本不屑搭理。他穿件白上衣,戴一顶无边棉布软帽,傲慢地踱来踱去,对着手下人发号施令。

出了第一道门,过了旱桥,毕麦格田庄的米庸和其他几个人等着我们。大家就着我们的灯火,把自己的灯点亮后,就一齐往回走了。

雪一直下个不停。正如农妇们所形容的,"仿佛谁在大把大把地撒着鹅毛"。雪已下了约一尺厚,我们的木鞋深深陷在雪地里。同行的人陆陆续续走到归家的路口,与我们道声"晚安"后离去。到了毕麦格田庄,米庸也和我们分手了。母亲和我孤寂地朝家走着。大雪把我弄得精疲力竭。回家的一路上,我都是由母亲拽着胳膊走的。

"你累了,"母亲说,"骑到我背上来吧。"

她蹲下身,我爬到她背上,两只小胳膊搂住她的脖子,而她用胳膊把我的小腿勾住,带到她身前。一路上,我不住地问母亲在城堡里见到的东西。问得最多的是有关圣婴基督的事儿:

"他活着吗,妈妈?……"

母亲是个没有文化的可怜的农妇,就连法语也不懂,然而却是个明白事理的人。她跟我解释说,这是用了某种机械的方法使圣婴基督动弹的。

母亲缓慢地、一个劲儿地向前走着,双脚深陷在松软的雪地里。每当我的身体有点下滑时,她就用腰劲把我往上托一下。她还不时地停下来,对着石块把木鞋上的雪磕掉。

起风了。凛冽的寒风把不断飘落的大雪刮得漫天飞舞。荒漠的原野一片洁白。连绵的山坡仿佛铺了一块巨大而凄凉的裹尸布,如同盖在不幸死者棺柩上的那样。一道道白线条勾勒出奇形怪状的栗子树的曲枝弯杈。落满雪花的蕨枝垂向地面。欧石南、松林下植物和荆豆,这些长得比较结实的草木上这儿一团那儿一团簇积着雪花。死一般的沉寂笼罩着这片荒芜的土地,就连母亲的脚步声都被厚雪吞噬,一点儿也听不到了。可是,当我们进入大加斯唐荒原时,一只在夜空里盘旋的夜鹰发出讨厌的怪叫声,令人毛骨悚然。

母亲步履艰难。被积雪埋没了的路很不好走。好几次她发现走岔了道,旋即又返回来。她就凭借一棵树、一大丛荆豆、一洼结了冰的水坑这么来认路。我趴在母亲背上,尽管天很冷,渐渐地竟也晃晃悠悠地进入了梦乡,两只冻僵的手臂不由自主地松开了。

"抓好呀!"母亲对我说,"再过一会儿就要到家了。"

尽管如此,我还是力不能支,迷迷糊糊。突然,前面百步之外传来一声长嚎,犹如万针穿脑:"呜!呜……呜……呜……"这时我看到一只两耳尖尖颇像猛犬的大野兽,仰天嗥叫着。

母亲对我说:"别怕。"

她把风灯递给我,然后脱下木鞋,一手拿一只,一边相互敲击,敲出很大的声响,一边径直朝野兽走去。说实话,那时我多么渴望睡在温暖的床上,偎依在母亲身旁啊。我们走到离狼约五十步远的时候,那匹狼几个纵跃便窜到荒野里去了。我们走过去,四下察看,却没发现它的踪影。但是不一会儿,那凄厉的嚎叫声又在我们身后响起。"呜!呜……呜……呜……"这回听了更叫我害怕,我似乎觉得这匹狼就紧跟在我们后面。母亲不时回过身,用木鞋击打出很大的声响,吓唬那只可恶的野兽。虽说这样避免了狼跟我们靠得太近,却未能阻止它一直在三十步开外的地方尾随我们。直到我们走进自家院子,关起栅栏,狼才离去。父亲还没回来。母亲从墙洞里取出钥匙钩,打开门内的插闩,随后急忙将门关上。

我们满以为可以烤到暖烘烘的火了。不料那段搁在烤肉铁扦上的树根完全变黑,火早已熄灭。

"啊!"母亲失声叫道,"这是不祥之兆。怕是我们要大祸临头了!"

母亲用根小树枝在灰堆里乱翻,找出几块火炭,往上面投了一小束细劈柴,又将嘴唇贴在一根铁管上朝柴堆里吹。火很快燃着了。

当我微微暖和过来,不再害怕狼了,就对母亲说:

"妈,我饿。"

母亲想到城堡里的年夜饭,对我说:"可怜的孩子!家里没什么好吃的……"她打开一口锅的锅盖,补充道,"这儿有块玉米团子给你。"

这块玉米团是掺水糅合、放了几片包菜叶煮熟的。里面没有一丁点猪油,而且冷冰冰的。我啃着玉米团子,脑海里浮现出在城堡厨房里看到的所有那些美味佳肴。毫不掩饰地说,这个联想使我觉得团子好像真那么难吃了。可在平时,我并没有这个感觉。哦,想虽这么想,我并不是很馋嘴的。那只塞满块菰的火鸡和那些馅饼并没有使我垂涎三尺。可是我很想要那么一根油黑发亮、色美味香的猪血肠……

为什么山上美味可口的食物应有尽有,远远超过需求,而我们家里却只有前一天剩下的冰冷难嚼的玉米团?虽然在我的小脑袋瓜里不十分明晰地提出了这样的疑问,可无论如何,我总觉得这里面有什么不合理的地方。

母亲对我说:"你该上床睡觉了。"

她把我抱到她的膝盖上,眨眼工夫给我脱了衣裳。刚一躺下,我就入睡了,什么事也不再想。

第二天一觉醒来,我看到母亲在煮着汤的锅下面拨火,把火拨旺。父亲在挑选搁在桌上的小鸟。这是他昨夜里用棒槌捕捉到的。一起床,我就去看父亲选鸟。只见桌上摆着三十来只鸟儿,大小不一:有斑鸫、乌鸫、燕雀、翠雀、金翅鸟、山雀,甚至还有一只坏松鸦。为了卖个好价钱,父亲用一根线穿过鸟嘴,把小鸟五六只成一串地穿起来,然后把所有这些可怜的猎物放入帆布背包内,把背包挂在墙钉上,防备给猫叼了去。这一切弄停当后,母亲已切好面包,把锅里的汤煮开,把汤浇到面包上。这时,时光还比较早,约莫八点钟。父亲想早点去蒙第涅阿克镇①卖鸟。母亲把大汤碗端上桌,先给父亲和我盛汤,然后再给自己盛。三个人早已饥肠辘辘,吃起饭来胃口很香。尤其是父亲,几乎一整夜都待在户外,更饿得慌。待父亲两大盘汤下了肚,又喝了点掺和剩汤的劣等酒之后,母亲把褐色陶土盘撤下去,从铁钩上取下深口锅,把热气腾腾的栗子倒在灰粗布制的桌布上。新鲜栗子烫煮过是美味可口的。一经晒场晒干,味道便迥然不同。真气人,偏偏就得吃干栗子,因为鲜栗子是无法保存的。因此我们得将就着吃干栗子,同时还要搭些在锅底有点烤煳了的萝卜,挑出其中不能吃的喂鸡。吃完栗子,父亲将满满一杯劣等酒一饮而尽,用手背揩揩嘴唇,站起身。

"你得给我带双木鞋,"母亲对他说,"我的那双为了吓唬那匹可恶的野狼,给敲坏了。"

父亲回道:"我会给你带一双。不过要等我把鸟卖了,否则我一个铜子儿也没有。"

---

① 蒙第涅阿克(Montignac),小镇,位于埃尔姆城堡以东十六公里的区首府所在地。

他从染料木编的笤帚上扯下一根小棒放在母亲的旧木鞋里。照准长度把小棒折断,然后取下背包,把尺寸样子放进包内,接着从壁炉台上摘下枪支就出门了。我们家的母狗想跟他走,他不让,对狗说:

"到了蒙第涅阿克那边,你会迷路的。"

我呢,待在壁炉边烤火,可是一会儿就坐不住了。和我这般大的娃娃都是这种性格。我跑出来,立在门槛上。大雪下了整整一夜,我们院子里的积雪足有两尺厚,得用铲子开道,才能到料草牲口房取料草喂牲口。森林那边,只见远处的荒野已变成一片宽广无垠的白皑皑的平原,星星点点地散布着大簇大簇的荆豆。荆豆根的深绿色还依稀可辨。山坡上,一座座屋顶积满厚雪的灰蒙蒙房屋上方升起袅袅青烟。朝右边看,远处是埃尔姆城堡。它那幽黑的城楼戴上了雪白的假发,活像南萨克老侯爵那样。正前方,一里路开外,巍然耸立着图岱尔山。山上光秃秃的树木布满白霜。山峰遮掩了鲁费涅阿克镇高大的钟楼。此时晨钟开始敲响,召唤人们去望弥撒。偏右方,约半小时路程的地方是毕麦格田庄。半山腰上家家户户屋门紧闭,仿佛沉浸在酣睡之中。再往高高的天上看,铅灰色的苍穹下,几只乌鸦沉重地扑棱着双翅,嘎嘎地叫着,飞往他方。

在我近旁,一只红喉雀在沿着我家靠院墙堆放的大垛柴堆上欢蹦雀跃,一会儿啄到一个干枯的芽,一会儿又在墙壁的罅隙里觅到一只冻僵的花鳅。我们家的四只母鸡安安稳稳地躲在大车底下。天气始终很差。凛冽刺骨的北风扫过被大雪深埋的乡野,搅得雪花飞扬,吹到人的脸上像刀割一样疼痛。我赶紧回到屋里,在壁炉边坐下。

我问:"妈,我们去望弥撒吗?"

"不,我的小乖乖。天气太差了。再说,昨晚我们已经去过了。"

无事可做,又不能出去,我很快感到烦闷无聊。待在我们家低矮破陋的小屋里真没啥意思。整个屋里只有一间房间,而且也不宽敞,既做厨房,又是睡觉和待客的地方。昔日我们家乡的佃农住屋多半都是这种情况。屋里暗得几乎什么也看不见,因为只开了一个小洞,外面安了一扇没有玻璃的木板窗。逢到坏天气,木板窗一关,那就只能从门上边的缝沿和宽大低矮的壁炉口采到一线光。除此之外,灰泥剥落的墙壁很脏,阁楼天花板被烟熏得漆黑,这一切也都使室内暗上加暗。

靠壁炉的一角置放了一张父亲、母亲和我三人睡的粗陋大木床。床脚的墙壁上钉了几根木钉,上面挂了几件破烂衣裳。床对面放着一个被虫蛀满洞眼的橱子。这个破旧不堪的橱子缺一个抽屉。一只腐朽的橱脚已被一块石头所替代。屋子深处放了一个贮藏面包的面包箱。面包箱底下放了一个做玉米饼的模子,旁边搁了半袋混合面[1]。面粉袋下面垫了块木板,以防地上的潮气。门旁边一架又陡又窄的梯子通往阁楼的翻板活门。梯子下面堆了一垛白天烧用的木柴。屋子的另一角是个洗碗槽。在这滴水成冰的日子里,槽眼一点儿热气也不冒。屋中央放着一张坏桌子和两条长凳。屋梁上吊着一些玉米棒和几个线团。这些就是全部家当。地上本来铺

---

[1] 混合面:用混种、混收的黑麦和小麦磨出来的面粉。

着小卵石,有一半已经脱落,留下不少洞眼,露出泥地来。

在我谈及的这个时期,我对家境的贫寒还不曾留心。我出生、成长在这样简陋的小屋里,一切都习以为常。但自从去过城堡以后,我就寻思:人们所称的基督徒居然住得和牲畜差不多,这多叫人恶心。更糟糕的是,在多子女的家庭里,不论父亲、母亲、男孩、女孩、大的、小的,所有的人都拥挤在同一间屋里,分别睡在两三张床上,每张床上挤三四个人。不论是生病的,还是健康的,都同居一室。这既不卫生,也不得体。而父母当着孩子的面,姐妹当着兄弟的面脱光衣裳也不成体统。况且这些孩子都已渐渐长大时,难免目睹一些他们本来不该见到的情景,无意中发现一些他们本该一无所知的秘密。

好啦,我们言归正传吧。母亲见我闲得无聊,用砍柴刀截了几根笔直的小木棍给我:

"拿着,自个儿做小木柱玩。"

我用母亲给的刀尽我的能耐削好木柱。削完后,把木柱竖直,拿一个圆溜溜的土豆当球,朝木柱掷去,自个儿玩起九柱戏来。

就这样,那个愁闷的圣诞节竟也消磨过去了。下午四点左右,父亲从蒙第涅阿克回来。他一边走进屋,一边抖落满身白雪。雪一直下个不停。父亲把枪搁到壁炉边,然后褪下背包,打里面抽出一双用细柳枝拴着的桤木做的黄木鞋,放在地上。

母亲将一只脚伸进木鞋里说:

"正合适。多少钱一双?"

"十二个苏①……又买了六个里亚②的鞋钉。这就花了十三个半苏。鸟共计卖了二十六个苏。我给雅古买了根麻花。还剩下十一个苏两个里亚,都给你。"

母亲接过钱,放进橱子抽屉里。

这时,父亲从外衣内里的口袋里掏出麻花给我。我亲亲父亲,先掰了一块给母亲,她不要:

"不,我的乖乖,你自个儿吃吧。"

然后我就开始吃起来,这是农民常吃的点心。啊!多么好吃的麻花呀!后来,我还尝过李子圆蛋糕,甚至有一次,还尝过小杏仁饼。可我再也没有吃过比这第一根麻花更好吃的糕点了。

父亲愉快地看着我吃。我那心满意足的样子叫他很快活。可怜的人儿!看罢,他站起身,走到橱子旁,从抽屉里找出一把生了锈的旧铁锤,回到炉火边,动手给木鞋钉鞋钉。钉完了,他褪下旧木鞋上的皮制鞋带,根据脚的大小调整了一下,系到新木鞋上。待一切都弄停当,母亲立即穿上新鞋。她只有这么一双。

穿好鞋,母亲从铁钩上取下鼓肚锅,里面是烧熟的猪食。她把锅里的土豆全部倒进猪食桶,用炉铲把土豆捣烂,里面撒几把红麦面粉,先喂了一会儿母狗,随后把这桶饲料拿给猪吃。我们家的猪知道开饭时间已到,一个个哼哼唧唧,用鼻子拱牲口棚的门。

黑夜降临后,家里掌上了油灯。母亲忙完喂猪,又忙晚饭。她

---

① 苏(sou),二十个苏合一法郎。
② 里亚(liard),法国旧铜币名,相当于四分之一个苏。

打开糕点模子,里面是我们晚饭吃的炖土豆。她尝了尝,往里面撒了几粒盐,接着又在桌上摆了三个盘子和三把有点生锈的铁勺子,还摆了我们家仅有的两只无脚杯。我呢,就喝母亲的杯子。摆好餐桌,母亲到与住屋毗邻的小贮藏室汲点饮料。回到屋里,她把糕点模子放到桌上。这当儿,父亲去料草牲口棚取料草喂了牛,回来后,从面包箱里取出一块又大又扁的圆面包。面包是用黑麦和大麦的混合面加土豆丝做成的。父亲用刀尖在面包底部划了个十字[①],开始切面包。这可真是件费劲的活儿。这块面包是近一个月前最后一炉出的,已变得异常坚硬,也许有点结冻的缘故,刀子碰在上面发出很大的声响。父亲费了很大力气,才把刀尖插入面包。可当他把面包切开时,发现面包心子里已有好几处发绿的霉斑。

他说:"太倒霉了!"

常言道:"麦贮一年,面放一月,面包不过日。"然而这个谚语对我们却不适用。我们年年都是急切地等待收割。假使能挨到开镰,而不用跟别人借那么一斗半升的黑麦或冬大麦,就已感到不胜高兴了。至于面包,我们从来就不会吃松软可口的,那样一来,我们就会猛吃一阵,耗粮太多。

那个时候,穷苦百姓是很珍惜粮食的,所以父亲对这点霉烂面包的损失感到那么心疼。面包,即使是又硬又粗的黑面包,对于那些多半以栗子、土豆和玉米面粥充饥的人来说,都是弥足珍贵的食粮。而且穷人一回想起往昔经常发生的粮缺炊断的情景,听到老人

[①] 当时的风俗,为面包祝福,以感谢上帝。

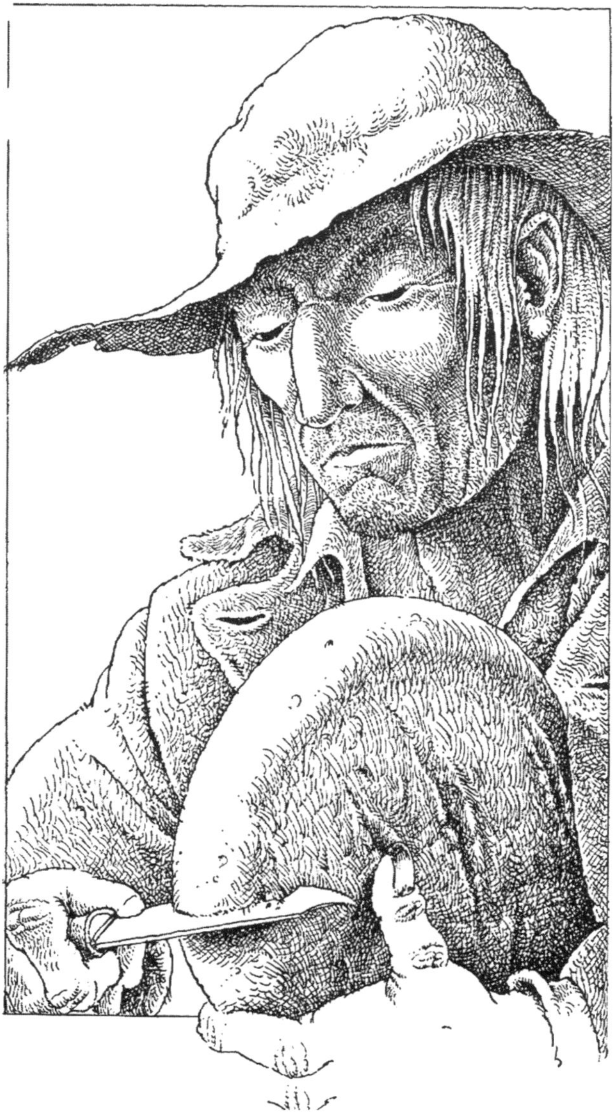

谈起荒年时农民像牲口似的以路边野草充饥的惨相,便深深地感到这种救命面包能不短缺就已是万幸了。在农民的心目中,这流了那么多汗水、花了那么多辛劳换来的面包蕴含了某种神圣的东西。所以他们总是不断嘱咐年幼的孩子不可有丝毫的浪费。

父亲两眼直盯着霉坏的面包,呆住了,半晌不知所措。可有啥办法呢?……

无奈,他切了三块面包,不无惋惜地割掉霉得最厉害的部分,扔给狗吃。然后我们开始吃晚饭。我们家的炖土豆和猪食并无多大差别:都是水煮土豆。仅有的一点不同,就是我们的土豆里放了一块核桃那么大的哈喇猪油和一点盐。

这样简单的晚餐,按说用不着在餐桌上待很长时间。然而我们却坐了许久,因为要啃这块像石头一般坚硬的面包是很费牙劲的。一吃完饭,母亲就把我领开,抱我上床睡觉。

这个多雪的坏天气一直持续了十来天。我觉得实在太长了。整天困在我们家又黑又冷的破屋里一点意思都没有。倘若天好,那还凑合。白日里,可以待在太阳底下,直到晚上才回到屋里吃饭、睡觉。这样没有闲工夫烦闷。但是这么坏的天气,只要往门口一站,举目远眺,除了雪还是雪。田野里一个人影也没有,人们都围在炉火边。牲口躺在温暖的牲口棚的麦秸上。这种令人忧郁的孤独,这片没有一丝声响、没有一点动静的死一般静谧的原野,和寒冷一样令我发抖。我仿佛觉得我们与世隔绝了。确实,在我们这穷乡僻壤,周围是二尺多厚的绵绵不尽的白雪,而且经常浓雾弥漫,一直弥漫到家门口,真是个与世隔绝的地方呢。尽管如此,早晨父亲喂过牛和羊,便提起猎枪,带着母狗出去捕捉野兔了。那些日子,他一共打了五六只野兔。他是个机敏的猎手,母狗也很机灵。家里只剩下圣诞节那天父亲带回的十一个半苏,这些猎物真好比雪中炭。可是为了卖掉这些野味,父亲得小心谨慎,把背包藏在罩衣里面,到岱农、布格、蒙第涅阿克等很远的地方去。因为南萨克的老爷们很忌恨别人打猎。这几只野兔虽然卖得挺贱,但总算给橱子的抽屉里增添了一点钱。把野味卖到市场上,这个心思你可别动。父亲只能向客栈老板兜售。老板就趁机压价,一只六七斤重的野兔只付二十五个苏。白日里,父亲回到家就动手编织白细柳篮子,用藤条做套牛用的垫圈,要不就是做木笼子或类似的细巧活,好再挣几个苏。看父亲做这些活给我解了一点闷。我也弄着玩似的学父亲那样编篮子。

尽管家里的面包又黑又硬,我们还是在雪化之前把面包吃完了。布莱姆枫的磨坊主又不能来我们家送面粉。面包做不成了,我们只好到毕麦格去向米庸借一个大圆面包。她很乐意借给我们。米庸是个心地善良的女人,尽管她有时对自己做错事的孩子训斥得严厉了一点儿。

顺便说一句,这块圆面包后来一直没有还给米庸。按照当地的风俗,借面包的人不主动去还,而是由出借人佯称自己十分需要,上门来讨。但后来她见我们遭难,处境困难,从未上门来讨要过。

终于解冻了。满是泥泞的褐土地重新露了出来。地垄里的青麦苗尖也可瞧见了。地面稍微干了一些后,母亲就带着我去放羊。

因为给羊收集的过冬的干枝叶已经喂完。割的一点点再生草也快吃光了。母亲带着我,把羊群赶到格里耶山多石的山坡上去。那儿生长着一种尖细的小草,母羊十分喜爱。这是一个雪霁初晴的下午。惨淡的冬令阳光凄清地照耀在光秃秃的土地上。从奥弗涅山峰那边不时吹来一小股风,寒冷得如同山巅的积雪一般。但是熬过那十多天恶劣天气后,这就算是好天了。母亲和我背北朝南靠着一大堆石头坐着。我们管这种石头堆叫"舍鲁"。母亲纺麻线,我搭小房子玩。母羊在悠闲地吃草。约莫三点钟的时候,我正费劲地啃着一块母亲带来的面包,羊群被一只狗惊吓得直朝我们奔来,蹄声得得扬起很大噪声,随即越我们而过。母亲站起身,正想把羊群赶回来,这时却瞥见埃尔姆城堡那个名叫马斯克莱的卫士。他大声喝叫母亲站住,走到我们面前,什么招呼也不打,就命令母亲马上去城堡,说是总管有话要和她说。

母亲问:"什么事这么急?"

"我可不知道。总管会跟您说的。"

说完,卫士就走了。

我们向羊群走去。羊群呆立在两百步开外的地方一动不动,紧盯着惊吓它们的狗。我们把羊群赶回来,下了山坡,回到龚贝奈格田庄。母亲将羊圈进羊圈后,便动身去埃尔姆城堡。

夜晚母亲才归来。父亲问她:

"这个老坏蛋,他找你去干什么?……"

"啊!是这样的……他先是责怪我圣诞节晚上没有和别人一样领圣体忏悔,甚至也责备你连弥撒也没去望。说太太们对此很不高兴,责成他转告我。还有,他说你老是偷猎,结果伯爵先生在龚贝奈格一带再也打不到野兔了。他叫你趁早别再偷猎,而且交代要把母狗处理了。最后,他还说我们必须彻底改正,否则老爷会叫我们滚蛋的。"

父亲说:"我们还没落到走投无路的地步,非要待在这个坑人的租田上不可!他没跟你说别的什么?"

"噢!还说了,老一套。他说这些并不关他的事,他只是传个口信而已。相反,他对我们十分关心。如果我愿意听他的话,什么事都好办。他会把我们迁到法热租田。那儿地肥水源足。还有,他会允许你年年冬天到森林里砍柴。你可以多挣几个苏……"

"说得多漂亮!要是我真的到了森林里,他一定会盯到法热来,看牲口是不是跟着占了便宜!……你怎么回答的?"

"我先是对他说,关于领圣体仪式,由于我们住得太远,没时间经常去忏悔。对没有什么事的人来说,常去不成问题。而我们这些人,一年去一次就很不错了。再说了,要是听你的话,复活节我都不能忏悔,因为神甫会拒绝给我赦罪的①。"

"你太笨了,"父亲说,"有必要跟他说这些吗?"

"啊!这个恶棍!"父亲高叫起来,"要是哪一天,我在格朗瓦尔和克罗德莫蒂埃之间的森林里碰到他,有他好瞧的!"

母亲劝说道:"别发火,要不会惹麻烦的。你也知道,他说的这

---

① 从前法国乡里人一年起码忏悔一次,通常在复活节。神甫可以拒绝给他们赦罪,由此禁止他们参加一年一度必须参加的领圣体仪式。雅古的母亲以通奸罪会有遭神甫拒绝赦罪的危险为由,拒绝了总管的调情。

023

些还不至于发生什么事。"

父亲不再搭话,盯着炉火沉思。

那当儿,我还不懂他们在谈些什么。我以为父亲发火纯粹是为禁猎一事。因为常听家里人以及城堡里的其他佃农谈论,我清楚地知道拉波里先生是个残忍、苛刻、不讲道义的人。他千方百计欺骗穷人,不是在这个佃农的账上扣掉一个金路易①或一个埃居②,就是在那个贫苦短工的身上偷刮五个苏。能贪多少就贪多少。而且不少人还会补充一句,说他是个"大色鬼"。那时我还不懂这个字的含义,以为是"大坏蛋"的意思,仅此而已。今天,想到这个以伪善虚假的面目彻底诱骗了南萨克女伯爵的无赖,这个盗贼、恶人,按老百姓的话说这个"色鬼",我就禁不住认为后来发生的事是他罪有应得。

就在这次谈话约莫两个礼拜后的一天,母亲正在择四季豆,准备放到汤里,这时拉波里先生突然来到龚贝奈格田庄。他走进屋说:"你好,你好。"发觉我在一边,忙问我父亲在哪儿。

母亲回答:"他在砍欧石南。"

拉波里回驳道:"还不如说在偷猎!那些牛长得好吗?"

说着,他向圈栏走去。母亲拉着我的手,跟在他身后。看完牛,他叫我们把羊从羊圈里放出来,一边瞧着羊,一边从牙缝里嘀咕着,以为我不会留心他的话:

"怎么样,你就不愿意放明白些? ……好啦,我会给你带来一条

---

① 金路易(louis),有路易十三等人头像的法国旧金币。
② 埃居(ecu),法国旧钱币名,种类很多,价值不一。

佩里戈尔的漂亮头帕,乐意不?……"

母亲没有回答他。拉波里转来转去巡视一阵,就走了。走时,老是用一个声调说着:

"你会后悔莫及的!你会后悔莫及的!"

事隔一日,约莫九点左右,我们正在喝汤,猎狗在桌子底下咬起来,卫士马斯克莱突然出现在门槛前:

"根据伯爵先生的旨意,拉波里先生责成我命令你们必须立即处理掉你们的狗,如果发现狗还在这里,他将令人把狗杀掉。"

"但愿仁慈的上帝保佑伯爵先生和差你来的人别下这么个命令!"父亲紧攥双拳,眼里充满愤怒,瞪着马斯克莱说,"您呀,什么也别插手,否则要倒霉的!"

"可是,给我下命令,我就得服从,"卫士说,"我要是你,就把狗卖了。伯爵先生铁定地说,依据老法令,农民只能有断腿的猎狗①。"

"好吧,"父亲说,"就把我刚才对你说的拿去回话吧。"

马斯克莱走后,屋里沉静了一会儿。母亲开口说:

"我可怜的马蒂苏,最好还是按卫士说的,把狗卖了。拉渡兹的公证人好几回要跟你买这条猎狗,把狗带去给他吧。他也许会给你四五个埃居呢。这条狗可是个追野兔的好手。"

父亲回道:"我不想卖!"

"那么,把它带到桑德里厄你表兄家去吧。他会替你看好这条

---

① 这里指的是法国国王亨利四世的一道敕令。

狗,一直到我们离开这儿。我们不能再在这儿待下去了。会出事的。"

"老婆,这一点你说得不错,"父亲低沉地说,"这个礼拜天我就把狗带去。"

礼拜六,父亲忙着把几条牛系在一起,准备去弄些欧石南回来。一个满脸凶气的人骑马来到龚贝奈格。他进了院子,问我父亲:

"你就是反叛者马蒂苏、南萨克老爷的佃农吧?"

"正是我。"

"好,这儿是一份退租证书。"

说着,他把一张纸递给父亲。

父亲接过证书,把它撕得粉碎,冲着执达吏扔过去。

执达吏冷笑说:"这笔账迟早要算的!"

随即他飞快地离去,因为父亲拿起戳牛的刺棒有点过猛,那举动倒像是要打执达吏,而不是要赶牛。

自从我们接到退租证书,而且猎狗被送到桑德里厄去之后,母亲放心了许多。再熬几个月就没事了。到了夏至节①,我们就将离开这个饿断饥肠的穷租田,尤其是我们将再也不用提心吊胆,生怕遭拉波里这个恶棍的毒手了。但是大祸已经临头,在劫难逃。一天夜里,我们听到什么东西在挠门并发出轻微的哼哼声。

"是我们的狗,"父亲说着去开门,"可我跟表兄叮嘱好的,叫他

---

① 从前,法国乡下人一般在夏至节,即六月二十四日签合同。

把狗关起来,拴几天。"

我们的狗进了屋,拖着一段被它用牙咬断的绳子。它尾随父亲蹦跳着,欢快地叫着。

母亲忧心忡忡,后半夜未能入眠,好像感到灾难要临头似的。第二天早晨,九点来钟,我们刚喝完汤,突然狗叫起来窜了出去。一秒钟之后,我们听到一声枪响。几颗铅弹打到敞开的门上,一直弹到屋里。一颗铅弹打伤了母亲的前额。母亲一声惊叫。这时,父亲抓起他的猎枪扑去,把想上前阻拦的母亲拨拉到一旁,跑出门外。他看到我们的狗僵死在地上,血从嘴里涌出。院门口站着拉波里,正把退了子弹的枪交给卫士。

"啊!恶棍!你再也别想跟任何人作恶了!"

拉波里还没来得及想到逃跑,父亲就用枪瞄准他,一枪打得他直挺挺地躺在地上,断了气。

这时,马斯克莱脸色苍白,与其说是个活人,不如说像具死尸。就在他晕头转向之时,母亲大声惊叫着走过去。

"啊!马蒂苏,你干的什么呀!"

"是他自找的,"父亲回驳说,"这事早晚得发生。"

母亲在卫士的帮助下,把拉波里拖到一堆欧石南边靠着,想抢救他。但一切都已无济于事。父亲回到屋里,拿了他的鞋子、羊毛大帽子,背起背包,用两根带子交叉系在胸前背牢,又往包里放了一块面包、装火药的牛角和鸟枪铅弹袋。他亲了亲我,然后提着枪走出家门,朝森林方向走去。

我不愿一个人待在屋里,也出来了。我走到母亲身旁,她可怜地望着那具僵尸。尸体躺在那儿，两眼发直，嘴半张着好像要叫喊，两条胳膊沿身体垂下。看得出来他已意识到自己死定了。为了摸清伤口在哪儿，卫士已松开他的背心，解开他的衬衣纽扣。在拉波里胸膛上殷红的浓密汗毛下面，小铅弹打的效果几乎和枪弹一样，伤口淌着血，看上去非常可怕。

这时，马斯克莱奔向埃尔姆城堡，消息一路传开。人们很快纷至沓来。第一个赶到的是毕麦格田庄的米庸的男人。他神定气闲地察看完尸体说：

"说到这件事的后果，我很同情马蒂苏，还有你们。对这个无赖，我可一点也不可怜。他罪该万死。"

所有来的人，附近一带的农民都异口同声地说：

"这是他罪有应得！"或者"这回少了一个恶棍！"以及诸如此类的"悼词"。不一会儿，南萨克伯爵骑马火速赶来，身后跟随着他的驯犬仆人以及堂·昂贾贝。这位修道士不善骑马，紧紧贴在马鞍上。这时，大家都沉默不语。伯爵看了一会儿尸体，然后问我母亲这是怎么回事。母亲告诉他，拉波里一枪打死了我们的猎狗，一粒铅弹打伤了她。父亲盛怒之下向拉波里开了枪。南萨克老爷看看躺在院子中央的可怜的死狗，又把目光移到他总管的尸体上，不再言语。他心里肯定很清楚，是他下达的打死我们猎狗的粗暴命令闹出了人命。这个责任到头来应归咎于他。但从他表情上什么也看不出来。他冷漠地瞧着拉波里的尸体，就像瞧一只被他的猎狗衔回来的死狼一样。过了一会儿，他手下的人赶到了。伯爵命令他们把死人抬到找来的一副担架上，随后大家纷纷离去。

第二天,宪兵来到我家,向母亲盘问事情的来龙去脉。他们黄色的肩带上挂着一把大刀,马鞍上拴着一支马枪,叫我十分害怕。这是我第一次见到宪兵。他们全身上下,从沉重的皮靴到镶边的大帽子都令我感到出奇的恐惧。因此,当一个宪兵骑坐在长板凳上讯问母亲,另一个宪兵手按大刀站着的时候,我就紧缩身子,躲在角落里。母亲讲述完毕,年长的那个宪兵说:

"这些都清楚了。现在请告诉我们,您的男人在哪儿?"

"不知道,"母亲回答,"即使知道,你们想想看,我也不会告诉你们。"

"您会后悔的!小心点!那么,昨天晚上他回来过没有?"

"没有。"

"可是有人证实他回来过。"

"那您受骗了。"

这两个宪兵跟我母亲纠缠了许久,没完没了地盯着她问问题,一心想使她的回答自相矛盾,想方设法恐吓她,可是白费力。最后他们终于悻悻离去。我十分高兴。

当天晚上十点左右,一个烧炭人来敲我家的门。母亲迅速穿好衣服,问明来人后,才给他把门打开。我们认识这个烧炭人。有几次我们请他到家里来吃过饭。他告诉我们,是父亲请他来了解宪兵来访的情况的。他还说不用为父亲担心,他现住在一个废弃的小木屋里。小屋在福郭第村和维埃尔湖之间的密林深处的一块凹地里,周围长满荆豆,荆棘丛生。那儿是鬼都不会去找的地方。他唯一需要的是他的那件粗羊毛大衣,夜晚可以御寒。

母亲把旧的粗羊毛大衣和半个大圆面包交给烧炭人，又嘱托他转达许多关照体贴她男人的话，然后烧炭人就回去了。

第二天下午，司法人员和南萨克伯爵以及城堡的几个仆人一起来了。司法人员让马斯克莱和另一个人站到那天他和拉波里站的地方，又让一个人站到我父亲开枪的位置，步量了距离，在院子里频繁地走来走去。然后，一个满脸凶相的老司法人员叫我母亲讲述事情发生的经过。她又重复了一遍前一天对那两个宪兵所说的话。而这两人此次又陪司法人员来了。母亲说，父亲见她受伤，他的狗被打死，盛怒之下，朝拉波里开了枪。

母亲讲述的时候，那个老司法人员企图从她嘴里掏出不是她要说的话。可是母亲说得滴水不漏。她刚叙述完，那家伙就试图让她承认父亲杀人蓄谋已久。可母亲抗议说"不是这样"，并坚持她先前的叙述。这只老狐狸讯问我母亲的时候，瞥见我待在角落里，便向一个宪兵示意：

"把这个小孩带过来。"

我被带到他面前。他摆出一副凶狠的样子，高门大嗓地盘问起我来。虽然我很年幼，但心里很明白，弄得不好，我也许会无意中说出什么对父亲不利的话来。为了避免这种结果，我便抽抽泣泣地哭起来。他用法语问我，我听不懂。操方言吧，他说的就如同萨尔拉人说的那般别扭。他威胁说要把我关进监牢，又向我炫示一枚十五个苏的钱币。可是软的硬的，全都白费。我只是一个劲地哭。见此情形，他大为不快地立起身说：

"这小孩是个笨蛋！"

说完,他们全都出院门走了。

几天以后,我们得知宪兵兴师动众到森林里进行了一次大搜捕。城堡的守卫、驯犬仆人以及前一天临时征集的农民都去了。可恰恰是这些人里的一名男子去找了烧炭人让,叫他通报我父亲。父亲就趁着漆黑的夜钻进这个男人的干草房睡觉。他确信别人肯定不会去那儿搜索的。确实,宪兵和这一大帮人搜索了半天,只不过发现许多野兔、一只狐狸和两匹狼。这些野兽惊恐地看到一次来了这么多人都纷纷逃走了。夜幕降临时,大队人马只好撤了。

第三天半夜里,我一直沉睡着,连母亲听见有人用手指轻轻挠门,起来去开门都不知道。清晨,父亲临走前,使劲地亲吻我,我才醒来。母亲两眼炯炯有神,到外面几幢房子周围转了一圈,回来说:

"外面没人。"

"好吧,再见了,老婆。"父亲说。

随后他提起枪走了。

父亲就这样在森林里度过了几个礼拜。今天在这里,明天到那里,几乎从未在同一个地方同一座小屋里连续睡过两晚。住在偏僻地带和森林周围村庄的人都认识父亲。他们深知他不是坏人。而且当地的人对拉波里都深恶痛绝。他们十分理解我父亲是盛怒之下这么做的,谁也不责备他。因此尽管有人大清早看见他到矮林里砍了一大捆柴,或是夜晚在皎洁的月光下去隐匿处藏身,可是谁也不去告发。相反,如果他需要卖只野兔或托人从岱农或鲁费涅阿克捎带一些猎用火药、打鸟的弹丸,给他的葫芦里灌半升酒,有人就帮他代办。甚至不少人对他说:"马蒂苏,到我们家来吃晚饭吧。吃罢

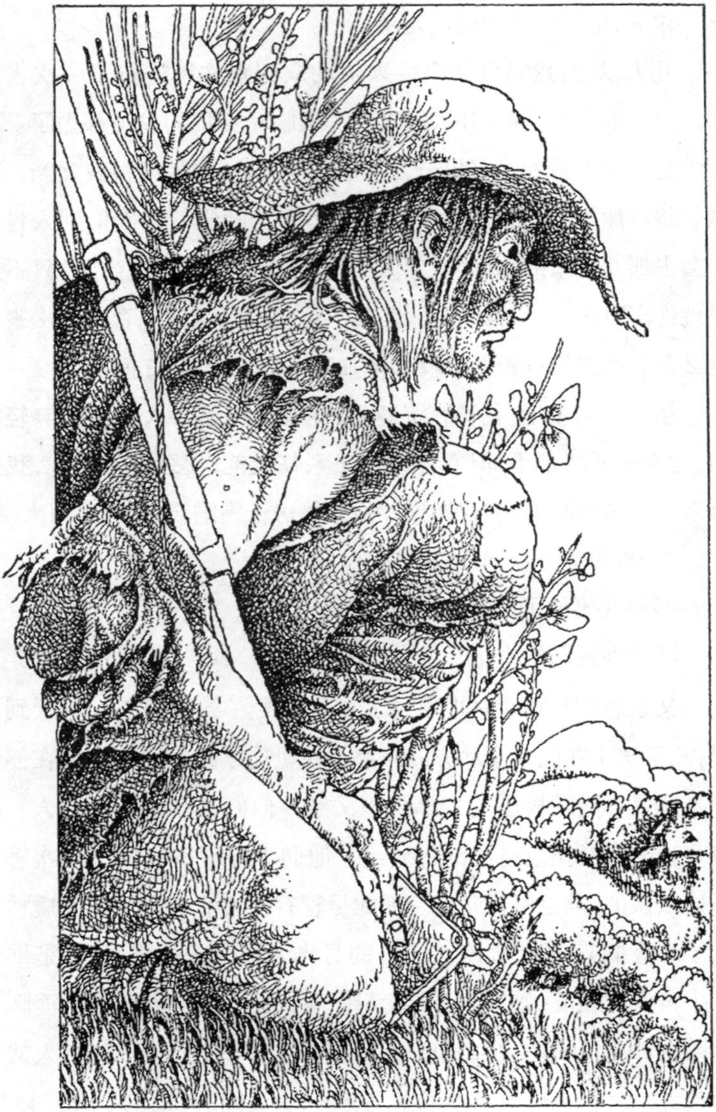

饭在床上睡个觉,好好休息休息。这段时间,你很久没在床上睡过觉了。"他觉得这些人都很善良,便欣然前往。

父亲有时也回家来,但不很经常。他怀疑靠家这一带监视得更严。事实也确实如此。一天凌晨两点钟,天还没亮,四个宪兵包围了我们家,满以为可以出其不意抓住我父亲。但是他们深夜远袭徒劳无果。马斯克莱和另一个卫士几乎没有一天不到我们这一带来转悠。可是太阳一下山,他们就不敢在我们屋子附近窥探了。他们知道这种时候若撞见我父亲是没有好结果的。我想他们或许很想换个地方,可伯爵强迫他们在这一边监视。伯爵知道我父亲还很自由自在,心里憋着一肚子火。

我母亲,这个可怜的女人,整天提心吊胆,没再过上一天好日子。她吃不下饭,睡不着觉,担心她的马蒂苏被人抓走。她寻思,他总有一天必然会被捕的。因为越是祈望别发生不幸的意外或疾病,别碰上哪个恶棍,这些情况就偏偏可能发生。因此夜晚她焦虑不安、心乱如麻,老是想到重罪法庭和断头台,一个劲儿地唉声叹气。即使有时她疲惫得昏昏入眠了,梦里还在想着这些事,哀吟不绝。

父亲在林中度日将近一个月的时候,南萨克伯爵令卫士在森林周围的村庄里放出风声来,宣称有出面协助捉拿我父亲者赏金路易两枚。他料到烧炭人让经常见到"坏蛋马蒂苏",而且帮助他生活,竟提议给让五枚金路易。让对给他捎口信的卫士说:

"马斯克莱,听着!我不知道马蒂苏在哪儿。即便知道,我也不会为了五个金路易、二十个金路易、一百个金路易出卖他!就把这

033

话转告你们老爷,别再来跟我谈这种无耻的勾当。"

可惜,并非所有的人都像让这样正直可靠。在当地那么多善良的人里面出现个把坏蛋是不足为奇的。我说"个把"坏蛋,并不是说当地就没有能够干坏事和干过坏事的人。如果这样说,那么"巴拉德森林从来不绝狼和强盗"的成语便不真实了。但是,即使那些剪径大盗也有他们正直的标准:拦路抢劫一个人,可以;出卖这个人,绝对不会。

可最终还是出了一个告密的。莫尔吉村有个穷人叫让舒,在埃尔姆城堡干了整整一年短工。这个让舒有五个孩子,都很年幼。老大才九岁。几个孩子和他们的母亲住在一间年租两埃居的破木棚里。而让舒整个礼拜就睡在给别人干活的料草仓里。他通常礼拜六晚上回莫尔吉村,礼拜一早晨返回干活的地方。那个年月,可想而知,乡里打短工的人靠每天挣十二个苏是很难养家糊口,拉扯几个孩子的。黑麦价格很贵,冬大麦和混合麦也不贱。穷苦人家是谈不上吃小麦的,只有富贵人家才吃得起。此外,让舒的几个孩子真叫人可怜。他们穿着补丁摞补丁、快成碎片的衣服。破烂不堪的短裤露出皮肉,用一根吊在肩上的绳子系着,成年光着两只脚,住的是破木棚,睡的是塞满蕨草的破草垫。

暂时代替拉波里职务的仆人领班就是奉伯爵的旨意,物色这个让舒的。开始这个穷鬼摆出若干困难,说他根本不知道马蒂苏在哪里。但是领班以不再给他活儿干要挟他,并诱之以两个金路易,哄他说,只需派他的长子进行监视,就可以轻而易举赚到大钱。这样让舒就应承了这个任务。

我刚才说过,这个小家伙只有九岁,可像黄鼬一样机灵,像狐狸一样狡猾,像雌猴一样坏。另外,他整年在森林里跑来跑去,掏鸟窝,在枸骨叶冬青丛中找鞭杆,给樵夫和烧炭人买东西,对森林熟悉极了。他好几次发现了我父亲并怀着恶意的好奇心跟踪他,但未能发现他的常住地。这样就比较难办。我在前面提到过,父亲经常更换住处。

这期间,狂欢节①临近了。虽然通常大家都很高兴,可母亲却怀着恐惧的心情望着节日的来临。她知道她的马蒂苏想合家欢度节日,很怕宪兵利用这个机会逮住他。因此她请让转告父亲狂欢节晚上不要回家,最好待到第二天再回家。第二天是圣灰日,别人不会起疑心。

让舒也估计到马蒂苏想回家过狂欢节,就跟他的大儿子下了命令。狂欢节的最后一天晚上,他的儿子躲在靠近奥姆莫尔十字路口的矮林中监视我父亲的行踪。黄昏时分,他听见我父亲从密林深处走出来的脚步声,惊奇地发现我父亲并没有走通往龚贝奈格的小道,而是踏上了去格朗瓦尔村的小路。小孩光着脚,悄然无声地远远跟着他,直到我父亲走进一户人家。父亲是应邀到这户人家做客的。

这家人生活宽裕,心地善良,是芳拉克神甫祖传田庄的佃农。前一天晚上,女主人想到可怜的马蒂苏不敢回家,要在密林深处啃面包过狂欢节,很有同情心,就叫她男人把我父亲邀请去过节。

---

① 这里指的是狂欢节的最后一天,也就是天主教封斋前的星期二。

让舒的鬼儿子见房门一关上,就奔去通知他父亲。让舒得信后,立即跑到城堡告发说马蒂苏正在格朗瓦尔村的勒雷家里。随即一个人骑上马飞快地去通知了宪兵。宪兵立刻丢下晚饭,火速赶至格朗瓦尔村。

到了离格朗瓦尔村百步远的地方,他们把马交给在那儿等候他们的让舒,在城堡卫士的协助下,悄悄包围了勒雷的住屋。这时是晚上十一点左右,屋里的人正痛快地吃喝玩乐着。他们一边唱歌,一边举杯碰盏,饮着煮热的酒。突然两名宪兵破门而入。

可以想见,这太出人意料了。大家都惊叫起来。父亲奔向他事先搁在屋角的枪。但是由于一个小孩想拿枪玩耍,大人从他手里把枪拿走放到一张床上了。于是父亲一下蹿上窗口,两个宪兵要拽住他,他不顾一切跨过窗子,却落到另外两名在窗口看守的宪兵手中。一眨眼工夫,他的双手被反绑在背后,戴上了手铐。勒雷的女人伤心地恸哭哀号,用可怜巴巴的声音说道:

"噢!我可怜的马蒂苏!这全怪我呀。原谅我吧,我原想为你好呀!"

"不,不,卡蒂舒,"宪兵把父亲带走时,他这样高声喊着,"您是个好心的女人,你们家的人都是好人。我是被哪个坏蛋出卖的。和你们大家永别啦。谢谢你们!"

走到马群所在的地方,父亲看见让舒牵着马匹。

"啊!是你出卖了我,无赖!……要是有朝一日我出来,有你好瞧的!"

父亲说完,宪兵在他脖子上拴了一根绳子,绳子的另一头由一名宪兵攥在手中,然后他们跨上马,把俘虏夹在中间带走了。

这个下流的行径并没给让舒造福。他从来没见过金路易,而赏金一拿到手,便自以为发了财。可是两个金路易花不了多长时间。城堡的新总管把几个佃农迁到留耕的领地上,这样让舒就没活干了。我们家那一带因为他干了坏事,谁也不给他活干。因此,当他和他们家人把两个金路易吃完,就背上褡裢销声匿迹了。时至今日,这一带的老百姓每当谈到某个不能信赖的人时,就会说"像让舒一样靠不住"。

在我看来,让舒确实是个卑鄙小人。可我觉得那些用金钱和威胁,诱使他干出这种卑鄙勾当的人比他还要卑劣百倍。

第二章

要发生的事终于发生了。母亲得知父亲被捕的消息后,深深地叹了一口气,仿佛要死了似的:

"哦,我可怜的马蒂苏!"

我伤心地痛哭起来。整整一天,母亲和我都忧愁悲伤到了极点。母亲坐在一张小板凳上,双手交叉搁在膝盖上,两眼呆呆地望着前面,一声不响。有时想到特别伤心处,她不觉痛苦地呻吟道:

"我可怜的男人啊,你今后怎么办啊?"

晚上,可怜的母亲没心思做饭,切了块面包给我,我细嚼慢咽地把它吃完。然后,就和母亲一块上床睡觉了。

我们的苦难还在后头。第二天,城堡的侍从领班来跟母亲说,现在她独自一人没本事拿下租田的活儿。眼看近两个月来,我们的活儿一直落在别人后头。因此我们必须马上离开田庄,把房子让给接替我们的人住。

怎么办呢?上哪儿去呢?我们一愁莫展。母亲绞尽脑汁,终于想到圣热纳克的一个人。这人在森林里有一个瓦窑,久已弃之不用。要是他同意的话,我们也许可以在里面憩息安生。第二天一大早,母亲从料草牲口棚叉下一些干草,给牛喂了一部分;留了一堆准备中午放到秣槽里给牛吃;又给羊喂了一些再生草;然后回到屋里,给我切了一块够吃一天的面包。她亲吻我以后,就出门去找那个有瓦窑的人了。临行时叮嘱我别离开家。

待在家里就不会出什么事,不过,我又能上哪儿去呢?

我很快走出屋子,坐在门前的一块石头上,坐了很久很久,思念着我可怜的父亲,想到他现在被关在监牢里,眼泪不时簌簌落下。我度过的这一天是多么凄惨啊!举目望去,前面是格里耶山光秃秃的山坡,一棵树也没有。房屋四周,租田的耕地为大片大片灰色的荒野所环绕。越过荒野,北方和西方是茂密的大森林。我就这么坐呀坐呀,静静地观望天边,时而会感到厌倦。天边,就像在我幼小的心灵里模模糊糊瞥见的未来那样雾色朦胧,令人忧伤。厌倦了,我便站起来绕着房子转一圈或者去看看牛。牛伏卧在草铺上安然自在地咀嚼食料,见我进来,就站了起来。我给它们添了几叉干草,又回到原地,窥视着远方的小路,看母亲有没有回来。母羊在秣槽里饿得咩咩直叫。我有时过去给它们喂几小捧再生草,让它们耐心等待。

然后,我又坐回原处,两眼直盯着拉波里倒下的地方。我仿佛觉得他还在那儿,嘴巴张开着,眼里充满恐惧,胸膛上的伤口鲜血淋淋。

下午五点来钟,我们的四只母鸡从地里觅食回来,扑棱了一阵翅膀,终于下决心一个接一个登上鸡圈的小梯子。天色渐暗,见母亲迟迟未归,我开始担忧起来。这时,我辨认出母亲从西边走来的急促脚步声。由于经常的户外生活,我的耳朵已惯于听得很远。啊,总算把母亲盼回来了。她疲惫不堪,气喘吁吁。这是因为惦记着我,拼命赶路的缘故。我迎着母亲跑上前去,她把我紧紧搂在怀里,仿佛以为我丢失了似的。然后我们一起进了黑洞洞的屋子。

母亲在炉灰里翻来翻去,找到一块火炭。她一个劲地吹气,最终用火炭把油灯点亮,又把炉子生起来。她拿了一个洋葱,把皮剥去,切成细细的碎块,把锅放在火上,里面搁半匙荤油。这些就是家里所剩的全部副食品。母亲炸好洋葱,在锅里放满水,把面包切到大汤碗里。水一开,她就把开水浇到面包上。通常我们家乡的穷苦人家要在汤里撒一撮胡椒,给汤提提味儿。可我们家已没有胡椒了。要说这种淡而无味的汤浇到质量很差的黑面包上有什么好吃的话,那是不可能的。但汤是热乎乎的,总比干啃硬邦邦的面包或吃冷冰冰的土豆要强得多。吃罢晚饭,我们就上床睡觉了。

圣热纳克的那个人跟母亲说,她可以住瓦窑,什么房租也不要给,只是房子太破旧了。临走之前,我们得叫个男人与埃尔姆城堡的新总管一起给牲口估个价①。估好价,母亲估算应该找回我们大

---

① 起初是一种租约。按照租约,出租方交给承租方一定数量的牲口,按一定的条件让其照料。后演变为随田亩一起出租牲口。

约十个埃居。但她准备结账时,新总管说我们反而倒欠四十法郎。拉波里在收支分成账簿上记下我们欠了半口袋小麦,母亲根本不知道。我们在岱农卖的一头猪的全部款项,他没有入账。我父亲交给他的三只母羊的钱,他也没记账。结果我们离开龚贝奈格时反倒背着老爷的债。

这对我可怜的母亲是个沉重的打击。家里只剩下三十个苏,一个六七斤重的已经切开的面包,很少一点土豆,口袋里快见底的玉米面,至多只有十五斤重。这点东西是吃不了多久的。

第二天,米庸的男人赶了辆大车来帮我们搬家。我们的全部家当对几条牛来说是很轻的:一张坏床、一个破橱子、一张桌子、几条板凳、一个面包箱、一个盛酒的大桶、一口汤锅、一口烧栗子的鼓肚锅、一个馅饼模子、一只长柄平底锅、一只木桶以及其他零碎什物,如灯、木制盐盅等。由于拉波里做假账的卑鄙勾当,直到他死后,仍在继续坑害我们。所有这些微不足道的破烂家什合起来也顶不了被认为是我们欠着南萨克老爷的那四十法郎。

大车一开始走的是通往维埃尔湖的道路。这条多石子的路很不好走。车子颠簸得厉害。米庸的男人带了一些喂牛的干草。母亲把我放在大车后部,让我坐在干草堆上。她跟在牛车后面步行。经过拜塞德村时,两位牵着小孩儿的妇女和一位坐在树根上的老人默默地看着我们。见我们娘儿俩这样穷困潦倒、孤苦伶仃地漂流他乡,从此女的没有了丈夫,孩子没有了父亲,眼神里充满了同情。

拜塞德村这些地方如今已是道路纵横,公路四通八达了。从岱农到鲁费涅阿克开了一条公路,先是沿着森林,然后从森林地带的中部拦腰穿过。另一条来自福斯玛涅的公路斜插过森林,在卡巴纳附近与岱农的那条公路连接起来。还有第三条公路,比较靠西边,从弥拉克-铎伯罗什方向过来,在巴露和梅里涅阿克之间的地方,也和岱农到鲁费涅阿克的公路衔接上。因此穿过森林是很方便的。但在我讲的那个年代,森林比现在要大得多。因为八十年来,开垦了许多林地。那个时候,比较大一点的路就只有两条沿着森林边缘修筑的质量很差的道路。冬天,这两条大路被雨水冲刷成道道小沟,低洼处淹没在水中。再就是被烧炭人和偷猎者在林中踩出的小径。过了拜塞德村不久,米庸的男人带我们离开原先走的小路,上了另一条道。说实话,这算不上一条真正的路,而是大车运走从伐木区砍下的大捆树枝、一路上用车轮压出来的过道。冬季,有的地方变得太难行时,人们就从右边或左边绕过去。这样四面八方就踩出了新的通道。这些真假难辨、方向不明的小路在荒野和树林之中穿插交错。在小路的低洼处,有时碰上几个泛黄的水洼,我们就绕开。不一会儿,路又变得凹凸不平了。一边是深深的车辙印,另一边则高高隆起,使大车倾斜得厉害。当道路突然变得平坦起来时,就引起大车剧烈颠簸。

在这样艰难的小道上赶着牛车前行,我们走得很慢。天空阴沉沉雾蒙蒙的。我们好像堕入五里雾中。米庸的男人走在头里,吆喝着牛,用说话声鼓励它们前进。有时用刺棒刺它们。看得出来,他对森林很熟悉。他经常毫不犹豫地选择一条从右边与我们正在走的路相交叉的羊肠小道,或者另一条开始分岔并不明显、最终却完全偏离原道的小径。但是碰到有些地方,几条路径难辨的小路同时交错在一起时,他有时也会停下片刻,环顾四周,辨别一下方向,然后不出差错地选择正确的道路。不过,他说他已有十来年没去过那个瓦窑了。可是我们这些农民,早已习惯在没有路的地方昼夜行走,只要经过一次的地方都能判别出来。

也许有人会感到奇怪,为什么我总是说"米庸的男人"。这是因为我在家里从来没听到过另外的叫法。我确信他老婆叫他皮埃尔。由于在家里一切都是米庸说了算,所以大家都喊他"米庸的男人"。

穿过一丛矮林,约莫两点钟,牛车行至一片宽阔的林间空地。空地中间即是瓦窑,或者说残留下来的瓦窑。远看像是几间屋顶半已坍塌、年深日久变得漆黑的房屋。近瞧,则是一堆废墟。坍塌的货棚还露出几根半已腐朽的木柱子,支撑着大梁的一部分。向大梁望去可以看到残存的瓦屋顶。大梁其余部分的木板条已经断裂,致使瓦屋顶倒塌下来。烧砖瓦的窑已经坍塌,废墟上长出几棵槭树的强壮新芽。住屋虽还不至于像瓦窑损坏得那么厉害,但也差不离。它是用木头、砖块、柴泥构筑,用肥泥砌起来的。由于岁月和寒冬的摧损,四壁已经风化、剥落、歪歪斜斜,如同我们家乡一带常见的那些被贫困、劳作和岁月压得腰弯背驼的穷苦老人。

随风吹来的种子这儿一颗那儿一粒地在墙壁的小洞和缝隙里发了芽,长出野马齿苋、朝鲜蓟、荷叶蕨和墙草。青苔覆盖的瓦屋顶除有一端倾塌了像床单那么大的洞以外,其余部分还凑合。屋顶上长出像针尖一样纤细的小草,并稀疏地夹生了几簇长生草。透过大洞,可以看见几根由一根桁条支撑的椽子。椽子上还钉着支离破碎的木板条。房子和瓦窑四周堆满破砖碎瓦。瓦砾堆上生气盎然地长着那种繁茂地生长在荒野和无人行走的老路边的广适性植物,四周还密密麻麻、蓬蓬勃勃地长着有呛人气味的薄荷、野胡萝卜、牛蒡、茄类、锦葵和圆头蓟,我们又叫雪维菜,以及其他二十来种植物。稍远一些的空地里,人们烧瓦取土留下了不少深坑和土堆。坑里积满发绿的死水。土堆好似大坟墓,上面星星点点地长着在贫瘠的土地上少见的瘦弱的荆豆。这幅荒芜衰败、悲怆凄凉的景象看了真叫人心里难过。整个地方犹如人们匆忙掩埋好尸体便弃之不用的旧战场。

母亲扫视了一下这些悲凉的景物,身子微微颤栗了一下,用我们的土话说,打了个寒战,随后把目光落到我身上。母亲是个非常勇敢的人。她坚定地走进屋子,我跟在她身后。这当儿,米庸的男人在解车上的绳索。

这是个什么样的房子啊!龚贝奈格的住屋已是那么寒碜,那么黑暗,那么凄凉,可是比起这间来,就要算得上舒适的宅子了。推开只剩下一个铰链维系着的房门,整个屋子的破败不堪便全部展现在眼前。墙壁有些地方透过缝隙可以看见外面。一棵植物穿过缝隙从墙外伸进来。壁炉建造得马马虎虎,就和乡下人在田间的简陋小屋里造的那样。没有阁楼。屋子上方一角的小梁上搁了几块未经加工的木板,本来是放在那儿吹干的,但已被人遗忘。这几块木板构成了一种没拼好的楼板,差不多正好遮住一张床。其他地方都可以看到瓦屋顶,漏洞处可看到天空。冬天雨水从这里流进来,在地上冲出一个小泥坑。

看了这一切,母亲一句话也没说,走出屋去,帮助米庸的男人卸家什。为了卸得更方便些,米庸的男人轻轻钻到牛只中间,掀起辕木。母亲把插在垫圈里的铁栓撤掉,吆喝着牛。然后,米庸的男人小心翼翼地把辕木放在地上,在母亲的帮助下,他手脚麻利地让床架、橱子和其他东西顺着倾斜的辕木轻轻滑到地上。在他们忙碌的当儿,我把一抱干草捧到牛跟前。待所有的东西都搬进屋,母亲从篮子里取出折放在环形擦手毛巾里的面包,放到桌上,还放了一个盐盅和从抽屉里拿出来的一个洋葱头。然后,她想在小口酒壶里灌满劣质酒。可是由于一路颠簸,桶里剩下的一点酒就跟泥水一样混浊。她只好出去找水。这当儿,米庸的男人做了一块擦蒜面包,坐在凳子上,把面包切成一片一片,同时一小片一小片地嚼着浸了盐的洋葱,慢悠悠地吃起来。

吃完饭,他合起刀,喝了半杯水,就起身返程。母亲帮他套好牛,对他表示感激。他拿起刺棒,回答说这没什么,向我们道了晚安,然后便去赶他的路了。他慢慢穿过林间空地,消失在树丛中。

只剩下我们两个人的时候,母亲把我拉到怀里,长时间地搂住我,好多次把我紧紧地贴在胸前。待这个痛苦的时刻稍一过去,她就开始整理床铺,把我们的破烂家什尽可能安排得好些。顺理完了,我们就去找木柴。周围多得很。我们很快拾了一大堆。货棚下的大梁的残留部分也用来作了我们的木柴。可是点火就不是件容易的事儿了。那个年代,化学火柴还没问世,至少在我们的家乡还没有。通常我们把火种藏在灰里。有时火种熄灭了,就需要拿一只旧木鞋到邻居那儿去讨。他们总是很乐意给的。以后别人跟你讨火种,你也要乐意地给以同样的方式作为回报。只有小镇上的客栈老板逢年过节或在集市日里拒绝给火,因为会带来灾祸。有时得跑到相当远的地方。像我们家,就到毕麦格田庄的米庸家去借。但是在这里,我们人生地不熟。幸而橱子抽屉里有一些火石,是父亲平时收集的。他捡到这种石头就削琢好,以备不时之需。母亲拿了一个火石,在她那把合起来的刀的刀背上拼命打火,终于打出了火星。她把火点在一小块极其散碎的破布上,把燃着的破布放到从枯树上收集的一把干苔藓里,将干苔藓点燃又在炉膛里放了一些枯树叶、野草和细树枝,一个劲儿地吹火。不一会儿,炉膛里就燃起熊熊大火。

火点着后,就得去找水。我们在附近仔细寻找,找到制瓦工过去用的一眼泉水。其实,这是一处很差的水源。冬季渗出一点水,夏季只存留雨水。这眼泉和母亲给米庸的男人找水喝的那个坑差不了多少。只有半坑发白的水,水里钻出密密麻麻的灯芯草。根本没法用木桶汲水。我们只好用小口酒壶一壶一壶地把木桶灌满。回到破屋里,母亲在鼓肚锅里放了几个土豆,把锅搁在火上,做晚饭。

晚上,我们吃了两三个撒了点盐的焖土豆。临睡觉时,母亲发现门上从未装过锁或栓。从前的房主人是采用旧法子关门的:把一根杠子插进门两侧的墙洞里,抵住门板。见此情形,母亲用刀削了一段长短相当的木头,和墙洞配好,把门牢牢地关上。然后我们就上床睡觉了。

我确信母亲一夜没睡。想到我可怜的父亲被囚禁在佩里戈尔,不是断头台就是苦役犯监狱在等待着他,她就痛苦难熬。我一个小

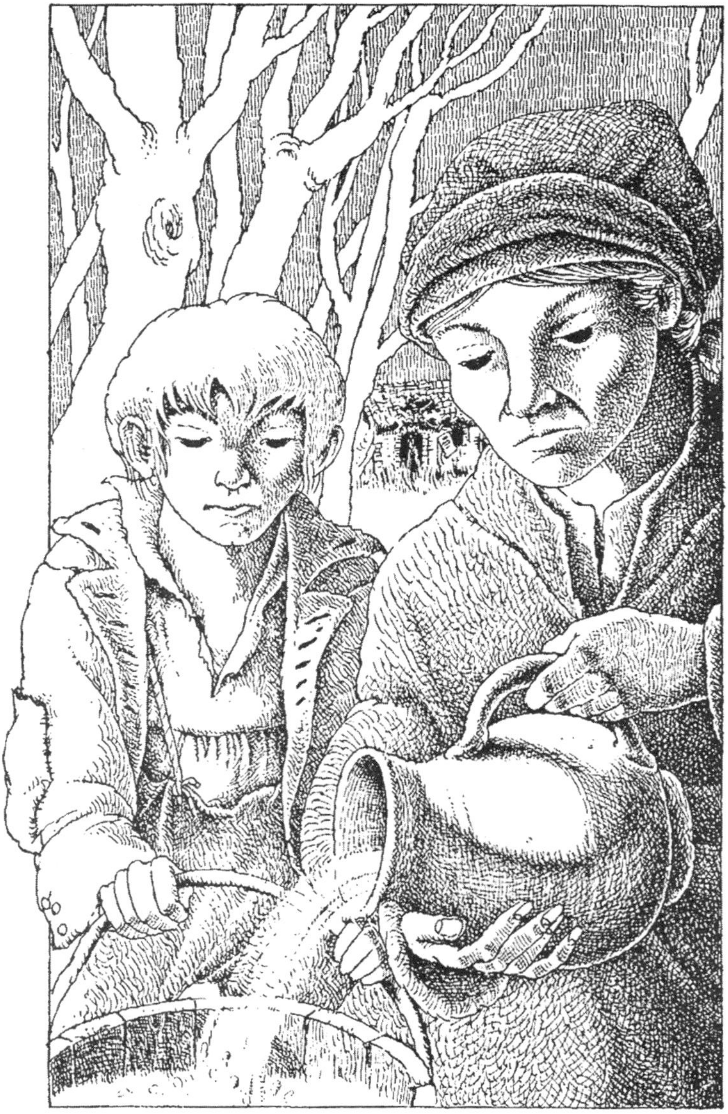

孩子,当时是预想不到父亲所做事情的后果的。我躺在床上,透过屋顶的洞,望了一会儿天上的星星,便进入梦乡,睡得很沉很沉。

母亲的痛苦烦忧一方面是因为思念父亲,另一方面也是因为担心我和我们今后的命运。富人有痛苦的时候,可以无牵无挂,专想他们的痛苦,可以把他们的全部心思都系于这个痛苦。然而穷人却不行。他们为了活下去,为了给孩子挣面包,首先得拼命干活。在他们横祸当头的不幸之上,还要加上贫困的不幸。贫穷使他们就连哭泣的时间也没有。所以我们这些农民平常很少掉眼泪。可是我们也很少大笑,因为没有笑的由头。我们笑的时候,是像圣梅达①那样地苦笑。我们牢记着一句谚语:"笑多必哭。"

第二天,母亲就急着出去找活儿干。我们吃了一点东西,就出发去雅里皮吉埃村。米庸的男人告诉母亲,在一个叫马利的人家里也许可以找到短工的活儿。这个人种着好些地,经常雇短工。我们走了很长时间,到了这个叫马利的人家。他不在。但他女人说眼下不需要人手。我们只好往回转。路上经过森林边上的村庄,母亲逢人便问哪儿可以找到活干。在卢郭村,一个靠墙晒太阳的老人告诉我们,碧波蒂埃村有个富农叫热拉尔,母亲兴许可以在这个人家里找点短工,在葡萄园里干干,或除除麦草。到了碧波蒂埃村,庄上一个小孩把一座宽大的老宅指给我们看。正巧热拉尔在家。他问我

---

① 圣梅达(Saint Medard),公元五世纪到六世纪民间流传的圣徒,老百姓为求雨或好天气祈求他显灵,特别是祈求他祛牙痛。由此产生"圣梅达的笑"之说,意即苦笑。

们是谁,母亲说她是龚贝奈格田庄马蒂苏的妻子。待在旁边的那个女佣叫了一声:"噢!圣母呀!"并露出一副不太欢迎的神情看着我们。可热拉尔叫她闭嘴,然后对我母亲说,他将给她一天八个苏,第二天即可来干活。

母亲感谢他,对他说,她不能把我一个人丢在密林中间的瓦窑里,请求热拉尔,要是不碍事的话,让我也跟来,一同在他家吃饭,他可以少给点工钱。

"那好,把你的小孩带来吧,"热拉尔老伯说,他倒不像一个坏人,"我不给你八个苏,给你五个。"

于是第二天一早,我们就到了碧波蒂埃村。母亲和另一个妇女在葡萄园里捡嫩枝,而我就在园里和热拉尔女佣的丫头玩耍。小女孩叫丽娜,放一只山羊和几只鹅。

九点钟左右,丽娜的母亲招呼我们大家回去吃午饭。桌上放了一只绿色的大盘子,里面盛着香气扑鼻热气腾腾的汤。汤里放了土豆,汤上漂着许多豆角。我很久没有喝过这么好的汤了。其他人可能也觉得汤很合口味。热拉尔、他的男仆、另外一个女人和女佣喝了又盛。只有母亲因为心里难过吃得不多。热拉尔是个老小伙子。那个女佣在他家,按俗话所说,既当佣人又当情妇。虽然我很清楚就是她自己把我母亲赶出去的,可我不能不承认她的汤做得很好。确实,屋里要啥有啥,汤何愁做不好呢。

吃饭期间,热拉尔不住地宽慰母亲,说尽人皆知拉波里是个坏人,或者说得更确切些,是个坏蛋。我父亲也可能被无罪开释。可母亲难过得直摇头。

"您瞧,热拉尔,有些特别有钱的人与我们作对。他们很有影响。南萨克老爷会竭尽全力让我丈夫受到判刑的处罚。"

"是会这样的。"其他人附和说。

"不管怎么说,可怜的女人,"热拉尔又说,"你要吃饭才能挺得住。要不,你会生病的。那样一来,你的小孩怎么办呢?……"

"您说得很对。"母亲回答,强使自己多吃一些。

孩子总归是孩子!毫无疑问,我很爱父亲。但在我那个年龄,玩心很重。我整天和丽娜待在一起,走过一条条两旁长着浓密的荆棘、接骨木和黑灌木丛树篱的小道。有时,山羊立起身吃树篱上的叶子。那几只鹅吃着路边的小草时,我好奇地看着它们。鹅吃饱后,伏卧在地,相互之间不时地叽叽叫,仿佛在谈心似的。说实在的,当我看到这些牲畜以及其他地方的许多牲畜在各种不同的情况下用不同的方式,发出一种特别的叫声时,我不由自主地相信,它们是相互听得懂的。所以当丽娜的那只肥大的公鹅把前爪收缩在身子底下,高高地扬起头,眼睛闪闪发光,神态悠然自得,向围在它四周休息的母鹅轻柔地叫着"嘎,嘎,嘎"的时候,我仿佛觉得它在说:"这儿真舒服,吃饱了。"一只母鹅用同样的声调应声道"嘎,嘎,嘎"的时候,我暗想,它可能是在说:"是的,这儿真舒服。"然后,当路上来了一只外村的狗或来了一个外庄的人,公鹅远远地就报之以如同小号声一般刺耳的尖叫,同时爬了起来。所有其他的母鹅立即仿效公鹅的动作,重复它的叫声,好像在说:"我们知道了!"于是公鹅像是对它们吩咐道"该撤了"。它们简短地回答"是的",说着向家禽饲养场走去。鼻孔里横穿了一根羽毛①的公鹅走在最后,全神贯注地看着听着,犹如一头喝着桶里的水的驴那样专心致志。

有时,我把这些感受告诉丽娜,她就快乐地嘲笑我说,你竟然相信这些事,那一定跟鹅一样傻。她这么说并无恶意,丝毫不影响我对她的喜欢。我经常亲吻她。

我和丽娜这样玩耍,度过了十二三天。一天晚上,吃完饭后,热拉尔给我母亲付了工钱,说眼下他不需要用人了。他说这话时,像个撒谎的人似的有点难为情。其实他家里还有相当多的活儿可干。和母亲一块干活的那位妇女告诉我们,女佣因为我母亲,经常跟热拉尔找麻烦。热拉尔为了求个太平,就把我母亲辞退了。母亲接过两枚三十个苏的钱币,包在手帕里,向热拉尔道了谢,我们就十分忧伤地离去。母亲为今后的日子担忧,我因离开丽娜感到难受。

第二天,为了寻找活计,我们只好重新奔波于森林边上的农庄之间。到了晚上,我们一无所获回到瓦窑。我已累得精疲力竭。母亲十分忧愁,不知怎么办才好:是把我一人留在家里呢,还是整天拖着我跑?次日清早,我见母亲左右为难,便对她说,我休息好了,可以跑路了。然后,我们又启程上路。我们慢慢地沿路而行,不时地停下来。有时母亲还背我走一会儿,虽然我不愿意。

---

① 为了防止公鹅穿越篱笆,就在公鹅的鼻孔里横穿一根羽毛。

我们这样奔波了三四天,到处找活干,都要累垮了,可却一无所获,而且再也吃不到热拉尔家的好饭菜了。一天晚上,路过格里莫迪村,一个男人告诉我们巴尔镇镇长要求我们第二天务必到他那儿去一趟。

于是第二天早晨我们又出发了,约莫九点钟左右到了巴尔镇。一个女人在门口给她小孩捉虱子,把捉到的虱子压扁在风箱上。她把镇长的房子指给我们看。母亲敲了房门后,一个大嗓门的声音叫道"进来",母亲推开房门。

一条在炉前睡觉的、瘦得像啄木鸟似的狗汪汪叫着向我们扑来。

"过来!过来!"那个同样严厉的声音叫道,却不能让狗静下来。

炉火边一张用麦秆填塞的坐椅上坐着一位十分年迈的老妇人,胳膊肘放在膝盖上,脑袋摇摇晃晃,看样子有上百岁了。她的一只呆滞的眼睛斜看着我们。镇长在他的厨房里,一只脚踏着板凳,正在把马刺系到皮鞋上。今天是星期二,他要去岱农市场。

他把马刺系好,狠狠踢了一下汪汪叫个不停的狗。狗随即躲到桌肚底下去了。母亲这才向镇长解释她是根据他的命令到这里来的。镇长冷不丁地问:

"这么说,你就是马蒂苏的老婆啰?"

"是的,先生。"

"是这样,今天起两个礼拜之内,你必须到佩里戈尔去。法院要审判你男人了,"他一边从抽屉里取出一张纸,一边补充说,"这是传票!"

回来的路上母亲说:"天啊,怎么办呢?"

因为她用热拉尔给的三个法郎买了一个圆面包,这样我们差不多所剩无几。看见母亲为此烦恼不安,我为自己不能给她帮忙感到忧愁。一天早上,我在森林边溜达,忽然发现一只野兔躺在小路上。这只野兔背上中了一枪,伤口是新的,可以判断是前一天被枪打死的。我捡起野兔,忙跑回家去,高高兴兴地把兔子带给母亲。由于我们无法知道这只野兔是谁打死的,母亲随后就在礼拜二到岱农把兔子给卖了,把我们在龚贝奈格农庄分到的两只母鸡也卖了。这样凑了几个盘缠钱。

出发的日子到了。我们把总共三法郎多的苏和里亚都放在一只长袜里,用根粗线扎紧。母亲把余下的面包放进父亲的帆布背包里,这个包是勒雷还给我们的,连同父亲的刀。母亲将背包斜背在肩上,拿了一根带刺的木棍,又用一根绳子把门拴在一颗大钉子上,把门关紧。然后我们就出发了。

我们穿的衣服太破烂了,简直不能在城里露面。母亲穿着一件破旧的粗毛呢衬裙,一件补了又补的褐布紧身胸衣,头上扎了一块红黄格相间的棉布头帕,脚上穿一双褐色羊毛袜和木鞋。我也穿了一双木鞋,还穿了一双手织羊毛袜,戴一顶无边软帽。下身套一条很短的破旧长裤,看上去和母亲的衬裙很相像。上身是一件用父亲的旧短上衣改做的外套。

有人或许要问什么是短上衣。

这嘛,不是别的,就是法国大革命时期的卡马尼奥拉服①,一种很短的外衣,直直的小领子很像士兵服的衣领。在我们家乡,这种爱国志士所穿的衣服,不知何故就以穿此衣服的人命名。

让我们继续前面的叙述吧。

我们要走的路是朝女婿湖方向穿过森林。为了在林间小道上走得更自在些,我们把木鞋脱了。然后我们朝着这个方向走。到了女婿湖,走过特里德里村,然后又走到博纳瓦尔村,最后到了福斯玛涅镇。那条新近才完工的从里昂到波尔多的大公路就在那儿。

出了福斯玛涅镇,母亲让我坐在沟边休息一会儿。半小时过后,我们继续赶路,慢慢地沿着公路走着,赤着脚感到路边没有路中间那么硬。可怜的母亲心心念念为父亲的命运担忧,一路很少说话,只是偶尔对我说几句鼓劲的话或拉起我的手搀我一把。路上几乎碰不到行人。见过一个步行的男人肩上扛根棍子,棍子上挑着一个方巾扎的小包裹。还见过一个骑着壮马的旅行者,短外套系在马鞍的手枪皮套上,皮套里露出手枪枪托。马鞍子的后桥上系着一个旅行箱,用带小链条的挂锁锁着。至于轿车,我们没见到,不像今天大路上车来车往;那时只有非常有钱的人才有。到了离圣克雷班村不到半里路的地方,我们进了一个小橡树林歇脚。母亲给我一块面包,虽然又干又黑,我却啃得津津有味。吃完面包,我伸开四肢躺在草地上睡着了,睡得很熟。

---

① 卡马尼奥拉服(carmagnole),法国资产阶级革命时期流行的一种短上衣。——原注

一觉醒来,太阳已经西斜。我看到母亲靠着我坐着。见我醒来,她站起身,向我伸出手。我稍稍舒展一下身子,也站起来。我们又出发了。

途经圣克雷班村时,我就着驿站边淌入一个石头槽里的泉水头喝水。喝了清凉的泉水,解了渴,我继续雄赳赳地赶路,强使自己精神点,好让母亲看到我不很累的样子。不过,我确实不很累,只是两只脚有点疼。因为赤着脚在太阳晒热的公路上行走与在林间小道的凉爽地上行走是截然不同的。

由于我睡了很长时间,我们到圣皮埃尔小镇时,太阳已落山。我们穿上袜子和木鞋,沿这座至今依然不大的小镇走了一程。母亲瞧见一座看上去很破的旧房子,墙洞里插了一根松树枝作招牌。门是敞开的。母亲走了进去。

一位善良的老太婆坐在桌边的椅子上纺毛线。她头戴一顶周围垂下饰带的女帽,一块披着的格子方巾交错在胸前,腰上扎了一个红棉布围裙。母亲向她问好。她用爽快的声音回道:

"晚安,晚安,善良的人!……"

母亲询问她,能否给我们吃点晚饭,让我们过个夜。她说行,但她只有一张床,另一张床让地窖鼠①给扣押了。我们得睡在干草房里。

"噢!"母亲说,"我们会在干草堆里睡得很舒服。"

老太太说:"好吧,那么你们过来,靠炉子坐坐。"

我们在炉火边坐下。小地方的人,特别是女人都爱打听这打听

---

① 地窖鼠,对负责监察地窖的税务员的贬称。

那。老太太开始盘问我母亲。她转弯抹角想了解我们到哪儿去,为什么。见老太太一副和善模样,母亲就一五一十地向她叙述了我们遭遇的一切,南萨克老爷家的总管拉波里如何卑鄙,我父亲是如何开枪打死拉波里的,都是因为南萨克老爷和拉波里把人逼进了死胡同,竟然到我家院子里把狗打死。

"啊!这些恶棍!"老太太叫起来,"这里竟然有人能干出这等坏事来!"她放下纺锤补充说道,"大革命前,他们什么卑鄙的事没对我们干过呀。自从他们卷土重来,又开始干坏事了,特别是近些时候!"

她忽地站起来,去把门关好,点上灯说:

"您瞧,可怜的女人,这些贵族都是本性难移。他们耍主人的威风,像火鸡似的傲慢,对穷人凶狠毒辣。但是有朝一日那个人回来了,他会明白他们背叛了他。他会把他们赶出去的……"

"那个人是谁?"母亲问。

"唉!是呀……破仑①,他们把他流放到万里②之外的一座海上孤岛去了。"

以前礼拜天在教堂门口,母亲有时听人谈论过有个叫拿破仑的皇帝。他打过好多好多仗,佩里戈尔地区很多应征入伍的新兵都留在了异国他乡。但巴拉德森林这边的人对这些事不很了解。母亲只简单地回答:

"那么,他是穷人的朋友啰,多盼望他能早点回来,我们太不

---

① 破仑,老百姓对拿破仑的称呼。
② 原文用的是五十万古里。一古里约合四公里,相当于二百万公里,与实际情况相距太远。作者只是表明农民没有地理常识,说了个很大的数字表示很遥远。

幸了!"

我坐在炉火边的盐桶上,一边听她们说话,一边打量这间实际上很贫寒的屋子。老妇人的床搁在屋子的凹室里,床顶的华盖和四周用同样布料做的帘子是用来挡灰的。帘子新时是印有图案的蓝色,现已完全褪色。床的一溜边放了几把椅子,其中两三把椅垫填塞的草已经脱落。床脚堆满了破衣烂衫。床对面是那张她被迫卖掉的床的空位。屋子中央摆了一张桌子、一条板凳。一只坏面包箱面朝门靠墙放着。老妇人在这只箱里塞面包以及其他杂物,因为她的橱子也卖了。面包箱下面有一口炖锅和一口汤锅,上面摆了一个大汤碗和几个盘子。一只木桶放在洗碗槽里。这些差不多就是全部家当了。可以看出收税吏到这儿来搜刮过。

这当儿,快到吃晚饭的时间了。老太太到与厨房相通的地下室拿来一些柴火,把火重新拨旺。炉子上煮着豆角。她把盛着汤的另一口锅挂到铁钩上。然后掀开面包箱箱盖,从里面拿出一个切过的圆面包,嘴里一边诅咒那些税务所的家伙逼她卖掉了使用方便的碗橱。她动手用专削大面包的长刃刀切面包片。这种刀比我们家用的砍柴刀好使多了。

"我们马上吃晚饭,"她说,"不过要是杜克罗来就好了。"

"您等人吗?"母亲问。

"是的。等一个好小伙子。他卖针线、彩带、纽扣、钩子,还有图画,就像那边那些画。"她用手指着几幅褪了色的粗糙版画,"还有其它一些小玩意儿……你蛮好走近前去细瞧瞧这些画,"她对我说,"你先看看玩玩,等会儿吃晚饭……"接着她又对我母亲说,"他几乎每个

057

月都要经过这儿到岱农区去。我想今晚他会来的,到日子了。"

我开始观看钉在墙上的画儿。有一幅画的是不幸的"漂泊的犹太人",手里拄着一根棍子,拖着两条长长的腿,象征着无家可归、一贫如洗的可怜的犹太民族。还有一幅《让诺与科兰》①。叙述的是一则诲人的故事,尤其对现如今那么多到城里可能误入歧途的人很有教育意义。还有一幅名画,叫《克雷蒂②死了》。几个欠债不还者把"克雷蒂"打死在地,正在溜之大吉。旁边一只鹅,嘴里衔着一个钱袋,上书"一切都是我的鹅干的"③字样。当时我还不会念这些字。这句话对穷人来说,是令人忧伤、痛苦的警示。

我正在好奇地琢磨这些画,有人用棍子敲了三下门。

"是杜克罗。"老太太说着去开门。

杜克罗看见我们显得有点犹豫。老妇人热情招呼他说:

"您可以进来……这是一个善良的女人和她的小孩。"

于是他走进屋。这是一个身强力壮的小伙子,褐色的脸庞,天生的鬈发,头戴一顶石貂皮大盖帽,穿一件灰色条纹棉布罩衣,脚登一双打了鞋钉的大皮鞋,借助一根宽皮带背了一个大包袱,压得腰有点弯。

"大家好!"他说着把粗棍子靠在门上。

然后,他取下包袱,搁在老太太急忙特地摆好的两张椅子上。

---

① 《让诺与科兰》(Jeannot et Colin),伏尔泰一七六四年写的一个短篇小说,主要内容是讥讽富翁。
② 这里作为人名按音译,本义是"信贷"。
③ 一切都是我的鹅干的,法文是 Mon oie fait tout,这是用 Mon oie(我的鹅)对 Monnoye fait tout(金钱万能)这句名言里的同音异义词 Monnoye(金钱,古法文)玩的文字游戏。

"您辛苦了,我可怜的杜克罗,"老太太说,"到炉子这边来,我们一会儿就开饭。"

"亲爱的米奈特,打心眼里说,我真高兴吃晚饭。您想想看,打从拉扎克村吃的中饭,到现在已过了多长时间?"

汤浇到面包上以后,我们到餐桌旁坐下。米奈特给我们每人盛了满满一盘美味可口的豆角包菜汤。我很奇怪地看到杜克罗同时使用匙子和餐叉喝汤。我们家乡可不是这么个吃法,只因为我们没有餐叉。我们吃炖土豆或豆角时用匙子,吃肉时用刀和手。不过也只有一年一次狂欢节时才吃肉。

杜克罗喝完汤,拿起酒壶在我们每个人的盘子里斟了葡萄酒,给他自己倒了满满一盘,一直齐到盘边,多得简直可以淹死一只小鸭子。看得出来,他在这里就像在自己家里一样随便。这种普通酒虽然比不上韦泽尔河畔圣莱昂的若尔葡萄酒,但我们都觉得相当不错了。我们这些穷人,一年当中只有三四个月里可以喝一点儿多半变质的劣等酒,其余时间里只能喝凉水。饮完酒之后,杜克罗还要给我们添汤,我们没人再要了。他就给自己添了满满一盘,然后又做了一次丰盛的"掺酒汤",我们把这叫作医生推荐的良药:把酒掺在盘中剩下的汤里一块儿喝下去。

杜克罗喝汤时,米奈特取出豆角放在一个色拉盆里,端到桌上。这时母亲站起身,说她已经吃饱了。可是心地善良的老太太猜她这么说是怕花费太多,就按着她的肩让她重新坐下:

"不管怎么说,您要吃饱了才有力气,"她说,"吃吧,吃吧,可怜的女人,要不,您最后都到不了佩里戈尔。"

059

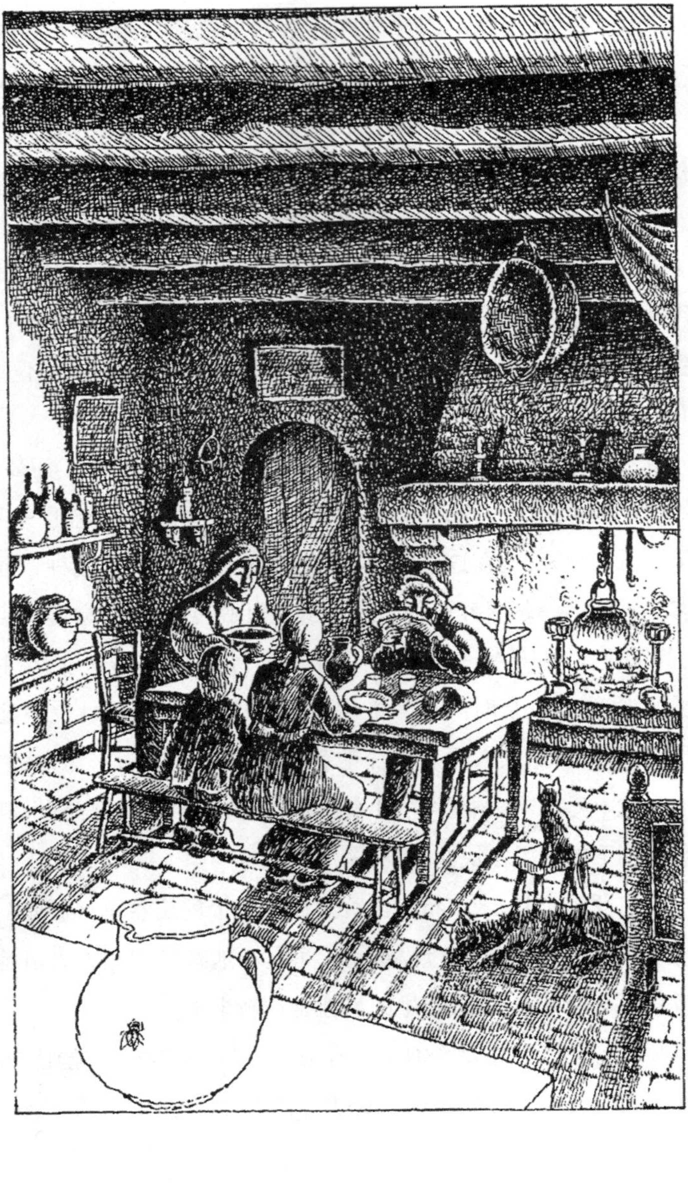

我们吃着饭,米奈特把我父亲的事讲给杜克罗听,问他作何感想。

他说:"您想要我跟您说什么呢?如果法官和陪审员都是一些像我这样的人,清楚这个男人是被那个坏蛋总管和老爷们给逼到忍无可忍的地步才犯案的,那他可能在牢里蹲上一年半载就可以出来了。可要知道,陪审团里的人都是些有产者、富人。退一万步说,这些人即使都是正派人,心也是多半向着他们的同类。不过,话又说回来,主持正义的人到处都有,一个地方只要有这么一两个主持正义的人,就可以影响其他人。经常会有这样的事发生,你们不必过于绝望……啊!"他又补充道:"但愿那些伤天害理、作恶多端、不顾别人死活的家伙罪有应得,受到处罚!"

晚饭后,杜克罗从他包袱深处掏出很多小盒子和各式各样的什物,放进罩衣内里的大口袋里,便出去了。从那刻起,我就猜想,他很可能是贩卖香烟和火药的。

到了该睡觉的时候,米奈特老太太说,她考虑了一下,杜克罗应当睡到干草房里,我母亲和我跟她睡一张床,她的床相当宽大,可容三个人,尤其是我人不大。我们就这样睡下了。那个流动商贩夜间大概是从通向屋外地下室的门进来的。

次日清晨,米奈特热了汤,让我们吃了早饭。该结账的时候,她对我母亲说,佩里戈尔样样东西都很贵,我母亲到那儿会很需要钱用。如果她有剩余,可以回来经过此地时再付钱。母亲再三感谢,但对她说,如果不付钱就走,她心里会很过意不去。再说还不知会发生什么事,以后还会不会经过圣皮埃尔小镇都很难说。

"那么,"老太太说,"既然这样,您付我十个苏吧。"

母亲明白老太太少说了很多数额。她交给她十个苏,恳切地说,她将永远记住她老人家,记住她对我们的恩德。

米奈特扬起双臂说:

"穷人就应该相互帮助啊!"

然后,母亲和她紧紧相拥。我们带着老太太对我们的许多祝愿,重新上路了。可这些就像其他许多祝愿一样毫无用处。

就这样,清晨我们又踏上了人迹罕见的大路。行走还挺舒服。升起的朝阳驱散了弥漫在空气里的薄雾。圣皮埃尔小镇的公鸡在我们身后高声啼鸣。升腾的薄雾和公鸡的啼叫预示着要下雨了。小鸟飞来飞去,在开花的荆棘翠篱上相互追逐。翠篱下面的草地里冒出小小的长春花和一些早春三月的花,也就是紫罗兰。泛出新绿的草地上露水已干。开垦到半山腰的山坡上端,矮树林开始披上春天的淡淡绿装。我已休息得很好,吃得饱饱的。若不是伤心事梗在心中,这样旅行一趟真是很惬意的。

过了圣玛利村没多久,我们遇见两个快乐的小伙子,一边微微摇摆着身体走着路,一边扯开喉咙唱着歌。他们穿一身黑天鹅绒衣服,扎一条红腰带,背着军用背囊,大胆地歪戴一顶黑天鹅绒大盖帽,耳朵上垂缀着金耳环,手里耍着用饰带装饰的大手杖,把手杖抡得飞转。他们从我们身边走过时,快乐地和我们打招呼。我们暗想这两个人究竟是什么人呢?后来得知他们是行游手艺人①。

---

① 行游手艺人,十九世纪法国手艺人有行游的习俗。他们年轻时到全国各地拜师,以提高自己的技艺。——原注

快到圣洛朗村时,忽然下起了绵绵细雨。雨不仅打湿了草地,而且使草地上空变得烟雨蒙蒙。玛努瓦河缓缓地、弯弯曲曲地伸展在草地上。小河流经的低洼处这儿一丛那儿一簇生出了犬蔷薇花灌木丛,水鸡在里面做窝。小河流经沼泽地时,便消失了,而后又在不远处冒了出来。它总是流得很慢很慢,仿佛流连忘返,不愿很快消失在伊尔河里。

我们把公路右侧的圣地城堡甩在了后头,这时身后传来一阵很响的铃铛声。我们转过身,看见一辆华丽的四匹马拉大轿车。两个马车夫穿着大靴子、黄短裤、红背心、群青色上衣,手臂饰有徽章,头戴上光皮帽。我好奇地停下来看车子经过。母亲也停下来等我。马车经过时,我透过宽大的窗玻璃,看到车里坐着南萨克伯爵夫妇和他们的长女。坐在前座的是卫士马斯克莱。坐在后座的是一个男仆和一个贴身女仆。母亲紧紧盯着他们,咬紧牙关,皱起双眉。我心里也升起一股强烈的仇恨。他们看见我们衣衫褴褛,浑身湿漉漉的,光脚走在泥泞的路上,就以一种冷漠蔑视的神情把眼睛转了过去。马车快速驰过,把泥水溅洒在我们身上。

到莱帕拉村时,我看见了美丽的伊尔平原和伊尔河。河岸矗立着一行行杨树。青青河水从小尚日城堡脚下流过。甫出狭窄的玛努瓦河谷,河谷两边那树木纤瘦、土壤发灰的干旱山坡刚刚脱离我们的视线,我好像觉得一下子到了另一个世界。而当我们爬过皮若尼埃小山坡,远处的佩里戈尔城便闯入我们的眼帘。房屋一层层排到圣福隆山上。山顶上,历经十个世纪太阳的曝晒而变成焦黄色的古老钟楼高耸入云。真是别有一番景象。此前,我只见过卢非涅阿克小镇。我无法想象这样层层垒叠的房屋,虽然这只是佩里戈尔的一部分。真想快点到达,我的腿来了劲,此时再也不感到累了。

我们顺着吾乐公园走,穿过图尔纳皮舍镇,或者说巴里镇,顺着从前的雷科莱修道院——现已成为师范学校,到了带有尖形桥拱的古桥闸上。这座桥过去被一个八面桥头堡保护着,至今还可以看见桥头堡的地基。

常言道:"春雨不为坏天气。"可这场春雨却把我们淋湿了。不过此刻雨霁,我不再想它了,而是对所见的一切感到好奇。沿着河流的左右两岸,古旧的屋舍鳞次栉比,像是正从圣福隆山走下来对着河水照映自己的面容。古桥闸上水岸,德格罗尔港街街角处,坐落着一幢高大古老的石砌屋。屋宇的正面朝向伊尔河,精心修筑的突廊、宽敞的窗户、高高的尖顶使这座屋舍显得富丽堂皇。再过去,是美丽的朗贝尔宅邸。它的三层走廊面向河流,由雕刻得很漂亮的柱子支撑着。再远一些,巴贝卡纳城楼傲然耸立,俯视着河岸。这个筑有雉堞的平台、突廊和轻型长炮与火枪枪眼的城楼是老城墙的美丽残骸,城墙早被屡次大屠杀夷平。再稍过去一点,骄傲地矗立着阿索尔山的峭壁巉岩。

古桥闸的下水,是圣福隆的坚固阴暗的旧磨坊。它的结构看上去很奇怪:厚墙窄窗,几间半木半石的外屋或被主支柱支撑着,或如同燕窝似的紧贴厚墙。河水从石制分水角分开的闸里缓缓涌入磨坊昏暗的拱形桥孔里。再过去是一幢结构奇特的房子。它有一个形同艉楼的走廊,建在一个巨大的砌体上面。砌体向前伸进水中,前部构成一个渐尖的角,就像船首冲角那样。艉楼下碇在河里,整个建筑犹如一艘中世纪的大帆船。再往远处看,省府花园里枝繁叶茂的大树倒映在水中。

从上水到下水,在这几个主要景点之间,许许多多的房屋如同一大群母羊似的前簇后拥,毫无秩序地奔下山涌向河流,直到把脚沾湿。这些旧房屋形态各异:有山墙古怪、窗外挂着给麻雀做窝的小瓦罐的,有用人像装饰的木结构阳台的,有被巨石梁托支撑的朝外凸起的楼层的。这些房屋的窗户,有的很狭窄,有的装了中梃,窗台上有的摆着几个长着罗勒草的旧汤碗或长着木樨草的破锅。有的屋宅开着奇特的天窗,好像在窥伺着河流。这些屋舍中有少数是用柴泥和屋架草建成的,变形的简陋小屋,因年久失修,墙壁上道道裂缝,墙皮已经剥落,扭曲歪斜,形如贫苦老妪。它们向伊尔河倾斜着,仿佛急急忙忙要向它扑去。旁边还有一些房屋像醉酒的女人似的,失去了平衡,倚在离它们最近的房子边,或是靠巨大的斜撑做扶垛来支持。另外还有一些大石块砌的房屋,建筑得十分牢固,其中几幢建在残留的城墙上,清澈的河水映出它们被阳光照得变成焦黄色的墙基、不规则的门窗墙洞、有顶的走廊、石板瓦的尖屋顶、三角形的猫洞、在尖尖的盖帽下冒着烟的巨大烟囱。所有这些互不相像、式样各异的房屋,不论是豪华的还是简陋的,都有各自的建筑结构、材料、装饰、独特样式以及美中不足之处。它们竞相拥至伊尔河岸边,似乎十分好奇,要在河里照见自己。有些屋子向前探着悬在水上,将石柱深入水中。有些向后倒仰,仿佛怕沾湿了双脚,而将它们安有粗壮栏杆的宽阔平台一直伸向河边。另外还有一些房屋将自己抬得比邻屋屋顶高过一层,以便观看伊尔河的流淌,凝视河对岸四周长着杨树的牧场。那里传来洗衣妇用捣衣杵捶衣裳的拍打声,杨树上晒着她们晾的衣裳。这儿一处那儿一处,不时可以看见哪家的平台上有座巴掌大的小花园。某个墙角处长了一棵垂柳,枝条倒挂在水面上。一些面朝河水的家门前停泊了几艘渔民或洗染商的驳船。这些古怪、不规则、无秩序地拥挤在一起的建筑物,所有这些山墙、走廊、露天楼梯、外屋、剥落的石板瓦的挡雨披檐、宽宽窄窄的窗户、房柱、交叉的木梁、石头梁托、撑脚、伸出的楼层、木结构阳台、天窗、红红蓝蓝的尖屋顶或平屋顶、奇形怪状的烟囱、嘎吱嘎吱作响的风标——所有这一切相互交错,形成混乱的一堆铺展在阳光下。这景色中有发青的、绿的、橙黄的、菜褐色的、发灰的,各种色彩。阴影在这斑斓的色彩上嬉戏。这景色中有挂晒的许多日常衣裳。不知谁家的窗口晒着一条红衬裙,像虞美人似的那么醒目。说实在的,那时的景色比今天美丽多了。

我在桥口站了好大一会儿看着四周的景物,被从水闸上跌落而下的河水声吵得忘记了一切。母亲拽拽我的手,于是我们又沿街而上。这条通往格莱福广场的街,坡很陡,路面铺着红色的大块河石。清晨的春雨使石头在阳光下闪闪发光。路两旁店铺鳞次栉比。有的门洞呈圆形、尖形穹窿或提篮把子形;有的没有门面,只有一个舷门,室内光线昏暗;有的出售廉价食品,里面悬空晃动着树脂蜡烛;寒碜的小店不少:有的卖瓷器,有的卖木鞋,有的论罐或论品脱卖酒。小作坊也很多。在作坊里劳作的有制钉工、把车床开得轰轰直响的制椅工、拽蜡线的制鞋工、用木槌捶打白铁皮制作提灯的白铁工。所有这些手艺人听见我们的木鞋在石板路上发出的清脆响声都抬起头,好像在寻思:"这两人是从什么鬼地方来的?"小街的高处,广场上,紧靠圣福隆大教堂高大黑墙的,尽是一些小木棚,用柴泥搭的寒酸摊店,用混凝土块建造的小屋子。商贩们在这儿卖干果、蔬菜、鸽子,批发肉类。

走到教堂书记室的门廊前,我们停住脚步,仰面朝天,观看这座被太阳照亮的古老建筑和它那带小圆柱的钟楼。雨燕发出尖利的叫声,在钟楼四周上下飞旋。随后母亲低下头,看见大门前有一个卖蜡烛的女商贩,想为父亲烧一根蜡烛。就用六个里亚买了一根,然后我跟着她走进大教堂。

啊!多么宏伟富丽的建筑!立在这些高悬的穹顶下,我感到自己多么渺小!在埃尔姆的小教堂里,我只体验到一种十分强烈的好奇心。在卢非涅阿克的教堂里,我还觉得很自在。但在这座经历了十个世纪沧桑巨变依然巍峨耸立的圣福隆古老大教堂里,面对它那年深日久变得漆黑的巨型支柱、它那被潮气侵蚀得发绿的墙壁,感觉就截然不同了。我,一个年幼无知、身单力薄的孩子在这座广袤的建筑中感到茫然,似乎被它的宏大所压倒。此时此刻,我仿佛感受到一种宗教恐怖。随着我们在这空旷的教堂里一步步前行,大石板把我们的木鞋声反射到穹顶,这种感觉就越来越沉重。母亲瞥见一尊有巨大底座的圣母雕像,便朝这个角落走去。在我的记忆中,这已是一座非常陈旧的石像,雕刻得十分简单。但是想象的作用给圣母的面容平添了一种温柔慈悲、无限善良的表情。圣母像前摆了一种带铁尖状物的三角形支架。此时,一个和我们一样贫苦的人插的蜡烛刚刚烧尽。母亲点燃自己的一支,把它插到一个铁尖子上,双膝跪下,因不会说法语,便用方言祈祷。苦苦哀求圣母玛利亚,好像圣母就在那儿似的。

她的祈祷词可以这样译成法文:

"万福玛利亚,你充满圣宠!主与你同在。你在妇女中受赞颂,你的亲子耶稣同受赞颂。

"圣母啊,我是一个可怜的女人,不知道应当怎样和您说话才好。但您无所不知,会听懂我说的话。可怜我吧,圣母!有时我忘了向您祈祷。可是您知道,穷人常常没有时间。可怜我们这些穷人吧,圣母!救救我可怜的马蒂苏吧。他不是坏人,也不是无赖。他只是性子有些急躁。如果说他这次下手重了,那是被人逼的,圣母啊!这个拉波里不管从哪方面说都是个恶棍。您是知道的,圣母!最使我可怜的男人不能容忍的,是他很久以来就知道这个流氓老是缠着我,向我献殷勤。有一天,他在干草房里亲耳听到了。

"啊!善良的圣母!求求您宽恕吧,救救我可怜的马蒂苏吧!我将一辈子天天为您祝福,圣母啊!回家之前,我将给您烧一支比这支大十倍的蜡烛!救救我的男人吧,圣母!救救他吧!"

当母亲用虔诚的语调,低声祈祷时,我用小手擦拭泪眼。祈祷完毕,她在胸前画了一个大大的十字,从地上拿起棍子,我们走出了教堂。

走到门廊下,母亲问刚才卖给我们蜡烛的女人牢房在哪儿。

"那边,离这儿很近,"那女人说,"顺着您眼前的光明街向上走,走到头,向右拐,一到了科德克广场,您的正对面就是牢房了。"

我们来到广场。那个时代,广场周围是一些古老的房屋,就和利摩雅纳街旁边的广场很相像。广场尽头,如今是商场,那时是旧市政厅所在地。自从法国大革命以来就成了监狱。人们用嘲讽的口气说:"像牢门一样可爱①",此话不假。这扇监狱大门果然如俗语所说:大门被铁皮牢牢包住,用铁钉加固起来,开了一个有突出铁栅的小窗口。整个大门看上去阴森可怖,好像牢记着所有跨过门槛、去做苦役或上断头台的囚犯似的。

母亲举起沉重的铁锤,铁锤落下发出沉闷的声音。门内响起一阵脚步声,伴随着钥匙的丁当声。窗口开了。

一个严厉的声音问道:"您要干什么?"

母亲回答:"看我丈夫。"

"您丈夫是谁?"

"马蒂苏,从龚贝奈格来的。"

"啊!就是杀拉波里的那个凶手……听着,未经允许,您是不能见他的。不过,此刻他的律师和他在一起。您等着,他的律师会出来的。"

随后窗口又关上了。

母亲坐在靠大门的上马石上。我怀着好奇心后退几步,以便细看这个经历了那么多代的古老市政厅。这是一个不规则、不对称的建筑物的组合,建造得十分坚固,能经得起意外袭击。一边是宽阔巨大的建筑物主体,窗洞都上了栅栏,三层楼高,顶部是一个有雉堞的平台。另一边是一个较小的尖顶四方楼阁。这两座建筑物之间

---

① 这句俗语意为"非常讨厌"。——原注

有一座稍矮的建筑,上面有一个突廊。我刚才谈到的大门就是属于这个建筑的。进大门,穿过拱穹形门洞,可以到达一个小小的内院。院子四周,与大楼的其余部分相连的是另外一些楼房,其中几幢是后来又建的。筑有雉堞的高大四方钟楼居高临下,俯视着所有这些建筑物。钟楼四角筑有檐槽喷口,楼顶很尖,顶上装了一个风标。

我正瞧着这些构造,门重新打开了。一位年轻先生问我母亲:

"您就是马丁·费拉尔的妻子吗?"

"正是,尊敬的先生。如有可能,愿为您效劳。"母亲说着站起身。

"可怜的女人,您现在不能看望您的丈夫。明天,他要上重罪法庭出庭,您可以见到他。我是他的律师,"他继续说,"请到我家里来一下,我想和您谈谈。"

然后,他领我们去他家。他住在智慧街十一号三楼。那儿至今还有一扇漂亮的带有壁柱和雕刻装饰的老式大门。在一座八角大楼里,我们登上螺旋形楼梯,律师请我们进了他家。他让我们坐下,开始就很多问题询问母亲。母亲一边回答,他一边记录。律师问母亲,拉波里一次次企图勾引她时,有没有人听见。母亲说,没有人。只有我父亲,极偶然地听到过。拉波里是个狡猾的伪君子。但大家都知道他惯会调戏在他手下干活的年轻妇女,如女佃农或到城堡打短工的年轻女人。这种事之所以众所周知,是因为女人们,至少是没有顺从他的女人,譬如毕麦格田庄的米庸,在炉火边聊天,在河边洗衣服时,相互交谈传出来的。

律师说:"好,我已传她和其他几个人做证人。"

提完问题,他教我母亲在法庭上该说什么,怎么说,告诉她应该有头有尾地叙述拉波里是如何对她无礼纠缠的,一件事一件事地叙述,因为她没有顺从拉波里,拉波里给他们一家带来的所有苦难,以及叫手下人给他们吃的苦头。律师再三叮嘱我母亲说明事实真相:我父亲是因为愤怒至极,只是在看到拉波里把枪交给卫士时才向他开枪的,而拉波里正是用这支枪打死了他的猎狗,又打伤了她的前额。

告别时,律师问母亲住在哪儿。母亲回答说刚刚才到,还不知住在哪里。他戴上帽子,把我们领到仁慈街的一家小客栈里,把我们介绍给老板娘,然后告诉母亲不要忘记第二天十点钟到达法庭。当母亲问他有无希望胜诉时,他做了个手势说:

"所有掌握在人手中的事都是不确定的。可最好的办法是坚持希望到最后。"

第三章

第二天,我们按时来到从前的"初等法院①"大楼前。当时人们还这么称呼这种法院。它位于科德克广场,正对着监狱,就在今天的八号楼位置。进院门穿过拱顶门洞,便来到又小又暗、四周高墙耸立的内院。我们在院子里等待着,一边和我们家乡传讯来做证人的乡亲说些话。忽听拱顶门洞那边响起一阵带马刺的沉重脚步声。父亲双手戴着镣铐,在三名宪兵的押送下走来了。母亲发出一声可怕的喊叫。尽管警察拦阻,她还是扑到了父亲身上,一把将他抱住,紧紧搂在怀里,同时喊叫着哀号着。这时我抓住父亲的一条腿哇哇哭起来。

"好啦,好啦,"宪兵说,"够了,够了,你们待会儿可以见到他。"

父亲说:"把孩子给我。"

于是母亲用两手把我托起,一直举到父亲脖子边。我使尽全身

---

① 法国一五五二年至一七九一年的法院,其判决令没有上诉的可能。

力气,用两只小胳膊把父亲的脖子紧紧搂住。

父亲一边亲吻我一边连声说:"我可怜的雅古!我可怜的雅古!"

最后我们必须分开了,一半出于无可奈何一半出于无能为力,宪兵把我们向后拽,带走了父亲。

等了很久,一名执达吏来喊我母亲。我们走进一间带肋条的穹顶的高阔长形大厅。两扇尖形穹窿的窗户面朝内院,透过窗子的光线勉强把大厅照亮。大厅深处有个被木栏拦着的台子。台上摆了一张铺着绿台毯的堆满文件的大桌子。三名审判官坐在桌后面,当中的一位穿着红袍,给人一种不祥之感。另外两人穿着黑袍。这三人都戴眼镜。台子两侧有几张较小的桌子,后面坐着检察官和书记官。法官身后的墙上高挂着一幅巨大的油画,画着钉在十字架上的浑身血淋淋的耶稣。

陪审员、律师、宪兵、被告和公众所处的位置和今天差不多。不同的是,如今法官、陪审员、律师这些人都蓄着胡子或小胡子,而那个时代,这些人下巴颏都刮得干干净净,只有宪兵除外。

母亲作证的时候,有位先生用法语重复她说的方言。我对这些并不注意,只是一个劲地望着父亲,他也望着我。有一刻,母亲说着说着充满了感情,嗓门提得很高。我转过身,发现所有的人都对这位衣衫褴褛、身材匀称、个儿高挑的女人流露出尊重的神情。她模样俊秀,头发乌黑,她为丈夫讲话时两只眼睛闪烁着光彩。

母亲刚讲完,国王检察官就站起身进行起诉。他夸张地做着手势,哇啦哇啦地讲着,声音在穹顶下回荡。我听不懂他说什么,可我觉得他好像竭力要使陪审团的十二位先生明白,我父亲很久以来就有意要杀掉拉波里。他说,可以证明这一点的是,事发前不久我父亲对马斯克莱说过,要是谁杀死他的狗,他就叫谁倒霉。既然这样,应判他死罪。

可以想象,当检察官提到死罪时母亲和我该陷入怎样一种状态。父亲好像没听检察官讲话,他的目光一直朝我们看,仿佛在说:"如果我被判刑,我的妻子和孩子该怎么办?……"

检察官说完,我们的律师站起来为我父亲辩护。他摆出所有证据,证明拉波里是个什么样的无赖,尤其强调了他不断骚扰我母亲的种种下流手段,清楚地表明父亲是一怒之下杀死这个坏家伙的,而绝不是蓄谋已久。总之,凡是能使父亲免遭死刑的证据他都说了。但他只能保住我父亲的项上人头。我父亲最后被判了二十年苦役。

庭长宣读完判决书,听众席里就响起一阵悄悄的低语。母亲和我立即难过地哀号起来,朝父亲伸出双臂。父亲很快就被宪兵带走了。

人们拥出大厅时,我听见南萨克伯爵对马斯克莱说:

"我们终于把他除掉了!他就死在苦役犯监牢里吧。"

第三天,律师得到许可,领我们见父亲。我们在那间牢房里度过了多么痛苦的时刻啊!真是不堪回首。多少年过后,只要一想起那一刻,心里就无比难受。

走出牢房时,母亲悲痛到了极点。她问律师有什么办法能给我父亲减刑或撤销判决。

"没有办法,可怜的女人,"他说,"要是他在那边好好表现,可能会减一点刑。但南萨克伯爵与他作对,就不能指望什么啦。至于撤销判决,我看没有理由。即便有,我也不主张你丈夫去上诉,他有可能败诉:他差一点就被判了无期徒刑。"

"您在这里再待些时候,"他离开我们时补充说,"我尽量设法让您再见一次您丈夫。"

父亲被判刑后,母亲完全陷入了绝望。她不吃不眠。隐隐的低烧使她两眼发光,两颊绯红。热度一天高似一天,到了第三天,她只能躺在床上了。我呢,这一天就透过玻璃窗望着对面房屋黑黢黢的瓦屋顶。有时,一只猫慢慢地爬过屋顶,随即消失在猫洞里。然而翌日,母亲下床了。我们穿街过巷慢慢地溜达。母亲牵着我的手。我们总是迂回到监狱附近,好像多看看父亲坐牢的监狱围墙对我们有什么好处似的。

若是在别的时候,我会很想看看这座城市的。可那个时候,痛苦令我丧失了探究那么多新鲜事物的欲望。街上的行人、站在自家门槛上的或店铺门边的人都好奇地盯着我们看。从我们的神情和服装看,他们就知道我们一定是从佩里戈尔哪个最荒野的地方来的:不是来自杜伯尔,就是来自农特罗奈荒原,要么来自巴拉德森林。他们的判断没有错。

第五天午后,我们沿塔伊佛街而上,朝圣福隆大教堂走去,一路上茫然地看着各种店铺:药铺、甜烧酒零售店、食品杂货店、肉铺、帽店、雨伞店——那时候满街都是这些商店。到达克罗特广场时,我们看到聚集了一大堆人。

广场中央安置断头台的地方,支起一个四五尺高的小行刑台。台子当中竖着一根粗壮的木桩,支撑着一条小长凳。凳子上坐着一个男人,双手戴着手铐,脖子被一个拴在木桩上的铁颈圈紧紧箍着。这个男人竟是我父亲!只见刽子手站在行刑台上等着,绞刑架周围有四个站岗的宪兵,携带着光溜溜的大刀,将人群隔开一定距离。母亲看见她的马蒂苏处在这样凄惨的情况下,不由得柔肠寸断,声声哀吟,用围裙捂面恸哭起来。我恐惧万分,拽住母亲的衬裙也无声地哭了。我们面前的一个人高声念着拴在父亲戴的铁颈圈上方的木牌:"马丁·费拉尔,外号反叛者,鲁费涅阿克镇龚贝奈格村人,因犯凶杀案被判二十年苦役。"

我们躲在看热闹的人群后面默默无声地哭泣,站了很长时间。其间人群一有点骚动,我就会瞥见刽子手露出一副站得不耐烦的样子。他拉动一根缀满小饰物的短链子,从短裤裤腰上的小口袋里抽出一块很大的银挂表,看时间。如果不认识他的人在街上遇见他,绝不会说这个人就是断头刑的行刑者。他那副面孔显得多么善良啊!而且他穿得衣冠楚楚,一如俗话所说"像复活节领圣体的刽子手那样善良"。他那宽大的群青色长礼服一直拖到翻边长筒靴上,平纹细布领带系得很高,头戴一顶大礼帽。我们终于等到圣福隆大教堂的钟楼敲响了四点钟。这时,刽子手从口袋里掏出一把钥匙,打开套在我父亲脖子上的枷锁的扣锁,扯着他的胳膊,把他带下行刑台,交给宪兵。随后,宪兵就押着父亲走了。我们在后面不远的地方尾随着。我看见父亲高高地扬着头,神态安然地行进在四个宪兵当中。虽然沿街的住家和店户门口的人好奇地盯着他看,我确信父

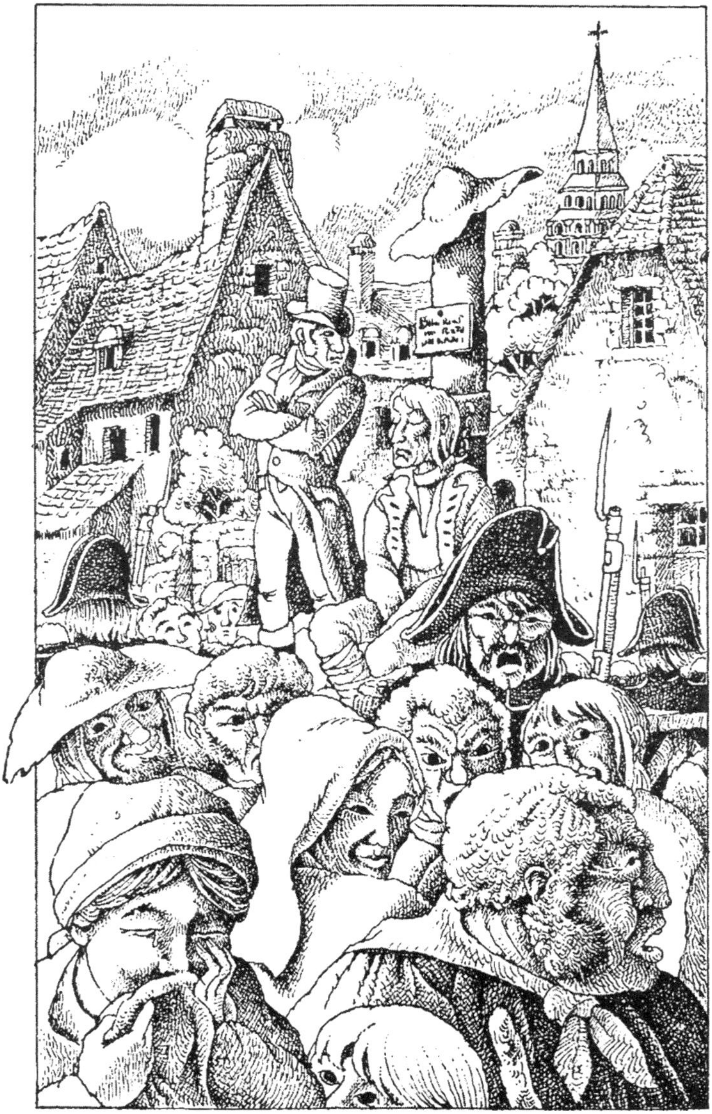

亲连眼皮都没眨一下。而我们就截然不同了,一副愁眉苦脸的样子,神情痛苦忧伤,用手背不断地拭擦泪水汪汪的眼睛。见我们走过去的人相互低语说:

"这可能是他的女人和孩子。"

那天夜里,我睡得差极了,尽做噩梦。好几次从梦中惊醒。我紧紧地偎依在母亲身边。可怜的母亲一点也没有睡。为了安慰我,她把我久久地搂在怀里。天刚明,她就起床了,没惊动我,一个人坐在窗子边,睁着双眼却什么也不看,完全陷入哀痛之中。早晨七点钟,当我睁开眼睛,瞥见母亲就是这样坐在椅子上的:她双手合十,伸着胳膊,低着脑袋,盯着地板。街上传来买卖人叫卖麻花和栗子的喊声,使我完全苏醒过来。母亲给我穿好衣服,我们一起走出门,想再见父亲一面。是他的律师让我们等待这次机会的。我们一直朝监狱走去。律师叫我们在那儿等他。路上母亲买了两个里亚的干栗子。季节已过,栗子一点也不好吃了。我们在那个可怕的包了铁皮的监狱大门前坐下。我一个一个地从母亲围裙口袋里掏出干栗子吃。母亲陷入痛苦的沉思。忽然一辆黑色大马车在监狱前戛然停住。这辆马车车身长长的,形如有篷货车,只是车身两侧开了几个巴掌大的安了铁栅栏的小气窗。一个身着灰制服的男人从车上走下来,他的白色牛皮肩带上挂着一把短军刀。他敲敲监狱大门,门随即被打开,然后又在他身后关上。

很快围拢来一群小孩和游手好闲看热闹的人。他们聚集在车子四周议论道:

"这就是拴囚犯的长锁链,马上要把最近被判刑的人带走了。"

母亲和我听到这些议论,站起身,惊呆了。这时大门又开了,携短军刀的男人从门里出来,后面是个宪兵,然后是三个戴铁镣的男人。三人中最后一个就是我父亲。他们身后还有一个宪兵跟着。穿灰制服的人把车子后面用铁皮结结实实包裹着的没开孔的小门打开,叫三个犯人上车。看见父亲没有向我们道别就这样走了,我们边哭边大声叫起来。父亲虽然被宪兵推搡着上车,仍然转过身对母亲大声说:

"勇敢些,老婆!照顾好孩子!"

接着,紧跟在父亲后面的一个宪兵上了车,锁上了车门。另一个宪兵坐到车子前面,和穿灰制服的人在一起。马车夫驾起他的三匹马,飞也似的奔驰而去。

我们立在那儿好一会儿,像傻子似的完全呆住了。我们哀伤地哭泣,根本没注意我们四周已围起一圈看热闹的人。我听见一个扎皮围裙的男人说:

"我看过那个人受审。说真的,他比被他杀死的那个人要好一百倍。那些把他逼得走投无路的人比他更有罪!啊!要是放在二十多年前①,就要强迫这些家伙就范了!"

我们随后到律师家去。他听说我父亲已被带走,感到很惊讶。因为人家告诉他因车第二天才来。要么人家有意骗他,要么押解行动提前了一天,反正一切都完了。我们必须认了这个既成事实,律师这么劝说我们。

律师好言好语地劝慰我们,许诺说今后将把父亲的消息告诉我

---

① 这里隐指的是法国大革命时期。

们。我们略略得到一点安慰。母亲对律师深表感谢,谢谢他救了她可怜的丈夫,同时感谢他对我们的关照。母亲补充说家里一贫如洗,没有一点能力报答律师的辛劳,律师回答说:

"我不要穷人的任何东西。您不要为此烦恼。"

于是母亲又问他尊姓大名,跟他说我们母子一直到死都会记住他的恩情。

"我姓维达尔-枫格拉夫,"他说,"我很高兴没有为忘恩负义的人效过劳。咱们也不必说得太夸张了,我只是尽了一个人和一名律师的责任而已。"

与枫格拉夫先生告辞之后,母亲决定立即动身。我们也没有必要再在佩里戈尔待下去了。况且现在时候还早。临走之前,我们到客栈去,母亲担心身上带的钱不够,问老板娘需付多少钱。老板娘回答:

"正直的女人,您什么也不欠我的。枫格拉夫先生事先把一切都付清了。您瞧,他甚至还委托我把这个交给您。"

老板娘递给母亲一包东西,里面是一百个苏的埃居。

"天哪!"母亲满含热泪地说,"这个世道真还有好心人哪!……我求求您转告枫格拉夫先生,刚才我对他感谢得还不够。但是只要我活着一天,一想起我可怜丈夫的不幸,我就会想到他的恩德!"

老板娘说:"啊!这位年轻的先生是个心地非常善良的人!我不是说其他律师的坏话,我相信几乎没有像他这么好的律师了!"

我们走出客栈,来到格莱福广场,沿街而下,朝巴里镇郊区走去。不一会儿,我们就来到乡野,上了大路。

母亲迈着小步子,一边牵着我的手给我带把劲。她不时深深地叹一口气,好像被人狠狠揍了一下似的,满脑子始终想着父亲将在那边过艰难苦役生活的事。"那边"在哪儿?我们不知道。她虽然痛苦到了极点,却比到城里来的时候少了一些焦虑。因为断头刑的可怕情景已从她的想象中消失了。可是她万分恐惧地想到她可怜的马蒂苏将与她永生永世相别离,他会应了伯爵的话,忧伤过度、饥寒交迫,受尽小狱吏的棍棒之苦,死在苦役犯监狱中。

在圣罗朗杜玛努瓦村,靠近一家酒店的地方停着一辆由四匹膘肥体壮的骏马拉的公共运输马车。我们打那儿经过,往前走了二三百步,忽然身后响起铃铛声,是那几匹马颈圈上挂的铃铛发出的。赶车的是个高个儿小伙子,穿一件公运车夫的大褂,嘴里叼着烟斗。他抡起胳膊把鞭子甩得脆响。车篷上一只白色的小狐犬从车子这头跑到那头汪汪直叫。这辆马车很快赶上我们,车夫不讲客套地上前和我们攀谈,问母亲上哪儿去。母亲告诉他后,他说:

"今天晚上我要到岱农镇吃晚饭。我把你们带去。可怜的人,你们看样子太累了!"

没等母亲表示同意,他就停住马车,把我安顿在悬挂于马车下面的一只双耳大筐里。筐里铺了草,放着他的粗羊毛大衣。我躺在大筐里,不一会儿,就在车子的摇晃中进入了梦乡。

一觉醒来,太阳已偏西。余晖把车辆、货物的阴影和位于辕马臀部后面的马车夫的影子在公路上拉得长长的。我用眼睛找寻母亲,看见她的一双沉重的木鞋在车夫休息座下来回摇晃,母亲就坐

081

在那儿。这时我们已快到福斯玛涅了。母亲要下车。车夫说,黑夜快降临了,在森林里赶路不大合适。我们最好一直到岱农,他会管我们晚饭和住宿。母亲十分感激他,回答说白日还足有一个半小时,我们来得及赶回家。

"那就悉听尊便,正直的女人。"说着他停住了车马。

母亲再次对他的殷勤帮助表示感谢。车夫说没什么,向我们道了晚安,打响鞭子,喊道:

"吁!……"

四匹马用劲拉动沉重的货载又出发了。

我们重新循着几天前去佩里戈尔走的路返回来。多亏那位正直的赶车小伙子,我们得以好好休息了一阵,走起路来有了劲。不过,母亲还是就着我的小步子走。她肩上扛着一块五斤重的大圆面包,面包穿在一根棍子上,是离开佩里戈尔之前买的。到女婿湖时,去时见过我们的那些佃农问我们情况怎样,母亲告诉了他们。一个女人叫道:

"我的老天爷!怎么可能这样呢?"

然后她请我们进屋,请我们一起吃晚饭。说实话,这个邀请只是客气客气而已。因为母亲表示歉意,说我们正好来得及天黑之前赶回家,女主人并未执意邀请。我们和在场的人互道"晚安",与他们分手后,走进了大森林。

树梢还照到一点阳光,但林子里已阴影密布。森林深处远远地飘起一点薄雾。夜晚的凉意开始袭人。去田野觅食归来的喜鹊从四面八方飞向森林,在轮伐时保留的幼树上栖息。它们像往日一样睡觉之前叽叽喳喳叫个不停。

待我们穿过从大软帽山延伸出来的小山谷,打从格朗瓦尔村下面经过,沿坡路而下,走向圣热拉克村时,太阳就完全落到天边的森林下面去了。苍茫的暮色蔓延到林中,树木覆盖的山坡和我们周围的栗子树采伐区都变得幽暗起来。同时,位于我们前方相当远的地方,巴尔镇的钟楼响起了该念三钟经①的钟声。紧接着,我们的右侧,鲁费涅阿克镇的钟楼也敲响了三钟经钟声,传来的声响更加微弱。这时,母亲又拉起我的小手,加快脚步。尽管拼命赶路,我们回到瓦窑时天已漆黑。

房门还是临走前用根绳子拴着的那样关得好好的。解开绳子,走进屋内,一切都是原封不动的样子。乍从佩里戈尔回来,在那边见过富丽堂皇的宅邸和漂亮的商店,相比之下,我们的破屋显得比以前还要贫寒。再加上一想到父亲,就是再美丽的宅邸我们也会觉得凄凉。我刚才说屋里什么也没动过。可是当母亲用燧石和一根浸硫火柴点燃一根树脂蜡烛时,看到泥土地上有钉了鞋钉的大皮鞋的脚印:谁会到这儿来呢?来干什么呢?是小偷吗?偷什么呢?最后真是百思不得其解。母亲用木杠闩好门,然后我们吃了一块面包就睡觉了。

第二天,可怜的母亲虽然还很痛苦,可又开始烦恼起找短工的事。回热拉尔家是不可能的了。那个女佣在他家"充作女主人",人

---

① 三钟经,早、中、晚三次向圣母玛利亚进行的祈祷;引申为召唤信徒去教堂做此祈祷的钟声。

们谈论做情妇的女人时就这么说。我想到丽娜,觉得很惋惜。这一带,佃农和中农人家比使用短工的富裕地主要多。至于森林那一边,靠近圣热拉克村方向,就都是埃尔姆的土地,也不能考虑。鲁费涅阿克镇这一边,有图岱尔村,属德·巴罗纳先生。后来我听说这位先生曾做过格勒诺布尔市议会的法官。鲁费涅阿克镇那一边是舍拉城堡。也许在那儿,母亲还可以打到短工,现在正是有活儿的时候。可是那里离瓦窑太远了。找了很久,母亲在马朗塞村一户人家找到了活儿。这户人家的长子当兵去了。自从拿破仑垮台后,这个时期,男子不再抽签入伍了①。户主的老婆一天到晚总是怀抱一个吃奶的孩子,膝下还围着五六个孩子,不能帮他忙。因此他需要一个帮手。这个男人给我母亲每天六个苏的工钱并管饭。母亲想跟他说把我也带去,就像在热拉尔家那样。他生硬地说他自家的小孩已经多得烦死人,甚至有点太多了,他不想再往家里添小孩了。

母亲为此很忧愁。我劝她别为我烦心,我会一个人好好待在家里,不会害怕的。不管我怎么说,她一点也高兴不起来。可是常言道:"需要时就是老太婆也要小跑。"穷人往往不能想干什么就干什么,必须逆来顺受。

从此每天清晨天刚麻麻亮,母亲就到马朗塞村去了。要跑将近三刻钟的路。我呢,就一个人待在家里。第一天,我没大离开屋子,

---

① 法国大革命设立的征兵制一八一四年被取消,一八一八年恢复,同时改为一年一度适合当兵的青年抽签当兵的制度。这里是自愿当兵。

只在附近地方转悠了一下。但是我很快就待得不耐烦了。我大着胆子闯进森林。狼,我是不怕的。我知道这个季节狼可以觅到狗、羊、鹅、鸡吃,用不着对它们害怕。它们吃饱了就睡在狼窝里,要不,就远远地围着羊群转悠。再说我口袋里装着父亲的刀,刀用根细绳拴着。我还有一根齐腰高的棍子。这么一武装,我胆子壮多了。至于盗贼,人家说他们藏在密林里,可我一点也不去想。这是穷人可以免掉的烦恼。不幸的是,穷人还有其他许多烦恼。

很早以前,森林似乎比现在广阔得多。它覆盖了福斯玛涅、弥拉克、圣热拉克、桑德里厄、拉渡兹、莫特玛、鲁费涅阿克、巴尔等教区,一直延伸到岱农镇口。到我童年时,森林虽不如从前那么大,可比今天要广袤得多。因为自那时起森林被开垦了不少。像今天一样,森林被划分为好几个区。每个区都有独立的名称,如埃尔姆森林、女婿湖森林、格朗瓦尔森林。那时人们谈到所有这些相连的森林时,都用一个称呼"巴拉德森林",人们今天还这么称呼。这个总称呼又意味着"封闭的森林",因为它隶属岱农、莫特、埃尔姆的几个封建领主。他们禁止把牲畜群带进森林。

我们住在瓦窑的时候,森林的状况到处都不太好:有的地方被人放火烧过。大革命时期,这些森林几乎都归了旧贵族。据说,他们破了产,就叫人砍掉大树,提前伐木。总之,为了一块面包,卖掉了大部分林木。尽管如此,几年过后,那些极难开发的地方又长出了茂密的矮林和美丽的树木。在荒僻的地方,偏远的洼地里,也长出了荆豆、染料木、松林下植物、欧石南的茂密矮树丛,里面夹杂着看似小树的树莓和蕨。正是在这些难以进入的矮树丛里,野猪安下了窝窠。夜里,它们倾巢出动,到村庄附近的萝卜地或土豆田里刨东西吃。白天这些野猪很少见,只有被伯爵的猎犬群追捕时,才看得到。或者有时可以看见一头母野猪穿越林间空地,后面远远地跟着一群小猪悠悠地跑着。

有两条路穿过巴拉德森林。一条是从波尔多到布里夫,或者说,从里摩日到贝日腊克的康庄大道。这条路经过埃尔姆、鲁夏十字架村,在那儿与一条来自鲁费涅阿克的小路相交叉,然后一直向森林纵深延伸,到达雅里皮吉埃,再从那儿一直通到岱农。另一条是从昂古莱姆到萨尔拉的斜穿森林的大路。它从弥拉克伯罗什村过来,打黑人湖附近经过,到达女婿湖,在距拉斯莫特拉村一刻钟路程的地方与波尔多到布里夫的大路交叉,从巴尔镇左侧插过,向奥里亚克镇方向延伸。

这两条路不像今天的公路维修得那么好,可至少是最早的两条宽达四十尺和四十八尺的大道。这些路今天还残留着一些未被附近居民侵占掉的路段。这两条路直截了当地随高而上,随低而下,既没填凹坑,也没铲土包。有的路段长满青草,有的路段被雨水冲出道道小沟。它们径直地向前伸展,不拐一点弯,在连绵不断的幽暗密林中,显得既忧郁又壮丽。有时举目望去,公路笔直伸向前方,直达山顶,半里路内不见一个旅行者,不见一个过路人。路面石头很多,有的地方干燥,有的地方绿草茵茵,有的地方坑坑洼洼,有的地方长满野草或低矮的欧石南。我似乎觉得在荒漠里这两条被毁损了的大路上马上会出现好多司法骑警队的骑士,押送驮着王室保险箱的税务机关的骡子,箱内装满人头税和盐税税款埃居。别处,在公路穿过某个荒凉的背斜谷时,整个景象显得阴森可怖。夏天,路很潮湿;冬天路变得坑坑洼洼。公路远离所有居民点,处在密林深处,被茂密的荆棘包围着。夜幕降临时,行人就要开始左右张望,好像拦路抢劫的强盗就要从阴森森的矮林里钻出来似的。除了这两条大路以外,还有一些由搬运大捆树枝的马车压出的小道,树木砍伐后又被抹掉了。另外还有一些偷猎者深入矮树丛时踩出的小径,在树丛中弯弯曲曲地沿着背斜谷,绕过山坡,或在设有窥伺野兔哨所的坡顶相互交错在一起。

森林里几乎从来遇不到什么人。偶尔,傍晚时分,可以瞥见一个农民头戴蓝色棉布便帽,冬天木鞋里塞些干草;夏天光着脚丫,把枪藏在破衣服下面,钻进矮树丛,在月光下躲在林间空地旁,窥伺从兔窝里跑出来觅食的野兔。或者在狼经常出没的岔路口,躲在一大簇染料木后面,等待它出动。这个尖耳朵的野兽惯于在夜半三更时冲着月亮发出阴森可怖的嚎叫声。白日里,在小路上隔很远可以看见一位戴臂章的护林人指点人们砍欧石南或伐木柴。偶尔还可以遇见一支骡队,五六匹骡子驮着煤运往埃齐炼铁厂。

像家乡所有的孩子一样,我如松鼠般爬树玩。好几次,我看见某座高高的小山冈上有株大树,就爬上去,一直爬到树顶。此时覆盖在高原上的广袤无垠的森林、小圆丘以及道道沟壑尽收眼底。可以看见森林边上,这儿或那儿的林间空地上有座孤零零的房子;在灰暗的茫茫林海之上冒出一个钟楼的尖顶或煤炭场的一股浓烟。烟云像浓雾般沉重地缭绕在背斜谷和凹地。几乎四面八方,所有的山峦、山坡、山谷都相互交错层层叠起,与上佩里戈尔的高原相衔接。朝南面望去,很远处,过了维泽尔河,黑色佩里戈尔的高大山岭绵亘在泛蓝的天际。四周静悄悄的,偶尔才听到一只受惊的小鸟扑棱一下翅膀,或一只狐狸拖着尾巴在树丛里走过,听得见远处跟踪野兔踪迹的牧羊犬清脆的汪汪声,或某个猎人呼唤小猎犬的号角声,或一头母牛在它的小牛仔被送交给岱农镇的屠夫之后的高声哀鸣。

接着,到中午时分,福斯玛涅、岱农、巴尔、鲁费涅阿克、圣热拉克、弥拉克-铎伯罗什村镇周围所有的钟楼都敲响起三钟经钟声。音调变幻多样的悦耳的钟声回荡在寂静的森林上空。我栖留在高高的树上,脑海里想象着孩子们的心灵里常想的那些朦朦胧胧的事物,呼吸着从森林——这片长满各种野生植物、被太阳晒得灼热的广阔植物丛——里飘逸出的村野馨香,聆听着森林深处布谷鸟的欢唱。更远处,另一只布谷鸟也用歌声回应它,听起来仿佛是声响变弱了的回音。有时,一只学会猫叫的松鸦在这盛产樱桃的季节,围绕着屋舍喵喵地叫,陡然瞧见了我,就迅速飞走了。

我爱上了这种孤独和这种几乎完全的寂静,不知不觉中,这缓和了我对可怜父亲怀念的痛楚。每天,母亲到马朗塞村打工去了,我就到森林里跑来跑去,饿了,吃一块装在口袋里的玉米饼子或一块面包,用野果把肚子填得饱饱的。渴了,喝一点聚在沟里的水,因为林中几乎没有水源。累了,就躺在草地上歇一歇。离拉斯莫特拉村不远的一片凹地里,有个叫古尔的小湖。听说,从来也没有人能够探测它的深度,可也许人们从来就没有尝试过。那个时候,古尔湖四周长着茂密的林木。湖水平静而清澈。湖岸大树的浓荫遮盖

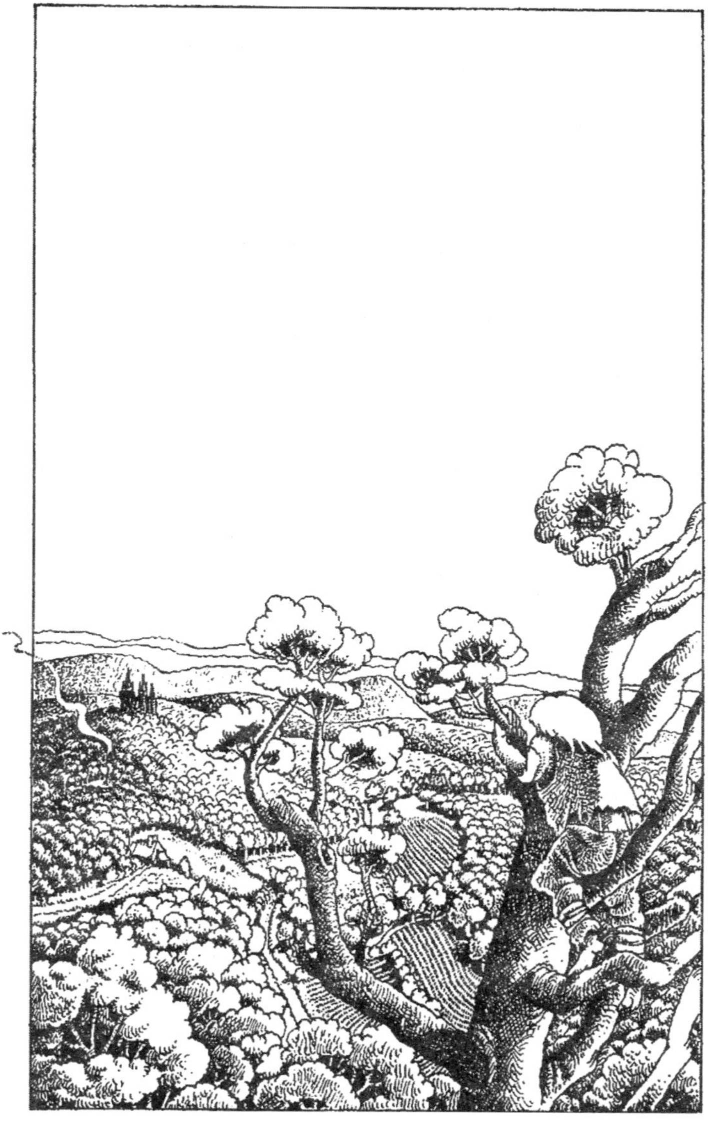

着湖面。粗壮的白蜡树、山毛榉、槭树、橡树倒映在清澈的湖面上。甚至还有一棵银色的欧洲山杨,倾向湖面,极偶然地在湖畔落了根。倾向湖面的山杨微微抖动时,发出像昆虫一样轻微的回响。有时,我就到那儿去,在高高的蕨草下躺着,当夕阳开始西下时,附近只有雄斑鸠充满爱恋地咕咕叫着,我就留心观察由于白天的炎热而口干舌燥、飞到小湖来饮水的各种各样的飞鸟,有松鸦、黄鹂、乌鸫、斑鸫、燕雀、朱顶雀、山雀、莺、红喉雀。它们展翅飞来,落在一根根树枝上,左右张望,发现没有危险,就冲向古尔湖边,一口一口汲水,接着仰起尖喙,让水流进肚里。有时,几只鸟儿飞到湖上,扑打双翅嬉水,就像孩子们一边游泳一边打水一样。然后,它们抖动羽翅,甩掉水珠,将羽毛理理整齐。

父亲的灾难虽然不像开始时那么沉重地压在我心头,但却一直绞着我的心。此时的我好像觉得——我说"好像"——这些森林里自由自在的小动物生活得很幸福。它们无忧无虑,和太阳一块儿起床,和太阳同时睡觉,吃得饱,睡得安,睡时把头放在翅膀底下。可我进而也想,到了寒冬,滴水成冰,积雪盈尺之时,它们就不会太惬意了。有些鸟儿就得挨饿了。乌鸫、斑鸫、松鸦总是能找到几颗刺柏的果实,黑刺李、乡球树或接骨木的浆果,或者还有几粒残留在树梢的花楸。可是其他可怜的小鸟就再也找不到种子或小虫子吃了。倘若大雪连绵不断,酷冷异常,在一个连石头都要冻裂的夜里,饿得发昏的小鸟就会冻死,从树枝上掉下来,落在地上,嘴张开着,羽毛竖起来,爪子硬挺挺的。有时,一只野猫趁着夜黑爬到树上,把它们叼走。或者一个提着灯笼夜猎的猎人趁万物都在沉睡的当儿,用棒槌把栖息得过低的冒失的小鸟一棒子打死。啊!这个世界上任何生灵都有不幸!

礼拜天,母亲留在瓦窑,很高兴和我在一起。她忙着缝补我们急待打补丁的破旧衣裳,尤其是我的。可想而知,我成天待在林子里,穿荆棘丛,爬各种树,短裤和衬衣都刮得不像样了。这一天,母亲用别人给她的什么东西或用我们叫作大白豆角的蔬菜做汤。整个礼拜,我们母子俩都各自生活在一方。像这样待在一块儿吃饭,我们觉得十分惬意。贫困很早就教会穷人的孩子独立生活。当我一个人的时候,如果家里还剩一点汤,我有时就把汤热一热,自己把汤浇到放在小汤碗里的面包上。但平常我还是爱到森林里跑来跑去。

另外,我还吃点擦蒜面包,当然是为了省盐。那时盐很贵。有时吃点焖土豆、玉米饼,然后再吃点从野树上摘下的水果,如樱桃、花楸果、苹果什么的。这些树的种子是由小鸟播撒到林中来的。有时还吃些味道不好的早熟黄桃或粘核白桃,这是我在森林边上某个偏僻的葡萄园里发现的。有时,可怜的母亲把一块省下的玉米蛋糕揣在围裙口袋里带回来给我吃。可她不能让别人看到。因为马朗塞村的那个男人很计较外人吃他的面包,要是发现有人外带面包会很生气。尽管生活很艰苦,我仍然像一棵栽种在肥沃土壤里的树苗一样茁壮成长,身体磨炼得很强壮。虽然只有八岁,看上去却像有十岁。我也增长了一定的见识,和母亲交谈起来可以谈一些其他孩子一般不知道的事情。我对事物的理解力也超越了我的年龄所及的水平。我相信贫困和苦难使我的智力得到了开发。

有人会问:

"那么,你们就像胡格诺派①信众一样生活啰!你们既不在礼拜天去望弥撒,也不做晚祷吗?"

唉!是这样。我们不去。我可怜的母亲她是相信天堂地狱之说的。她知道这样一来会被罚入地狱的。再说,她也无法不知道这点,因为一天晚上,她干完活儿精疲力竭地走在回家的路上,碰见了神甫。神甫责怪她不去望弥撒,不做忏悔,不参加复活节领圣体仪式,说她这样生活就几乎和牲畜差不多。是的,母亲不去教堂,也不领我去。她说没有时间,其实还有别的原因。若要讲实话,那就是她与上帝不和了。她因父亲被判刑而怨恨上帝,尤其怨恨圣母玛利亚。她承认父亲应当受罚,但不应以死处罚。因为把他逼到开枪杀人这一步的真正罪犯是伯爵,是他下达了杀死我们的狗的不公正的恶毒命令。真正的罪犯还有用种种卑鄙的劝诱不断骚扰我母亲的恶棍拉波里。我之所以说"以死处罚",是因为那个时候不像现在,现在的苦役犯在那边——在岛上——的待遇要比我们家乡的穷人好些,过得快活些。那时,在十年的苦役生活中挺过来的人身子骨要很结实。但大多数苦役犯刑满之前就死了,尤其是被送往夏朗德沼泽地带的罗什佛村的苦役犯。枫格拉夫律师向我们透露,根据南萨克伯爵的要求,我父亲正是被送到罗什佛去的。开始,人家告诉我们罗什佛比布雷斯特和土伦离瓦窑更近些,我们当时很高兴,好像相隔五十里、一百里或两百里,对我们来说是不一样的。可后来

---

① 胡格诺派(huguenots),十六至十八世纪法国天主教徒对加尔文派教徒的贬称,这里意思是坏基督徒。

我从圣雷翁的一名船员那里得知,人们就是往这个地方送去想要干掉的人。

我可怜的父亲没熬得了多长时间。他整天在小河的泥泞中劳作,吃的是坏蚕豆,晚上戴着镣铐睡在木板床上,不久染上了苦役犯监狱里的可怕热病。加之,自由的丧失和哀伤忧愁比疾病更摧残他的身体。几个月后,可怜的父亲就在绝望中死去。

万灵节的前两天,镇长差人把母亲召去。在教堂前面的广场上,当着和他在一起的神甫的面,粗暴地对我母亲说:

"你男人已经死在那边,到昨天为止已有两个礼拜了。你可以请神甫给他唱追思弥撒。"

"穷人不需要这个,"母亲迅速回道,"他们活在这个世界上就已经历了地狱。"

说完,她就走了,回到瓦窑,天已漆黑。我在炉火旁一边等她,一边在炉灰里烤用作晚饭的栗子。母亲一句话也没对我说,解开她的头巾,重新把头包好,把头巾的角挪到前面塞进去。

这里必须解释一下。从前,扎头帕有几种不同的方式。姑娘在脑袋后面留出一长段头帕角,垂到颈子上,好像为了钓个丈夫。已婚妇女很骄傲已经找到男人,就自豪地把这个角拉到前面,掖到耳朵上。至于可怜的寡妇,就把这个角藏到头巾里面,对她们的寡居表示忧伤。根据这个解释,人们就会明白,头巾角的不同摆放方式可以象征姑娘求偶嫁人的愿望、妇女的完婚以及寡妇对婚姻的留恋。这些做法都很天真,然而并无恶意。

那个时候,我还不懂这个头巾角的含义,惊奇地看着母亲重新扎头巾。她把头巾扎好后,拿起一把砍刀——一种粗壮的长柄砍柴刀,牵上我的手,带我进了森林。

她快步走着,迫使我几乎跑起来。她不说话,怒气冲冲,一直用劲握住我的手。她对森林不如米庸的男人那么熟悉。再者,促使她向前的念头反而妨碍了她在黑夜里朝正确方向行进。结果,她本想去埃尔姆,却向右偏了方向,过于靠近黑人湖了。母亲发现走错了路,就转身径直朝南面走去。我们一直没有说话。我从这长时间的沉默中预感到发生了什么严重的事情。想到母亲将向我披露可怕的事情,我事先就开始紧张起来。森林里,树叶被湿润的风吹落到树根下,有时被一阵狂风卷起,在夜空里飞旋,像一群数不清的被暴风刮走的椋鸟似的从我们头上飘过。在铺满枯叶的小径上,一些如同阴暗、不反光的镜子似的小水洼在我们的木鞋击打下啪啪作响。在林中阴森可怖的黑暗的包围下,母亲肩扛着砍刀,拽着我,一直大步朝前走。最后,十一点钟左右,我们终于看到了森林边缘矗立在夜空里的埃尔姆城堡尖尖的屋顶。母亲加快了步伐,绕过山坡,避开村庄。进入开阔地时,天空灰蒙蒙的,横着几条发黑的云带被斜风吹向东方。走到城堡围墙外面的沟堑时,母亲顺着沟边走,在正对外层大门的地方停下。她高高地抬起头,两眼闪闪发光,衬裙被风吹打着。她对我说:

"孩子,你父亲在那边,做苦役的地方死了。他是被南萨克老爷杀害的。你要发誓为他报仇!学着我的样子!"

按照佩里戈尔地区几千年来农民大众常用的庄严发誓的古老仪式,母亲朝右手心里唾了一口吐沫,用左手大拇指在这口唾液里

画了个十字,把手张开伸向城堡说:

"向南萨克家族复仇!"她高声地连说三遍。

我学母亲的样子,也连说三声:

"向南萨克家族复仇!"

仪式完毕,几只大狗在狗窝里狂叫。我们绕过沉睡的村舍,取道那条从埃尔姆附近经过、穿过树林向岱农方向延伸的老的宽阔大路。三刻钟后,我们走到了如今位于森林边缘的鲁夏十字架村,把右面的萨尔维达村抛在了后头。随后我们进入格朗瓦尔森林,顺着小道往回走,凌晨两点左右回到瓦窑。

在我当时那个小小年纪,睡眠与吃喝几乎同等重要。第二天醒来时,天光已大亮。母亲很早就起床做工去了,我独自躺在床上,没有立刻起床,而是望着破屋的另一角。一股细雨从坍塌的屋角落进屋里,在地上冲出一个水坑。我边看边想着落在我们家头上的所有灾难。父亲的死虽然给我带来巨大的痛苦,但并没有使我感到意外。母亲和我已经预料到了。我俩经常谈到这个地狱般的苦役犯监狱该是什么样的情形。我们想象到各种可怕的,然而却是千真万确的事情,以至于认为死简直可以视为一种解脱。噢!被迫落到希望自己所爱的亲人去死,这是多么凄惨的事啊!因此我的心中充满了对南萨克家族的刻骨仇恨。这仇恨就像有时在森林里遇到的一对盘成一团的毒蛇结一样!

想过那些忧愁的事情以后,心里涌起对枫格拉夫先生的无限感激,感到心头舒坦了一点。枫格拉夫先生对我们多好啊。我似乎觉得只要还没有以任何一种方式对父亲的律师表示感激之情,我的内心就不得安宁。我开动脑筋,想怎样才能对他有所表示呢。我想啊想,想到送他一只野兔是很适宜的。于是我想起橱子的抽屉里有父亲用的皮绳圈或黄铜丝绳圈。我马上跳下床,穿上背带短裤。短裤的背带是我用麻线搓的一段细绳做的。我去翻抽屉,高兴地看到抽屉里还有八九个皮绳圈。我一分钟也不耽误,拿起一块玉米饼,边走边吃,出门找寻野兔的踪迹,看哪个地方可以安置皮绳圈。转来转去,找了很久,发现三只野兔经常回窝的路径。下午,我把三个捕兔的活结放在火上熏①,然后藏在一小撮蕨草里。太阳进山或落山时,任你怎么说吧,我去安置活结。第一个活结拴在小路近旁一条路上的粗壮小橡树上,另一个活结安在一片树林的边上,我知道野兔夜间经常经过这里到附近村庄的田里觅食。第三个活结放在两条小道的交叉口,那里好像是用于猎狗围猎的一个观察点。

  第二天一早,我去看绳圈:毫无动静。第三天也没有变化。第四天,我发现少了一个活结,可能被哪个守林人取掉了。另外两个仍然原封不动。我发觉自己不是一个机灵的偷猎人,但我并不灰心。我这样想和坚持是对的。第五天,当我走近安放的最后一个活结时,瞥见小径上有个灰色的东西。我立刻跑上前:是一只很漂亮的野兔,躺在地上死了。兔毛沾了夜里的露水,还是湿的。我拾起兔子,奔回家。待晚上母亲回家时,我把兔子拿给她看,并告诉她这是我捉来送给枫格拉夫先生的。母亲说这样做很好,永远也不要忘

---

① 目的是消除人体气味。

记对我们有过恩的人,也不要忘记害过我们的人。"

我从没有忘记害过我们的人。但我一个年仅八岁的小孩能做什么呢?怎样向南萨克一家报杀父之仇呢?他们有钱有势,土地是他们的。他们拥有一座难以靠近的城堡,为所欲为。他们还有许多仆人和武装的卫士。而我又穷又弱小。我经常想到报仇,可什么法子也想不出来。因为我天性就不会想点子害人。到了第二个礼拜的礼拜二,我和母亲到岱农去,设法把野兔送给枫格拉夫先生。路上碰到一个背枪的男人,用绳子提着一把刀脖子已完全刮坏了的短马刀。我们一块聊起天。谈话中,这个人告诉我们他的狗被活结套住了。幸亏他在附近砍欧石南,听到狗叫,把它从绳圈里解救了出来。狗已被勒得半死。听了他这番话,我不由得想到,南萨克伯爵常到森林里打猎,我可以用这种办法把他的狗杀死,想到这儿,我很高兴。

在岱农镇,母亲找到一位在佩里戈尔克罗特广场摆摊的商贩。他经常礼拜二赶着两匹驮货的骡子到岱农来赶集。这个商贩说他认识枫格拉夫先生。这位律师为他辩护过一个案子。他答应第二天一定把野兔交给律师先生。得到他的保证,我们就回瓦窑了。

我不常去属于南萨克伯爵的埃尔姆森林,以免碰到他们打猎或撞上他们的卫士。可是一天下午,我在观察好的地方安置了一个用两根结实的绳圈打的活结,把它牢牢地拴在橡树伐根上长出的粗壮的幼枝上,然后赶快跑回家。第二天是打猎的日子。打老远断断续续地听到驯犬仆人的吹号声和狗咬声。这一天的情况我一点也不知道。次日,我在格朗瓦尔森林里,介于莫雷兹村和维埃尔湖之间,遇到了埃尔姆城堡的驯犬仆人在吹号召唤猎犬,心里很烦躁。仆人问我有没有看见一只爪子和眼睛上方有赭色斑点的黑白杂毛大猎狗。我回说没看见。于是他催马走了。森林附近的村民从这个驯犬仆人那里得知领头犬泰约失踪了。我什么也没说,猜想这只狗是在那边——狼背斜谷——一棵小橡树脚下被勒死的。我很想确切地知道真相,又怕被人看见,引起别人的怀疑,忍住没去看个究竟。但是我渐渐失去了耐心,礼拜天望弥撒时,我确信所有的人,不论是老爷还是仆人都去望弥撒了,就跑到狼背斜谷去。啊!泰约的头就在小径上,身子已不见踪影,被狼吃掉了。它算是给我们家可怜的狗还了债。我迅速解下绳圈,就往回走。我为最初这次复仇感到又自豪又高兴。城堡里任何人都没对我产生怀疑。几天后,马斯克莱找到泰约的头,一半已被蚂蚁吃掉。大家以为这条狗是因为没同其它狗一起返回,夜里被群狼劫持走的。

　　我很高兴。但一想到伯爵不知道这是我干的又有点高兴不起来。我暗想,有朝一日我一定要告诉他。可是眼下太危险了。我父亲的死并没有使他就此住手,他还在继续设法加害我们。为了迫使我们离开家乡,从我们手里夺走面包,他开始曾打算把我们住的瓦窑买下来。但瓦窑主人像当地所有的人一样,一点也不喜欢伯爵,拒绝出售瓦窑。这一手没成功,伯爵又想点子把母亲做工的东家——达皮家的儿子弄得解甲归田。达皮家的儿子虽说是自愿当兵的,但对军营里的艰苦生活厌倦透了。伯爵很有办法,终于让人把他给辞掉了。我不知道是以什么理由辞退的。但那个时代,像他这样的贵族想干什么就能干什么。

这样一来,母亲又一次失业了。她不禁想,到哪儿去挣面包呢?就在这时,伯爵的恶举似乎又遭了报应。他的另一只狗又被绳圈套住。可这一回,狗被人找到了。马斯克莱说:

"要是马蒂苏没死在苦役犯监狱里,我会发誓这准是他安置的活结,是他干的!"

但这时人们没有多想,总以为狗是被一根设下捕兔的绳圈套住的,这种事时有发生。

可是两个礼拜后,马斯克莱在森林里碰到我。他这个人有自己的想法。他从小猎袋里掏出一根绳圈问我:

"你认识这个吗?"

这时,对伯爵所干的一切卑鄙勾当的愤怒一下子涌上我的心头:

"认识!"我说,"这是我安置的!"

"啊!该死的小坏蛋!看我怎么教训你!"

我朝后一跳,同时打开我的刀,准备把它插到马斯克莱的肚子上:

"要不是胆小鬼,上前来吧!"

我手持小刀,双眉紧锁,眼里燃烧着怒火;我咧开嘴,牙齿咬得咯嘣直响,活像一匹马上要咬人的幼狼。见此他心生胆怯,说了许多威胁的话走了。

冬天来了。燕雀成群地聚在一起。山雀离开树林,飞往花园。斑鸫飞往低处的牧场,红喉雀来到屋子附近转。在这个季节里,人

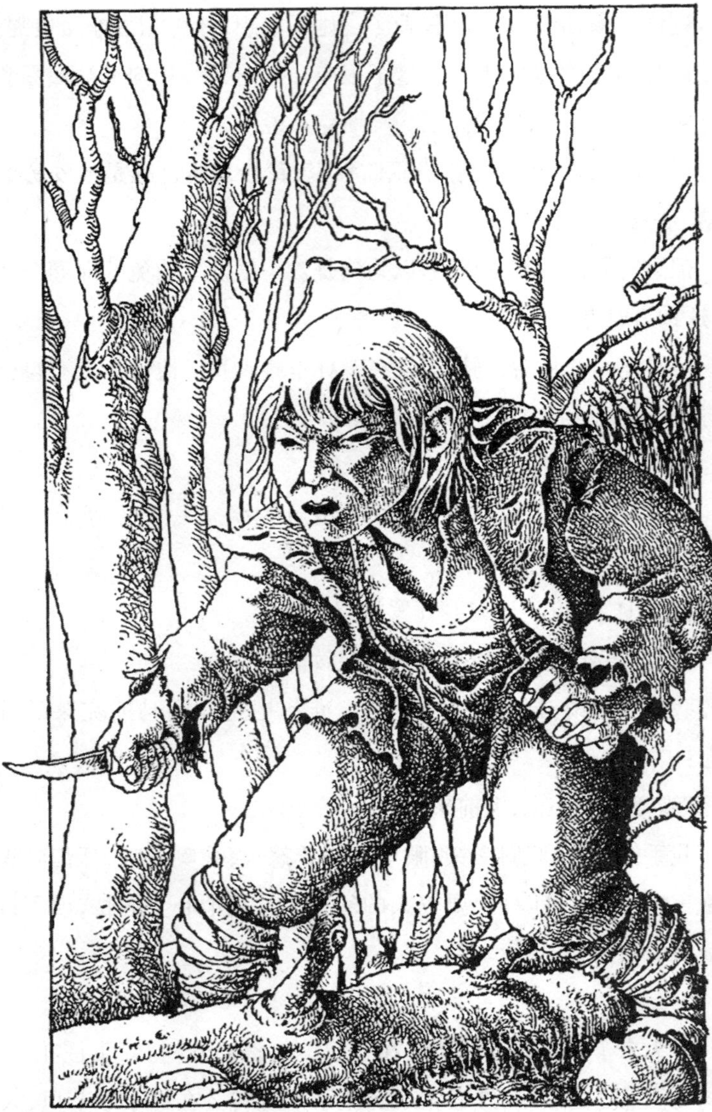

们扫除栗园里的树叶,清理牧场上的沟渠,拾橡栗或橡栗一类的小玩意儿。人们边玩耍边干着所有这些活儿。在这个季节,打短工的没活干。母亲见找不到什么活,就找些麻纺线。她纺得一手好线。东找一点,西找一点,多少找到很少一些。她把一颗干的生栗子放在嘴里,好生出唾液来,就这样从早纺到晚,一天只能挣差不多三个苏。这点钱我们连面包都吃不饱。幸亏瓦窑的主人给了我们一堆混杂着蕨草的栗子,叫我们把拣出的栗子自己留一半。于是我们拣出两口袋栗子,放在小屋深处,由此保障我们这个冬天不至于饿死。木柴我们是不缺的。我们拾了一大堆过冬的木柴,放在一段没有倒塌的货棚架下。这些准备要很及时,一到下雪天,人们必须整天待在炉火边。母亲不停地纺线,而我为了解闷,试着编柳条笼子。我仅有的工具是一把刀和一根细铁棍。我把铁棍烧红,在笼子的木条上穿孔。

　　常言道,冬天是富人的好季节。可对于穷人就不一样了。再说,穷人是没有快乐的季节的。他们必须挣钱糊口,地里没活儿的时候,他们就更惨了。乡村穷苦的雇工就处于这种境况。下雨下雪,他们找不到活计,经常挨饿。除此之外,冬天是这样一个季节:必须穿上厚厚的质量好的棕色粗呢衣或是质量好的卡迪斯粗斜纹呢衣才能御寒。可是穷人却不得不穿着夏装熬过连续数月天寒地冻的日子。我们母子俩住的这个破屋,雨和雪从屋顶的漏洞里落进来,风也钻进来,有时把挂在壁炉架上的油灯都给吹灭了。可以想象我们的日子多么难熬。特别是我们总穿着那几件破烂不堪的衣服,一点也不保暖。因而当春回人间,野榛树绽开宝石般的小花朵,黄杨枝头开始结出小果的时候,我们也好像随着阳光的普照一起复苏了。可是苦难并没有熬到头,还要糊口。为了糊口,必须挣钱。

有时,某些人的困难会给另一些人解点愁。二月底,达皮的老婆病倒了。我母亲被达皮请去照料她和他们的孩子,并操持家务。可怜的女人在床上躺了一个半月,我母亲因此打了一个半月的工。

达皮老婆刚刚能下床,身体还十分虚弱,就不得不重新操持起家务。因为达皮有点抠门,甚至吝啬。家里有个女人,还要花钱另雇一个女人干家务活,哪怕花的钱很少,也令他懊恼不已,以致他怨恨老婆生病,好像这是那可怜女人的错误似的!

这样一来,母亲再一次没活干了。又过了一个半月,母亲挣的几个苏就花光了。终于有一天,家里既没有面包也没有土豆了。栗子早已吃完,以往做汤时总要放一丁点的哈喇油也早已吃完,只有面口袋里还剩一点玉米粉。母亲揉面,做了几个饼子,煮熟后,对我说:

"这几个饼子吃完的话,我们就得背上褡裢要饭去了。"

听母亲说了这话,我就诅咒起南萨克伯爵来。就是他,使我父亲死在苦役犯监狱里。就是他,千方百计想把我们逼得穷死。我心里重复着常听母亲说的话:

"上帝容忍这一切是不公正的!"

要不是父亲的枪让他们扣在法院里,我相信我会拿着那杆枪到森林里埋伏起来。看到伯爵骑马带狗经过的时候,或看到他在路上遇到农民摆出一副冷漠鄙视的面孔,冲着农民大声喝斥:"让开!乡巴佬!"的时候,我会像打死一匹狼那样一枪把他杀了。

脑子里不停地翻腾着这些艰辛的事情,心里被不幸搅得恐慌不安,我不禁想到眼看快到夏至节了。根据乡里的风俗,这一天人们要在村边或偏僻的屋舍旁的岔路口上点起一堆篝火。乡镇上的人要点一堆旺火,在火堆上架满青草和树叶,堆尖上放一束百合花、玫瑰花和夏至的青草,然后人们争夺这束花草。就像从前德鲁伊特教祭司在黄昏时分庆祝夏至节一样,神甫来到火堆边,按仪式给火祝圣。芳拉克的神甫就是这么做的,我从他那里知道了这个仪式的由来。待火快烧尽时,没能抢到花束的人,为避免害疖子,跳过火炭堆,为避免屋子遭雷击,再带走几块焦炭。

我们住在龚贝奈格时,从家里可以眺望远处层层叠叠的山坡和山峦。每逢夏至节的夜晚,我总爱观赏黑夜之中在家乡广阔的土地上闪耀的成千成万的篝火。这些篝火一直延伸到天边,那隐约可见、闪烁不定的天际火光,犹如深邃天穹里一颗遥远的星辰。山顶上的火堆快要烧尽时,有时会暗一阵,然后又在流动空气的作用下重新燃旺,放射出几道光亮,最终归于熄灭。而这时其他一些火堆又开始熊熊燃烧,犹如一条条火舌蹿向夜空。

在林中的瓦窑里是看不到这些景象的。可我并不为此烦恼。就在刚才想到这些火堆的一刹那,一个念头像子弹一样猛地射进我的脑海:放火焚烧埃尔姆森林!从这一刻起,我别的什么都不想了,夜里做梦都在想这件事。这并不是一个恶孩子的邪恶决心,有意作恶,以作恶为乐。不是的。既然伯爵对我们无情开战,我也要以牙还牙,以眼还眼。既然不能杀死他——要是可能,我会毫不后悔地这么干,我要给他造成很大的损失。我要履行我的誓言,为父报仇。

这个念头给了我很大动力。那时我所想的不如今天说的这么有条有理，可我当时是这么感觉的。

困难在于如何达到目的。我天天苦思冥想，比较各种办法，最后确定采取最好的，即能使火灾达到最大规模的办法。

第一条，必须等刮狂风的一天。第二条，大风须从东方，从巴尔镇那边吹过来。我无论如何也不希望大火烧到格朗瓦尔森林或女婿湖森林，只希望大火烧掉埃尔姆森林。第三个条件，必须选择一处点火地，便于大火蔓延到南萨克伯爵的所有森林。因为同时点燃几处火堆，容易引起怀疑。而在一个地方点火，会被认为是个偶然事故。最后，第四点，必须夜里放火。这样起火时，不利于人来救。

对于像我这个年龄的孩子来说，这么安排是不错的主意。不幸在于，这是为了干一件坏事。可是我是被逼作恶，即便犯罪，我也不是唯一的罪人。

就在我脑子里筹划这些办法时，母亲得知舍拉村需要人翻晒草料，第二天就动身去了。晒草的这段时间不得不把我一个人留在家里，因为庄子太远，每晚赶不及回来。母亲为此很难过。可我安慰她说，一个人待在家里不要紧。要是让我说实话，应当说我很高兴。第一天，我一直陪母亲走到舍拉村。母亲提前要了一点工钱，在鲁费涅阿克镇的面包店买了一个大圆面包，让我带回家。

我的计划已经定好，剩下的就是寻找一个合适的地点和等待合适的时间了。埃尔姆森林砍伐区与毗邻的格朗瓦尔森林砍伐区的林龄相差三四年。埃尔姆砍伐区的木材明冬就好采伐了。这样，两个砍伐区的分界线很容易找到并追循下去，尤其是分界线上相隔一段距离就有一块大界石。仔细察看林中情形后,我选定了一处地方。这个地方是埃尔姆森林插进其他森林的一角。那儿刚巧有一条填得半满的老沟。我在斜坡上挖了一个小小的炉灶,就像孩子玩耍时挖的那种。我抱了几抱荆棘堆在沟里,然后回家了,没被任何人瞧见。

又等了好几天。热辣辣的太阳把树林里的野草和小树枝都晒干了。这令我很高兴,盼望能烧一场大火。可是一直没有风。随着月盈月亏的交替,一天早上,天气变了,开始刮起强劲的东风。我高兴极了。整整一个白天,我急不可耐。天一黑,我就在一只旧木鞋里塞满火炭和炉灰,将它藏在衣服下面,然后奔跑着穿过树林。

灰蒙蒙的云彩在天上疾行。天空昏暗。风吹起来热乎乎的。狂风把树林里的蕨、鸡爪绊脚草以及野草吹得弯下了腰,把幼树和乔木林的树木刮得摇来晃去,发出很大的声响。我一边狂奔一边暗想:"但愿今晚不要下雨!"

当我跑到老沟附近时,浑身流汗,上气不接下气。估摸夜里十点钟光景,我摸黑找到挖好的小炉灶,迅速把旧木鞋里的火炭全部倒进小炉灶,再向灶里塞满干草,随即用嘴吹火炭。干草很快被点着了。我又添加了几根小细枝,火渐渐起来了。我再慢慢加几根小的枯枝条。火真正燃烧起来以后,我往火堆里扔了一抱准备好的枯细枝,火苗立刻上蹿,烧上了树木。不一会儿,风助火势,矮林起火了。我像来时一样,带着旧木鞋穿过密密的矮林往回跑。旧木鞋不能留,否则我会暴露的。

回到瓦窑,我的双手流血,双腿被荆棘划破。我和衣躺下,心里忐忑不安,只担心一件事:火别自行熄灭了或是被远方轰轰作响的雷暴雨浇灭了。夜里一点钟,我听见很大的喧嚣声,连忙爬起来,走出家门。只听附近的钟楼敲起急促不祥的警钟。一片巨大的红色火光把被风刮跑的云彩照得通红,把山坡照得通亮。森林附近的村庄:埃尔姆、普里斯、福郭第、朗德响起一片呼喊声。在林中听得见莫雷兹、卡巴纳、维埃尔湖、格朗瓦尔等村庄村民的叫喊声。他们纷纷跑去救火。

我突然非常想观赏一下我的这个杰作。待救火的人过去之后,我穿过采伐区,跑到森林中的一个制高点,那儿有一棵高大的山毛榉。我爬过不止一次。我抱起树干往上爬。

爬着爬着,我看到了大火。爬到树顶时,整个蔓延的火势便尽收眼底。埃尔姆森林烧下去半里路的范围,仿佛一个火湖。被太阳晒干的矮林像小细枝似的燃烧着,大火中间,与别的林木隔绝的高大幼树支撑的时间比较长些。但它们在火焰的包围之中,树根被烧坏,最终发出轰然声响,倒在这片巨大炽热的炭火里,并扬起巨大的火光团,不一会儿便消失在炭火里。烟被风吹跑后,可以看见火流迅猛向前蹿,所到之处把一切东西吞噬殆尽。突然受惊的小鸟飞腾到天空,黑暗中不知飞往何处,在巨大的火炉上惊恐地飞来飞去。在大火沉闷的轰隆声中,黑夜里响起被烈火烧得弯曲的绿色树木的劈里啪啦声,在炽热的火炭堆里倒下的树木的断裂声,惊惶失措的人群忙着保护他们成熟麦子的吵嚷声。林间空地上,火舌犹如一条条蹿来蹿去的长长的巨蟒,最后在林边刹住。森林周围的房屋被耀眼的火光照得通亮。一些穿衬衣的孩子站在家门口,平静地看着南萨克伯爵的森林被大火吞没。无边的大火的万道火光反射到远处的山冈,把村庄照得通红,红得可怕。冲天火光,把天空燃红一片。朝近处看,凌于村庄低矮的房屋之上的埃尔姆城堡的高楼和巨大的山墙像一大堆黑黢黢的庞然大物,建筑物的玻璃映照出烈焰的光彩。

我骑在一根粗壮的树枝上目不转睛地看着火势的发展,一直待到天色微明。除了少数几处被路隔着的地方没遭遇火灾之外,大火把整个埃尔姆森林吞噬后才停住,留下一大片黑色地带,上空飘着团团烟云。

我对自己的报仇成果感到心满意足,从树上下来,回到瓦窑,心中充满了野蛮的快乐。

感谢我的小炉灶,它使人们以为大火是孩子们玩耍时点着的。所有靠近城堡的小孩都一个挨一个地审问过了,可是毫无结果。南萨克伯爵损失了三千三百公顷到三千八百五十公顷的林木。

我好像一下子变成了一个男子汉。我的恶举令我骄傲得有点飘飘然。我估摸着自己力量的广度,沉湎在成功复仇的感情之中。我没有丝毫的后悔,就像反转身扑向狩猎者的野猪那样,就像噬咬农民脚丫的毒蛇那样没有丝毫的后悔。相反,这次计划的成功令我感到很快乐,我甚至在想继续报仇的其他办法。

礼拜天,母亲回瓦窑时,问我火灾那天晚上害怕不。我回说"不",恰恰相反,看到伯爵的森林被烧毁我很快活。

母亲瞧着我说话的神情,起了疑心,而后一下子明白过来,扑到我身上,一把将我举起来搂进她怀里,拼命地亲吻我。

"啊!"母亲把我重新放到地上说,"再怎么惩罚他也不嫌多!"

三四天后,晒草结束了,母亲很迟才往家赶。她早已累得不行。晒草期间,她在热辣辣的太阳底下每天劳作十五个小时,天天疲惫不堪。为了抢在暴风雨之前回到家,她拼命赶路。但赶了半天,刚过萨尔维达村,云层里就像炸开了似的,发出巨响。母亲走得气喘吁吁,浑身是汗。夹杂着小雹子的冰冷雨水浇到她身上,三刻钟后,她回到家时,这场瓢泼大雨已把她淋得浑身透湿。她冻得直打颤,累得精疲力竭。因为没有衣服换,她只好上床了。我也跟母亲一块儿躺下睡觉。整整一夜,我感到母亲紧靠着我,烧得浑身发烫。她在辗转不安的浅睡中做着噩梦,说着胡话。母亲是个刚毅的女人。第二天,她还想起床。可刚把锅放在火上准备煮土豆,就不得不又躺下了。她浑身不住地发抖,牙齿直打颤,呻吟着,两侧肋骨剧烈疼痛。

看见母亲冷成这个样子,我把所有能找到的她晾干了的衣服,还有我的上衣都给她盖上,可她仍然瑟瑟发抖。于是我想找人来救救母亲。我把想法告诉了她,她用微弱的声音对我说:

"我的雅古,别离开我!……"

可想而知,我当时是多么忧虑不安啊。不知怎么办才能给口渴难耐的母亲解解渴。我把可怜的母亲放在围裙口袋里带给我吃的香料果切成块儿,放在水里煮开,做成一种汤药。母亲要喝水时,我就把这汤给她喝。这样给她喝了好多次。有时我想,要是她能入睡,我就一直跑到格朗日村去找人来救救母亲。可是只要我稍微动

弹一下,母亲便睁开眼睛说:

"我的雅古,你在吗?不要离开我!"

我摸着母亲的手,回道:

"妈妈,别怕,我不离开你!"

母亲于是重新合上双眼。她烧得一点劲也没有,胸口闷得透不过气来,急促地喘息着。

我趁母亲昏昏沉沉睡了一会儿的当儿,走到门口,看看有没有人打这儿经过。可是在这个荒僻的地方,谁会到这儿来呢?这个瓦窑又不靠近任何路,从来人影难见。即使看见,也只不过是个胳膊下掖一把砍柴刀、沿着树林边越走越远、到矮林里砍柴的身着短外套的穷汉。见没有一个人打这里经过,我烦闷地回到屋里。母亲醒来时,我竭力说服她必须耐心等待两个小时,我好去找个人来。可不管我怎么说,她只是回我:

"我的雅古,别离开我!"

或者,有时她无力讲话,就摇摇头表示不行。

第二天夜里,她开始说胡话,嘴里念叨着断头台、苦役犯监狱,喊着脚上戴着镣铐死在那边一张光木板上的她那可怜丈夫的名字。我们遭遇的一切不幸都涌入她的脑海,令她恐慌。她叱骂南萨克伯爵,嚷着不再信仰未拯救她丈夫的圣母玛利亚。在高烧中,她抡起胳膊捶打压脚被,说是在床里头看见了刽子手,要把他赶走。她又挣扎着要起床,说是要去和等待她的马蒂苏相会。我费了好大劲才使她稍微平静一点。我爬上床,用小胳膊搂住她的脖子,像对小孩似的一边紧紧地抱住她,一边跟他说话。到了清晨,她已累得精疲力竭,昏昏沉沉略微睡了一会儿。见母亲这样,我以为她好了一些。可是当她惊醒过来,发出长长的一声呻吟,我明白并没有好。母亲的呼吸变得越来越艰难急促。高烧烧得她的手摸上去滚烫。白天就这样挨过去了。到了夜晚,母亲已不能说话,只能在极大的痛苦中呻吟,在绝望中挣扎。啊!多么可怕的一夜!想想看,一个年仅九岁的孩子在密林深处一间荒芜破旧的屋子里,独自一人陪伴着奄奄一息的母亲,这该是一幅什么情景啊!连续几个小时,不幸而可怜的母亲跟死神搏斗着。她发疯似的舞动双臂,想抓住压脚被,在高热的冲动中猛地坐起来,两眼呆滞,胸脯喘息不定,然后又跌倒在床上,一下子气有点接不上来,使了很大的劲才又喘过气来。将近半夜或深夜一点钟时,母亲的高烧停止了。她的胸膛里传出一种沙哑的声音。啊!这是垂死者发出的嘶哑喘气声!这声音持续了半个小时。我半躺在床边的板凳上,紧紧攥着可怜的母亲的手,搁在我的胸口上。母亲临终前神志完全清醒过来。她两眼盯着我,充满忧愁和绝望。两颗大大的泪珠顺着她清瘦晒黑的双颊滚下来。她的嘴唇动了一动,停止了呻吟。母亲死了。

这时,我的内心充满痛苦和恐惧。我高喊着:

"妈妈!妈妈!"

我把脸贴在一直紧握在手心里的母亲的手上,嚎啕大哭起来。

我沮丧地一动不动地待了很久很久。当我抬起头,透过被屋顶漏洞钻进来的风吹得摇摇晃晃的油灯的微光,看见母亲的面孔蜡黄蜡黄的,眼睛睁着,嘴巴张着,缩起的嘴唇露出牙齿。啊!看见母亲这个样子,一种无穷悲伤的恐惧感顿时揪住了我的心!一分钟也不能再看母亲了,我把脸埋在被单里,心中充满绝望和恐怖地度过了这可怕的一夜。

天亮后,我站起身,心里感到稍微安定了一点,我定睛看着可怜的母亲。现在她的身体已经又冷又硬。我抚摸她的手,冰凉冰凉。乌黑的头发因高烧辗转反侧而全部松散开来,一大绺一大绺地散在床上犹如一条条黑蛇。苍白的面孔已变成土黄色,眼睛暗淡无光。嘴巴一直张得很大,像是不忍心把她的孩子一个人留在世上而在绝望地叫喊。

我静静地端详了一会儿母亲,然后用裹尸布把她的脸蒙起来。我曾经听说过人死后应该这么做。我把门关好,出去找人。到了小湖村,一位靠墙纺线的女人见我心事重重地走过去,问我有什么事。我把母亲去世的事告诉她,她抬起双臂说道:

"圣母啊!"

她问了我好多问题,最后说:

"啊!那么你是去世的马蒂苏的孩子啰!"

说完她并无任何相助的表示。我辞别她,径直来到巴尔镇,找到镇长家。他立即认出我是谁。

他像往常一样生硬地问道:"你要什么?"

我告诉他我母亲死了。他做了一个很不高兴的手势,嘴里嘀嘀咕咕说了几句,然后大声对我说:

"你可以回去了。我会叫人按章办理的。"

我回到瓦窑,坐在门口等。将近下午五点钟时,四个男人抬了一个有边的担架似的东西来了。这是一种有担架柄的长木箱,在那

个时代常用来把没钱买棺材的穷人抬到地里去。一进屋,一个男人揭开蒙在母亲脸上的布说:

"可怜的女人!死得太早了!"

看见母亲没有包裹起来,他们把她放到被单里,把被单合上,又把她裹到用粗线缝制的、许多碎布块拼成的压脚被里。包裹停当,他们再从她的头和双脚两端把裹尸布系紧,然后把这具可怜的僵尸抬到担架上。每人抬起一个柄,走出屋子,进了森林。

白天很热。夕阳西下,道道光线射向矮林,犹如一根根黄澄澄的麦秸。鸟儿开始飞离森林,外出过夜,在树枝间飞来飞去。在这片密不透风的森林里,人热得透不过气来,路也不好走。抬担架的人不时停下来,用袖子擦干额头上的汗水。休息过后,他们朝手心里吐口唾沫,抓起担架柄,又重新上路。

我机械地跟在他们后面,随他们停而停,随他们走而走。忧伤使我茫然不知所措,脑子里空荡荡的。我目不转睛地盯着裹在压脚被里的母亲的尸体。随着担架在凹凸不平的路上行进,母亲的尸体摇来晃去,周围盘旋着几只嗡嗡作响的黑色大苍蝇……

出了森林,道路开阔好走了。四个男人扛起担架并加快了脚步,一路未歇。路经一座村庄时,我们遇到一个穷苦的老太婆,她刚要了一些面包,弯曲的脊梁上背着一个半鼓的褡裢。她一边在胸前画十字,一边低声地说:

"一个可怜的女人就这样被埋到地里去,太叫人可怜了!"

她从口袋里掏出念珠,跟在我后面。

到达巴尔镇时,圣母经钟声正在敲响。四人男人把担架放在教

堂大门前,其中一人去找神甫。一会儿神甫来了,冷冷地看了尸体一眼说:

"这个女人不常到教堂来,连复活节领圣体仪式也不参加。她背弃了上帝和圣母。她是个胡格诺派。没有祷告给她做……你们可以把她抬到公墓的角落去,那坟坑已经挖好了。"

四个男人吃惊地站了一会儿,扛起担架,走进公墓。老太婆对我说:

"要是你给他付点钱,不管怎么说,他还是会为她举行葬礼的……耶稣,我的上帝!"

在公墓一个堆满石块长满荆棘和荨麻的角落里,坑已挖好,掘墓人等在那里。四个男人把尸体放在一块倾斜的木板上,尽可能小心轻缓地使尸体滑入坑内,然后慢慢把木板抽出来。可怜的母亲,躺在了黑洞洞的坟坑里。尸体刚一放下去,掘墓人就开始往里扔土石。土石落在母亲的尸体上发出沉闷的声响……

这当儿,夜幕已经降临。我沉浸在悲哀中,站在那儿,像个傻子似的看着正在填满的坟坑。旁边,那位老太婆双膝跪地,在数念珠祷告。掘墓人填好坟坑后,老太太站起身,画了一个十字,碰碰我的手臂说:

"走吧,孩子,完了。"

我跟着她一直走进一座村庄。她让我爬上一个干草仓,那是庄里人让她一个人住的地方。我早已被痛苦和疲劳压垮,倒在草堆里就睡着了,睡得很沉。

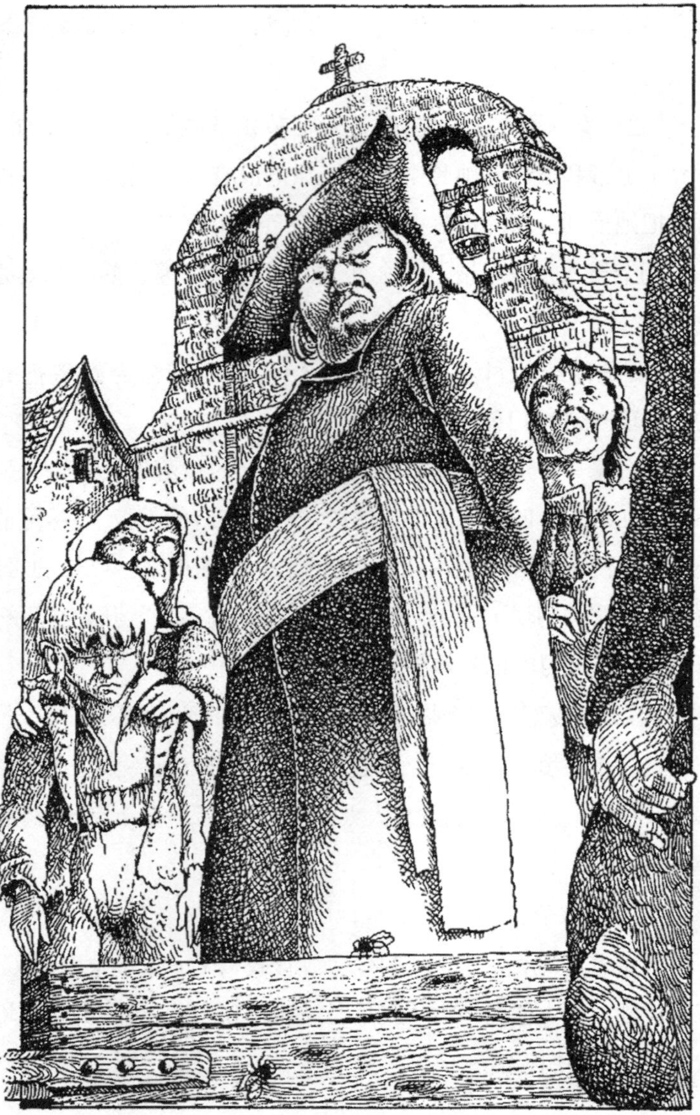

第四章

　　早晨醒来,我很奇怪自己躺在一个干草仓里。很快回想起是怎么回事,我看看四周:老太太已经走了。她料到我会饿,给我留了一块好面包。两天没吃东西了,我的肚子饿得咕咕叫。可是尽管这面包是纯小麦做的,看上去很干净,可我还是觉得碰它是非常恶心的。在我们家乡,人再穷,都对施舍的面包极度反感。大家都说到处周游的褡裢可以养活背褡裢的人,然而最贫穷的农民,即使处在最黑暗的贫困中,都为不至于沦落到背褡裢的地步深感庆幸,而且怀着略带鄙视的同情心看着那些乞讨度日的人。

　　不过,想到老太太的一番好意,我觉得要是拒绝吃这块面包,好像太对不起她了。再说我太饿了,这是件可怕的事儿。于是我拿起面包,爬下干草堆。院子里没有人,屋子的门紧闭着。见此情景,我一边啃着面包一边离去。

　　回到瓦窑,见到那座荒僻的破屋和那张只剩下草垫和坏羽毛褥子的床架,想到母亲在那边被压在六尺黄土之下,想到自己孤苦伶仃地活在世上,我一屁股坐到板凳上痛哭起来。这是我最后一次尽情恸哭。我决定离开瓦窑。临走之前,我不愿让亲爱的亡母的破烂衣衫散乱地堆放着,全放在炉膛里烧掉了。然后,我挎上背包,拿起父亲的荆棘棍,最后看了一眼空床。我好像依然看到母亲可怜僵直的尸体躺在床上。我走出屋子,抛下我们毫无价值的家具。

我想给人家当饲养火鸡的帮工。我首先想到的是毕麦格村的米庸。不是想到她家去——我无论如何也不愿生活在南萨克伯爵的领地上,而是为了打听一下可以去的人家。

到了毕麦格村,我惊奇地看到一个不相识的女佃农。她告诉我,米庸和她男人到图萨克那边去当佃农了。后来又改口说"或者到桑德里厄"去了,她不太清楚。我立即明白这个可怜的女人比较呆笨。因为图萨克位于维泽尔河畔,偏南,地处河流拐了一个大弯的地方,从图萨克这个名称上可以看出来。而桑德里厄则在西面。我向这个女人告辞后,回到森林里。走着走着,想起了曾经帮助我父亲藏身的烧炭人让。听说他在维特庄那边烧炭。为了打听确切,我到莫雷兹村去,他在那里有间小屋。到了莫雷兹,人家告诉我,让在维特村已经烧完炭,眼下在拜塞德森林,要过了贝尔威斯。我谢过庄上人,漫无目的地走着,想找个有钱人家,因为穷人家里没有成群的火鸡看养。

我在沿途的几座村庄上碰到谁就向谁打听哪家需要雇工。他们都没有给予确切的回答。要是碰到妇女,她们和有些男人一样很好奇,问我是哪家的孩子。我老老实实地告诉了她们。看得出来这对我不利。听说我是那位杀死拉波里、死在苦役犯监狱里的反叛者①马蒂苏的儿子,他们没有好印象,虽然她们很清楚马蒂苏并不是个匪徒。她们当中有些人大概心里想着那个古老的谚语"龙生龙,凤生凤,老鼠的儿子打地洞"。看到这种情况,我想以后得报一个假名。到了福郭第村,有人习惯地问:"你是谁家的孩子?"我语气肯定地回答:

"汝吉村,加里加尔家的。"

"汝吉村在哪儿?"

"在拉夏佩尔-奥巴雷伊堂区。"

由于这个堂区不在附近,人们不认识这座汝吉村。如果他们知道的话,倒是件麻烦事。而且两三天后我才知道,拉夏佩尔公社并没有这么座村庄。

我满以为隐姓埋名会给我带来好运,因为一名妇女对我说:

"你可以到奥兹利村看看,再到塔莱朗迪村看看。"

我打听了去奥兹利的路。待我到了村上,村民告诉我所有肉冠开始发红的小火鸡遭到一场暴风雨侵袭后,统统死了。

我又去塔莱朗迪村,找到一位厨娘,向她作了自我介绍。这位善良的胖女人说:

"可怜的孩子,你来得太晚了。人家已经雇了一个人。"

我谢谢她,刚要走,她叫我等等。一会儿工夫,她给我拿来一大块面包,上面压了一些豆角。

---

① 反叛者,马蒂苏的绰号,是祖辈相传的。

我还没有被马拉诺①或厄运压垮,我红着脸,对她说我不要施舍。

她说,"我并不是施舍给你。"她见我犹犹豫豫的样子,又补充说:"因为我有个像你这么大的娃娃……好吧,你可以拿着,走吧!"

我接过面包,好好感谢了厨娘,漫无目的地向前走去。

将近傍晚时,我开始考虑在哪儿过夜。我对面的山坡上坐落着一个村庄。庄户人家的玻璃窗在夕阳的辉映下闪射出火红的光彩。可是到那儿去求人家留宿,就和向别人讨饭一样,我都感到羞耻。然而前一天晚上,我已经像乞丐似的在一个干草仓里过了一夜,可那是在我不知所措的情况下让老太太带去的。这当儿,天气很好,又热,过夜的事,我不很发愁。我继续朝前走,到班索尼村时,天已黑了。看见一个荒芜的葡萄园里有那么一座尖石顶的小圆屋,就径直朝小屋走去。屋里有晒干的石南、金银花和蕨草。这说明有人常到这儿来守候猎物。我把草堆整整好,躺在上面睡着了。

早晨,天刚拂晓,我又出发了。漫无目的地走了好几个小时。凡是富裕人家我都找了,要求出卖劳力,可是都被拒绝了。这一天,我什么也没吃,总是羞于乞讨。夜晚,我在一棵栗树脚下砍好的欧石南柴堆里躺下,开始没有睡着,为没找到雇我的人家发起愁来。

---

① 马拉诺(Marane,西班牙文 Marrano),西班牙历史名词,指为了逃避迫害而改信基督教,但私下仍奉行犹太教仪式的犹太人。这里成了厄运和不幸的代名词。

我暗忖要是老这么下去,今后怎么办呢?最后,尽管忧心忡忡、饥肠辘辘,我还是睡着了。

太阳把我照醒。我又上路了。可是我实在饿得难受。经过一个叫苏扎迪的村庄时,看见一个模样慈善的女人站在屋门口。我克服了羞耻心,根据习惯,说了声"看在上帝的分上"请她给点施舍,同时垂下了眼睛。女人去给我找来一块面包。我从没见过这么黑这么硬的面包。尽管如此,饥饿难忍,我立刻吃起来。于是这个女人自然要问我一些问题。听了我的回答,她告诉我芳拉克镇附近有座奥贝罗什城堡,并告诉我怎么走。那儿可能会有人要我。可是到了奥贝罗什城堡,仆人领班没作任何解释就对我说这里不需要我。

我开始相信一定是哪个妖婆对我施了巫术。可怎么办呢?我只好重新上路,沿着光秃秃的陡峭山坡往上爬,把城堡抛在了坡底,向芳拉克方向走去。

我沿着陡峭多石、边上筑起干石块墙的小路往山上爬时,忧郁地思索着自己的命运。三天来,我跑遍了家乡的土地,瞧见那些富丽堂皇的房屋里以及农民家里一些和我同龄的孩子。心想他们多幸福啊!他们身边有父母又有住房,过着富足的生活或起码能维持最基本的需要。并不是一种低俗的妒忌折磨着我,而是把我和他们的命运进行比较后,我更深切地感到自己的孤寂和一贫如洗。不管怎样,我努力鼓起勇气,对生活的希望促使我沿着这条艰难的路走下去。烈日当空,强烈的阳光照射在我黝黑的面庞上。天气热得如俗话所说,把蜥蜴都赶出来了。路上的石头热得烫脚。就这样,我光着脚爬上岩壁嶙峋的高山山脊。山脊上坐落着芳拉克小镇。我累坏了,在老教堂的阴影里坐下休息。

到达山巅,居高临下,我觉得万般忧伤似乎减轻了一些。随着一步步登高眺远,人的精神境界也升高了,能更好地统观尘世的万事万物。在这个尘世上,存在那么多像我们所遭遇的苦难,可是人们忍耐了。而且在高山之巅,呼吸也更畅快一些。这时,空气纯净,阴凉和休息使我感到很惬意,有点麻木了。乡镇上几乎空无一人,大多数人都到田里割麦去了。四面八方,知了发疯似的叫着,全是一个调子,吵得人心烦意乱。钟楼四周,湛蓝的天空中,几只燕子飞来穿去,发出细小的尖叫声。平原上传来收割庄稼的人们歌唱的微弱回声,与空中的小虫小鸟的鸣声交汇在一起。教堂门前的小空地上,一个旧十字架脚下,一只公鸡在土里扒食,并唤它的母鸡一块儿来同享小虫。我半闭着眼睛,机械地观看着这一切,被周围的声音摇晃着,饿得有气无力。我就这么坐着,模模糊糊地想着今后的命运。忽然正午三钟经的钟声在钟楼里敲响,把我背靠着的墙壁震得微微颤动。这清脆的钟声在被太阳烤焦的田野上空回荡着,传得很远很远。钟声停了,神甫从教堂里走出来。大概刚才是他替忙于收割的本堂区财产管理人敲钟的。看见我,他停住脚步,声音洪亮却很和善地问我:

"孩子,你在那儿干什么?"

我站起来,跟他大致讲述了一下我的经历。他同情地看着我。难怪他这么同情我。自从我东奔西跑以来,衣服已破烂不堪。短裤的破洞露出皮肉,扯得丝丝缕缕,仅遮到膝盖上头。一个木楔子充当纽扣,勉强系住裤子。我的上衣也是如此,到处都扯坏了。我的衬衣又脏又破,百孔千疮。两只沾满尘土的光脚被荆棘划开了许多口子,两条腿也是伤痕累累。我没有帽子,头上也无遮无挡的。很早以来,我就用一头厚厚的乱蓬蓬的头发给自己遮阳挡雨。神甫仔细地打量着我。看得出来,他的棕褐色的眼睛里流露出大慈大悲。这是一个身材高大壮实的人,黑头发开始变得花白,方额头,两颊长满又黑又硬的短胡子。他的鼻子厚厚的,大而直,面孔清瘦。下巴颏朝前伸,中间有个窝,俨然一副凶相,令我有点害怕。可他的眼睛却反映出宅心仁厚,叫我很放心。

我说完后,神甫说:

"跟我来。"

神甫的住房就在教堂近旁,门朝着小空地,离一口老水井不远。水井的石井栏已被汲水用的绳索磨坏。我跟在神甫后面进了屋子。他的女佣正在把汤浇到面包上,失声叫道:

"唉!您把谁带来啦?"

"你瞧,一个衣衫褴褛、没了爹娘的可怜孩子。"

"他大概有虱子吧?"

我摇摇头。神甫的嘴角泛起一丝微笑,对女佣说:

"要是他有虱子,可怜的芳迪,我们就给他捉掉。但最要紧的,是先给他吃饭。我想他这段时间以来一定过得很苦。"

说完,他走到碗橱那儿拿来一只印花瓷盘,一把小锡勺,在盘里盛了满满一下菜汤。

"拿着,吃吧。"

我站在桌子一端,贪婪地吃起来。神甫高兴地看着我吃。吃完了,他拿起一个芳迪事先灌满了酒的小酒壶,往我盘里倒了很多酒。

待我喝完酒,他指指汤问我:"再要一满勺汤吧?"

出于本分,我不敢说想要。神甫看出来,又给我添了满满一盘汤。然后他走到桌子另一端,女佣给他端来汤碗。

一刻钟后,吃完午饭,神甫把我叫过去。

他打开一张地图问:"那么,你是拉夏佩尔-奥巴雷伊公社,汝吉村人啰?"

"是的,神甫先生。"

他找了一会儿,然后用严肃的声音对我说:

"孩子,你撒谎。"

我脸一红,低下了头。

"那么,说实话,你是谁家的孩子?从哪里来?"

我被他的善良所征服,把我的所有不幸都一五一十地告诉了他。父亲死在苦役犯监狱,母亲四天前死在瓦窑里。我向他解释了事情的详细经过,言语里流露出对南萨克伯爵的强烈仇恨。他问道:

"那么,要是你能报仇,你就报啰?"

我两眼闪闪发光,回答说:"噢,当然啰!"

他脑子里闪过一个念头,盯着我看,问道:

"你也许已经报过仇了吧?"

"是的,神甫先生……"

这时,我突然感到需要向他倾吐心里话,就把我所干的一切都告诉他了:勒死猎狗,火烧森林。

"怎么,不幸的人!是你放火烧了埃尔姆森林?"

我把事情重说了一遍。他看着地图,半晌没说话。然后抬起头,用一种感人肺腑的声音说:

"要记住:以后永远不要再撒谎。同时也要记住:要宽恕敌人。"

宽恕南萨克伯爵!这念头我可不乐意。我觉得这是对我已故双亲的背叛,是一种怯懦的行为。可我嘴上没说什么。神甫站起身,叫我等他一下。

他到旁边一间卧室里去了。我趁此机会瞧了一瞧我所在的这间房间。

这间房间很宽敞,一如过去的老宅,不像今天的人挤在狭窄的房间里。房间四壁光洁,砖块砌得很不整齐,用石灰粉刷得雪白。天花板上的小梁已褪成灰色。脚下的地板很粗糙,拼得也不好。中间是神甫就餐的大桌子,顶里边摆了一个胡桃木的老式橱柜。屋子墙面最长的一侧放了一个式样相同的没有餐具架的碗橱,正对着樱桃木壁炉。壁炉上方挂了一个石膏十字架,像流动商贩卖的那种。房间四周,沿墙整整齐齐地摆了几张式样相同的旧转椅。房间尽头,有一扇窗洞很深的窗户,没有配窗帘。透过窗户,可以看见远处的山峦。窗子采光不好,屋子不太明亮。

这一切都显示了乡野的朴素,以及对室内舒适的淡漠,对物质享受的鄙视。

神甫腋下夹着一包衣服走了出来,带着我就走。

经过厨房时,芳迪见到包裹,摇摇头说:

"您知道,您马上连换洗的衣服都没有了!"

"咳!"神甫无动于衷地说,"公社还有大麻田,还有纺纱工……更不必说还有纺织工瑟甘。他只求有活儿干。"

我们出门时,芳迪说:

"是啊,是啊,笑吧,到您连衬衫都没有的时候,看您……"

我没听见这句话的末尾。

一条小街从几座花园中间穿过,通向四面围有矮墙的葡萄园。园里伸出几根无花果树的新枝。神甫打开一扇圆门。我们走进一个高墙围住的院子,院子四周有一个马厩、一个鸡舍和一个面包作坊。院子深处,一幢旧房屋连着一个屋顶高高的小楼阁。

院子里,一个女佣正在给鸡和鸽子喂食。

神甫问:"杜瓦奈特,您家小姐在吗?"

"在家,神甫先生,她在饭厅里。"

"这样的话,我从花园过去。"

神甫推开一个小小的篱笆门,走进花园,沿着边上长满茉莉花、蔷薇、花朵绽开的石榴树的墙走着,在一个三级台阶的平台前停住。落地窗敞开着,门口有一位白发苍苍的老小姐坐在一张安乐椅里,前面放了一张堆满衣服的椅子。

听见神甫问安,她抬起架着一副圆眼镜的眼睛说:

"啊!是您,神甫。我敢担保您准是给我带活计来了,是吧?"

"一点不错……甚至是很急的活儿。"

"您又有什么新发现吧?"

"哎,是的。"

他转过身,把我指给老小姐看。

"噢!我的天哪!"她叫起来,"他是从哪儿冒出来的?"

"巴拉德森林。"

"啊呀,怪不得他这么破破烂烂的……来呀,孩子!"

我登上三层台阶,站在她面前。她又说:

"确实,他很需要穿衣服。"

"开始先这么着吧,"神甫说,"这儿有两件衬衫,可以给他改做两件衬衣。"

老小姐打开衬衫说:

"嗯!这两件衬衫不太结实啰,神甫!总之,我尽量利用它们做出来。"

说完,她拿起一件衬衫,在我身上比量起身长、袖长,用大头针别上,作记号。

"我马上就动手,"她说,"杜瓦奈特会帮我忙的。明天,他就可以有一件……您知道,神甫,这孩子很乖,"说着,她抬眼看看我说,"他看来非常机灵。"

神甫打趣说:"啊!女人!女人总是对生性特点很敏感!"

老小姐笑着反驳道:"要是这样,我们也不会那么要好了。"

"说得对!"神甫也笑了,"骑士先生上哪儿去啦?"

"到格朗迪村去啦,看看面坊主是不是收集了很多小麦。"

"恐怕没有吧。干旱一个月了,河塘可能都干了……好吧,小姐,再见,谢谢!"

打那儿出来,我们又到了纺织工家。这是一间类似酒窖的地下室①,里面几乎什么也看不见。纺织工坐在一根杠子上,用脚和手运转着纺织机,犹如一只正在织网的蜘蛛。

神甫说:"瑟甘,我需要好的结实的粗毛呢,给这小家伙做几条短裤和一件上衣。"

"他很需要……神甫先生,我马上给您。"

瑟甘作好价,用古尺②量好粗呢,神甫就把布料带走了。路上,他走进一间小房子。

"雅丽,你男人不在家吗?"

"呵!不在家,神甫先生。他在瓦尔马辛贾村干活,明天就要干完了。"

"那么,但愿他明天一定回来。别忘了告诉他,我来是为了给这个小家伙想办法做件衣裳。你看他很需要呢。"

"是的,可怜的小家伙!"

我们离开时,神甫对我说:"现在,我要给你弄一双蒙第涅阿克的木鞋穿上,一顶软帽戴上。这样,你就装备齐全了。"

"请原谅,神甫先生。冬天到来之前,我不需要木鞋。我已经习惯光着脚丫在石块上和荆棘丛里走路了。至于帽子,我头上搁啥都受不了。"

---

① 由于线需要一定的湿度,纺织工多半在地下室工作。
② 古尺(aune),法国直至一八四〇年一直使用的长度单位,合1.20米。延伸义为这种长度的尺子。

"确实,你有一头浓密的头发。可是这些鞋帽你以后不定什么时候用得上。"

我们一回到家,芳迪就问神甫打算安排我睡在哪儿。

"睡在你房间后面放日常衣服的小房间里。你给他把帆布床铺起来。"

说完,他就到花园里去念弥撒了。

晚上,骑士德·加利贝先生吃过晚饭来了。他见了我说:

"啊!啊!这就是从巴拉德森林来的野小子么……嘿!瞧这对黑眼睛,瞧这一头头发!真有点萨拉参人①的血性呀……小家伙,你在那边干什么?"

于是我把自己的遭遇讲给他听,但没跟他谈起勒死狗和火烧森林的事。他从背心的大口袋里掏出一个银鼻烟壶,美美地吸了一口,说了一段警句:

谁言:"贵族理当有教养",
他若作恶,必会令同类悲伤。

说完他就去花园找神甫,嘴里喃喃地说:
"显然,南萨克这家伙坏透了。"

两天后,我的衣服焕然一新。我有了一件白衬衫。我觉得我的长裤子和粗毛呢上衣比起我原先的破衣烂衫来简直漂亮极了。可

---

① 萨拉参人(Sarrasin),中世纪时西方人对中东、非洲和西班牙的穆斯林的称呼。

我仍然光着脚,不戴帽子。

神甫说:"随你便。但是礼拜天,你必须穿上芳迪给你做的长袜,还要穿上木鞋。你要去望弥撒。"

我的生活起了多大变化呀!我不再过那种白天翻山越岭找面包吃、夜晚不知何处过夜的生活了。如今,我有吃有穿,全部活儿就是给厨房汲水、劈柴,帮芳迪做做家务,帮神甫在花园里做点事。我只担心一件事:这样的日子不久长。

一天傍晚,神甫一边浇花,一边跟我说:

"现在你的野性已经消失。我要先教你说法语,然后再教你念书写字。以后看情况再说。"

听了他这番话,我很高兴。于是我明白神甫是关心我的,愿意把我留下。从这天起,每天早晨做完弥撒,神甫教我两小时法语。白天也给我上课,每天晚饭前再给我上两小时课。我非常愉快地学习,一心想讨神甫喜欢,学习起来简直怀着一种狂热,就连可敬的神甫有时也对我说:

"做啥事都要节制一些。现在你去问问埃米娜小姐或骑士先生,看他们是否需要你帮忙。"

于是我撂下作业本和书,跑去找埃米娜小姐。如果她叫我帮她买东西,我就感到很快乐。我到佃农家去弄些鸡蛋或两只小鸡,或者到格朗迪村去买点做蛋糕的面粉。逢到埃米娜小姐差我去蒙第涅阿克镇买线或纽扣,骑士先生叫我去买烟,并把去的道路指给我时,我别提多高兴了!可以相信我是不会在路上玩耍的。从芳拉克镇出发,有一条难行的多石的小路,从异常陡峭的山坡通到山谷底

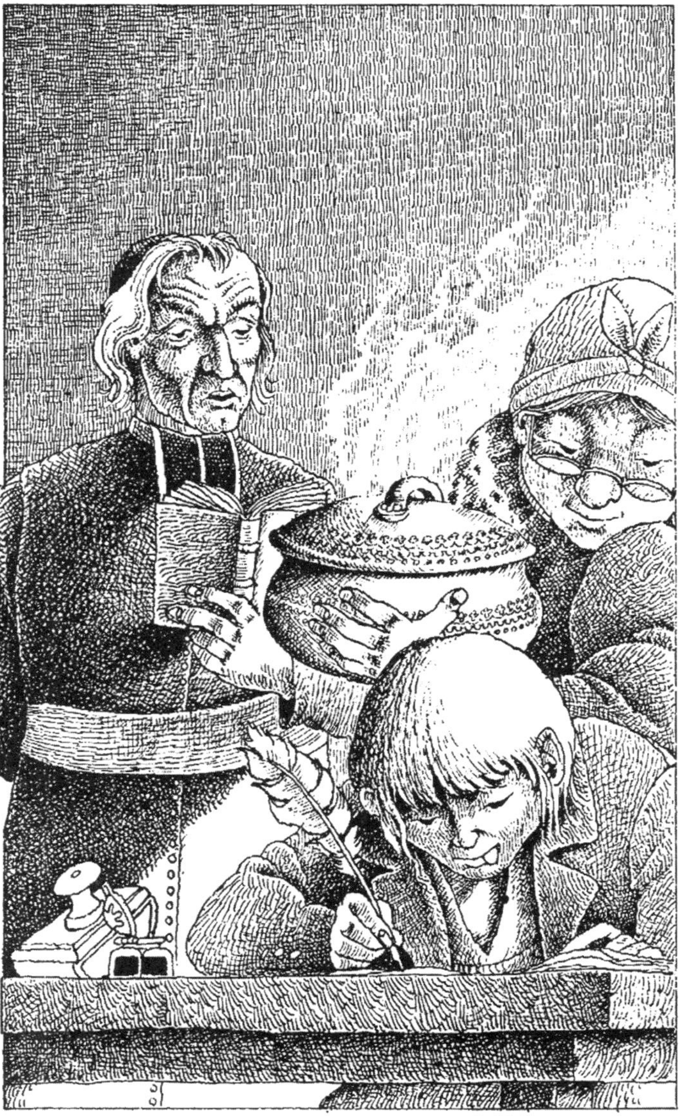

下。我沿着这条小路奔跑着下山,在石头中间像小山羊似的欢蹦乱跳。随后穿过草地,跨过那条很快在托纳克村消失在维泽尔河里的溪流。我一直奔跑着,又爬上萨布露山,好像觉得勤快便能表达我对好心的埃米娜小姐的感激之情。是埃米娜小姐给我做了我的第一件衬衫,且不说从那以后又给我做过其他衣服。她即使叫我赴汤蹈火,我也会很乐意。还有,她的神情完全表露出她的为人。她的模样是多么仁慈善良。只消看一看她那和善的面庞和旧式花边帽下的银发,我就会感到心里像流进了蜜一般的甜。

德·加利贝骑士先生也是一个大好人。可他毕竟是个男人,不像他姐姐那样善于体贴入微。他也很慈善,但不懂得体察穷人的各种需求。而且他不像埃米娜小姐那样在做好事的同时,方式方法又亲切可人。因为这种和蔼可亲的举止往往会使所做的好事更加温暖人心。此外,骑士先生他生性快乐,喜爱呵呵地笑,喜欢开玩笑,发表议论时爱穿插大量的古老谚语或格言。

对一个不幸的人,他会说:

魔鬼不会老是敲穷人家的门。

对抱怨妻子的男人,他会说:

女人和马匹
不会完美无缺。

对一个败诉的人,他会说:

打过几次官司,人就学乖了。

对一个在交易中受骗上当的人,他会说:

在屠宰场,所有的母牛都是牛肉,
在制革厂,所有的公牛都是牛皮①。

对抱怨下雨的人,他就劝人耐心些:

要像待在巴黎一样,让它下去吧。

对抱怨干旱的人,他会说:

冬季到处下雨,
夏季就随上帝之意。

逢到人们认为公社的事情办得很糟时,他就这样安慰大家:

---

① 公牛最好的是牛肉,但有的商人把母牛肉也充作公牛肉;母牛最好的是牛皮,有的商人把公牛皮充做母牛皮,都是欺骗行为。

公共的驴驮鞍配得总是最差。

如此等等,他的成语总也说不完。

看他们姐弟俩礼拜天穿着旧时代的服饰去望弥撒是很有意思的。骑士先生的打扮是法国式的:上身穿一件群青色呢上衣,外套一件挖花织制大背心,下身着一条粗羊毛短裤。夏季脚上穿的是花色条纹长袜,冬季穿的是罩着高高呢护腿的长袜,脚登一双缀着钢扣的好皮鞋,头戴镶边黑三角帽,灰色发梢束在一起,是革命前的乡村绅士的典型打扮。埃米娜小姐戴一顶周围垂下花边饰带的帽子,上等细麻布披巾在背后的腰带上打个结,北京宽条子绸裙下面露出纤细的脚踝和小皮鞋,围一条闪色丝绸围裙,戴一副针织露指手套,身材苗条,步履轻盈。若不是满头白发,真像是昔日的一位年轻小姐。

走出教堂,她挽着弟弟的手臂,另一只手拿着祈祷书。小广场上所有的人都来向他们请安致意。大家多爱戴他们呀。她看着身边的人,向她的穷朋友问寒问暖,询问病人的情况,把一些人带到自己家里去。给这位几件衣服,给那个一瓶老酒、粗红糖、蜂蜜等。这一天,她把礼拜中做好的衣物送给穷人:婴儿尿布或日用布织品,婴儿穿的长袖内衣,穷苦妇女穿的衬裙或衬衫。她和神甫对当地所有的人都了如指掌。他俩都询问大家的情况。两人中谁更有能力做的事,谁就去做。这两颗善良的心,这两个穷苦人的仁慈朋友,行善的范围并不局限于本堂区内。他们不怕越区到别处做好事。真多亏他们,因为附近地方,甚至方圆数十里的教区内都很难找到像他们这么好的神甫和贵族。

起初看到这些,我很惊讶。在认识芳拉克神甫之前,我所认识的神甫只有埃尔姆小教堂的堂·昂贾贝。他尽管肚子肥大,但看上去活像一只狡猾的狐狸,一个伪君子。还有巴尔镇的神甫。那是一个粗暴的吝啬鬼,一副铁石心肠。我所知道的贵族只有南萨克伯爵。他傲慢而凶恶,是造成我一切不幸的罪魁祸首。所以我从小就形成了这样的观念:凡是神甫和贵族都是坏的。在我这个年龄这么看问题是可以谅解的,特别是因为我从来没有出过我们那边的森林。很多比我年长、比我有见识的人也是这么想的。可是当我发现自己想错了,我就非常愿意给那些待我这么好的人做做帮手,想方设法表示我的感激之情。埃米娜小姐很喜欢红鹅膏①。因此到了节令,我天不亮就爬起来,第一个到树林里采集。我多么高兴给她带去满满一篮食用菌。她见了禁不住赞叹说:

"噢!多么漂亮的红鹅膏!"

我来之前,骑士的白马从来没有被用铁齿刷刷过、用毛刷梳过,没有被精心照料过。人家告诉我,以前他的仆人卡里奥尔主要关心他的牛群,只用叉子打理一下白马。现在这匹白马收拾得干干净净,毛发油光发亮。一天,我把母马牵到骑士先生面前,给他骑。母马配上了红色印花天鹅绒鞍子,法式缰绳的环扣如同金子般闪闪发光。骑士快活地对我说:

"很好,我的孩子……"

谁爱贝特朗也会爱他的狗。

---

① 红鹅膏,一种菌盖呈橘红色的食用菌菇。

至于神甫,则是个少有的好人。许多人看重的东西他却一点不感兴趣。金钱只要够他施舍的,他就满足了。吃喝他从不讲究。他说豆角和烤鸡是一码事。而且关于吃的问题,他有时还跟骑士争吵,因为骑士先生有点馋嘴,神甫就引用这么个俗语表示对美味佳肴的热爱:

山鹑的翅膀,丘鹬的腿,斑鸫要吃一只整……

但神甫这么刺他只是开个玩笑。他知道骑士不止一次把最好吃的肉块送给生病的邻居。我虽然刚刚开始学习,还是个年幼无知的孩子,但很快就看出,对神甫来说最惬意的事莫过于行善并看到受惠者真正得到好处。深感神甫对我关怀备至,我就一心一意想把学习搞好。

神甫对我说,"你一旦学会了读书,就要学习弥撒中应答轮唱的颂歌,以后将由你做我的侍童。可怜的弗朗塞斯越来越老啦。"

只要想学,学什么都很快。一天,神甫对我说:
"到了复活节,你就可以辅助我做弥撒了。"

我简单地道了谢。神甫是个不讲究客套的人,不爱听恭维话,虽然他好得难以形容。

复活节到了,我把应答轮唱的颂歌背得滚瓜烂熟。只有一件事很有点烦恼:我不懂拉丁语。我把这个心事告诉神甫,他不觉得这有什么不好。因为他自己布道时都用方言,好让别人听得懂①。因

---

① 直到二十世纪初,众多法国农民都听不懂法语。

此他跟我解释这几段拉丁文是什么意思,我很高兴,我觉得说一些连自己都不明白的话是愚蠢的。这一天,我很勇敢。穿戴得整齐漂亮。一身横纹布衣服,一双埃米娜小姐在蒙第涅阿克给我订做的皮鞋。我从来没穿过这么好的鞋子,感到很得意。我觉得这双皮鞋漂亮极了,走路的时候,情不自禁地低下头瞧瞧。骑士买了一顶鸭舌帽作为礼物送给我。我一直习惯了在酷暑严寒风雨中不戴帽子。这天,我戴上了崭新的鸭舌帽,显得光彩夺目。

从这时起,我就做了神甫的堂区管理员。年老的弗朗塞斯只需敲敲三钟经,牵着母驴到处收集人们酬劳他的小麦和食油,这是当时的风俗。能为神甫做点事我别提多高兴了。每当需要把圣体送给某个病人时,我就走在前面,拎着手提灯,摇着小铃铛。神甫后面跟着埃米娜小姐和镇上两三个老太太。她们念着数念珠的祷告。我们行进在乡野道路上时,田里干活的人若是在犁田,就喝住牛,脱下帽子,跪在地上,为病人念一段《圣文》的祷告。有时,远处,在长满石南、蕨草和金银花草地里的牧羊女,听见清脆的铃铛声,也会制止牧羊犬的汪汪叫唤,跪在地上为病人祷告。

逢到要为某人举行葬礼时,神甫总要到死者家去收尸。不管路有多远,死者家有多穷,他都去。无论是葬礼、婚礼,还是洗礼,每当人家问他要多少钱时,他总是回答:

"一分钱不要,什么也不要,正直的人们,你们放心去吧。"

这些人再三感激,告别了神甫。他有时会低声说:

"把你们无偿得到的也无偿送给别人吧。"

如果是些富有的地主,如古多尼村、瓦尔马辛贾村、罗尔菲村的地主,他们就一定要给报酬了。

"神甫先生,至少为了您的教堂,为了您的穷人,让我们做点什么吧!"

于是神甫就说:"既然你们愿意,祭坛需要一块台布,你们就送一块吧。"

或者说:

"叫人给布拉西尤家的寡妇送一袋麦子去吧。"

这些人就回道:

"太好了,神甫先生,不用担心,我们一定照办。"

确实,人们为了表示感激,新年赠礼时总要到神甫门上送来许多东西,譬如一对阉鸡或一对子鸡、几只鸡蛋、一篮苹果、一只野兔、一瓶皮诺①红葡萄酒、两升②多栗子等诸如此类的东西。甚至有一次,一位穷老太婆在围裙口袋里放了四五十个欧楂给他送来,并请求原谅不能多送一点,而且这些欧楂还不太熟。神甫高兴地对她说:

"谢谢,非常谢谢,巴波大妈。把仅有的一只苹果给了别人的人比把自己一群火鸡中的一只赠给别人的人所给予的还要多。"

这一天,看着所有这些人这么爱戴他,他心里充满欢乐。他笑着补充了一句骑士爱说的谚语:

功到自然成。

---

① 皮诺(pinaud),法国勃艮第地区的一个葡萄品种,属好酒。
② 作者使用的是佩里戈尔地区谷物的古容量单位 quarton,相当于2.2升。

人们送给他的这些东西不会全部留在他屋里,他常把其中的一半又重新给了穷人。要不是芳迪生气,将部分礼品放在柜子里锁起来,我相信他会全部给了别人。譬如,别人赠给他一瓶上好烧酒,这瓶酒自然就成了拉拉梅老汉的杯中物了。拉拉梅不是他的本姓,但大家都这么叫他。

圣皮埃尔德希涅阿克村的善良老太太米奈特说,拉拉梅曾经是破仑手下的投弹手。他转战过埃及、意大利、德国,最后一处是俄罗斯。在俄罗斯,他有几个脚趾冻残了,走起路来不大灵便。波旁王朝复辟后,他说,人家让他退伍了。他回到故里。要不是他嫂子,一位可怜的寡妇收留了他,他一定饿死了。还有,要不是骑士和神甫接济他嫂子,她也会困难重重,难以克服。她的全部财产就是一间小房子和五十一公亩①田。拉拉梅宁肯没有面包,也不能没有烧酒和烟。他久已习惯了抽烟喝酒。因此神甫时常送他一点酒。这位老兵很感激。当他手里拿着冬青枝条到某个公社牧场为嫂子放小鹅,经过神甫住宅碰见神甫时,他都要停下来,站得笔直,脚跟并拢,把手举到一直不曾离开的军便帽帽檐边,行个军礼,然后用手一指鹅群,可怜巴巴地说:

"唉!真想不到我还参加过奥斯特里茨战役②呢!"

像这样新年送礼的日子,神甫总是十分慷慨地招待大家,不吃点喝点什么是不让离开的。差不多满满一大桶葡萄酒都给饮掉了。

---

① 作者使用的是旧农田面积单位 quartonnee(亦作 cartonnee),相当于十七公亩。
② 奥斯特里茨战役,拿破仑最著名的胜仗,他指挥的法军一八〇五年十二月二日于斯地击败奥地利和俄罗斯军队。

幸亏那时酒不贵。

我十二岁那年,神甫给我初领圣餐。看到和我同龄的少年都领圣体,我也用功学习教理赶超他们,希望在这一点上也如同在其他一切事情上那样使神甫满意。再者,对于所有有关宗教的事,他和其他一些神甫截然不同,他并不苛求,也不找麻烦。他很早就听我忏悔了。再说我一直住在他家,生活在他眼皮底下,所做的一切都告诉他,有困难就请教他。他了解我就如同我了解我自己一样。

初领圣体前夕,神甫听我忏悔时仅仅问我对南萨克伯爵是否还怀恨在心。我羞怯地回答"是的"。神甫听了,跟我谈起许多忘却凌辱的动人故事,劝导我以耶稣基督为榜样,学会宽恕。他说得这般诚恳,于是我宽慰他说我将尽量忘记一切,驱走心中的仇恨。在那种情况下,我还能够这么说,可是这没能持续很久。

我同意这个观点:宽恕敌人,不伺机报仇,这确实是一件伟大高尚的举动。不过,这个宽恕必须是相互的。如果一方宽恕,另一方不宽恕,双方就不平等了,正如骑士所说:

你要做了羊,狼就吃了你。

我虽然年幼时吃尽苦头,但是到了初领圣体时,已长得高大健壮,看上去像有十五岁。另一方面,住在神甫家三年来,我学会了他教授给我的一切,比其他孩子通常学得要好要快。我基本掌握了法语,懂得许多乡土俗语、旧词、老的表达法,如同神甫所用的那种语言。我也学习了法国史,学了一点地理和四则运算。我比同龄少年强的地方在于能够思考一些事情,辨别好坏真伪。这主要归功于神甫时时处处循循善诱,培养我的判断力。不论是在园子里干活时,还是在给病人送东西的路上,或是在那些庸庸碌碌的人们用来做无聊的、甚至无良勾当的空闲时间里,他都注意教导我。他善于从一件极简单极平常的事情中,给我以情理和道德教育,指出真正的善是理智、稳重和养成美德。

我尽我所能做得符合他的训诫,而且这些都符合我的口味。可是在我心灵深处有一样我不能克服的东西,这就是对南萨克伯爵的恨。正如前面所讲,在我初领圣体时,我诚心诚意地尽量忘掉仇恨。一个礼拜后,我甚至连这种意愿也没有了。当我童年时代的痛苦生活重新浮现脑海时,我暗想,假如我忘记了这个家伙给我们家带来的所有灾难,忘记了他给我们一家造成的所有不幸,我就是一个健忘寡义的不孝之子。而每当我想起死于苦役犯监狱的父亲、在万般忧愁和绝望中奄奄一息的母亲,心头的仇恨之火就重新炽烈地燃烧起来,犹如伐木人的篝火堆上吹过一股东风,火苗陡然变成烈焰一般。

可以理解,在这样的心理状态下,凡是得知对南萨克家族不利的消息,我心里都很愉快。一天,听到一件事真叫我满心欢喜。当时我正在园子里耕种土豆,神甫和骑士在园子中间的林荫道上散步。我听见神甫跟骑士讲述南萨克大女儿和一个轻浮男子私奔,不知去了何方。听到这里,我赶紧竖起耳朵聆听。骑士说:

"可怜的神甫,我可不像您。这个消息我听了一点也不吃惊:

她和上代相像,

血缘不会撒谎。"

"您这是什么意思?"

"亲爱的神甫,我有一个婶婶,非常熟悉佩里戈尔地区贵族的情况。从她那里,我知道了许多事情。我看到现在有许多人混进贵族行列。如果这些人一七八九年和我们①一起参加投票的话,会很难为情地被拒之门外的。这些人当中,有的是廉价购买了贵族土地姓氏的人;有的是犯了该上断头台的罪而亡命国外的庶民——因为共和国做了件好事:对骗子们毫不手软;有的是弄了个贵族姓氏、在革命大风暴中一度销声匿迹、现在却像克雷齐②一样自诩为贵族的资产者。所有这些人我都信不过。我很乐意用他们之中某个有良知的人说的话对他们说:

有几个贵族或所谓的贵族

假如明白事理,懂得奥秘,

会在公证人的法律文书里,

发现自己原本是农民。"

神甫觉得骑士把事情有些扯远了,就说:

---

① 在法国三级会议上,贵族首先单独投票。
② 克雷齐侯爵(Crequi, 1737—1801),反对窃取贵族姓氏者、捍卫自己姓氏的佩里戈尔贵族。

"对不起……我看不出这中间有什么关系……"

"您会明白的,我的朋友。南萨克家族虽然不属于前面说的那几种情况:他们是贵族,但却是彭夏特兰①式的贵族:彭氏以两千埃居出卖贵族头衔。现在的老侯爵的父亲是圣福路人,原不过是个挑水工,发迹于甘康普瓦街②,后在军需供货以及一大堆不正当的商务中搞投机倒把,发了横财。这个名叫克罗查的人后来做了收税员,因在家乡拥有一块租田,叫人称呼他"德·南萨克"。他买下了埃尔姆的土地,由于钱多,变成了贵族。他的儿子,即现在的侯爵,娶了一个行为不规的女人。那个年代有风流韵事是平常事,要靠此出名是很难的。而她的放荡却远近闻名。这个女人的情夫很多,由此赢得"宫廷和城市"的绰号。在她的众多情夫中,有些对她很有用。路易十五权势显赫的大臣、老色鬼拉夫里耶对她的撒娇百依百顺。就是他授予这个挑水工的儿子侯爵之位的,他现在老拿这个爵位炫耀……神甫,您现在可以明白了,伯爵的女儿和上代人是一脉相承的。她们的祖母就是这么一个货色。"

神甫说:"这些事情太可耻了。我不了解他们的底细。可是骑士,必须承认,王权和贵族被大革命狠狠冲击了一下,这多少也是罪有应得呀。"

"我承认,而且我还要加上您忘了提的一大批神职人员:堕落的

---

① 彭夏特兰(Pontchartrain),法国十七世纪的一位财政总管,设立了一些用于售卖的官职,一六九六年又设立了用于售卖的贵族头衔,价格为两千埃居。
② 甘康普瓦街(Quincampoix),巴黎街名,一七一六年曾是金融家劳的银行总部所在地,那里发生过大量投机活动,直至一七二〇年银行倒闭,劳逃跑为止。

僧侣、闺阁里的风流的教士、姘居的神甫以及所有那些不信神的神职人员,他们再也不敢在讲坛上宣讲被钉在十字架上的耶稣了,而只敢讲'基督徒的立法人'。"

神甫说:"噢!我就干脆不提了……"他补充道,"从这一切可以得出一个结论:大革命是有益的。毫无疑问我们这个时代的神职人员比过去的要好。"

"是啊,"骑士应道,"贵族也是如此。矫枉有点过正了。可是上帝执掌权杖。他是我们每个人应有命运的唯一公正的判官。"

我一字不漏地听着他俩的交谈。我承认这么做不大好,可这番谈话太吸引人了。我高兴地得知南萨克家族并不是真正的贵族出身。确实,当我把他们和骑士及其姐姐相比较时就很明显了。骑士和他姐姐是好人中的佼佼者,善良之极,正直之极。这一比较使我不禁相信有两类贵族,一类是好的,另一类是坏的。这是孩子的想法,后来我发现,贵族里好人坏人相混杂,就像到处都有好人坏人一样。

这次交谈后过了一段时间,神甫对我说:

"雅古,现在你必须考虑选择一个职业。好吧,你喜欢干什么?当个纺织工?木鞋匠?铁匠?你愿意跟裁缝维尔鲁学手艺吗?你自个儿有没有什么主张干哪一行?"

"神甫先生,您让我做什么我就做什么。"

"这样的话,我的朋友,我建议你做个种田郎。三十六行,这是第一行。种田,这是最有益健康、最使人聪明、最自由的职业。你明白,是农田的劳动把法兰西人民从奴役中解放出来的。而且也是通过农田劳动,总有一天土地将全部归农民所有……我们不扯这么远吧。我料到你会这么回答。现在告诉你,我和骑士先生是如何安排的。白天,你将跟卡里奥尔到贵族保留地干活。他是个农活好把式,会教你耕田,锄草,中耕,用镰刀割麦,收割庄稼,整修葡萄园以及其他活儿。你以后就跟他在一起。杜瓦奈特住骑士家。但晚上你到这儿来睡。我还可以给你上上课,教你一些今后对你有用的东西。这里的善良百姓看见他们的上辈目不识丁,他们自己也很无知,就说种田不需要懂得那么多知识。他们错了。一个略有知识的农民胜过两个。更不用说,一个不了解本国历史地理的人,不能算法国人,充其量只是个芳拉克人,如果他生长在芳拉克的话。同样,一个既不会念书,也不会写字的人,就好比少了一个器官……等你长大后,干得一手好农活儿,会很容易找到雇用你的人家。再往后,待你积攒下工钱,就找个会节俭的规矩姑娘成亲。到那时,你们就有自己的家了。这是件美满的好事情,值得好好考虑。就这样说定啦。"

可以想象,我对神甫表示了深深的谢意。第二天起,我就跟卡里奥尔一块儿下地干活去了。

第五章

　　五个年头就这样过去了,生活是充实的,眼前我没有任何忧愁。有时,南萨克伯爵以及他使我遭遇的所有不幸会使我产生痛苦的回忆,就像肉里扎了根刺似的疼痛,可是劳动减轻了这种痛苦。一个礼拜里,我从早到晚干活干得很辛苦,吃起饭来狼吞虎咽,躺到床上就呼呼大睡。礼拜天望过弥撒,我就和镇上其他男孩一起玩九柱戏,或者玩一种老式瓶塞游戏①,我们管这种游戏叫"提布尔",或者还玩决胜盘。冬天,我们在屋里砸核桃。然后每人轮流到格朗迪村磨坊去磨核桃油。接着要守几天夜。夜里帮邻居剥玉米粒,给第二天要吃的栗子剥皮。这当儿,女人纺线,老人讲故事。圣诞节前两个礼拜,我们男孩去敲响"拉露丝",这是我们对这种钟声的叫法。说真的,我们敲起来是多么认真啊!
　　到了除夕,我们从一座村庄跑到另一座村庄,唱着《吉约尼亚乌

---

① 瓶塞游戏,一种投掷圆铁片或圆石片,打掉垒在瓶塞上的硬币的游戏。

歌》或《新年槲寄生歌》。歌词的大意是：

巴黎有位高贵的丽人，
阔气地结了婚……
旧岁的最后一天，
我们向您讨要新年槲寄生。

对着光滑美丽的银镜，
她梳妆打扮，孤芳自矜……
旧岁的最后一天，
我们向您讨要新年槲寄生。

她先前穿着华贵的长裙，
总是用美丽的白线缝纫……
旧岁的最后一天，
我们向您讨要新年槲寄生。

可是现在她穿的长裙，
却是用道道银丝缝纫……
旧岁的最后一天，
我们向您讨要新年槲寄生。

或者唱着这样开头的歌：

在巴黎的小桥上,
我们向您讨要新年槲寄生。
在巴黎的小桥上,
我的上尉!
我们向您讨要新年槲寄生,
还有岁末礼品!

这座桥上曾有三位贵妇人……
……

  我们唱着唱着走进家有女孩的屋宅,主要是为了得到她们的一吻作为赠礼。
  这两首歌都提到巴黎,提到巴黎是座大都市:因为在从前佩里戈尔贫苦农民的眼里,巴黎是富人和佳丽的天堂。潘普洛纳①也是刻在农民心目中的一座近乎虚幻的遥远城市。每当人们谈到某个多年未听人谈起的人时,就说:"他在潘普洛纳。"当人们谈到某个不知位于何处的地方时,就说:"在潘普洛纳。"
  为什么是潘普洛纳,而不是别的城市呢?博那尔神甫说,可能是因为从前佩里戈尔地区有个权势很大的阿尔布雷红衣主教,原是那瓦尔王国旧都潘普洛纳的主教。
  我对此一无所知,让其他更了解情况的人去说吧。

---

① 潘普洛纳(Pampelune),西班牙北面一大城市。

夏天,这些玩耍都不行了。成天只有干活、吃饭、睡觉的时间,而且睡觉的时间还不够。到了翻晒干草和收割的时候,清晨三点钟就得起床。有时,如有下雨的危险,就得把干草和麦捆抢收进仓,干完活已是晚上九点了。在这紧张的生活中,只有礼拜天和少数几个停工的节日可以喘口气,如圣诞节、八月十五圣母升天节、万灵节。

谈到万灵节,正好是亡灵节前夕。有些人家,而且并不是最穷的人家,有一个相当奇特的古老习俗:晚上一家人吃团圆饭。酒席间,大家谈起已故亲人,论及他们的优点、美德,甚至缺点。最奇怪的是,人们交杯碰盏为他们的健康干杯。晚饭通常有九道菜肴,如汤、白烧肉、大杂烩、焖肉、蔬格纳豆①、糕点、小牛肉片等。

吃完饭,人们在餐桌上留下肉食以及每盘菜剩余的食物,给祖宗和故去的亲人吃。如果桌上面包和酒不够,家人再端些来。

然后大家生起熊熊炉火,在炉子周围把椅子摆成半圆形。待大家为故去的亲人祈祷后,就离开椅子,把座位留给死去的亲人。

博那尔神甫说,这些做法迷信色彩太浓。但由于人们不忘祈祷,且表达了虔诚的心愿,神甫也就视而不见了。

除了这些节日以外,我们每年八月二十二日还有村庄主保圣人节②或乡村节日以及附近堂区的圣徒节,如巴尔、奥里亚克、托纳克

---

① 蔬格纳豆(saugrenade),佩里戈尔地区的特色菜,用豌豆、蚕豆或四季豆,加牛油、盐、香辛草叶和水煮。
② 村庄主保圣人节,依天主教习俗,一座村庄受某个圣徒的保护,该圣徒就被称为这座村庄的主保圣人。村庄纪念主保圣人的节庆日即主保圣人节。

本堂区。这些节庆活动我们几乎每次都去。但有一处地方我们是每年必定要去的,这就是十一月二十五日蒙第涅阿克镇的圣卡特琳娜日大集市。这是绝对不能错过的节日。这一天,连神甫、埃米娜小姐和拉拉梅算在一起,镇上只剩下那些不能离开炉火的老人和丁点大的孩子。就连一些幼童,也被他们腿脚不便的母亲牵着去,若太小就抱着去。骑士自己则骑马去。到那里会会朋友和邻近的小贵族,和他们一块儿在金太阳饭店吃个小牛头和块菰火鸡。

一切都遂心如意。大家对我都很满意,我也对所有给我恩惠的人感恩戴德。可正如骑士所说,"要是一切都使尘世的人称心如意,人们就不想升入天堂了。"

一段时间以来,正直高尚的骑士心情不大好。他从报纸上获悉了一些来自巴黎的很不顺心的消息。政治形势发生了逆转。拉罗歇尔①有四位士官被推上断头台,有些将军和军官被枪毙。卷土重来的耶稣会②会士成了到处作恶多端的主人。他们派遣的传教士从一座城市到另一座城市布道,挑起民众对不信教的人和雅各宾党人的迫害,有时还引起骚乱。骚乱均被残酷镇压下去。这一切在全法国引起了普遍的不满,促进了秘密结社的发展。

---

① 拉罗歇尔(La Rochelle),法国西部大港口。这里指的是巴黎重罪法庭一八二二年判处四位与秘密会社"烧炭党"有联系的士官一事。这些死难者被民众视为为自由而牺牲的传奇人物。
② 耶稣会,一七七三年被教皇取缔,一八一四年重建,尤其在法王查理十世治下产生过很大影响。

"您瞧着好了,"骑士讲述这些事情时说,"您瞧着吧,这些极端分子①最终会把国王也放逐出去的。"

我不明白这些极端分子是什么人,但从骑士描述的情况看,我想象这大概是一些像南萨克伯爵一类的保皇党分子。

看看传教士的情形,事情很清楚。他们在蒙第涅阿克镇的检阅场竖起一个十字架,正好立在以前的自由之树的地方。他们用措辞激烈的讲道、充满仇恨的言语,成功地煽动了一大群无赖反对那些对大革命忠心耿耿的著名革命党人。

骑士还说:"这些坏蛋传教士差一点要把老卡西乌斯扔到维泽尔河里去。他从前救过我和我姐姐的命呢。"

神甫问有这么回事吗?

骑士说:"是的。一天,在民众协会②大会上,一名激进革命党人要求监禁从前的贵族拉雅拉日和他姐姐。这时,绰号卡西乌斯的夏巴奈站起来说:'不要动男公民和女公民拉雅拉日吧。是他们供养着他们公社的穷人。他们公社穷人很多。'他两次出面讲话保护我们,最后使大会转入议事日程的讨论。"

神甫问道:"那么,拉雅拉日是您的姓啰?"

"对啦。这是我们的父姓。加利贝是领地姓。我们是大名鼎鼎的让·德·拉雅拉日的后裔。您可以看见教堂外墙的方形壁龛上

---

① 极端分子,"极端保皇党"成员。
② 民众协会,一七七〇年起政治观点相同者组成的协会,法国资产阶级大革命时期发展为政治俱乐部。

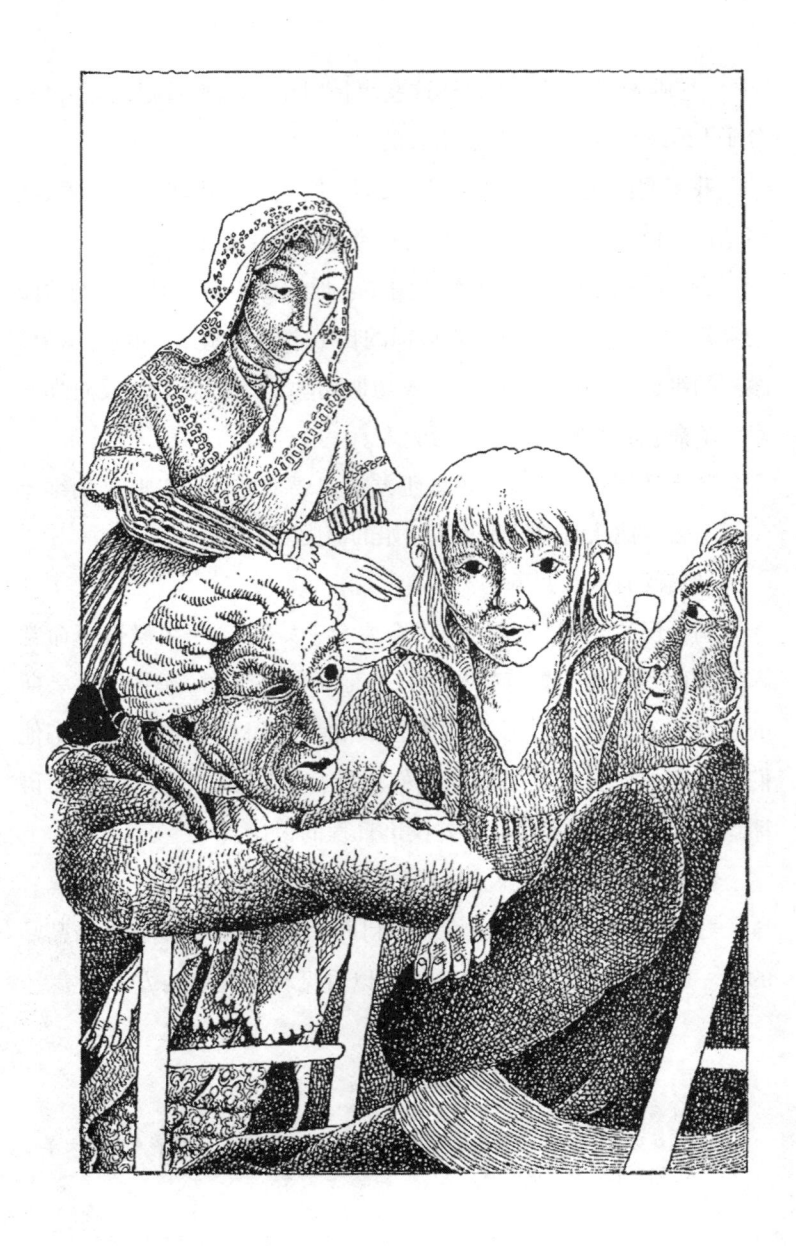

有纪念他的粗糙塑雕。他曾为了保卫教堂,抗击过结队抢劫的英格兰士兵。"

抓住这个机会,会讲故事的骑士讲述起让·德·拉雅拉日的故事。

骑士说:"他是查理六世时代的士官,曾随布西科元帅远征,攻打最后一位佩里戈尔伯爵阿尚博,一三九八年夺取蒙第涅阿克之后,在芳拉克定居下来。

"那时,英格兰人闯入我们家乡。一支英格兰匪徒部队,其中混杂着许多强盗团伙,穿过佩里戈尔地区,经塞恩村和奥里亚克镇,向芳拉克进发。我们的教堂筑起了防御工事,今天还保留着这个风貌。让·德·拉雅拉日叫人在教堂里储备了大量食物,把堂区的百姓都撤到教堂里。英格兰人赶到时,发觉遇到了强劲的对手。

"英格兰人多次发动进攻都被击退。在把这些强盗团伙打得大败而逃的反攻中,让·德·拉雅拉日被砍中一斧子,一只胳膊被砍掉,所以他的雕像是独臂的。英格兰人大伤元气,在教堂四周扔下了半队人马的尸首,往鲁费涅阿克方向溃逃。

"为了表彰他在这次保卫战中的功绩以及从前立下的汗马功劳,时为佩里戈尔伯爵的奥尔良公爵分封给我的祖先德·加利贝贵族领地。他以此领地名作了姓。他的后裔也代代承袭下来。而让·德·拉雅拉日这个姓就完全被人淡忘了。

"因此,卡西乌斯叫我们让·德·拉雅拉日,就像人们称呼可怜

151

的路易十六'卡佩'①一样。"

神甫说:"那么,我现在弄清楚你们纹章的含义了:拉雅拉日,在方言里是荆豆或带刺的染料木的意思。"

骑士说:"正是。让·德·拉雅拉日被封为贵族,拥有了德·加利贝领地后,订做了一枚徽章,银底色上绘着绿色斜条纹并缀满金色,中间是一株带刺荆豆,上面镌刻了一句座右铭:'谁惹他,谁倒霉!'确实,他是一个很厉害的汉子,惹他是没有好结果的,哪怕他伤残了也是如此……"

我说过骑士对局势的发展很忧虑。没过多久,神甫要担心的事就更多了。

让·德·拉雅拉日的故事讲完几天后,蒙第涅阿克的邮递员给神甫送来一封发自佩里戈尔的用紫蜡封口的信。看完信,神甫来找骑士,说他需要派我到格朗瓦尔去一趟。

骑士说:"他是属于您的,不是属于我的。不需要征求我的同意。"

我迅速穿好衣服。神甫对我说:

"你马上到格朗瓦尔去找勒雷。告诉他,我需要按照逢夏至分期付款契约预支十个埃居。你不必急着往回赶,就在那边过一夜,明天回来,也不为迟。"

待他说完,我立即动身,抄近路,穿过芳拉克前面长满石南、蕨

---

① 法国大革命一七八九年八月十日颁布法令,规定贵族用家族的原始姓氏取代贵族姓氏,正式称呼法王路易十六世为"卡佩"。

草、金银花的荒野,径直地朝格朗瓦尔方向走去。经过尚波村、圣米歇尔村和维埃尔湖,到达了目的地。勒雷的妻子看见我简直不敢认了:

"天哪!不可能是你吧,雅古!"

我把我们家一切不幸遭遇的前后经过告诉了她,最后她才相信是我。不一会儿,勒雷来了。他一眼就认出了我。他说:

"嘿,小家伙,长得这么壮实啦!"

晚上,我和这些正直的人一块儿吃了饭。然后他们让我睡觉。在这间我可怜的父亲被捕的屋子里,我躺在床上,想起许多伤心事,想了很久很久,最后才慢慢进入梦乡。天刚蒙蒙亮,我就起了床,和勒雷干了一杯酒。他把十个埃居交给我,我又出发了。

这里我必须说一说,一段时间以来,每当我看见一个小伙子和一个姑娘单独在小路上散步,或礼拜天在广场上手拉手地说话那种相互依恋的样子,就会想到爱情。于是,不知为什么我开始想到小丽娜。我暗自思忖不知她是否还住在碧波蒂埃村,她在做什么,是否还和儿时那般漂亮呢?我想要是有她做我的女友,我该多么幸福!带着这些想法,当我走到这一带时,突然非常渴望再见到她。到碧波蒂埃村去,需要绕点路。可我还来得及。走近村庄时,我却为难起来,不知怎么办才能见到她而又不被人发觉。我碰到一个放鹅的小丫头,就像从前我认识丽娜时,她干的那种活儿。我向小女孩打听,她说丽娜在放羊,可能在荒地里,同时把地方指给我看。我往荒地走去。走近时,见丽娜一个人在看羊。她靠在路边的一棵橡树干上,织着长袜。羊儿在一旁吃着低矮的青草。我轻手轻脚走到她身旁：

"呵！丽娜！是你呀！"

"雅古！"她认出了我，顿时满脸绯红。

我问她近况怎样，她家里怎样。她告诉我许多事：老热拉尔和她母亲结婚了。现在她是热拉尔家的姑娘了。

听了这个消息，我并不感到喜悦。我宁愿再见到的她和我一样贫穷。可是和她见面太快乐了，心中的不快一闪即逝。丽娜一直是那么好看。现在她出落成一个中等个子、身材窈窕、面容姣好的漂亮姑娘了。她的头帕下露出浅栗色的头发，长长的睫毛下长着一对温柔的褐色眼睛，如同熟蜜桃般长满细毛的脸颊上留下了睫毛的阴影。她的小嘴红得像林中的草莓，笑的时候露出一口白牙。

"啊！丽娜！你多漂亮呀！"

"你拿我开心，雅古！"

"不，说真的，我怎么想就怎么说。"

"小伙子都这么说。"

"啊！这么说已经有人对你说过啦？"我心里有点妒忌地问。

"我没办法阻止他们说。可是什么也不能让我相信他们的话。"

"那我呢，嗯？你相信我吗？"

她笑着说，"你真好奇，雅古！……"

"呵！听我说，我的小丽娜！我有八年没见到你了，我经常想念你。我好像还看见你那副天真的模样，一头卷毛的小脑袋，走在小径上放鹅。小巧玲珑得像林中的斑鸠。我越大，就越想你。现在我又见到你了,不论发生什么事情,你再也不会从我的脑海里跑掉了!"

"呵!雅古!你真会哄人……你在哪里学会这么说话的?"

于是我把自己的遭遇原原本本地告诉她。我诅咒南萨克伯爵,一个劲地称赞骑士和他姐姐还有教我知书识礼的博那尔神甫。看得出来,她很喜欢听我讲,很高兴我有了一点知识。那个时代,森林周围方圆两里路内都甭想找到一个识字的农民。她不时抬眼望望我,手上不停地织着长袜。我明白,她不讨厌我,只消看看她的眼神就知道她内心在想什么,可怜的丫头。

说到神甫,我不禁醒悟到我已经唠叨了两个小时,现在必须走了。临走之前,我要丽娜告诉我下次在什么地方可以再见到她。她觉得礼拜天到巴尔镇和她说话恐怕不太方便。她母亲做完弥撒后,总待在她身边。如果发现他在那儿,可能不大合适。

"那么,我再也见不着你啦?"

她说:"记好,八月二十三日圣雷米日那天,我要和一个邻居女孩到奥里亚克镇去……"

"那么圣雷米日那天我去望弥撒。"

我拉起她的手,爱恋地看着她说:

"呵!我的丽娜,现在我多么高兴啊……再见!"

说着,我把她拉到身边亲吻她。她满面通红地说:

"雅古,我心眼儿太好,让你讨巧了!"

我又亲吻了她一次,然后与她告辞,边走边一个劲地回头看她。

回来的路上,我仿佛插上了翅膀,所有的感官都突然兴奋起来。我觉得家乡更美,树木更绿,天空更蓝。心里涌起一股新的力量。

有时走到一个山脚下,我突然渴望使用一下这股力量。我跑着跃过石头堆,穿过荆棘丛,往山上攀登。爬到山顶,立在山巅,鼻孔鼓得大大的,无比自豪地看着爬过的陡峭山坡。

回到神甫家,他正和骑士说话。

骑士说,"我百思不得其解,他们究竟要把您怎么样?"

"肯定没好事。这里面有他们这帮耶稣会狐狸精的鬼把戏。他们不想让我在这里主持堂区。"

翌日早晨,神甫借了骑士的马匹和皮绑腿。他要抄近路,经圣热拉克村,到佩里戈尔去。他骑上马后,骑士叮嘱他:

"神甫,一路顺风!母马很壮实,不过,下坡时还是要拽住一点缰绳。您知道这句成语:

千里马也有失蹄之时。"

隔了一天,神甫回来了。从他脸上可以看出有什么不顺心的事。我问他旅行得好不好,他回答:

"挺好,雅古,旅行本身是顺利的。"

我不敢多问什么,把马牵到马厩里去了。

骑士一知道神甫回来,就连忙到他的住处去打听情况。晚上,他把一切都告诉了他姐姐。神甫在大革命时对《教士的公民组织法》①

---

① 《教士的公民组织法》(Constitution civile du clerge),一七九〇年七月十二日法国大革命期间颁布的一项法令,规定教士必须宣誓忠于君主宪政。

宣过誓。事隔三十年,有人还企图以此嘲弄他,嘿!要他当众收回誓言。

神甫回复主教说,他从前确实宣过这个誓,因为这个誓言丝毫不涉及宗教教条。他问心无愧。他既不准备公开地也不准备秘密地收回誓言。

神甫说完后,主教摆出一副教会主宰的架子把他打发走,同时请他深思熟虑,不要卷入一场会使他碰得头破血流的斗争中去。

骑士总结似的说:"教会的极端分子,也就是耶稣会会士和他们的同伙,会贻害教会,就像那些保皇党极端分子将贻害王权一样!"

埃米娜小姐问:"那神甫怎么办呢?"

"什么也不做。他说他等待他们处置。"

就在这时,骑士忽然着凉了,不得不卧床休息。他姐姐硬要他去看医生。他把我喊去说:

"雅克师傅①,为了让小姐高兴,你马上到蒙第涅阿克去找个医生来吧。"

埃米娜小姐说:"有个年轻医生,有些人认为他很能干。最好请他来。"

骑士说:"姐姐,不要请他:

年轻医生会造墓冢堆。"

---

① 这个称呼表示雅古在家里什么事都做,就像莫里哀的喜剧《悭吝人》(一译《吝啬鬼》)里的"雅克师傅"一样。

"雅古,你去找那个狄亚富瓦鲁斯①式的老郎中福奈。要是他不能来,你告诉他我着凉了,需要一剂出汗的药。他把方子交给你后,你就到西边的药剂师李基埃那里去,叫他别把药罐弄错了。

上帝保佑我们别碰上马虎的公证人
也别碰上张冠李戴的药剂师!"

"呵!"这时神甫走进屋说,"我看您的病没什么危险!"

晚上,到了蒙第涅阿克镇,我把口信带给了福奈先生。偶然经过普罗教堂,里面有几个传教士在布道。好奇心驱使我走进去。讲坛上一个又瘦又黄、长得像鼬鼠似的耶稣会会士正在激烈地攻击雅各宾党人、蔑视宗教以及不信教的人,那副神情就跟那些自私自利刻薄待人的伪君子一样。他大肆讥讽这些宗教的敌人,称他们是哲学家和大革命孕育出来的吃人豺狼,他还说这场大革命的原则和实践太过邪恶,就连一些负责信徒灵魂的牧师也给迷住了。他叫喊道:

"是的,这个恶魔把魔爪一直伸进了教堂,培养了不少劝人入教的狂热信徒!不要以为我指的这种人远在天边!就拿近在眼前的这座小镇来说,经过革命的狂欢后,它又重归了上帝。在这座小镇里就有这样的狼。它们披着羊皮,为的是更容易使耶稣基督托付给

---

① 狄亚富瓦鲁斯(Diafoirus),莫里哀的喜剧《没病找病》中一个滑稽而一本正经的医生。

他们的灵魂堕落;它们骗人的慈善外衣里包藏着叛逆者的傲慢和伪善的不信教者的罪恶!"

说着,这个坏蛋伸出手臂,向芳拉克方向指去,让所有在场的人都明白他指的是以前做过蒙第涅阿克副本堂神甫的博那尔神甫。

听见这个畜生如此辱骂博那尔神甫,我心中顿时怒火升腾,差点要喊出来:"无赖,你撒谎!"

但是我克制住自己,只是小声地说了出来。教堂深处,我周围的一些人回过头来朝我看。我怒气冲冲离开了教堂。

我边走边想:"难道这样一个善良仁慈的好人,这样一个生活上堪称楷模、品格上值得众人尊敬的神甫竟遭他的同仁这样恶毒的诽谤!真是不可思议。"

这里讲的"他的同仁",是因为除了那些传教士以外,还有堂区附近的一些神甫。为了得到权势显赫的耶稣会的青睐,他们执行会士的指令,暗地里散布了许多攻击博那尔神甫的流言蜚语。再者,蒙第涅阿克教区的其他神甫都不喜欢博那尔神甫,因为他的行为本身就是对他们的批判。他们经常以某地的节日为借口,或者干脆什么借口也没有,不是在这家,就是在那家,设宴大吃大喝。席散后,他们个个两耳通红,挺着灌满佳酿的大肚皮。而在这些宴席上,都没有博那尔神甫的踪影。当他因职务之需,参加某个会议,吃上那么一顿时,他不和别人一起通宵玩纸牌或一种西班牙纸牌"红布雷①",而是找个正当的理由离开。当着他的面装出一副温顺谦逊、

---

① 红布雷(hombree),最早及最流行的西班牙牌戏,用四十张牌玩,后衍生为其他各种牌戏。

伪君子模样，背地里竭尽恶毒诽谤之能事的人，是埃尔姆小教堂神甫堂·昂贾贝。是他，很久以来，利用到附近神甫家吃吃喝喝的机会，散布了很多诽谤博那尔神甫的流言蜚语。神甫对此早有耳闻，但不以为然。他认为自己行得端、坐得正，不怕这些流言。而且他在自己的堂区内确实当之无愧地得到大家的尊敬和爱戴。从主教管辖区这方面看，当他的教区隶属昂古莱姆主教管辖时，他一直平安无事。可是几年前，佩里戈尔主教区恢复这几年来，他遇到不少麻烦，受到不少挫伤。现在他很清楚有人想把他搞倒。

骑士有时跟神甫说："要是他们弄到我头上，我要公开地揭露所有这些无良基督徒的假面具！"

"是啊！我的血管里经常热血沸腾……但是丑闻会给教会造成恶劣影响，我还是不说为好。"

然而假如骑士知道那些卑鄙无耻的家伙是怎样污蔑他和埃米娜小姐的，他大概就不会这么有耐心了。这一情况我是从奥里亚克镇节庆归来途中得悉的。

圣雷米日那天，我去望弥撒了。可以想见我是不会爽约的。临去前的晚上，我利用神甫来看骑士的机会，请求他们两人允许我去。骑士听了说：

"近处朝圣，
蜡少酒多。"

"可是,骑士先生,"我反驳道,"罗马太远了!"
"呵!你就是罗马朝圣者,也是一回事儿:

驽马和坏人
从不会到罗马去悔过自新。"

骑士还洋洋自得地补充说:"如果神甫先生同意,我很乐意。"
神甫说:"我想他会很乖的,我也同意他去。"
于是我心舒意得地退出房间。
第二天大清早,吃完早饭,埃米娜小姐对我说:"给你十个苏,拿去做东请客吧。"
我再三感谢她,兴高采烈地走了。我攒下的苏和里亚加起来已有二十个半苏,我把这些钱扎进手帕里,加上这十个苏,我觉得自己很阔气了。我下山经过格罗度村,再从坐落于半山腰的维迪埃村下面路过,然后穿越欧石南树丛,在靠近马尼尼村一个叫作砍布西尔的地方取道高原的旧大路。这个地名听起来不太安全。但光天化日之下,我的三十二个半苏还不至于有什么危险。高原的这条路很宽,至今有些地方还可以看出当年的规模。据说,这条大路是当年布西科元帅去围攻蒙涅阿克镇时走的道。天气炎热,在火辣辣的太阳的照射下,染料木的豆荚噼啪噼啪地炸开了,把黑豆粒射得老远。我的背心外只加了一件崭新的蓝罩衣,头戴一顶草帽,就是家乡妇女利用赶集或看牲口的空暇编织的那种。麦秸不像今天到处出售的草帽麦秸那么细,可是更结实。在乡村,所有的人,当然是农

161

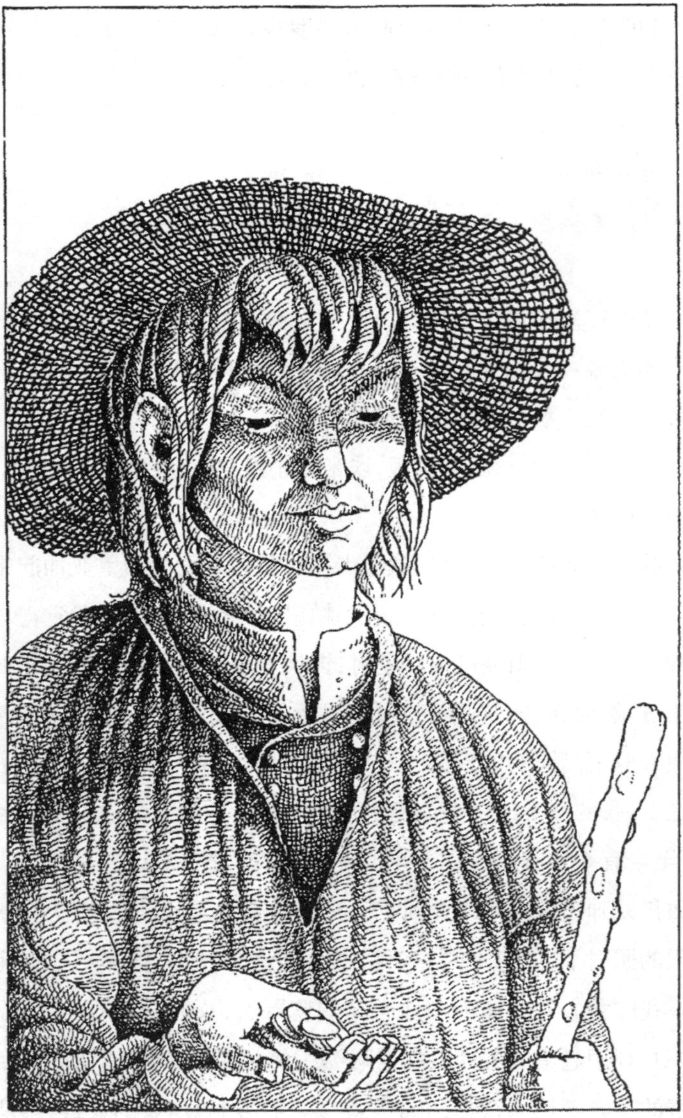

民,都戴这种草帽。走到离四端村一刻钟路程的地方,我抄了条近路,经雷舍夫里村,沿美山城堡花园的围墙走。从那儿下了山坡,到达洛朗斯山谷。圣雷米小教堂就坐落在小山谷里。从洛朗斯小山谷再往下走四分之一里路,便是奥里亚克镇了。

年代悠久的圣雷米小教堂建造在古道旁边一块公共地块上,周边是草地。教堂的两个山墙上装饰着许多鬼脸人物的雕刻。四周多石多沙的土地上长着瘦小的野草。紧靠墙根的地方被过往行人上足了肥,繁茂地衍生着荨麻、野胡萝卜、牛蒡以及茁壮的酸味薄荷。平时,这块地方人烟荒凉。而这座因年深日久墙壁变得漆黑的建筑物活像一座大一点的公墓教堂。

反之,朝圣的日子里,这地方人声嘈杂,热闹非凡。远道而来的人比附近的人多。圣徒和预言家一样在本乡本土没有什么声誉。蒙第涅阿克上游和下游堂区都有很多人来此朝圣。但来得最多的还是下利穆赞地区的信徒。不过,对宗教的虔诚并没有使利穆赞人晕头转向,尽管他们自命不凡。他们赶着骡子来到圣雷米教堂。骡子驮着装满时令水果、尤其是甜瓜的木制容器或箩筐。可以说,这是个吃甜瓜的节日。甜瓜多极了。草铺上摆满了各种各样大大小小的甜瓜,圆的像个球,椭圆的像个蛋。有两头扁平的,有带果棱的,有光滑的,有带花纹的,绿的、黄的、发灰的……不知有多少种!到处都有卖的!这是当地的时鲜水果。布里夫市和奥布雅镇郊区的水果都比这儿上市早。所有来望弥撒的人都要捎一个甜瓜回去,以示到奥里亚克的圣雷米教堂朝圣过了。

我说"奥里亚克的",是因为圣雷米在佩里戈尔地区还有一处朝圣地,就是圣拉斐尔镇,位于歇韦克斯村和埃克西德伊村之间的高山上。圣拉斐尔镇的教堂里有圣人墓。人们到那里去摸摸墓冢,以期治愈各种疾病和痛苦,如同到奥里亚克去触摸圣人雕像,以望治好各种病症一样。

从前,圣雷米的墓不在圣拉斐尔镇上,而在四条路的岔道口上。这四条路通向四个堂区,即歇韦克斯、昂利亚克、圣梅达和圣拉斐尔。由于这座圣人墓总是吸引很多人,四个堂区都竞相争夺。一天,昂利亚克堂区的人牵来几条他们最好的牛拉墓石,可是却没使墓石挪动一丝一毫。接着,圣梅达堂区的人来试,也没成功。于是歇韦克斯堂区的富裕地主驾着他们平原上力大气壮、临时被祝圣过的牛,爬上山,也试图拖走那块墓石。可也未能比前两个堂区的人获得更大的成功。最后,圣拉斐尔堂区的穷人们赶着一头毛驴——这是他们仅有的一头牲畜,这些可怜的人排着长长的队列来了。神甫乞灵于伟大的圣雷米之后,套在墓石上的驴轻而易举地拖动了墓石,穿过荒芜的土地,一直拉到圣拉斐尔镇,至今墓仍在那儿。

这是当地人讲述的故事。我不知是真是伪。

再说奥里亚克镇的朝圣吧。这也是一个篮子集市。不是那种用来摘葡萄或拾核桃、栗子的粗柳条筐,而是漂亮的白柳条篮,式样应有尽有。有用来盛羊奶酪运到集市去的大而扁的篮子,有姑娘用的采摘草莓的小巧玲珑的篮子,有水果篓,还有两个盖儿的圆形或方形的精美双耳大筐,到集市采购很方便,可以盛很多东西。

还有给远道而来的人提供食用便利的蒙第涅阿克的面包师,卖些白面包和茴香熏的鸡蛋面包。有卖麻花的小贩。树荫下翠篱边的酒桶架上,零售商放了几个大酒桶,论壶和品脱卖葡萄酒。

我经过美山磨坊,来到俯瞰山谷的小山时,停住了脚步,试图在小教堂周围的人海中认出丽娜,可是无法找到,只看见熙熙攘攘的白帽子、色彩缤纷的头帕、女人的草帽、花花绿绿的披巾。我迈开双腿,跑下坡,到了小教堂门前,开始在人群里找寻。花了好长时间,转了一圈,跨过成堆的甜瓜、成筐的桃子,推搡着人群,挤出点空隙,用胳膊肘拨开人群,拼命挤到前面,可还是看不见丽娜。我暗想:"也许她那个粗俗的母亲不让她来!……"不禁犯起愁来。这时,朝圣的队列从镇子里走出来,沿着两边长满茂密翠篱的道路而行。当我正瞧着队列里是不是有丽娜时,忽听身后有人说:

"那么,他非常想念你啰!"

我猛地转过身,看见丽娜和另一个姑娘在一起。我说:

"啊!你在这儿!你们怎么样?我找了你们好大一会儿,你们在哪儿的呢?"

"我们刚到。"

"我想难怪嘛,'要是她在这儿,我一定看见她了!'"

于是我们三个人开始聊起天来。我们谈的也许不是什么特别新奇的事儿,可只要和心爱的人在一起,谈什么都有趣。有时她说的一些话,我明白是别有所指,而且理解她的言外之意,虽然我还不那么机灵,但对于这些事情总是心有灵犀一点通。丽娜的到来给我带来了欢乐。我们四目传情,手和手紧紧相握,她微笑的双唇灵巧地跳动着。我多么高兴听她轻盈悦耳的笑声,看她笑时露出的一口健康洁白的牙齿。

我们唠唠叨叨说个不停。说话间宗教队列到了。打头的自然是堂区管理员。这个矮小的褐发男人拿着十字架,看上去颇有点滑稽。从他闪闪发光的眼睛里可以看出,他对这个节日即将给他带来的大量钱财早就乐在心里、喜在眉梢。跟在他后面的是排成两个纵列的最虔诚的朝圣者。他们刚听完堂区弥撒,又赶来望这一天更为人重视的圣雷米弥撒。这些朝圣者,有些是蒙第涅阿克附近堂区的妇女,有些是来自盖西镇附近的萨利涅阿克喀斯①的妇女。她们头上扎着红黄方格头帕,身穿粗毛呢衬裙,系着红围裙。还有一些是来自岱农和加比尤喀斯的妇女。她们穿着蓝色长袜,戴着帽檐垂下饰带的女帽,披着印有大棕榈叶图案的印花布大披巾。披在前胸的部分和布围裙系在一起。大部分朝圣者是毗邻奥弗涅地区的下利穆赞妇女。她们穿着卡迪斯粗斜纹呢衣服,戴着与不发愿修女帽相仿的羊毛花边黑色软帽。软帽上再加一顶同样也是黑色的草帽。帽顶很高,帽子前面翻边,很像大帽舌。她们和丈夫一样穿着肥大的钉了钉的皮鞋,走起路来拖着沉重的步伐。男人的穿着则依乡俗而定。有的穿粗布短裤或粗毛呢短裤,很少有人穿大褂,多半都穿棕色粗呢上衣或蓝色厚布"季普"。这种男式紧身短上衣后片较短,后片上开了几个口袋。正是从衣服口袋这里我们了解到人们是如何管钱的。有的人一侧口袋里鼓鼓地装着面包,另一侧口袋里装着

---

① 喀斯(causse),法国中部和南部的石灰岩高原。

鼓出袋口的褐色陶土,罗基①袋口用脱了粒的玉米梃塞扎着。有的人口袋里装的不是面包而是麻花,这些人被视为挥霍者。

所有这些男人手里都拿着黑色宽边大草帽,沉重的皮鞋踩在满是尘土的石子路上,炎炎赤日照得他们直眨眼睛。女人则跟随在后,一手拿着念珠,一手持着一根在耀眼的阳光下烛光微弱可见的小蜡烛,踩着细碎的小步子,嘴巴喃喃而语。在身体健康的人群里,还有一些跛子,拄着拐杖,拖着一条被坏疽或丹毒造成残疾的腿;也有一些人胳膊吊了起来,临时缠上了雪白的绷带;还有些人患了疝,从他们挽起的短裤下面可以看到像熏鲱鱼用的铁棒那么粗的腿。在这些由于翻晒干草和收割庄稼而晒黑的脸孔中,有气色蜡黄的,土灰色的,满面病容的,显出烧热未退和穷困的模样。还有一些半明半瞎的人,眼睛缠上了绷带,被人牵着走。所有这些人都是来祈求仁慈的圣徒雷米治病的。他们有的被病痛折磨,有的被巫师造成的痛苦所折磨,有的身上长了肿块,有的患上了癫痫,有的被圣玛利亚病,也就是疥疮,折磨得浑身瘙痒,这在当时是常见病。这些患者中,有老有少,有男有女。有的男人苦于重感冒;有的女人苦于产后后遗症;有的姑娘脸色苍白;有的孩子患了头癣。有些身患不孕症的穷苦妇女,没钱到布朗托姆或罗卡玛杜去摸门闩,便来向圣雷米祈求生子。

走在这两行长长的朝圣者队列后面的是唱着连祷的堂区神甫。他们有的穿着如同安琪尔翅膀的宽袖白色法衣,有的穿着绣花宽袖

---

① 罗基(roquille),中世纪的液体量器,相当于0.119升。这里指酒瓶。

白色法衣。最后压阵的是圣雷米堂区神甫。他身穿金黄色祭披,手持盖着盖儿的圣餐杯。这些神甫戴着方软帽或圆皮帽,黑发或白发束在脑后,垂落在颈背上,他们个个脸色红润,油光发亮,满面春风,一副富态相。没有一个生病的!呵!没有一个!这一眼就可以看出。他们是从前的那种神甫,是一些不会自寻烦恼,善于享受人生的人。他们赶着羊群走向天堂,从不操心什么圣心教堂、无玷始胎,也不管什么"教皇永远正确无误"的说教。当然,他们当中有些人有点过于馋酒,有些人雇用两名二十五岁的女佣,以代替一名五十岁的女佣,有些人甚或雇用自己的侄女,而遭人背后议论。尽管如此,他们并不比今天的某些神甫差甚至比他们还好。今天某些神甫虽然喝掺水的酒,雇用年纪大的女佣,但脾气暴躁、好记仇、虚伪、爱耍阴谋、吝啬,还常到女信徒家寻找他们屋里所缺少的东西。

不过对这些问题谁感兴趣就让他感兴趣去吧,我可是都无所谓。

丽娜、她的女友和我,三个人好奇地看着这些混杂的人群排成队列拥进小教堂。众神甫避开甜瓜堆和篮子绕道走,当他们在教堂入口处拥挤的人丛中认出某个美丽的女教徒时,会斜眼瞅一下,但不扭转脑袋。我们跟在神甫后面走进教堂。教堂虽然相当大,但已挤满了人。里面光线暗淡,狭窄的窗户被铁栅栏牢牢地封住,以防盗贼。可我看不出有什么东西可偷。墙壁刷上了白石灰,有几处被潮气侵蚀得发绿。光秃秃的墙壁上并无很多画,只有祭坛上方挂了一个漆成黄色的仿金木框,里面是一幅十分蹩脚的油画。画的是蓄了一把美丽胡子的仁慈上帝在天堂里接见圣雷米的情景。这幅画大概从来没有好看过,而且太旧了,已经褪色。有些地方油彩已经剥落,带走了圣徒的鼻子和吹笛天使的一只眼睛。祭坛漆成灰色,从前镶的蓝色细线条装饰还隐约可见。木制大蜡烛台粉刷的金黄色现已褪色。这座潮湿的教堂里的所有色彩莫不如此。到处散发着霉烂味和仿佛暴露了几个世纪的伤口的臭味。祭坛旁边一张铺盖了台布似的东西的小桌上放了一尊圣雷米的木雕像,好像是奥里亚克的木鞋工刻的,刻得很蹩脚。木雕新近给上了色,稍微像了一点样。可是圣徒披的那件车匠式的蓝袍和褚红的外套并没有使这可怜的圣徒好看多少。

我让丽娜看这尊雕像,同时附在她耳边说:

"我用砍柴刀也可以刻一尊。"

她笑着说:"听弥撒。"

弥撒是奥里亚克神甫念的,或者毋宁说是唱的。他虽然上了年纪,脸上有灰斑,但气色很好,精力还很充沛。他由两个唱诗班的孩子帮忙,另外还有两个穿礼服的神甫辅佐。这两位神甫双手合拢,对他毕恭毕敬地弯腰行大礼,把物件递给他之前先吻一下这些物件。当他下跪时,给他撩起祭披,最后还行了许多这类礼仪。我只见过博那尔神甫做的弥撒,那种仪式简单多了。所以我觉得这一切都很奇怪。领圣体的妇女很多,因此所有这些礼仪把弥撒的时间拖得很长。最后弥撒总算结束了。我很高兴。大家要离开教堂时,神甫宣布说他们要去吃午饭,叫大家也去吃午饭。下午两点钟大家再回到教堂里来。因为还要念晚祷,讲道,进行圣体祝圣,然后还要继续念福音书。

他补充说:"有些人远道而来,不能待到那么晚,奥巴神甫留下来给他们念福音书。"

果然其余的神甫很快走了。奥巴神甫手拿福音书。辅助他的是手里拿着一个锡汤碗的本堂区管理员,神甫身边围了一大群要求听福音书的人。神甫刚才的"给"字说得很好听。这只是一种表达方式,因为听福音书是要付钱的。轮到谁把苏交给管理员时,他就把钱扔到汤碗里,并且说:

"这是给那尊圣像的。"

然后,交过钱的人依次挨近神甫。神甫把襟带搁在他的头上,背诵几段圣马蒂厄[1]福音书中有关治愈疾病和残疾的段落。听过福音书,人们就去触摸圣人像。与摸圣人像相比,听福音书是无关紧要的,特别是因为听福音书要付钱,而摸圣人像分文不花。那个摆在祭坛上的圣人像虽然上了色,却没人瞧它一眼。真正被摸的,是从壁龛里取出来的圣徒小石像。每个人拿它磨擦自己的病体部位。如果病痛位于脊背或腰部,就请旁边的人代擦。人们用这尊石像磨擦所能擦到的所有部位:胃、胳膊、小腿、大腿、皮肤等等。这位圣人能治病的名气大极了,老百姓用方言管他叫"圣雷米德",好像"圣药师"一般。一年当中的其余时间,教堂大门紧闭,病痛难耐的行人就满怀期待地靠着与圣雷米壁龛成直角的小教堂外墙磨蹭墙壁。

但像圣雷米日这样的朝圣日,信徒可以直接用石像磨擦身体。

---

[1] 福音书有四个版本,分别由四人所写,即马蒂厄、马克、拉克和让。

患坐骨神经痛的人用小石像隔着短裤从胯骨一直擦到脚跟。有时,一些痛得不能动弹的老太婆不怕露出她们的松紧袜带,把石像伸进短裙里直接擦到皮肤上,相信这样功效更大。啊!这位可怜的圣徒什么情景没见过呀!

"什么情景没见过呀",这只是一种说法而已。因为他既无眼睛,也无嘴巴和鼻子。自从哪位聪明的神甫创造了这尊圣像,几个世纪以来,石像擦磨了多少胳膊、大腿、小腿、脊背、两肋、腰部,如今已完全被磨勘。

犹如昔日乡村经营女帽的商人用以撑帽子的硬纸板做的女人头像,用久之后变成完全磨勘了的硬纸团,脸部的轮廓和色彩都看不清了一样,这尊可怜的石像也已面目全非,不像个圣人模样,甚至连人的模样也丧失了。石像的胳膊、腿、脚、手、头,还有它的身体和脸,所有部分都因磨擦次数过多而难以分辨,浑然成为一体。这尊石像,既可以说是块经车轮碰撞、雨水霜冻的侵蚀而变了形的旧路碑,也可以说是一尊经几个世纪的磨擦而损坏了的雕像。但这丝毫也未使穷苦人期望治愈的信念减半。人们争夺这尊石像;每个人都想要。有时,两个人同时抓住石像,朝自己方向拽,伴随着几声低嗓门的对话:

"轮到我了!"

"不,该轮到我了!"

"不对!"

然而,经常见到这种情景的神甫在一片沉闷的声响中只管念他的福音书段落,同时可以听见一枚枚苏落进锡碗里的声响。管理员乏力了,干脆把汤碗搁在一张椅子上。

观看了很长时间后,我对丽娜和她女友说:"我们走吧。"

一出教堂,我使劲地呼吸,非常高兴待在室外。我们溜达了一会儿。我把两个女孩领到草地边的一棵核桃树树荫下,对她们说:"待在这里别动,我去去就来。"

我去买了一个甜瓜、几个桃子、一块白面包,在酒商那儿打了一瓶酒。这位酒商是地处蒙第涅阿克镇上方的卫士海岸村人。那个时候,这座村庄的酒酿得很好。我一共花了十四个苏,那时东西比现在便宜。

两个女孩见我买了很多食物回来,叫了起来:"呵!买这么多干什么?"

我说:"你们瞧,神甫们已经回来,两点钟了,是吃点心的时候了。我们吃吧。"

丽娜开始推让了一阵,怕她庄上的人看见告诉她母亲。我一再安慰她。然后我们靠着一道翠篱,在青草地上坐下。我切好面包和甜瓜,然后三个人一起吃起来,一边快活地聊天。

"啊呀,"丽娜的女友贝特丽突然笑着说,"没有酒杯,怎么喝酒呢?"

我回道:"这没关系。你就着瓶子第一个喝,丽娜第二,我理所当然最后喝。"

她反驳说:"男人比女人更爱喝,应该你先喝。"

"不,我知道礼数,不会先喝!"

然后我把酒瓶递给她。

她接过酒瓶,瞟了一眼,像是说:"我懂你的意思,好吧我喝啦!"她喝了几口,把酒瓶递给丽娜。丽娜喝了几口就给了我。

"丽娜,我要知道你想什么!"说着,我拿起酒瓶,慢慢地喝起来。

贝特丽笑着说:"他马上会把酒全部干光的!"

可我慢悠悠地品尝着酒,品尝着愉悦。这不是单纯为了喝酒,而是一边饮一边向丽娜投去令她有点脸红的目光。

我们坐在草地上,听见神甫们在高声念晚祷,那劲头让人明白他们是一些吃饱喝足增添了气力而且晚餐时可以好好休息的人。两个姑娘和我都没有好奇心进去看看。我们待的地方很惬意。

轮流喝到第三遍时,酒瓶喝空了。我还想去再打一瓶。我感到在丽娜身边这样喝酒实在其乐无穷。两个姑娘说我是酒鬼,表示不再喝了。见此情景,我就把酒瓶还给卖酒的人。神甫开始讲道时,我们三个人就到奥里亚克溜达去了。

客栈里坐满了喝酒的人。这些人是本堂区的信众,对圣徒倒并无多大虔敬,而让外地人去崇敬他。但他们还是很喜欢圣徒,因为他使本地生意兴隆。他们举杯在手庆祝圣徒的节日。

这时,布里夫和奥布雅镇附近的水果商的骡子驮的几筐水果已经卖空,皮钱包里装满了苏,开始动身回去了。还剩下几个甜瓜贩把甜瓜差不多白送似的卖给他们所住的客栈,或那些很迟来买瓜的机灵人。我们在镇子里和广场上逛了很久。广场大榆树的浓荫下,人们在跳舞。我和丽娜跳了一个四组舞和一个奥弗涅民间舞,和贝特丽也跳了同样的舞。之后,我们三人又沿坡而上向小教堂走去。丽娜和我相互把小拇指勾起来走,这是当时恋人的习俗。我只身一人走进教堂。祷告已经结束,祝福也结束了。神甫们动身要走,可是教堂里还是挤得满满的。奥巴神甫被一个神甫替下了。他念福音书段落,念到这会儿该累了。可怜的财产管理员必须一直留在那里,因为教堂里只有他一人管理钱财,而且他可能也不愿意离开汤碗。看着汤碗积满了苏,其中面值十五个苏、二十个苏的钱币闪闪发光。这对他是个安慰,他指望这里面有他的一份。

圣人像从一个人手里传到另一个人手里,继续在擦着。性急的人一直在争着拽小石像。由于天气很热,大家都喝了冷饮解渴。有的还喝了不少。人群的嘈杂声比弥撒结束后的声音还大。有的人脸红得像大公鸡,一把抓住石像,从别人手里夺过来。而被夺的人因为还没来得及擦,怒目圆睁,拒绝把圣像让给别人。教堂里发出霉烂的灰尘味和殿堂长期关闭的霉味。这个呼气带有葡萄酒味的密集人群肮脏不堪,因长途跋涉而浑身汗涔涔热乎乎的,有的人还有伤口,散发出一种令人恶心的气味。人们开始不再受拘束,说话嗓门高了,衣纽解开了。有人干脆捋起衣袖擦胳膊。女人们有的解开短上衣的搭扣,用圣像触摸积了奶水而肿胀的乳头。有的挽起衬裙松开松紧袜带,用圣像擦擦光溜溜的大腿,毫无羞涩地露出非常肮脏的双膝。像我一样看热闹的人当中,看见这一切有时会发出一阵讥笑。而那些站在一边盯着圣像,等候轮到自己的虔诚信徒就会斜眼瞅着这些讥笑者。在这片低沉的嗡嗡声中,在这片混杂着索求和粗俗斥责的嘈杂声中,有时会听见一个被粗暴的手推搡了一下的病人发出的呻吟声,或是被钉了铁钉的大皮鞋踩痛了脚的女人发出的尖叫声。所有这些人像疯了似的推推搡搡,挤来挤去,相互踩了脚趾,用胳膊肘撞了肋骨,发出沉闷的咒骂。这时,神甫就站在小祭坛入口处,一直念着福音书段落。而一枚枚苏也一直不停地落进圣器管理人的大汤碗里,几乎把碗填满。

拥挤嘈杂的人群里,不时走出去一些人。男的重新把纽扣扣起来。女的把短上衣搭扣扣起来,或者用根麻绳或粗布条当松紧袜带,把蓝色长袜系好。由于不再有人来了,那些迷信的嗜好得以满足的人堆渐渐变小,很快只剩下几个不能下决心离开教堂的傻老太婆。这时,一些等候已久的病人、残疾人、四肢不全的人、肢体不灵便的人,步履艰难,一瘸一拐地从教堂的角落里走出来。他们没敢挤到人群里,生怕被别人撞伤。这回轮到他们用圣像擦了。他们毫不忌讳地展示他们可怕的疾患。当病痛的地方需要时,他们就用圣像好好地给自己擦一番。倒霉的圣像又擦了几根弯驼的脊梁、几条溃烂的大腿、几只枯槁的胳膊,又触摸了几处肮脏的结了疤的伤口或新伤口、化脓的溃疡,最后才被管理员重新放入壁龛,再安安静静地待上一年。管理员已停止收钱。没有听众了,神甫也停止念福音书了。所有的人都走了。布满被虔诚信徒的脚带来的泥土和石灰渣的路面上只剩下几颗匆忙中被拽掉的纽扣和若干扯坏了的松紧袜带的碎片。

听说从那时起,这股朝圣热冷却了许多。人们不再像从前那样成群结队地拥进教堂朝拜圣徒了。对这块不成形的、被称作圣人的石头的信仰已经如同其他许多美好的东西一样消逝了。只有下利穆赞人为了卖他们的甜瓜,还装着笃信不疑的样子。而那些绝对需要受人骗的人,把他们的钱带到集市上去,送到女算命人的腰包里,或者买些江湖医生的散剂。说到底,这和朝圣其实是一回事。

我走出教堂,发现两个姑娘刚独自散步回来。该回去了。不用说,我很乐意送她俩一段路。因为在人群里,我几乎不能安安静静地跟丽娜说话。说实在的,这种朝圣对谈情说爱的人并不适宜。在这个洛朗斯山谷里,草地连着草地,山谷两侧的葡萄园一直延伸到拉法伊城堡禁猎区的边缘。不论走到哪儿都很惹人注目。虽然我们没有恶念,但总喜欢不要太抛头露面。啊!这和地处密林深处的枫佩林的朝圣大不一样。

我们三个动身返家了。先取道昂古莱姆通往萨尔拉的大路,经背斜谷,沿着美山草地走,然后爬山到布叶里村,再到四端村。我搂着丽娜的腰,拉着她的一只手,慢慢地走着,跟她聊天。我告诉她我对这一天多么满意,和她一块儿度过这一天有多么愉快,还跟她商量了今后如何再见面。贝特丽走在丽娜身边,可是有的时候,这位好心的姑娘装着摘路边的小花,落在我们后面一点,好让我们更好地交谈。走到四端村时,应该和她们分手了,但我对丽娜说:

"我再陪你们走一段路。"

我们沿着马车穿过大栗树林压出的小路走,全神贯注地聊着,不知不觉走到了奥雷吉村附近。没有男伴的贝特丽对我说:

"你最好和我们在这里分手。小心点,别让人在村里看见我们在一起。"

这着实叫我苦恼。可我感到这样做是理智的,唯恐给丽娜招来责备。和她们分手前,我拥吻了她们,先是贝特丽,然后长时间地拥吻我的丽娜。贝特丽笑着说:

"您简直要把她给吃了!"

听了这话,我松开丽娜。她们走了。我朝左走下背斜谷。这个背斜谷在巴尔镇下方。接着,我沿托纳克小溪走。这条小溪一直到格朗迪磨坊都只不过是条小沟。走到和另一个背斜谷相连的瓦尔马辛贾背斜谷,两个背斜谷扩大成山谷。这时,我遇到一个肩扛棍子的男子。棍子的一头挑着用手帕裹着的圆溜溜的东西。这一天若碰见一个带甜瓜的人,可以断定他定是从圣雷米来的。

我问他:"您也是从圣雷米来的?"

"唉,是的!"说着,他冲着身后的甜瓜扭了一下脑袋,像是说:"您可以看出来。"

说完,我俩结伴而行,边走边聊。这男子说他是塞贾克公社武尔帕里村人。经常头痛,头痛使他简直成了傻子。他刚去圣雷米用圣像擦过头。接着,他又谈起朝圣日,发现我们堂区神甫未参加朝圣。

我反驳说:"神甫来得够多的了。他们就是为了吃奥里亚克神甫的烩肉!"

"可能是吧,"男人说,"不过,他离这儿很近,本该来的。很多人大老远还赶来呢。有人说,他这个人不信什么,甚至说他的德行也不好。"

"谁说的?"

"有人这么说。"

"说这话的人都是笨蛋!"

"这么说,我们那边笨蛋很多,大家公开这么说。"

"您也许是这些人当中的一个吧?"

"我只是听人怎么说就怎么说。如果不是真的,我们的神甫就不会带头,堂区所有的人,就不可能这么说了。要是大家都这么传闻,应当相信无风不起浪。"

我的脸"刷"的一下红了,粗暴地对他说:

"那些可怜的傻瓜愚蠢到相信你们神甫所说的一切,还是情有可原的。可是你们那个神甫,和别人一样都很清楚,博那尔神甫是个正直的人,是一位高尚的神甫。告诉你,你们的神甫不是个好东西!"

我们边走边吵。我竭力赞扬博那尔神甫的所有美德,这些赞扬,他当之无愧。这个男子则重复他耳闻的所有关于博那尔神甫的坏话。走到格罗渡小背斜谷对面时,他说了一句什么话,涉及到埃米娜小姐。我猛地抓住他的衣领,使劲地摇撼他:

"畜生!现在我看出来了,圣雷米这个圣徒是完蛋了。你白走一遭擦你的头了。你还是笨得跟头驴似的!"

他也一把抓住我的大褂衣领。我俩拼命地推来撞去,甜瓜也滚到路上去了。这汉子虽然比我大五六岁,可我还是把他摔到地上,用拳头拼命揍他的脸,把他的鼻子打得直淌血。待我怒气稍微消了一点,才放开他。他从地上爬起来,拾起有点摔破的甜瓜。他感到没有我力气大,就继续走他的路,嘴里不断地说着以后再见再打架之类的威胁话。

我对他怒吼道:"随时恭候,大笨蛋!"

我爬上多石的山坡,穿过山上稀疏地长着几棵橡树的矮林,不

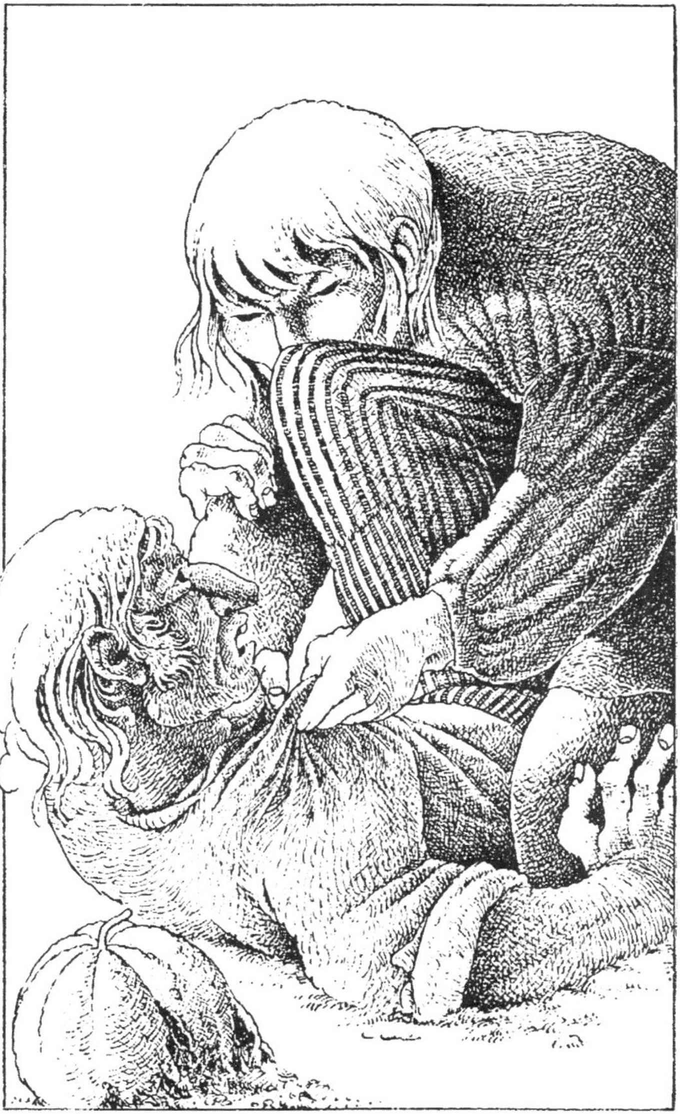

一会儿就到了芳拉克。

到的时候,我想尽量不遇到神甫,可偏巧撞上了他。他首先从我撕破的罩衣上判断我跟人打架了,问我为什么原因。我有点尴尬,既不愿撒谎,也不愿告诉他事情的真相。但他一再追问,我最终向他说明了原委。

"唉呀,神甫先生,这是为了您。"

除了没提到埃米娜小姐,我把一切都原原本本地告诉了他。

待我说完,神甫说:"我的孩子,我很感激你竭力维护我的这份感情。可下一回要耐心点。好啦,去换衣服吧……"

我也不得不向芳迪解释衣服撕坏的原因。她和神甫意见不一样,说我教训那个家伙做得对。

"以后要是碰到这种情况把衣服撕了,我还是情愿给你补衣裳!"

"好啦,好啦!芳迪,应当温和一点,要善于忍受辱骂和诬蔑。"

"噢!您呀,神甫先生,您就是让人骂死了,也不会说个不字。"

神甫微笑了一下,到他卧室去写东西了。

我料到,众神甫根据传道的耶稣会的指令散布的这些个流言蜚语不是什么好兆头。我暗自思忖:"毫无疑问,为了让人们接受处罚博那尔神甫的严厉措施,那些家伙千方百计要先把他名声搞臭。"我猜想,他们要把博那尔神甫赶出芳拉克,把他派到边远的贫困小堂区去。没有任何东西比让他离开那些衷心爱戴他的亲爱信徒更令他难受的了……可是我对他的敌人和迫害者太不了解了。

几天以后,神甫收到另一封和第一次一样用紫蜡封的信。一向善于自制的神甫读完信,没有发牢骚。他把信折好,到花园里去散步,一直在沉思之中。一个小时过后,他去找骑士了。

骑士看问题可没有神甫那么耐心。当他知道是怎么一回事时,失声叫喊起来,说这种做法太卑鄙无耻、愚蠢至极。主教准是昏了头或者有人欺骗了他,才会做出这样的事。至于他自己,既然那些伪君子把教区最好的神甫逐出了教会,盛怒之下他脱口而出说,再也不去望弥撒了!

第二天是个礼拜天。博那尔神甫最后一次登上讲坛。他向堂区教民宣布,根据主教大人的决定,他已被停职,再也不能做弥撒了,甚至这个礼拜天也不行,再也不能主持圣事了。挤满了一教堂的人突然万分震惊。震惊随后变成一片低沉的吵嚷声。有一阵子,神甫根本无法让大家平静下来。

在神甫的要求下,大家终于安静下来。神甫解释说,服从主教的权威是教民和神甫共同的责任。虽然他本人对于教会问心无愧,他的一言一行从不是为了私利,而是为了教会的和平,但他仍然毫不抗拒、毫无怨言地服从指令。他还说,服从这个命令他也很难受,因为他像爱自己的孩子一样爱他们所有人。他曾希望让他们长久地听到上帝的声音,希望他生命终结之后,能安息于芳拉克的小公墓,他曾把多少信徒送往那里长眠。他充满感情和仁慈地讲了很长时间,大家都感动不已。女人们热泪盈眶,很响地擤着鼻涕。可是激动一过,愤怒随即占了上风。走出教堂后,人们聚拢在一起,你一言我一语地说,不能让博那尔神甫走。大家情绪都很激动。其中一些最坚决的人去找德·加利贝骑士。骑士虽是个慈祥平和的人,但还怒气难消。他见事情发展到这一步,就登上旧十字架的台阶,开始向人们宣讲。他指出神甫在这种情况下的举止、耐心和容忍证明了他多么值得大家爱戴和尊重。

骑士宣称:"可是我们这些教民,我们完全有权利和他行动得不一样……我们可以回想一下,从前是人民推选神甫,人民参加选举主教,乃至教皇。并不能因为国王和部分教皇串通起来,剥夺了我们古老的特权,我们就不牢牢记住这一点了。整个堂区必须向主教呈递一份请愿书,要求留住我们的神甫。"可是,他补充说,"由于只有两三个人会签字,我们就按过去的做法,喊一位公证人来,请他为我们立一份抗议证书:"让证书说话吧!"

"这就是眼下,在我们所处的境况中最好的做法。狗都可以正眼看主教,我们也能够和他说话。你们同意我的意见吗?"

所有在场的人都喊道:"同意!同意!"

"好吧,那我马上派人把公证人请来。你们大家晚祷时再来。所有的人都务必到这里来。谁也不要留在屋里。人越多越有效……现在我要告诉你们,那些在位的人,不管是穿道袍,还是穿教服的,看问题并不总是很得当。因此,我也不知道我们的抗议最后会是什么结果。也许会毫无结果,也许会失败,会受挫,我们拭目以待吧!

"不能因为担心鸽子就不播种!

"至于我本人,我有言在先。要是主教把我们的神甫撵走,我就再也不去教堂了!"

"说得对!说得对!我们也不去了!"

"要是上面给我们另派一名神甫来,就让他一个人去做弥撒吧!

狗在家门口最强悍,
公鸡在肥料堆上最英雄。"

大家鼓掌赞同。事情商量妥后,骑士派我去蒙第涅阿克找布瓦叶先生。要是他不在,就另找一位。

三点钟,公证人到了。广场上黑压压地挤满了人。老榆树下搁了一张桌子。公证人开始写证书前言。然后堂区所有的男男女女在骑士的带领下,在公证人面前列队而过。公证人把他们的姓氏和别名写在证书上,然后继续写道:

"以上列位恭敬而坚决地向佩里戈尔的主教大人表达心志,如同他本人在场一样。告诉他并再次向他表明,自从天主教信仰恢复以来,博那尔神甫先生在这个堂区给人树立了所有美德的楷模。他倾注了自己的真心和虔诚,来建设堂区。近三十年来,他一直是穷人的保护人、教民的父亲和朋友。所有的人,不论老人还是小孩,不论穷人还是富人,都热切希望留住他,但愿让他留在我们这片土地上。

为此目的,以上到场的人都十分恳切地请求主教大人收回他签署的成令,让博那尔神甫先生继续留在芳拉克堂区里行使职权。到场的人还补充说,单是他们神甫的表率作用,就使堂区的所有居民成为好基督徒。宗教的利益和他们挽留博那尔神甫的热烈希望是相一致的。他们盼望主教大人认真考虑此项请求。

到场的人不忘对主教大人应有的尊敬,然而假如他们的请求毫无结果,他们将坚决反对这项措施,其后果既损伤了他们对自己神甫的恭敬和热爱,也可能对教会和基督的使者产生不利。

以上是到场者请我所立证书的内容,这里谨盖以皇家大印以示承认。"

公证人让两三个会签字的人签字后,自己用熟练的花押签了字。从他立的证书可以看出他是从旧学校毕业的。

第三天,骑士带上一份抄写得工工整整的漂亮抄本到佩里戈尔交给主教大人。

据骑士所知,主教没过多久就明白别人让他干了件蠢事。可身居高位的人是不容易认错的,主教就更不容易了。不管热诚为朋友辩护的骑士对他怎么说,主教大人依然坚持已经作出的决定。

骑士临走时说:"主教大人,我要预先告诉您,您会为拒绝收回成命而后悔的。

现在谁拒绝
以后谁忏悔!"

主教被这位在俗教徒言辞的放肆惹得多少有点不快,什么也没说。于是骑士便走了。

骑士回来的前一天,深晓教会大人物的神甫知道骑士的周旋是白费力,就派我到格朗瓦尔叫勒雷来商量一下解除租约事宜。三四天后,勒雷来了。按租约,勒雷再干一年就到期了。他同意获得一点补偿,解除租约,而后回到布瓦梭纳里村自己的小屋去。一切商量妥当,勒雷回家去了。神甫开始考虑搬家的事。主教拒绝收回成命的消息很快传遍了整个堂区。大家情绪都很激动,他不愿成为大家闹事的导火线。

骑士和神甫商量好,同意我的请求,让我随神甫去格朗瓦尔。神甫凄惨的处境不论令我多么难受,但想到能跟随他,对他有用,多少也使我得到些许慰藉。我开始把神甫的家具搬走。他的家具不多。除了前面谈过的外,神甫房间里还有一张没有床帏的很简单的床,一张铺着毛巾的小桌子,桌上放了一只盆子和一个瓷水壶。另外还有一张较大的写字台,上面堆满了文件,隔板上放了几本书,此外还有两把椅子,一个又长又大的野猪皮箱,这就是全部家当。尽管东西不多,加上芳迪的一张床和一点家什,以及一点储粮,可由于路途远,路难行,而且牛跑不快,我还是花了三天时间才把这些东西一点一点搬到格朗瓦尔村。一天单程跑一趟,在那边过夜。

一天早晨,我正和卡里奥尔把碗橱装上大车,看见来了一位大高个子的神甫,干瘪得像夏天的吊死鬼,红汗毛,歪脖子,眼睛大而圆,鹰钩鼻子。他问我本堂神甫住宅在哪儿。

我说:"就在这儿,这是门。"

没过一会儿,我跟着他走进屋,想弄清他是否是新来的神甫。偏巧正是他。他和博那尔神甫按习惯寒暄一番后,打听什么时候可以把他在蒙第涅阿克的家具拖来。"

博那尔神甫回道:"明天我们就搬完了。后天本堂神甫住宅就腾空了。"

说完,一向彬彬有礼的博那尔神甫请他这位同事喝点冷饮清凉一下。这位同事好像生怕受牵连似的推让了一番,答应了。于是神甫喊芳迪弄些小吃来。芳迪不听,气冲冲地走了,一路上告诉镇上的人,博那尔神甫的接替人刚到,长了一副森林偏僻处的人不喜欢看到的脸孔。神甫见芳迪迟迟不出来,就到厨房来叫我去打点酒,而他自己拿了面包和核桃放到一块桌布上。当我把酒瓶放到桌上时,听见新来的神甫在盘问他的前任堂区收入多少,洗礼、婚礼、葬礼、给新住房祝圣、给新婚夫妇喜床祝圣等项圣事,教民付多少钱,教民赠送的礼物多不多,有没有盛情接待神甫的虔诚的体面人家。

"你啊,"我走开时想,"你要是能得到好多礼物,才叫怪呢!"

新来的神甫用小吃的当儿,镇上的女人出于好奇,一个一个、三三两两来到小广场上。有的纺线,有的织长袜,有的编草帽缏。一会儿工夫就聚集了二十来个妇女。身边是拽着她们衬裙的小孩子。还来了几个弯腰曲背的老人,甚至抽着短烟斗的拉拉梅也来了。

半小时或三刻钟过后,不是我吹的,当新来的神甫回家穿过小广场时,所有这些人都斜眼瞅着他。

"好呀,我的朋友,"他打拉拉梅身边经过时说,"您抽烟斗?"

老兵不友善地瞅着他,一言不发。他又说:

"您不爱说话!"

"这要看情况。"

"那么,我不对您口味啰?"

"可能吧。"

"您真放肆!"

"我一向如此。"

见拉拉梅继续抽烟不再言语,男人们不和他打招呼,女人们装着没看见他,新来的神甫非常惊讶,嘴里嘀嘀咕咕地说了几句什么,悻悻而去。

他还没走多远,耳朵还听得见人们的说话,卡里奥尔就在大车边朝拉拉梅喊开了:

"你觉得他怎么样,这只小野兔?"

"不错,我反正不感兴趣!"

第二天,博那尔神甫挨家挨户地向镇上的每个人道别,到田里向正在干活的人告别。不论富人还是穷人,他一个也没忘记。晚上,他疲惫不堪地回来,伤心地看看空荡荡的住宅,然后到骑士家去吃晚饭,在那儿过了一夜。

据杜瓦奈特告诉我,那是一顿令人忧伤的晚餐。三个人谁也无心吃饭。

神甫说:"虽遭不幸,但聊以自慰的是,我知道本堂区的穷人今后不会受罪,我的好骑士,您和埃米娜小姐会尽责尽力地接替我。"

"我可怜的神甫,是的,我会尽量在物质施善方面接替您。可是精神上的种种安抚,帮助不幸者耐心承受苦难的温暖人心的劝慰,勉励慈善者扶助弱者的良心苦口……这些,谁能代替得了您? 我常常感觉必须说点什么,可又找不到合适的话语……"

神甫说:"那我相信,埃米娜小姐在这一点上可以代替我。"

小姐回答说:"当然,我会诚心诚意,尽力而为……"

接着,这几个善良的人就陷入了沉默。

第二天早饭后,博那尔神甫拿起手杖,在骑士和埃米娜小姐的陪伴下踏上了去格朗瓦尔的路。三个人缓慢地走着,好像为了拖延别离的时刻,不时地相互说几句话。到了自古以来就立了一个石制十字架的岔路口,神甫收住脚步,三个人最后道别。骑士没有其他两个人那么顺从,他尖刻地批评主教的决定。而埃米娜小姐抽出手绢擦拭眼泪。神甫眼睛瞅着地面,用手杖轻轻地敲着。

"我的朋友,"他抬起头说,"如果我们不懂得承受不公正,就不是好基督徒。"他指着十字架说,"这个神圣的象征教导我们要容忍:愿上帝的意志如愿吧!"

三个人友善地拥抱后,神甫开始走下陡峭的背斜谷。石块在他脚下滚动。他拄着手杖,稳住身体。他那高大的身躯渐行渐远,最后消失在长满树木的谷底。目送神甫远去的骑士和他姐姐忧伤地返回家中。

晚上五点钟,神甫到达格朗瓦尔村。我在芳迪的帮助下,把东西大致收拾整齐。老房子相当宽敞,有个很大的厨房,一间可以放下四张床的漂亮卧室以及两个小房间。神甫看了一眼安置情况,他站在炉火前沉思了许久,好像在这座老屋里回想起自己的童年

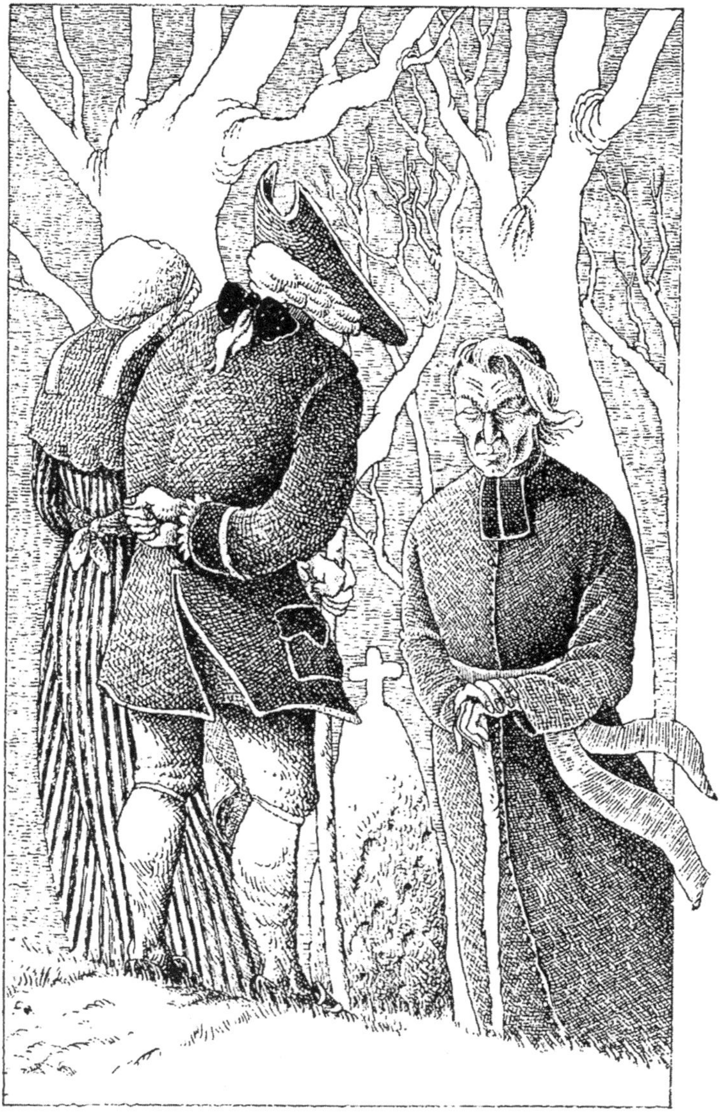

时代。

临近吃晚饭时,芳迪在餐桌的上端铺了一块桌布,放上神甫的餐具,然后把汤浇到面包上。

神甫看着芳迪忙着晚饭,说:"从今往后,我们三人一块儿吃饭。这里不再有因职务关系必须保持某些礼节的神甫,只有皮埃尔·博那尔,一个重新成为农民的农民之子。明天,维尔鲁要来给我另做衣裳。"

"怎么!"芳迪双手合十嚷道,"您要脱下长袍,神甫先生!"

"毫无疑问,因为我不再是神甫了。我被禁止穿长袍了……好啦,给你自己和雅古放上盘子吧。"

芳迪犹豫起来,不知如何是好,最后还是听从了神甫。

随后神甫站起身,走近桌子,画了个十字,背诵餐前祝福经。

诵毕,他坐下,拿起大汤勺,给芳迪和我每人盛了满满一盘汤,然后给自己盛了一盘不那么满的汤。

晚饭后,我们谈起如何经营田庄。我把自己的想法告诉神甫,让他放心。我说,我一个人有能力把农活儿全包了,而且可以干得很好。可他说,他不想闲着无所事事。他虽年过六十,可身体还是强壮的。他要帮我一起干。到了八点钟,我去喂牛。勒雷按照习俗,把牲畜留下来了,他承租这块田产时接受了这些牲口。干完活儿,我们就各自睡觉了。

入睡前,我考虑了很长时间,如何办才能对这个家最有益。我明白必须认真地、扎扎实实地干活儿,因为这处地产不大,至多值一万二千法郎,又处于森林中间,质量也不算最好。可是我有的是勇气。能对神甫有用,能对他表达我的感激之情,我感到十分自豪和幸福。而且坦率地说,虽然我对神甫的遭遇深感懊恼,但感到和丽娜靠得更近了的喜悦给我增添了胆量。当然,如果事情由我把握,我会和他一同重回芳拉克堂区,看到他快乐地生活,我会很高兴的。可这是不可能的,我便想到和女友靠近的现实,以此安慰自己。人的内心是自私的。人所能做的,是责任在身时,能克服自己的私利。

第二天,维尔鲁来了。四天后,神甫已是一身道地的农民装束:褐色粗布衣配上一顶佩里戈尔人的宽边圆帽。

那是一个礼拜天。神甫叫我和芳迪两人到福斯玛涅去望初场弥撒,自己留下看家。他特别怕自己在教堂的出现会引起轰动。

"可是汤呢?"芳迪见神甫这身装束,始终回不过神来。

"我会把锅下的火拨旺的,别担心。"

芳迪合拢双手,抬头望着屋梁,好像在说:

"天哪,居然会有这样的事!"

我和芳迪刚刚望了弥撒回来,就看到荒地边缘玛齐耶镇那边,骑士骑着马从树林里出来了。他催马飞快前行,一会儿工夫就到院子里落了脚,热情洋溢地紧握着神甫的手。

他说:"我来和你们一块儿吃饭。"

"非常欢迎,我的老朋友!"

我把马牵到牲口棚去的时候,他俩在房子周围散步。

我回到屋里时,忙得团团转的芳迪对我说:"幸好在汤里搁了一只母鸡。"

席间,骑士向他朋友叙述了新来的神甫到达时发生了什么事以及他给人们留下的坏印象。

"我相信,"他说,"今天早晨听他做弥撒的人不会很多。"

神甫说:"这多糟糕。我感激堂区全体教民在此情况下对我表示的眷念。可是绝不能因对某些人的好恶,使宗教本身受到损害。"

听到这番话,忙于做自己事情的芳迪摇摇头表示不同意。

骑士是个好客人,津津有味地吃着炖鸡、塞在鸡肚里的馅,还有上的第二道菜炒鸡蛋。他边吃边引用几句通俗的谚语,使午餐的气氛快乐了一点。例如,一向滴酒不沾的神甫心不在焉或出于习惯给骑士斟了杯水,随后自斟了一杯。骑士这样感谢他说:

"水败酒味,
车坏路面,
斋戒伤身。"

他们在餐桌上聊了很久。骑士不时地转动鼻烟壶,频繁地吸鼻烟。神甫拿着餐刀在桌布上画着一些不很鲜明的几何图形。两人以各自的方式品尝友情的欢悦。骑士很高兴眼前的时刻,但并没忘记心中的不满。他相当自由地谈论了打击他的朋友和神甫的主教大人,说到新接任的神甫,他说这个人差得扔给狗吃都不够格。

这场打击把博那尔神甫与他所眷念的一切都分离开了,他的感受也许要更深,但他善于忍耐。为了宗教的利益,他尽力平息骑士的火气。

他说:"我的朋友,首先必须了解你们新来的神甫。他到芳拉克还不到一个礼拜。您才见过他两次,怎么能评价他呢?您说他长得一副坏人相,或许他是个好神甫呢!您和我一样都懂得不可以貌取人。外表经常迷惑人。"

"是的,"骑士回道,

"莫要因淫荡之徒发誓而相信他,
也永远不要见女人落泪就轻信她,
因为淫荡之徒能不断发誓,
女人想哭就声泪俱下。"

博那尔神甫微微笑了一下,骑士继续说:

"再说,我是不会弄错的。您初到芳拉克时,尽管面孔黑乎乎的,模样显得有点严厉,可我立刻就说:'这神甫是个好人。'我弄错没有?"

博那尔从桌子这边伸过手去抓住骑士的手,说:"亲爱的朋友!"

黄昏时,德·加利贝先生在格朗瓦尔愉快地度过了几个小时后,骑上马回芳拉克去了,满载着一路平安的良好祝愿和对他姐姐的问候。

骑士关于新来神甫的弥撒一说果然不错。几天后,我到岱农去买几只母羊,在那里遇见一名埃古托迪村的男子。他告诉我,教堂里像俗话说的那样,连只猫也没有。可这还不算啥。这次弥撒后没几天,又发生了其他的事儿。加鲁伯庄有个男人突然死了。他的亲戚虽然不情愿,但不敢不要神甫主持葬礼,遂去跟新神甫谈安葬事宜。新神甫说须付十五个法郎，如果到死者家去收尸，就得付二十法郎。死者的儿子和女婿觉得太贵了，特别是因为博那尔神甫主持堂区期间，免除这些费用，长期以来大家都没有付钱的习惯了。他们于是和新神甫讨价还价，想让他降点价。可是新神甫不肯，声称这是规定的价格，他无权降价。

死者的一个儿子说："可是，博那尔神甫过去把这些费用全都免了，您不是完全有权减半吗？"

这个理由令新神甫很不耐烦。

他生硬地反驳道："我不知道我的前任是怎么做的。但我对你们说过了：行就行，不行拉倒。"

最后争议了半天，双方像做交易一样，各自摆出许多惯常依据的理由。死者家属又出去磋商，然后进屋接受了神甫的要价。条件是神甫把价钱减去四十个苏。这一点，神甫答应了。可是事情却坏在另一方面。神甫要大家付现钱，说是他在先前的堂区里已亏损了不少钱。他经常遇到这种情况：葬礼完毕，死者入了土，财产继承人一拖再拖不肯付钱。这类继承人太多了，以致后来必须由诉讼法官传讯，让法庭判决。

死者家属想："见鬼！这个神甫不懂当地的习俗！"

要是他们有现钱，尽管不乐意，也会付的。他们和所有农民一样，非常希望神甫给他们的老人举行葬礼。可是他们没有现钱。于是他们不得不转回家，走时对神甫说，既然这样，他们不得已只好免掉宗教葬礼了。

可几小时过后，十来个年轻人来教堂敲丧钟。见绳索高挂，钟楼内门紧闭,就去向本堂区财产管理员要钥匙。后者说,神甫禁止他把钥匙交给别人。听见这话,年轻人就用斧头把钟楼内门砸开,动手敲那两口钟。神甫出来撵他们走,却不得不连滚带爬地跑回自己的屋子,把屋门关上。这当儿听见钟声,各个村庄的人从四面八方赶来。不一会儿,人们远远看见通往镇子的坎坷坡路上,一口覆盖着白布单的棺材架在四个男人的肩上向前移动。四个人相互替换,因为上坡的道路很陡,天气炎热。神甫离开时,把教堂的大门锁得紧紧的,敲钟的年轻人被关在了里面。棺材抬到了,人们把它搁在教堂大门前、邻居借给的几张椅子上。有人去找神甫要钥匙,可神甫宅门紧闭,无人回答。人们用拳头棍棒敲打大门,最后干脆用石块砸门窗。只有聋子才会听不见。大家伙义愤填膺,在一片沉闷的吵嚷声中听得见几声叫喊。这叫喊只是由于死者的在场才勉强控制了一点。这些农民粗糙的面庞上露出愤慨,这是为他们当中的一员举行他们称作"葬礼"的要求遭到拒绝而引起的那种愤慨。有几个胆子最大的已经提议闯进神甫住宅,把神甫揪出来。这时,被关在教堂里的人撬开了锁,把两扇大门打开,于是棺材被抬到祭坛前面通常应放的地方。遵照习俗,蜡烛点起来了,管理人被找到,身不由己地被带来。他穿上无袖长袍,吓得战战兢兢地唱完了追思祭礼。人们又强迫他给死者奉香,洒圣水,就像神甫亲自做的那样。教堂里的仪式完毕后,人们又去墓地。感到自己这样做是亵渎了圣灵的可怜管理员又被迫完成了最后的仪式,直到把最后一铲土撒到放进墓穴的棺材上。

就在这一切发生之时,生性固执的骑士又前往佩里戈尔主教那里进行最后一次斡旋,向他表明他的决定对宗教信仰造成的损害;

现在的礼拜天神甫面对一行行的空板凳念弥撒。

"令人担心的是,"骑士补充道,"一有导火线,就可能发生什么骚乱。堂区所有的信徒都被博那尔神甫遭解职一事激怒了,都难以接受他的继任者。这位新神甫好像在尽量让大家愈加怀念博那尔神甫!"

但是可怜的骑士为宗教和他朋友长时间据理力争、辩护完全是白费力气。主教要他明白,无论教会对那些虔诚的在俗教徒有多么尊重,也不能被他们的意见所左右。

"骑士先生,我本人,作为绅士,对于不能接受您的请求,深感遗憾。可我在神职的全部权限内所作的决定是不能更改的。"

这次葬礼后,宪兵来芳拉克调查情况,然后司法人员也前来芳拉克审问了许多人。很多人被捕。最后,有十来个人被判坐牢,少则六个月,多则五年。

博那尔神甫对这个不幸事件的发生非常难过。每有机会,他总是劝说以前堂区的教民要忍耐,不要固执地去做办不到的事,并让他们转告其他人。可是一点用也没有。判刑最终使堂区教民反叛了。新神甫见此情景,面对总是空无一人的教堂备感扫兴。自从一天晚上险些被石块砸了头以后,又感到自己处境不甚安全。最后,他要求离开芳拉克堂区。要求得到批准。自此,堂区一直没有神甫,这件事的几个领头人为此颇为尴尬。

这样,骑士说过的有点晦涩的预言得到了证实:

"狐狸总有需要尾巴的时候。"

第六章

这段时间,我们几个在格朗瓦尔过得很安宁。这种扎根土地的生活对我特别适宜。我喜爱在田里赶着利穆赞种的壮牛,用铁犁划破耕地,将木鞋深深踩进新鲜的土壤,身后尾随着在翻耕的田地里寻吃小虫的我们的鸡群。夏季割草收庄稼的艰苦农活甚至令我很兴奋。使用力气对我很有益。早晨,割了大片草地后,看着齐齐整整、茬子低低、沾满露水的青草,我心中充满了喜悦。于是我拿起磨刀石,一边吹着小曲,一边磨着大镰刀。逢到收获季节,晚上,当我把最后一捆麦子装上大车,看着满满一车麦子,仿佛看见这些好麦子将要做出喷香可口的麸皮面包,想到所有这些活儿或者几乎所有这些活儿都是我干的,不禁微微涌起一股自豪感。不过,博那尔也尽力帮我的忙。只是在他这个岁数上开始干这些重活儿是不合适的。他赶大车,帮着干晒草、捆麦子、剪葡萄枝以及诸如此类的活儿。在芳拉克时,他就一直喜爱耕种园地。回乡后,他把格朗瓦尔原本萧疏败落的园子整理得井井有条。园子荒疏破败,这在我们乡村是司空见惯的。乡里人太忙了,只能拣最紧要的事干。

我们生活得很平静,几乎不和任何人联系。距我们最近的邻居也很远,中间隔着成片的树林。因此他们的鸡群不妨碍我们,我们的鸡群也不会妨碍他们。这是相安无事的优越条件。众所周知,庄户人家四分之三的纠葛皆起因于到园子里扒土觅食的鸡。再说,与世隔绝我们丝毫不感到烦闷。当你从太阳升起到落山都在忙碌时,不会觉得有串门的需要。除此之外,烧炭人让有时来探望我们。让如今年岁太大,夜里不能在林中看炭窑了。他赚了两个钱,退休回莫雷兹村的老屋了。他是一位助人为乐、心地善良的汉子,在我父亲的事情上就显示了这些美德,而且自那以来,他对我很关心。他经常给我提供如何经营田庄的建议,我很乐意领受。虽然一座田庄需要做的所有活儿我都会做,但是能够在任何情况下稳妥地操持经营,我的经验还不足。这位善良的人在这方面给了我很大帮助。神甫也立刻喜欢上了他,用方言跟他聊天。因为让未受过任何教育,连法语也不会说。而且我们家乡几乎所有的人都是这样。由于他长年在深山老林里独自生活,已习惯用心想事和思考,而不是讲话。他虽然言语不多,但只要一说出来就很有意义。神甫也不是一个爱唠叨的人,但他说的话都富有内容。因此他们相处得很好。让对神甫很敬重。这是可以理解的。他和我们一样,总是称呼他"神甫先生"。

对于这个称呼,博那尔有一天对我们说,应当改正这种叫法,因为不论从法律上讲,还是从事实上讲,他都已不再是神甫。因此,我们不应当再这么称呼他了。

"仁慈的圣母玛利亚!"芳迪叫出声来,"我这么称呼您已有二十年了。我永远也不会用其他方式跟您说话!"

"你会习惯的!大家都喊我的姓:博那尔。"

芳迪回驳说:"我是永远不会的!不,神……先生,请听我说;既然您不希望别人这么叫您,我就叫您'我们的先生'!"

神甫微微笑了笑说:"就这么着!你们两位,"他说着转身朝让和我说,"你们如果要让我高兴,就喊我博那尔吧。"

从那时起,按照他的意愿,我们就这么叫他了。由于以前叫惯了神甫,我时常会脱口而出,但立刻就纠正过来。我知道,要是他听到别人叫他"神甫先生",又会感到难过的。

可以想见,虽然有了这么大的变化,我不曾忘记丽娜。我们搬到格朗瓦尔后的第二个礼拜天,我就到巴尔镇去望弥撒了。我进教堂时,神甫正在念福音书。我待在教堂里面,用目光四处搜寻我的女友。我好奇地寻找,终于发现她坐在布道讲坛的右侧。她不是独自一人,她母亲和她在一起。整个弥撒期间,说真的,我基本无心关注神甫主持的仪式过程,而是一直注视着我的丽娜那圆圆的有点晒黑的颈子——在田里干活的姑娘都是这样的,注视着她那节日穿戴的帽子下露出的赤褐色的鬈发。弥撒结束后,我站在教堂大门口等着。人们在广场上散开,三三两两地聚在一起,相互询问近况和家人的消息。恭维一番后,便开始闲聊起来。男人谈论天气、预测收成、最近一次岱农集市牲口的行情。女人则聊洗衣服、阉割小公鸡的成功。姑娘则议论她们的情郎。

走出教堂的丽娜忽然看见了我,向我做了个手势。可是她母亲并没有认出我。这毫不奇怪。自从我和她女儿放鹅以后,她没再见过我。她们像别人一样驻足聊天。她母亲和另一位妇女谈天,丽娜和贝特丽说话。贝特丽一度转过身朝我看。我明白她们讲到了我。过了一会儿,贝特丽若无其事地向我走来。我正在溜达,装着好奇的样子看钟楼上的公鸡。贝特丽经过我身边时低声对我说:

"晚祷时再见,她母亲不参加晚祷。"

"好吧!"

于是我就去看别人玩九柱戏了,时不时朝丽娜溜一眼。

三点钟左右,晚祷结束后,两个丫头留下来闲聊了很久,好让她们那一带的人先走,然后她们再慢慢走。稍后,我从另一条路绕道追上她俩。

我们欢笑,手拉手,亲热了半天。她们急于想知道我为何到这里来。我不得不一五一十地告诉她们博那尔神甫的遭遇,向她们解释说我们已经搬到神甫位于格朗瓦尔的老屋住下。她们惊诧不已,不明白一位神甫竟然会脱下长袍,不再做神甫。要叫她们理解这是因为他曾在大革命时宣过誓,这种宣誓是怎么回事,并非易事。我大致告诉她们,是那些叫作耶稣会会士的神甫革除他的职务的,这些人是从前拥护大革命的神甫的死敌。

耶稣会会士!她们从未听说过。

她们问道:"这些耶稣会会士是什么人?"

"据德·加利贝骑士先生说,他们是神甫中像狐狸一般狡猾的人……"

她们听了笑起来。于是我跟她们谈些比较愉快的事。我告诉丽娜,现在我们是相距一个半小时路程的邻居了,可以比较经常地见面了。我多么高兴啊。她也很快乐。但她担心她母亲发现我们之间情投意合的关系,会禁止她和我说话。

我跟她说:"我们尽量不让她发现。话又说回来,也许她不会生气。她肯定知道,要阻止相爱的姑娘和小伙子会面是不可能的。不过,要是她觉得不合适,我们再想别的办法总是来得及的。因此你丝毫不用担心。"

我们三人在多石的小路上慢悠悠地边走边聊。小路两边长着灌木丛与荆棘混杂的树篱。我走在两个姑娘当中,挽着她们的胳膊。说实话,挽丽娜的胳膊挽得更紧些。当小路穿过一片橡树丛时,我搂着丽娜的腰,将她温柔地紧紧搂在身边。我亲吻她那被太阳晒黑的、像葡萄园里成熟的蜜桃般长满汗毛的脸蛋。时间过得很快,我们不知不觉走到了碧波蒂埃村附近。一向小心谨慎的贝特丽向我们发出警告。我们一次又一次道别、拥吻、情深意切地相互看着,最后不得不分手了。为了不让别人看见,我从左边穿过一座矮林,经过格里莫迪村,从那儿返回格朗瓦尔村。

这种情况持续了一段时间,没有任何变化。只要有空,我礼拜天就去巴尔镇和两个姑娘会面,然后送她们回家。前面说过了,可怜的贝特丽形单影只,她的男朋友在军队里。当驻军到远方打仗时,她就像佩里戈尔的太太们一样耐心地等待着。由于她从不离开我们,别人没法对我们的相会说三道四。可是到处都有专爱讲别人闲话的人,就连巴尔镇也是如此。有人发现了我们的名堂,告诉了丽娜的母亲。有个礼拜天,弥撒结束后,我发现她盯着我看。可她当时并没有冲她女儿生气,而仅仅是问她我是什么人,住在哪里,做什么的。

丽娜直截了当地告诉了她。她母亲跟她说,她觉得我跟她谈恋爱并非坏事,只要谈得始终很规矩就行。她母亲还补充说,现在热拉尔老了,他们家里需要一个像我这样高大强壮的雇工,经营他们的田产。

此后我发现每当弥撒结束走出教堂时,这个女人总是以一种温存的神情看着我。这一点不容我置疑,因为她的表情通常是不客气的。因此我竟然愚蠢地想,尽管我们没到结婚年龄,但婚前我跟她女儿谈恋爱,她是没什么可说的。有个礼拜天,我真以为此事很有把握了,当时玛蒂芙和丽娜及贝特丽在一起,她特意走到我面前,对我说:

"既然以前的礼拜天你送她们回家,今天你也不妨陪我们走走。总不至于是我让你害怕吧?"

"啊不!玛蒂芙!既然您准许,我们就一块儿走吧。"

两个姑娘走在前面,丽娜母亲边走边跟我谈她田庄的事。她告诉我,自从热拉尔再也离不开炉火以来,她独自一人操持田庄,担子太沉重!虽然她雇用了几个短工,但不能和热拉尔壮年时相比:她需要一个像我这样身强力壮的小伙子。同时她看着我,好像告诉我,我正合适。见我没反应,她又说了一些理由,问我是否干脆搬到他们家去自在些。她让我明白,既然我和丽娜相爱,过段时间后,就可以结婚了。她一边说,一边盯着我看。我觉得那种盯人的方式未免过于放肆了,好像她是在为她自己说亲似的。

我对她的这些鬼表情有点厌烦,对她说:

"玛蒂芙,请听我说。我爱丽娜比我口头表达的还要深切!我很高兴到你们家去,使尽我全身的力气和我全部的技能干活儿,让您的田庄增产增收。但是眼下,格朗瓦尔那里离不了我。要是我扔下把我从乞讨的境况中拯救出来的博那尔神甫不管,那我就是个卑鄙小人。现在他很需要我。"

她说:"你说得在理。"

于是我们就谈别的事儿了。

情况就这样长时间地维持着。几乎每个礼拜天,我都去巴尔镇,常常与丽娜和她母亲会面。玛蒂芙总是跟在旁边,这使我很不舒服。可是我很有耐心。我宁愿有她母亲在场与我的心上人相会,也不愿压根儿见不到她。再说,丽娜母亲始终对我很好。在此场合下总要跟我说一两句话,让我明白她很高兴见到我,并且总是把她女儿放在前面。不过,这只是口头上如此。从她的神色,从她亲昵的表情,我最终看出来了,这个女人老来痴狂地喜欢上了小伙子。为了不和她闹翻,我就装傻,装着啥也不懂。我做出毫无防范的样子,有时走在一起,她会有点过紧地靠在我身上,仿佛路太窄了似的。因此,我经常趁她母亲去买麻花给老热拉尔做泡麻花的当儿,跟丽娜说些话,找个借口不陪她们,返回格朗瓦尔村去。

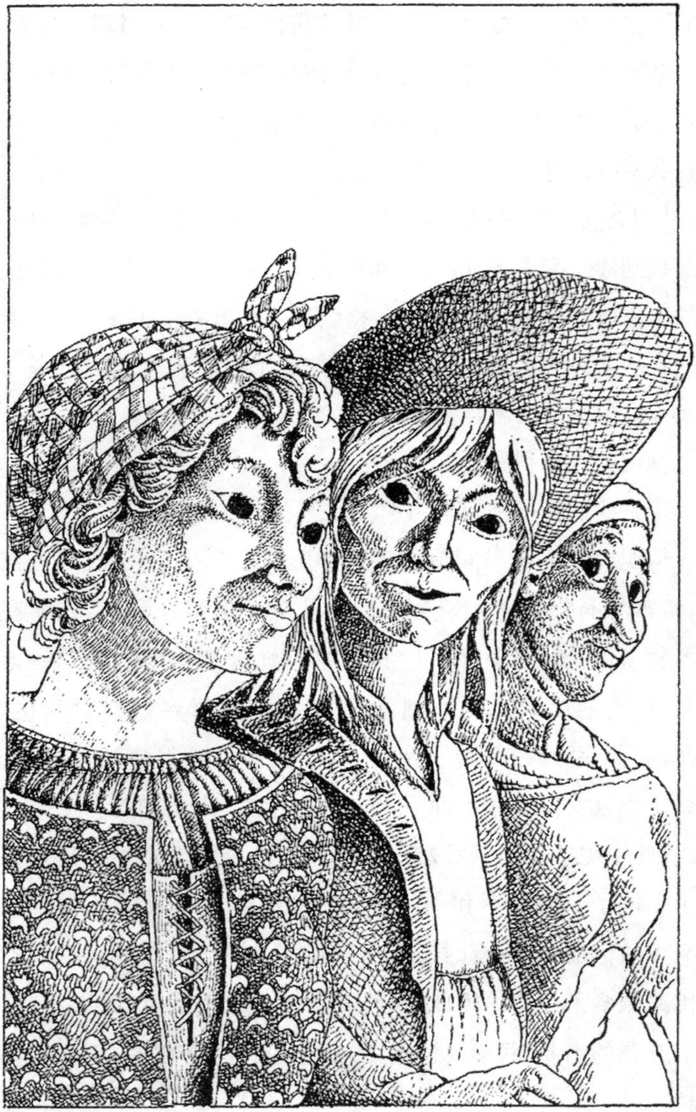

在格朗瓦尔,一切都很顺利。我干起活儿来像个黑奴似的卖劲。天蒙蒙亮就起身,晚上最后一个睡觉。身子骨还很结实的芳迪负责养鸡、喂猪,把屋里凡是女人该干的活儿全都包了。我们的博那尔神甫尽其所能给我帮忙,护理牛只、看羊、学干田里的活儿,不辞劳苦。

说到养羊,看到神甫放养我们的十五、二十只羊,干一个普通牧羊女干的活儿,我很气恼,有一天把这个感受告诉了他。

他近乎快乐地说:"为什么?这是我的职业呀!"我想这话是暗喻他先前的神职身份。

他无论如何也要学习耕地,而且学得很快。有时,他勉强耕出几畦田,为了让他分点心,同时又不失对他应有的尊重,我就对他说:

"犁得真漂亮!就好像您一向是干这行似的!"

"雅古,我的孩子,你真会恭维人!"

他补充说:

"一个人尽力而为时,就尽其责了。"

当我看到他准备干件比较重的活计时,就对他说:

"放下,别动,您不习惯,这活儿太重了。"

可他回答说他身子骨还结实,干活儿对他很有益,可以使他心灵安宁。

他说:"雅古,要明白,人生下来就是为了干活的。这是自然规律。而所有活计中,最健康、最有教益的,莫过于农田的活儿。与土地关系越密切,就越有理由高兴,不论从身体健康,还是精神健康来说都是如此。"

他继续就这个话题跟我说了许多哲理深刻的话。他向我说明,幸福的条件之一就是在自己的田庄上靠自己的劳动果实自由地生活:

"骑士说得好,'自由和面包是首要的财富'。吃自家种的小麦磨出的面粉;咀嚼家庭主妇用自家面粉揉的面做出的面包;品尝自己嫁接的果树结出的果实;喝自己栽种的葡萄酿造的葡萄酒;生活在时时告诫我们要淡泊宁静、清心寡欲的大自然中间,远离城市——城里人所谓的幸福是虚假的,这是明智的人求之不得的……"

有时这么说了之后,他会长久地陷入沉思,好像他有些遗憾似的。

礼拜天,我前面说过,博那尔不去教堂,以免因他的出现引起骚动。他沿着栗树林的一条老路散步。这条小道从房屋庭院起,一直延伸到格朗瓦尔荒地的边缘,那里有棵挡路的大栗树将小路截断。他坐在大树的树荫下一条自制的长板凳上休息静思。他的思想恢复了平静,想到自己遭遇的不公正时已不再带有最初那种痛苦的惊跳,而是怀着泰然接受人生意外事件的那种理性,毫不怨天尤人。虽然他对自己听天由命,但一想到老朋友骑士和他姐姐,想到爱戴他的堂区教民,想到曾被他安慰和保护的那些穷人,他就心痛,必须费点劲才能平静下来。

他多想再去看看芳拉克那边的所有教民,可是出于理智他没有去:那里的人会不放他回来的。因此,每当骑士到格朗瓦尔来吃午饭,给他带来老堂区的消息,他都非常高兴。虽然他平时少言寡语,可这时会对张三李四提出没完没了的问题:"某某某怎么样啦？那位老太太还健在吗？某某某家的闺女结婚了吗？"所提的问题得到答复后,他俩才另开话题,一起畅谈往事。当骑士再次骑上马,满载着他对大家的美好祝愿,带上他给拉拉梅捎去的烟告辞时,可怜的老神甫才重归安静。

几乎每个礼拜天,让都到格朗瓦尔来给博那尔做伴。这可以使他开朗解忧。让是个老人,可以令他回想起他年轻时代的事。有时,一个词,一个名字,就足以唤醒他尘封的记忆。那些日子,让一直待到用过晚餐才告辞。晚上,博那尔在餐桌上跟我们聊起很多事。我们兴趣盎然地聆听他叙述奇闻轶事,发表对世事的观察评论。这些观察意见我们自己从未想过。

例如,他跟我们解释周围村庄名称的含义以及男人姓氏的含义。

一天,他对我们说:"譬如,福斯玛涅镇的意思是'大沟'。弗罗芒塔尔的含义是'小麦之乡'。雅古,你的姓'费拉尔'好像最初是指我们家乡从前常见的铁匠铺的一名打铁工。至于你们父子相承的绰号'反叛者',你知道是从何而来的么？"

我问他:"让的村庄莫雷兹是什么意思？"

他说:"有人认为它起源于到我们家乡来行军作战的莫尔人或萨拉参人。不过,我宁可坦承我一无所知。不过,我可以告诉你,这座村庄很可能是圣徒阿维特丧失旅伴本尼迪克特的地方,这个教区在特定祈祷中就指明了这一点。"

博那尔还跟我们说,我们方言里的某些词与布列塔尼方言有相似之处。他跟我们谈论我们的祖先高卢人、他们的宗教信仰以及他们的习俗。他向我们讲述了亨利四世①和路易十三②治下佩里戈尔地区的农民起义，还跟我们叙述了他非常熟悉的巴拉德森林的所有古老故事。

当博那尔开始习惯他的新生活时，我们在格朗瓦尔的闲暇时光就是这样规规矩矩地度过的。

最初的时候，他十分忧伤，沉默寡言。可是渐渐地他的痛苦减弱了。我们悄悄地引他说话，他就不由自主地和我们聊起来，主要聊些陈年旧事。再说，他宅心仁厚，即便没有心思聊天，为了对我们表示客气，他也会这么做的。看到情况变得说得过去了，我就无忧无虑地干起活儿来，很高兴离丽娜更近了，但没想到离南萨克伯爵也更近了，或者毋宁说对靠近南萨克伯爵并未感到担忧。

有时可以听见远处森林里驯猎犬的仆人吹号角驱猎犬打猎的声音。这时，我会回想起所有的苦难。我的仇恨也被唤醒过来。虽然神甫过去一再劝导我，可是我心中的仇恨始终是炽热的、猛烈的。这是他未能说服我的唯一一点。我一直觉得，要是宽恕了南萨克伯爵，我就是个不孝之子。再说，我毫无畏惧之心。我感到自己像只雄赳赳的小公鸡，有力量捍卫自己。

我的行为很快就证明了这一点。冬天的一个傍晚，我砍了欧石南回来，准备给牲口铺草垫。天色开始发灰。我走的小路旁的树林

---

① 亨利四世（Henri Ⅳ，1553—1610），法国波旁王朝第一代国王（1589—1610）。
② 路易十三（Louis XIII，1601—1643），法国国王（1610—1643），父王被刺后即位。

里光线渐暗。我悄无声息地走着,肩上扛着十字镐,脑子里想着丽娜。就在这时,几乎是突然地,我听见身后马匹急驰而来的声响。

我脑子里一闪念,想到这是南萨克伯爵,但我继续走我的路,头也没回。果然不错。他行至距我数米远时,蛮横无理地冲着我吼叫:

"噢!王八蛋,快快靠边站!"

这时,热血犹如用水泵猛抽上来似的顿时涌上我的脑袋,可是我佯装没听见。只是当我的颈背感到马鼻的呼气时,才猛地一转身,左手一把抓住缰绳,右手高举起十字镐说:

"怎么,你让老子死在苦役犯监牢里,现在还想轧死儿子不成?喂!恶棍克罗查!"

我一辈子也没见过哪个男人惊呆成这副模样。通常只要他经过时,农民都赶紧靠边让他过,担心被撞倒或挨他鞭抽。因此,我的这一举动使他简直惊得目瞪口呆。但最让他惊愕的,是他们小心翼翼隐瞒的克罗查这个姓。这是他那位做收税员的宵小祖父的姓氏,却被"反叛者"的儿子当着他的面甩给他,回敬他蛮横无理的吆喝。

他把鞭子塞进靴子,抽出猎刀。

焦躁的猎马四蹄刨地,摇晃着马头。

"松开我的缰绳,恶棍!"

我怒火万丈:

"再冲你这个卑鄙的家伙,唾出你祖父的姓氏'窃贼克罗查',我才松开!"

我松开缰绳,猎马直立起来。我朝后一跳,跳到矮林中,手里始终高举着十字镐。

他呆了一刻,阴冷的狂怒使他面色苍白,他的两眼射出恶毒的光,上下舔着嘴唇,准备向我身上冲过来。可是尽管他凶狠地用马刺刺马,可这匹马见到高举的十字镐却吓得连连后退。眼见不能正面靠近我,茂密的树林又掩护着我,伯爵将猎刀插回鞘中,一边掉转马头,一边对我喊道:

"我会好好跟你算这笔账的,歹徒!"

"我才不在乎你这个克罗查呢!"

还是这个名字叫他惊惶不安。他打马很快溜走了。

回到家里,我把这件事叙述给博那尔听。他非常担忧,料想这个如此傲慢、如此凶恶的人一定会想方设法报复揭他老底的可怜农民的。

他对我说:"你要留神,不要冒险到埃尔姆领地那边去,特别是不要经过他的土地,也不要到他的森林里去。"

骑士在此事发生后第一次来访时,博那尔把详细经过告诉了他。他听后总结似的说:

"此事我一点也不感到奇怪:

大贵族是危险的邻居,
繁华街是多事之地。

我深知这位南萨克是个胡作非为的老爷,可是还有更可恶的,"他继续说,"这好像与城堡有关。埃尔姆城堡的老爷们多多少少都是个小暴君。蜡手①老爷就是个明证。"

博那尔说:"哦!对啰……这是北方塔楼的真实传奇,虽然这可能只是个传说。我还是坚持已经跟雅古嘱咐过的话:可要当心这个坏家伙。"

骑士说:"我也是这个看法。不过,我倒不担忧。他有能力自卫。伯爵大概占点优势,他武装得比他强。不过:

勇者短剑足矣!"

我听从了他们的嘱咐,自己也这么想。从那以后,只要走近可能遇到南萨克伯爵的地区时,我多了几分小心。我随身带了一根粗棒,换言之,一根很结实的棍子,或者携带一支石弹枪。这是博那尔祖先的遗物,他从未使用过。他说他一辈子也没杀过生。再者,不论我离屋宅远还是近,衣服口袋里总是装着父亲六寸的②长刃刀。我用这把刀吓退过马斯克莱,虽然我当时只是个孩子。这样防备之后,我有六到八个月没碰过伯爵的面,仅有一次远远地瞧见过他。有时,我瞥见马斯克莱或另一个卫士。他们像是在远远地监视着我。但对这些人我毫不担心。再说,我心里想着其他叫我分神

---

① 蜡手,由一六〇五年一则社会新闻演变的传奇。埃尔姆城堡主的女儿让娜的一只手被丈夫意外切断,用一只蜡手替代。让娜遭丈夫谋杀后,年年圣诞之夜,都有一只像举起的手的白色影像在城堡的废墟中游荡。作者这里把南萨克伯爵描写成一个受诅咒的世系的后代。
② 这里指法寸,一法寸等于27.07毫米。

的事。

一个人恋爱时,所有的心思都转向女友。而行动又是紧随思维的。故我总是趁一切机会去见丽娜。她母亲总是设法劝诱我。为此,她尽力梳妆打扮,但越打扮越丑。我心里直好笑,想着骑士的谚语:

老骡金马嚼。

有时礼拜天,她总是按照自己的心思,望完弥撒后叫我到他们家去,甚至有时还邀请我吃饭。我很清楚她葫芦里卖的什么药,但我也不拒绝,以便跟丽娜多待点时间。饭后,老家伙带我到庄园里散步,借口让我看看庄上有哪些收入。我们散步时,丽娜忙着做家务。她母亲总是想尽办法,让我明白我很合她意。她很希望我搬到她家去。她指着一块荒地或一处没有时间中耕的葡萄园给我看,说就是因为家里缺个男人。

她说:"田地这样荒着,你又不能离开格朗瓦尔,这有多不幸呀!你瞧,我们有一大片田产。要是家里有个像你这样身强力壮的小伙子,收入本来可以翻倍。再讲,说到底,你为我们干活的同时也是为你自个儿干活。因为丽娜与你很谈得来,我们家只有她一个孩子。"

她带我看的不仅仅是田产,还有好些牲口棚、装满小麦的粮仓以及储存了三十多桶一百多升一桶葡萄酒的食物贮藏室。这些葡萄酒部分是陈酒佳酿。因为热拉尔向来有习惯把每年酿制的部分葡萄酒贮存起来,使酒变陈。她甚至把装得满腾腾的衣橱打开给我看,把装满值钱货的珍品收藏橱打开给我看,甚至有一天,用她从不离身的钥匙打开大橱的一个小抽屉,给我看一个装满金路易的皮荷包,并把金路易摊开来给我瞧,好让我下决心:

"这一切以后都将归你,我的朋友!"

上了岁数的妇女像这样鬼迷心窍时,一定昏了头。准是这样:因为玛蒂芙已有四十七或四十八岁了,长得不漂亮,可以说很不漂亮:满口缺牙,尖鼻子,红眼睛。她以为向我炫耀她很富有,就可以使我一下子失去理智,变成卑鄙小人。

当我和丽娜独处时,我就将她母亲为了把我劝诱到她家所做的一切讲给她听,只是没有跟她解释——这是可以理解的——她母亲为何如此殷勤。这时,可怜的丽娜对我说:

"雅古,你知道我很喜欢你。你以为如果你现在搬来和我们一块儿住,我肯定会很高兴的。然而你想想,要是你做出这样的事,不就是抛弃了把你从穷困潦倒中解救出来、教会你现在所知的一切的博那尔神甫吗?如果这样的话,我将永远不再和你说话了。"

"你放心,我的丽娜,即使斩断我一根手指,我也不会做出这样卑劣的事情。"

然而,生活在她身边,为她干活,我该多么幸福啊!玛蒂芙总是打着这个主意,多次要我帮助他们捆麦子或给葡萄园松土,或者干其他急活儿。我呢,给她们帮帮忙还是很高兴的,尤其是待在丽娜身边我感到很快乐。我总是跟博那尔先请假,然后去她们那儿。当我来冬耕时,晚上一边聊天,一边帮助剥栗子,我走得很迟。丽娜从来不会把壁炉里没有烧尽的木柴竖起来,而很多姑娘对追求她们的情郎下逐客令时都会这么做。

一天,我早早去丽娜家帮助她们采摘葡萄。丽娜正准备做面包。去葡萄园之前,我就着一颗葡萄吃擦蒜面包,同时看着她干活。她先整理一下头帕,把所有头发都掖进去,然后把袖子一直挽到肩膀,在温水里用劲搓洗擦了肥皂的胳膊和双手,然后我用水斗管的凉水浇在她的胳膊和手上,给她冲洗干净。她再把手指甲仔细清洗干净,就准备酵母,在面包箱里倒上面粉和热水,开始和面。看她干活是件很快乐的事。她首先把水跟面和在一起,揉到面粉粘黏后,两条胳膊就像划水似的把面团抱起来,高高举起,然后用劲摔到面包箱里。她那圆滚滚的漂亮臂膀,手腕以上的部分晒得微黑,靠膀子的部分白里透红真是好看。双臂用力深深往面团里揣。黏黏的面团粘到皮肤上,她用手指扒掉。"啊!"我边看边想,"用刀切开沾着面粉的大圆面包,嚼着妻子做的喷香面包,嚼着她亲手做的、用她的体香熏染的面包是多么的愉快呀!孩子和大人一家围坐在餐桌旁,共享这块用上等小麦做的、可以说她倾注了情感的面包,这是多么的幸福呀!"梦想着这一切时,我仿佛已经看到丽娜和我带着一大群小孩一起吃饭的情景……

可是事情往往不是按人们想入非非的情景发展的。否则,就太美好了。有的时候,情况或许更糟。在很长时间里,玛蒂芙一直用她的意图笼络我,在我面前把种种前景描绘得闪闪发光,令我心花怒放,虽然我看得很清楚她跟我谈到丽娜时总是很勉强:可是我们在这种事情上是多么容易让人欺骗呀!不久,她的口气突然变了。一个礼拜天,那是圣蜡节①的一天,我站在巴尔镇教堂前面的广场上,像往常一样等待弥撒结束。丽娜母亲走近我,把我拉到一边,不再哄我,跟我说,由于我一而再、再而三地拒绝,她已经雇了一个男佣。因此我应当明白,她以前让我了解的那些计划现在行不通了。她很遗憾,因为她以前一直偏向于我。

最后她说:"现在你跟丽娜说话已经不合适了。"

听她这么一说,我惊得目瞪口呆,直直地盯着她,好像没弄明白怎么回事似的。可我很快回过神来,跟她说,她虽然不准许我再跟她女儿说话,可是只要我生命存在一天,世上就没有任何人可以阻止我爱她。

她对我说:"对这一点,我当然无能为力。可是我不许你再到我们家串门子,也不许你在外面见她。"

玛蒂芙说完就去追她的女儿。她女儿远远地忧伤地看着我。我也狼狈不堪地走了。

她雇用的这个帮工是塞基尼村人,曾在她家做过短工,挺合她意。这家伙是个淫荡之徒,宽宽的肩膀,粗短的身材,一脸傻笨模样,竟然还要自吹自擂。至于其他方面,这是一个没有能力拥有美好感情的粗鲁之人,除了图谋私利以外,他心里没有别的事儿。他一发现玛蒂芙对他友善,首先就以主人自居,摆出指挥人的姿态。很快,他就成为村里穿着最花里胡哨的人:上身是半细的粗纹布衬

---

① 圣蜡节,二月二日纪念耶稣被引见到耶路撒冷圣殿的天主教节日。

衫,系上丝绸领带,戴一顶灰帽子,套一件漂亮罩衣,脚登长靴。他到碧波蒂埃村不到一个月,就知道玛蒂芙那个装金路易的荷包了,而且很善于报虚账揩油。左邻右舍很快就知道他是个什么角色了。然而,按照老女人的建议,他假装跟丽娜说话,掩盖他与老女人的鬼把戏。可是他扮得太蠢了,谁也骗不了。

我可怜的心爱的女友也像我一样非常担忧,特别是因为她很明白家里发生的事,虽然她什么也不说。可是怎么办呢?热拉尔总是寸步不离炉火,不怎么动弹,自己已经没有什么主意了。因此不能靠他管这个家。尽管丽娜母亲禁止丽娜和我接触,但我们还是能找到办法时而相会。这没有什么奇怪的。见面时,她向我倾诉她的痛苦。我尽力安慰她,叫她耐心些。我跟她说,这一切只是个时间问题。可老实说,事情很不妙。由于玛蒂芙丧失理智,时间越长,那个粗鲁的家伙就越在她家里坐大。有时如果玛蒂芙不赞成他的主意,他开口就说要走,愚蠢的老女人只好让步,任他为所欲为。简言之,用我们形容那些做主宰的人的话说,吆三喝四的是他。

这个叫纪莱姆的小伙子,虽然愚笨,这一点前面已经提到过,但过了一段时间就明白了,跟那个老女人,他可以得到很多东西,他可以一枚一枚地骗取她的金路易,礼拜天到巴尔镇,礼拜二到岱农镇去喝个酩酊大醉,然后参加那一带堂区节日舞会,饕餮一顿。但说到田产,都是属于热拉尔的,最终将归丽娜,因为热拉尔老伯与玛蒂芙结婚时,把丽娜认做了他的女儿。这个无赖垂涎的正是这笔田产。他想,热拉尔一旦死了——不久果真如此,丽娜就成了所有财产的主人。到那时,盛宴佳肴就要永别了,他就得走人了。因此,他装着向丽娜大献殷勤,特别是当着别人的面。他对老女人说,这是摆样子,以免别人说闲话。老女人很忌妒,虽然是她本人建议他玩这套把戏的。玛蒂芙想到不得不承受这一切,就怒不可遏,把气撒到女儿身上,不断地对她吼叫,有时还扇她耳光。

一段时间过后,总想设法达到目的的纪莱姆跟玛蒂芙说,叫别人闭嘴的唯一办法就是把丽娜嫁给他。可是老女人根本听不进去,大喊大叫。她可以尽最大努力忍受她的这个无赖假装向她女儿献殷勤,但让他们两个结婚,就另当别论了。

纪莱姆一个劲地宽慰她说,结婚后他会像婚前一样;他所说的都是为了她好,以免别人对她说长道短。但任凭他怎么说,都无济于事。这个堕落的女人猜想,纪莱姆一旦与丽娜结婚,就会把她甩了。她坚决不同意。纪莱姆很气愤,粗鲁地冲撞她。她对他越好、越温存地安抚他,他对她就越粗暴。可怜的丽娜承受着所有这一切的反冲作用。因为她母亲很恨她,有时竟动手打她。我或是通过丽娜,或是通过贝特丽得悉这一情况,知道她这么不幸,我极其担忧,时常在床上辗转反侧,睡不着觉,有时通宵难眠。我常想教训教训这个纪莱姆,两手直发痒。但丽娜总是央求我什么也别管。而我担心她因此更受罪,也就没动手。

然而有一天,我再也沉不住气了,到岱农镇的一个偏僻地方找到他。我告诉他,关于玛蒂芙以及她的金路易,他想怎么着就怎么着,我根本无所谓。但是丽娜,我绝对禁止他动心思。

我还对他说:"小心点,不管你是有意无意为难她,还是跟她套近乎,我若知道了,都会要你的命!"

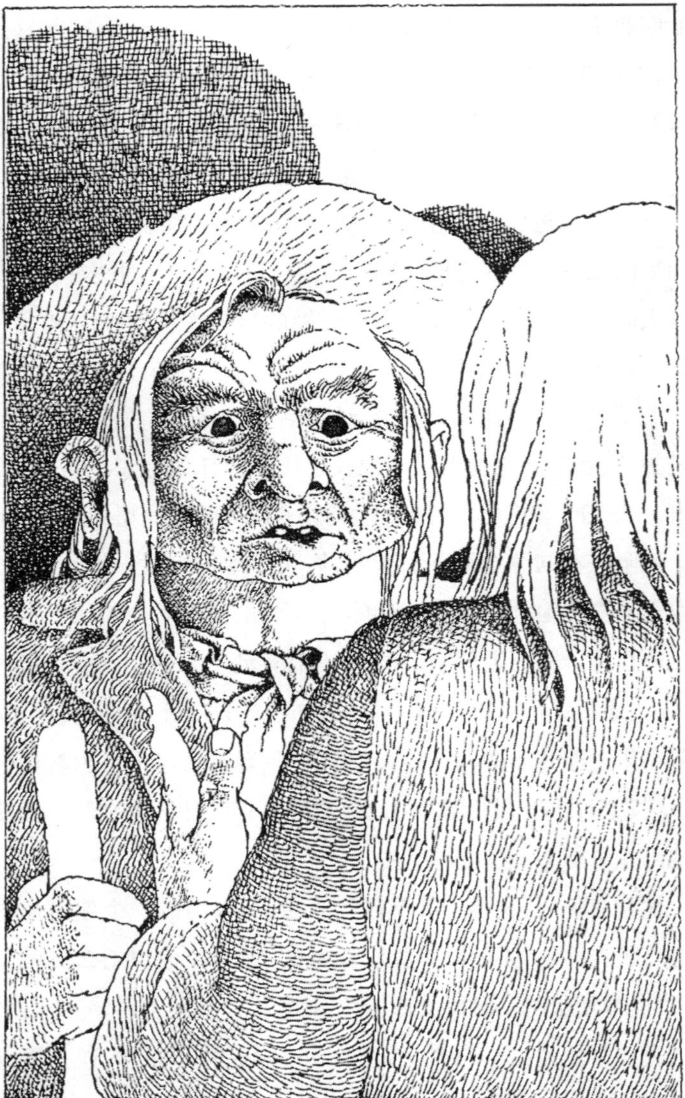

他和我起码一样强壮,可他是个懦夫。他向我指天对地发誓,他跟丽娜说话一向得体,无可指责。他所做的,就是阻止她母亲找她麻烦。

"不信,你可以问问丽娜,她本人可以告诉你。"

我对他的怯懦和虚伪感到厌恶,走时对他说:"你不要把我的话当耳边风!"

就在我为丽娜担心的期间,格朗瓦尔这边出事了。一天早晨,博那尔出门去捡栗子,突然中风,直挺挺地倒在地上。我把他背到床上,给他吸醋,芳迪把他的头抬起来。可是他一直不曾苏醒过来,几分钟后,就去世了。

这时让老伯来了。最初的哀痛之后,我请他到莫雷兹去,赶快派他的一个邻居到芳拉克去通知德·加利贝骑士先生。我则去向村长报信,同时订一口棺材。

我回来时,让老伯已经回来。我们和芳迪三个人一起守灵。通常人们都是给亡故人穿上他们最好的衣服。可是我们无需这么做,因为博那尔除了身上穿的衣服外,没有其他衣服。芳迪过去时不时跟他说:

"您最好做几身衣服。您一旦去世了,连换的都没有。"

他回答说:

"等这身衣服穿坏时……"然后略带微笑地补充说,"也许我就不需要了!"

因此博那尔就穿着每天穿的衣服,躺在床上。他面容平静,若无那层蜡一般的色彩,就仿佛睡着了似的。他的容貌好像变得细腻了,他那较大的鼻子的鼻翼变细了,嘴巴轻轻地闭着,以往令他有时神色黯然的忧伤的痕迹随着他的永远安息也从面庞上消失了。芳迪为防备雷雨天保留了几个蜡烛头,她点燃一个,放在床头一张覆盖着环形擦手毛巾的小桌上。小桌上还放了一个盛满圣水的盆子,盆中插了一根圣枝主日①的黄杨木枝条。除了让以外,谁也没来给死者洒圣水。因为我们孤零零地生活在森林里。再者,我不好说大家都害怕博那尔,可是说实话,他们有点忌讳他是个还俗神甫,虽然这个可怜的人并不情愿还俗。

艰难的下午过去了,深秋的夜晚早早来临。我们始终只有三个人。烛光闪烁着照在灵床上,照着我们几个坐在灵床边的人。宽敞的房间里留下很多黑暗的角落,将我们包围在阴影里。芳迪拨数着念珠。我和让两个人悲伤地沉思着,机械地听着我们头顶上一只"居舒"②,换句话说,一只小虫,用它的穿孔器在木梁里咯吱、咯吱、咯吱钻孔的声响,有时我们彼此低声说几句话,微微打破守灵的肃静。

晚上七点左右,我们听见一匹马进入院子的声音。我和让走出去,一看是骑士。让把母马牵到马厩去,我接过骑士的外套,把他领进灵堂。

他走近灵床说:"可怜的朋友!"

他弯下腰,恭敬地吻了一下死者冰冷的前额,然后直起身,问我是怎么发生的。我把不幸的事叙述了一遍,他坐在芳迪递给他的椅

---

① 圣枝主日(Rameaux),复活节前的礼拜天,以纪念耶稣进入耶路撒冷之日。基督徒在家中全年都保留一根受过祝福的黄杨枝。
② 居舒(cussou),音译,佩里戈尔方言。

子上,我们四个都沉默不语,陷入沉思。

夜里天气恶劣起来,室外狂风怒号。大风从粗大的核桃树上刮过,发出如同泛滥的江河水的巨响。狂风透过屋瓦窜进来,在阁楼的门下呻吟,阁楼的门没关好,有时啪啪作响。阵风时不时带着雨点噼噼啪啪打在玻璃窗上,呼呼地钻进宽大的壁炉。这时,我们互相望望,说:"多坏的天呀!"

我没有习惯长时间地坐着,经常站起身,走到院子里松松腿。疾风抽打着我的面颊,我仰望着灰蒙蒙的天空中大朵大朵的乌云迅疾而过,消失在黑夜中。漫长的一夜就这样过去了。

当透过玻璃窗出现的晨曦,使照亮我们的烛光变得苍白时,骑士问我是否为葬礼做了必要的准备。我回答说,除了向村长报了信,订购了棺椁以外,我什么也不想做,正等待他的意见。随后我向他解释:博那尔生前常对我们说,他想安葬在小路尽头的那棵大栗树下。这棵树是他父亲出生那天栽种的。在这件事上最好尊重他的遗愿,特别是因为假如把他的尸体送到公墓去,堂区神甫出于仇恨,会把他埋在荨麻和荆棘丛生的凄凉角落里,那是专门留给轻生者[1]的地方。

骑士思考了片刻,对我说:

"就按照可怜死者的遗愿这么办吧。我了解村长,他不是一个对稍稍违反法律[2]的行为担忧的人,他也许都不知道这条法律。再

---

[1] 教会禁止轻生,故禁止将轻生者埋葬在基督徒的墓地。
[2] 法律禁止将死者埋在公墓以外的地方,只有特别情况除外。

说,此后若有麻烦,我会妥善解决的。"

听了这番话,我就拿起十字镐和铁锹出门走上了小路。这时雨停了,天气很凉。在格朗瓦尔下方的小背斜谷里,在满是泛白水洼的草地上方,飘浮着源自泉水的薄薄的水汽。日出一侧的天空泛着红光,早晨潮湿的风吹得湿漉漉的叶子和栗子的空壳沉重地坠落着。我走到大栗树脚下,开始伤心地挖掘墓穴,想着谢世的神甫对我比天高的恩德,这是我最后一次为他效劳了。

十点左右,墓穴挖好后,我回到家中。正当我打开院子的栅栏时,瞧见埃米娜小姐骑着母驴来了,卡里奥尔在后面赶着母驴。她走进灵堂,手执黄杨木枝条,将圣水洒在尸体上,然后紧靠灵床跪下,低下头,长时间地祈祷。当她站起身时,擦拭双眼,看着死者说:

"现在他的苦难结束了!"

中午,芳迪炖了一只母鸡,给埃米娜小姐喝了一点鸡汤,她其他什么食物也不想吃。骑士吃了一点饭,喝了一杯葡萄酒。

两点钟光景,诉讼法官带着书记员来贴封条。他让我们在布制品存放室拿了几条被单,包裹死者的尸体,然后关闭了珍品收藏橱、抽屉和壁橱等一切橱柜。随后与骑士围绕房屋散步,交谈了一会儿,就走了。

见木匠和棺木迟迟不来,我便出门去迎。没过多久,远远地看见他赶着驴骡来了,驴骡背上横架了一口棺木。他懒洋洋地扶着套在牲口屁股上的皮带。等到了房屋门口时,我就把棺木搬放到灵堂里。我站在灵床与墙壁之间,骑士站在另一侧,我们把被单由上而下从头部开始铺在神甫遗体下。然后和让以及卡里奥尔四人把尸体从床上抬起来,放进棺木。埃米娜小姐事先在棺材里放了一个枕头。我们向可怜的先前被称为神甫的博那尔致以最后的默哀后,就将裹尸布盖在他身上。然后,木匠把棺盖与棺体严丝合缝地调整好,开始钉钉子。直到这一刻前,我们在房间里只是轻声低语,仿佛害怕惊醒死者似的。而这一声声含有粗暴意味的铁锤声把我们的耳朵震得难以承受。

白天就要过去了:我们把棺木搁在两张椅子上,将拧紧的长毛巾①从棺木底下穿过,把棺木抬出屋子。除了附近两个年迈的女叫花子——博那尔过去时不时给她们大圆面包或做汤的猪油,没有一个外人,没有任何人来送殡。

我们几个抬着棺木,步伐沉重、有节奏地走在小路上,两位老妇人手持念珠,跟在埃米娜小姐和端着圣水的芳迪身后。一股凛冽的东风把覆盖棺材的布单吹得直飘,把我们的头发掀起来。枯叶从栗树上飘落下来,落在洁白的布单上,犹如对逝去的生命的哀悼。喳喳乱叫的喜鹊高高地飞旋着,与寒风搏斗着,归飞夜巢。远处,听得见牧羊人吹起呼唤的号角以及耕田归来的耕牛的哞哞叫声。即将落到地平线下面去的太阳被乌云遮盖了,一股灰蒙蒙的蒸气似的东西在夜幕降临时落到大地上。当我们快走到小路尽头时,秋风将圣热拉克教堂敲圣母经的钟声从远方送来,宗教之音在这块悲惨大地的上空高高扬起,仿佛在赞美成为同僚仇恨的牺牲品的可怜神甫。来到墓穴旁边,我们将棺材放在土堆上,等待着。

---

① 拧紧的长毛巾充当粗绳子。

德·加利贝先生站立着,捧着从他姐姐手中拿过来的一本书,朗读《亡者诵》以及为亡灵祈祷的段落。我们所有人都和他一起,向正直善良的博那尔致以最后的默哀。祈祷完毕,我们将棺材沉降到墓穴底。骑士向死者道一声永别后,拿起黄杨枝,朝棺材上洒了几滴圣水,随后扔了一把土。我们其他人也跟着这么做。这时,泥土落在棺材上,发出沉闷的声响。埃米娜小姐双膝下跪,虔诚地祈祷着。

我在卡里奥尔的帮助下,把墓穴填平后,大家就一起回屋了。随后,卡里奥尔在前面打着风灯,骑士和他姐姐走在后面,一起返回芳拉克去了。两位老妇人接受了通常的施舍后,返回她们的破木棚。让回他自己家去了,只留下芳迪和我。

次日凌晨,我去博那尔的坟冢清除土块,准备铺种青草。芳迪用黄杨木做了一个十字架,插在坟头上。我重新开始干活。尽管死神光临了家门,未亡人仍不得不恢复平常的生活节奏。

当诉讼法官来拆封条时,有个半像农民半似先生模样的人陪伴着他。据书记官告诉我们,此人是博那尔的一个远房表弟。这个男人用恶意的眼光瞅着我,他老婆也一样。因为他们听说,他们的表兄把所有财产都留给了我。当时我对此一无所知,而且我连想也没想过。可是骑士了解死者生前的意图,上次贴封条时把这个意思告诉过法官。这类事情是很难完全保密的。

衣橱打开了,法官在两床被单中间发现了橱中间抽屉的钥匙,在抽屉里发现一张纸。这是份遗嘱,他打开念了起来:

"我把我所有的家具和不动产无一例外地遗赠给小名叫雅古的雅克·费拉尔,他须像对待亲生母亲那样一辈子孝敬和赡养我的女佣芳迪。

前芳拉克堂区神甫博那尔"

那位表弟发出一声恼恨的叫喊。他老婆已经走近衣橱,想看看里面有没有钱,此时朝我狠狠地瞪了一眼,好像要向我扑过来似的。

"对雅古来说可惜的是,"法官补充说,"这份遗嘱未签署日期,因此无效。"

他一边把遗嘱拿给我看一边说:"小伙子,你瞧,"接着他补充说,"我们再继续找一找,也许可以找到另一份。"

但他没再找到其他任何东西,令博那尔的表弟和他老婆大为高兴。寻找一结束,他俩就关上所有的收藏橱和衣橱,把整个房屋仔细看了一遍,弄清遗产有多少。他们爬上阁楼,看看是否有很多小麦,下到地窖,地窖里只有一桶开了洞的葡萄酒桶。他们又到料草牲口房去,估算一下牲口以及所有东西的价值。这笔意外的财产把他们乐坏了,因为博那尔没有其他亲戚。

但那个女人说:"我原以为,一个做过本堂区神甫的人,家里的衣橱里本当有更多的衣物和床上用品。"

那位表弟接过话茬:"我呢,我以为地窖里会有更多的葡萄酒,而且是未开洞的酒桶。"

这当儿,我跟芳迪说:

"我可怜的芳迪,我们只有收拾东西准备开路了。"

我不愿再跟这些人多待一个小时,他们的贪婪令我厌恶至极。我立即把我的衣物捆扎起来。芳迪也一样。临走时,那个女人对我们说:

"你们的包里都带走了什么?"

"没有一样属于您,夫人,别担心。"

走出屋子后,我问芳迪:

"这个时候,您打算到哪儿去?"

"除了骑士先生家以外,我还能到哪儿去?"她又伤心地说,"他们会收留我的,直到我找到安身之地。"

可怜的芳迪!她已是将近六十的人了,身手已不很轻健。在她很需要休息休息的时候,还得找人家雇佣自己。

我对她说:"我陪您去。但在此之前,我们先到让家里去,把我的包袱搁在他那里。"

我们到了莫雷兹村。我把遗嘱的事说给让听,他说:

"博那尔太正直了,满以为这样就足以让别人了解他的意愿了。他在很多事情上很有学问,可是这条法律他不了解,可怜的人!有啥办法呢,他是一心想为你好,而你不管怎样都应当感激他。"

"让,我是这么做的。我向你保证,我会永远把他铭记在心,始终如一感激他的恩德,不论他的遗愿实现与否。"

"现在,"让又说,"我不知道你打算做什么。你永远可以留在我这里。你有面包吃,你不会睡到露天里。"

"让,谢谢你。眼下,我很乐意。不过我得先陪芳迪到芳拉克去。"

芳迪坐在长板凳上,两手交叉搁在膝盖上,脑袋低垂着。我把自己的小行李包放下,背起芳迪的行李包,又把博那尔给我的老枪斜挎在身上。

这时芳迪站起身。我们一起朝芳拉克走去。

我边走边思忖,骑士和埃米娜小姐也许很愿意留我,可这纯粹出于善心,他们的贵族保留地不大,只要卡里奥尔一个帮工就够了。我不愿成为他们的负担,并以此为荣。我知道他们的心地比他们的钱袋更宽广。再说我认为我完全有能力养活自己。而且我不能想象我可以远离丽娜,我要能够随时救援她,要是她母亲使她太遭罪的话。因此我们行走了很长时间,到布罗吉村时,我就跟芳迪说:

"您很快就可以到了。我要赶回去,否则就得赶夜路了。"

"那么你不到芳拉克去跟骑士先生叙述事情的经过了么?"

"可怜的芳迪,您可以说给他听。我今天就不去了。您瞧,太阳已经西斜了……好啦,再见了!过几天,我会去的。"

与芳迪分手后,我就返回莫雷兹村。

格朗瓦尔的房屋与让的房子比起来,可说是一幢宽敞漂亮舒适的住宅。让的房屋只是一间开了一个小窗洞的房间。地面只是踩实的泥土,有的地方凹下,木鞋从室外带来泥土的地方凸起。一个角落里放了一张坏床。屋子中间搁了一张旧桌子和一张长板凳。靠着灰泥剥落的墙壁摆了一个被虫蛀蚀的破柜子。桌子下面放了一口煮栗锅和一口汤锅。洗碗槽里有只木桶。这就是全部家具了。低矮宽大的壁炉迎着八面来风冒烟,把梁柱和屋顶的木板熏得黑又亮。我仿佛觉得重新回到了龚贝奈格庄园。

我到让家里时,天已很晚。借着火苗的光,我看见让坐在壁炉的角落里,正在拨旺挂在铁钩上的锅下面的火。

他对我说:"我煮了点浓汤,该好了。让它煮开,我来切面包。"

他站起身,拉开桌子的大抽屉,从里面拿出面包,动手把面包切在一个多处打了补丁的褐色陶土大汤碗里。

"你看,"他一边指着中间凹陷、两边像新月似的角状面包,一边对我说,"我的牙不好,只能吃面包心,你就吃面包皮吧。"

我饿得饥肠辘辘。两天没好好吃饭了,可怜的博那尔的猝死令我心绪纷乱。不过,一个人年轻时,痛苦归痛苦,肠胃不饶人,很快就咕咕叫了。我狼吞虎咽地吃了满满两盘汤。让没有葡萄酒,甚至连带酸味的劣等酒也没有,因此没有办法做那种给我们这些农民解饿的掺酒汤。喝完汤,我切了一大块面包,在上面擦了很多大蒜,省下盐。那个年代,盐很精贵。吃完面包,我又喝了一小碗水。接下来就要上床睡觉了。让的床很差。床垫只不过是一床塞满玉米苞衣的草垫,同时也塞了不少桦树叶,免得硌人。草垫上放了一床褥子。但床很宽,几成方形,就像那些可以睡四个人的老式床,我在床上睡得又香又久。

第二天,我到碧波蒂埃村周围溜达,设法与丽娜见面。我远远地窥伺着她何时到田野里放牲口。看见她走出院子,赶着母羊和山羊,转个弯走向村庄下方的大背斜谷时,我就跑到附近一个树林里躲起来。沿着树林有一道长满灌木丛、李树和野葡萄的斜坡。她来到斜坡避风。我在躲藏的地方瞧着她一边纺纱,一边还时不时抬起头看看牲口有没有走远。有时,她停下来不纺了,持着纺锤的手悬在空中,看上去像在忧郁地想心事。她的牧羊犬坐在她脚下,监视着羊群。距她几步远处,她的山羊靠着一大堆覆盖着树莓的石块抬起身,晃动着褐色的山羊胡在不停地吃青草树叶。这地方人迹罕至:是一片贫瘠的荒地,长着一簇簇那种叫作狗毛的坚硬植物,还有荒芜的葡萄园,园中老树根的泥土下生出几根无花果的嫩枝。四周是鞣料色枯叶的橡树矮林。灰土地上长满熏衣草,草丛中冒出细细干燥的小草。天上的云彩被风吹得直跑。在这片灰蒙蒙的秋日的天穹下,我心爱的丽娜一身朴素的穿着显得很漂亮。她穿了一条打着笔直宽褶皱的粗毛呢短衬裙,一件印花棉布紧身胸衣衬托出她纤细的身腰和少女的乳峰。腰上扎了一条红棉布围裙,头上扎的一条蓝花格头帕显得太小,拢不住她那一头浅褐色的头发。头发一直落到颈背上,额前的头发随风飘来飘去。

我躲在那里一动不动地瞅了她好一会儿,然后,轻轻地吹口哨吸引她的注意力。口哨声惹得牧羊犬尖叫着朝我奔来。我走出树林,示意她到一个别人看不见我们的地方。她到了那儿,叫狗安静下来后,我长时间地拥吻她,把她紧紧搂在怀里,仿佛怕失去她似的。她痛苦地把脑袋靠在我的胸脯上,好像这样就置于我的保护之下似的。

哎呀!可不是博那尔的去世使我处于有利地位来保护她。她听我叙述了所发生的一切,深深地叹了一口气:

"圣母玛利亚知道得很清楚!不管你穷还是富,我都一样爱你!不过我很遗憾事情是这样的结局:要是已故神甫的遗嘱有效,也许会有助于我们的婚姻。我们的婚姻还没有眉目,可以说远远还没眉目!"

于是她跟我叙述了她母亲让她遭受的所有磨难,令她最难忍受的,是纪莱姆对她假献殷勤,保护她,不许这个老妖精欺负她。除此之外,更别提她对在她眼皮底下发生的这一切所感到的羞耻。因为这两个无耻之徒基本不遮遮掩掩,玛蒂芙比她那个无赖更恬不知耻。

我对她说:"听我说,要是到了你再也无法忍受痛苦的时候,要是我们无法再相会,你就叫贝特丽告诉我:我会为此每个礼拜天到巴尔镇去。我们总要设法以这种或那种办法解决问题。让是一位好顾问。我还可以去找骑士先生和法官。肯定有法律可以阻止这类事情。我的小丽娜,勇敢点!"

我们好一会儿沉默无语,紧紧地相拥,我感到了心爱女友的心脏在她的胸腔里急速跳动,犹如一只小鸟在鸟巢里突然被人抓住似的。最后,我们彼此无数遍地发誓不管发生什么,我们将相爱至死。我最后一次亲吻了她美丽的泪眼,然后从树林择道而归,避免让别人看见。

这种情形就这样持续了一段时间:丽娜始终很烦恼,但一直耐着性子。见她难过,我也一直坐立不安。尽管如此,我总在想方设法养活自己,不给可怜的让增加负担。可恨那季节不是找活儿干的时候。让在莫雷兹村附近有几十公亩薄地荒着,他年岁太大,无力耕作。我就忙活这几块田。没有牲口,我就靠两条胳膊翻耕土地,虽然有点晚了,我还是在田里播了种。接着冬天来了。天气坏透了,农活完全停止了。于是我动脑筋想办法给屋里添几个钱。一天,在鲁费涅阿克集市上,我遇到一名泻鼠李木供货商。我们把这种木料叫做"普地",用它烧出的炭是专门拿来做炸药的。我就为他砍泻鼠李木。可是这个吝啬鬼给我的报酬太少。我必须在矮树丛里累死累活地干,砍下很多小柴捆,才能挣到一枚价值一百苏的埃居。因此我的主要生活来源是打猎。

下雪天,夜深人静时,我把提灯揣在大褂里面,胳膊下面夹着棒槌去打鸟,如同我已故父亲曾经做过的那样。白日里,我用诱鸟笛引诱小鸟,打来几只山鹑。夜晚趁着皎洁的月光,我到森林狩猎点去潜伏起来伺机猎野兔。有时在岔路口等上整整几个小时,什么也没见到。我坐在一条沟边,把老枪隐蔽好,穿着让老伯的那件百孔千疮的粗羊皮大衣冻得瑟瑟发抖。有时我比较幸运,在小径上看见一只雄兔低头寻找雌兔的踪迹。于是夜雾中一声沉闷的枪响就叫它栽了个跟头。通过所有这些办法,我不时给屋里带来几枚二十或三十个苏的钱币,或我们需要的东西。森林里狼不少,可夜间基本看不到,因为它们都从密林深处的狼窝里跑出来,到村庄周围转悠,抓一条被遗忘在户外的狗或闯进某个未关好的羊圈叼走几只羊。但如能打死一条狼,就是桩好买卖,因为酬金很高。

一个冬天的早晨,天刚拂晓,我从狩猎点回家,帆布背包里背着一只我刚刚打死的还热乎乎的野兔,心里想着如何才能得到政府悬赏的十五法郎。这时我发现一条大狼的足迹。狼的两只前爪深深地印在潮湿的土壤里。"嘿,这不是一条狼么,"我暗想,"这条狼可是满载而归哟!"果然,我顺着这条狼的足迹跟踪过去,在好几处地方见到野兽爪子在地上摩擦的印迹。虽然狼用嘴叼着羊,将羊身甩在肩上,就能轻而易举地带走一头羊,但它这样奔跑时,被捕捉的动物极可能会滑落在地,偶尔拖上一段路。

　　白天,我原地返回寻找这条狼的踪迹。我发现它回到一大片长满荆棘、灌木和荆豆的矮树丛里,一个连鬼都无法进入的地方。多次注意到狼经过的小径后,我知道了它的习惯。它从死人岔路口或十字路口出发,从同一条道路返回狼窝。这个岔路口在当地名声很恶,好像经常闹鬼。每个人都有一段关于这个岔路口的故事向人叙述。它的名称由来是:从前有人在那里发现一名死去的男子。经岱农镇的外科医生仔细检查,这个人身上没有伤痕。因此人们就得出结论说,这是某个人到那里去与鬼神签订协约,见到鬼时活活给吓死了。这个鬼全身漆黑,不用说,额头长着两只角,一双山羊脚,两只眼睛炯炯发光。况且这个地方很适于人们编造这类故事,因为这是密林深处一个荒僻的凹地,一片茂密的荆棘丛,烧炭人的羊肠小道在这处洼陷地纵横交错,季节不同,走道的人多少也不相同。

　　与家乡普通人不一样,我一点也不迷信。我可不信什么鬼呀阿韦西埃妖魔呀。我有时会在这个岔路口捡到哪个发热病人供在那里的两个里亚,一点也不害怕染上热病,而在那里供奉里亚的可怜傻瓜则深信不疑。我出发打猎时,常在路上碰到去买面包的格朗日村的吉梅特老太。她向以眼睛毒辣见谁谁倒霉出名,但我并没有像其他人那样退而避之。我也常常在这儿或那儿看见一些不吉祥的鸟儿,如鸢、喜鹊、老鸹或乌鸦。我一点也不在意。已故神甫博那尔很早就让我摆脱了所有这些愚蠢的观念,诸如对狼人①、飞猎②、淘气小妖精、鬼魂的迷信。这些观念在我们穷乡僻壤,由老祖母夜晚讲给小孙孙听,代代相传,叫年幼的孩子听了害怕得打颤,叫姑娘吓得趴在火炉旁。

我一心想的是如何抓到狼。为此,我在岔路口附近的矮树丛畔选择了一个潜伏点。半夜时分,我到那里等候这只狼回窝。可是我做了件蠢事,走了狼习惯走的路,结果狼在老枪半个射程的地方通过风发觉了我,径直从矮树丛溜走了,我没逮住它。

早晨,我一边回家一边想,"狡猾的畜生,你给了我教训:我要像你一样。"

几天后,我绕了一个大弯,进入树林,隐蔽着进入潜伏点,等了足足四个小时,一动不动,聆听远方的种种声响:某个像我一样窥伺野兽的可怜家伙的放枪声;一群野猪穿过矮树丛的奔跑声;一只发情母狼的嚎叫声;从风中嗅出野兽气味的看家犬的狂吠声;栖息在附近高枝上的猫头鹰的咕噜咕噜声;农民喜爱的那种夜间大车运输中,一辆在偏僻小路上前行的大车通过土地传来的几乎听不见的沉重颠簸声;或者还有夜间传来的莫名其妙的嘈杂声。偶或在我周围还听见隐约的声响:一只遭野猫突袭的小鸟扑棱翅膀的声音;一只獾进入矮林回窝的声音;或者某个说不出名字的小动物在地下寻觅食物的动静。

---

① 狼人,民间传说中被迫夜间变成狼的人物。
② 飞猎,亦称野猎,一种地狱队列,由因作恶多端而受惩处的骑士的幽魂组成。

正在我很耐心,但也开始失望起来的时候,突然瞧见小路上来了一个两眼像大蜡烛一样闪闪发光的大动物。这条狼悄悄走来,夜里吃饱的野兽便是如此。它走得越来越近,我看得更清楚了:这是一条真正漂亮的老狼,一身浓密硬直的狼毛,强壮的肩膀,巨大的头,竖直的耳朵,尖鼻子。我把枪管直直瞄准着它,手指扣着扳机。当它距我只有十步远了,我扣动扳机一枪朝它的胸膛直射过去,它跳了一下,发出嘶哑的嚎叫,如同一声被鲜血窒息的呜咽,然后僵直地倒在地上死了。我把狼的四只爪子捆在一起,扛在肩上,满身大汗地回到家里。当我把死狼放在地上时,让老伯大声说:

"这一枪打得真漂亮!"

由于我急于想给让老伯挣钱回来,当天早晨,一个邻居把他的驴子借给我。我就把狼拴在驮鞍上,到佩里戈尔去了。我重新踏上昔日与我母亲一起走过的那条路。由于现在行走得比以前快多了,下午五点钟左右我就到了佩里戈尔。但必须等到第二天才能把狼拿去给主管部门看。我就在老桥附近的一家小客栈住下。还没安顿下来,左邻右舍就聚拢来看狼了。城里人多爱看热闹呀!他们问我许多问题。问我在哪里以及怎样打死这条狼的,彼此之间议论着狼的本性和习性。有几个聪明人声称,狼的肋骨是竖着长的。有些人傻得信以为真,透过厚厚的毛皮摸摸死狼的肋骨,惊奇地发觉狼的肋骨和其他野兽一样。于是那些自命不凡的人就叫嚷起来:

"可是这是肯定而确凿无疑的。我一向听说狼的肋骨是竖着长的!也许这条狼只不过是一条大狗而已!"

234

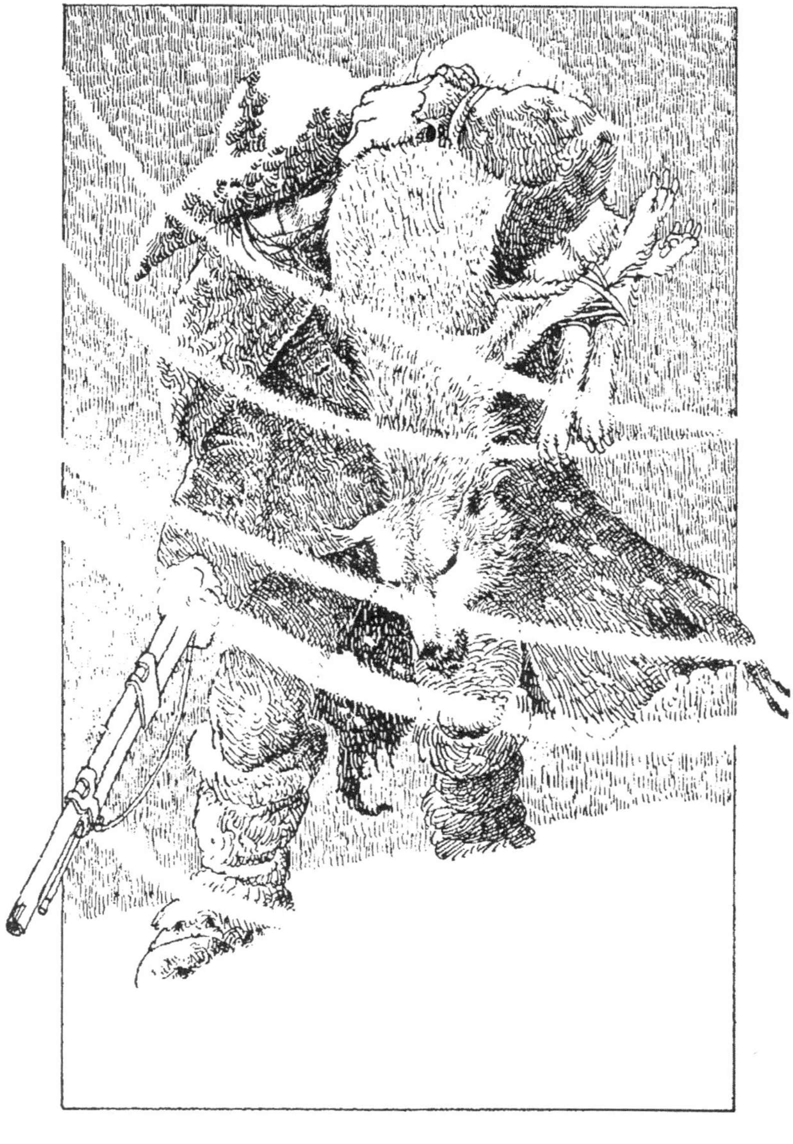

看到城里人如此愚蠢,我只好耸耸肩,对他们什么也不说:说有何用呢?

第二天,我把狼送到省府,经过新街时,一大群小孩尾随着我。看门人让我进了内院,然后去找一位先生。先生来了不止一位,而是好几位。就像小客栈的左邻右舍一样,他们向我提了一大堆问题,问我在何处用何种方式打死狼的,我这样深更半夜去窥探是否害怕等诸如此类的问题。狼躺在地上,四周围了一圈从办公室里溜出来的年老年少的职员。有的人羽毛笔夹在耳朵上,有的人长礼服的袖子上又套了一层护袖。有个人大概是个头儿,身上套了左一件右一件,活像洋葱,约莫套了四五件衣服。驴子垂着耳朵,耐心地在那儿等待。我也像它一样,尽管我急着想回去。最后,他们讨论够了,其中一位先生终于带我去了。他让我等了足足一刻钟,接着带我到其他办公室转了好大一圈,给了我一张纸,叫我到领款处去领奖金。

到了领款处,出纳员用方言问我:

"您不会签字,是吧?"

我说:"不,我会签。"

他惊诧地看着我,递给我一支羽毛笔。我签字后,出纳员给了我十五法郎。

我来到门口,牵上驴,就到枫格拉夫律师家去,想把我放在背包里的一只野兔送给他。可是到了他原先居住在智慧街的屋宅时,人家告诉我:他久已不住在这里了。我牵着驴走了,寻找了很久,最终找到了我已故父亲的辩护律师的宅邸。他不在家,我把野兔交给他的女佣,叮咛她告诉她家主人,就说这是已故马丁·费拉尔的儿子托她转交的。

然后,我去给我的丽娜买了一枚银戒指,花了三法郎十个苏。回到小客栈,趁着驴子吃几片包菜叶的当儿,我吃了晚饭,喝了一大杯酒,然后牵着毛驴回莫雷兹村。到家时,已是夜里十一点了。

接下来的礼拜天,我把银戒指交给贝特丽,请她转交给丽娜。她立即照办。我回家时更加高兴,仿佛这枚戒指有办法解决难题似的:人只需要那么一点东西就可以将欲望变为希望啊!

第七章

这期间时间慢慢流逝,冬天快要过去了。树林里开始长出圣蜡节的蝴蝶花,也有人称作雪花莲。天气晴暖,我可以多挣几个苏了。我到这儿或那儿打短工,播种燕麦或大麦,给葡萄树松土,或干季节里的其他活儿。很久不再听人谈到南萨克伯爵了,我出去打工或放工回来的路上,警惕性都略有放松。

我并没指望他把我忘记,更不指望他会放过我。但我们上次相遇的时间已过去很久,我思忖,要是他想出其不意地害我或派人害我,早就很容易有机会这么做的。因此我得出结论他不想这样报复。然而当我们聊起这件事时,让老伯总是说:

"你要小心这个人,他什么事都干得出来。他也许假装忘了你。假装忘了你,是为了更好地逮住你。你虽然夜间在森林里跑来跑去还没挨过一枪,但他一定给你准备了更阴险的一招。这个坏蛋鬼极了。我是有根据的,他居然从巴拉德森林打劫公款案中逃脱了,而其他人却掉了脑袋。"

我曾听人跟已故博那尔神甫和骑士谈过巴拉德森林的这些打劫案以及其他类似案件。我们家乡的贵族和大资产者采用朱安党人①的方式向共和国开战,他们找到的最佳办法莫过于切断政府的财源,劫掠从专区送往佩里戈尔的资金。

省里好几处地方发生了袭击案,但仅在巴拉德森林里就发生了三起。

南萨克伯爵卷入了所有这些案件,他甚至是森林里一个抢劫团伙的头目。一七九九年,一个由二十五名到三十名全副武装的男子组成的团伙戴着野兔皮面具,在距女婿湖看守棚不远处袭击了三名宪兵押送的萨尔拉税收运款队,抢劫了一万五千法郎。

德·加利贝骑士谈到这起袭击案时说,这些匪徒中的一个是他的熟人,曾试图雇用他,但他拒绝了,他说不论是抢劫政府的还是私人的钱财,都是匪盗行为。

这次打劫案两年过后,一个押送七千法郎的运款队在相同情况下遭劫。尚不谈农特农镇和贝日腊克镇资金抢劫案。可以看出这些人获利不小。虽说他们确实是冒着掉脑袋的危险,可那个时候,警察组织得很差,从来抓不住劫匪。

到帝国时代,情况不同了。

最有名的打劫案是一八一一年的那起,几人受伤一人丧生。那起抢劫案发生在一处自那以后被人称作"三兄弟"的地方,因为那里同一个根上长出三棵高大的孪生栗子树。这回,押款队运送的款项

---

① 朱安党人(chouan),法国资产阶级革命时期发动叛乱的保皇派。

逾四万法郎,分别装在四只结实的箱子里,由两匹驮马运载。匪徒人数不多,只有五六个。要是打劫得手,真要发笔财。对他们来说可惜的是,打劫最后很不顺手。匪徒截获了运款队,把押款员和护卫捆在大树上,但只抢走一只钱箱,而且没走多远。有个侥幸逃走的护卫去报了警。鲁费涅阿克和圣塞南的国民保安队一听到警钟声立即集合起来,追捕他们。经过一场枪战,抓住四个歹徒。一名保安警察被打死,另外两名受重伤。

一名匪徒见势不妙逃到国外去了,拿破仑倒台后才回来。

至于四名落网的盗匪就为所有同伙抵罪了。一个半月后,他们在佩里戈尔市克罗特广场上了断头台。

让老伯说:"我把手放在火上打赌,南萨克伯爵肯定是这个团伙中的一员。但他始终很狡猾。他从埋伏地看到运款队有七八个人护送,知道要得手很难,就在袭击开始前撤了,因此谁也不能说见到他与其他盗匪在一起。说到一八〇一年的抢劫案,他是参与者,甚至是指挥者。我当时趴在一个矮树丛里,在那伙人当中认出他。那伙盗匪得手后,从一条通往佩尔马尔村的小路溜走,十有八九就在那个村里分了赃。"

我说:"不管怎么说,让,人们老是埋怨今天的时代。可是照此看来现在已经不再有持械抢劫团伙了。"

"这话不假。这四个脑袋砍掉后,其他歹徒胆寒了。不过,如今盗匪虽说不再成群结伙抢劫了,但总有独行贼或两人结伴在林中拦路抢劫的。而且现在的剪径贼和小偷比以前多了很多:不知道这种变化是否使形势有所改善……"他继续说,"你呀,我老是跟你说要提防伯爵。他不管杀什么人,眼皮都不眨一下。留心一点儿他会对你下什么毒手。"

我呢,有时想到这些,就抱定了这样的看法,只要犯罪不受处罚,南萨克伯爵是绝不会洗手不干的。"也许,"我暗想,"他需要一个心腹帮助他,也许他在等他儿子。不管怎么说,必须提防点,不能掉以轻心。"

再说,伯爵的所作所为也证明了他是什么货色。埃尔姆庄园周围没有一个人不诅咒他和他的同伙。他带着随从骑马穿过已经抽穗的麦田;他带着猎犬群进入葡萄园,任群犬咬吃成熟的葡萄;当他没打到猎物时,就唆使他的猎犬群咬死牧羊犬或羊只,这都成了这个恶棍寻欢作乐的方式。他骑马经过哪里,哪里的路人必须迅速让开道并深鞠躬,如若不然,就有可能挨鞭抽。要是他在森林里遇到一个农民,就叫手下人把他乱推乱搡一阵。甚至有一天,他因为怀疑普里斯村一名男子在他的领地上偷猎,就朝人家大腿开了一枪。驯犬仆人和卫士都学他的样子为非作歹,他的客人也是如此。埃尔姆城堡经常宾客满座,过着快乐的日子。他的女儿也混在里面。她们骑马奔跑时,若遇到哪个穷鬼让得太慢,就毫不犹豫地挥鞭抽打。伯爵的长女久居在外,他还有四个傻大个儿、胆大漂亮的千金。总是有一大堆当地的年轻贵族拜倒在她们的石榴裙下,向她们大献殷勤,与她们一块儿寻欢作乐。白天,他们骑马驰骋,到附近城堡作客、打猎,在树林里纵情取乐。晚上,撤营的号角一吹响,他们就返回城堡,在大厅里花天酒地,巨大的烤肉铁钎架上柴火烧得烈焰熊熊。

　　雨天,稍远的村庄可以获得暂时的安宁。这些贵族青年待在城堡里跳舞唱歌,在房间和顶楼里玩捉迷藏。顶楼有不少壁凹,恰好可以躲藏两个人。有的时候,他们这样玩腻了,就到他们的某户佃农家或庄上的某个邻居家去玩耍,邻居不敢拒绝。他们叫人给他们做煎饼吃。假如给南萨克的几位千金小姐保驾的贵族青年中,有哪个调戏了农家姑娘,她们就哈哈大笑。有时调戏得有点过分,小丫头不肯依从或者家长恼怒了,这些为非作歹的狂徒反而说这些姑娘不识抬举。说来说去,他们个个都学着伯爵,像他一样蛮横而粗鲁地对待伯爵所谓的"农家女"。这个送水工的孙子极度蔑视当地的穷人。要是他打猎时突遇暴风雨,就和他的一帮人拥进穷人家里,把他们的马拴在床脚。如果他不乐意看见别人从一条公共道路上走,而这条路从前一直是大家走的,他就毫无顾忌地在路段的两端各挖一条沟,把这条路变为自己的私家路。就这样,他把埃尔姆村从前的许多村属牧场攫为己有。谁也不敢言语,因为法律对他是不存在的。在这片偏僻的乡土之上,由于有职权的人畏惧他的名声和凶恶,显得很软弱而且与他相勾结,这样一来,伯爵就为所欲为,称王称霸,活像昔日的领主。因此整个乡间的人暗地里对他家人,尤其是对他皆心生仇恨。这种仇恨与日俱增,愈益强烈。对恶人的惧怕以及无法通过法律渠道伸张正义,人们只能敢怒不敢言。而埃尔姆村和普里斯村的农民最经常饱受伯爵一家的侮辱和傲慢无礼的侵扰,对伯爵和他家人也最愤恨。

　　读者或许会问:"伯爵和他家人那么虔诚信教,怎么会这么坏呢?"

啊!这正是问题所在……这些人和其他许多人一样,都是逢场作戏的天主教徒。对他们来说,宗教是一种时尚,一种习俗,或是利益的需要。只要做足虔信的表面仪式,就可以毫无顾忌地放纵情欲,我行我素,为非作歹。

伯爵为人傲慢,不讲公道,心狠手辣,什么坏事都做得出来。他的几个女儿狂妄、骄横、放荡。他们当中从来没有一个对周围的人做过任何好事,相反却带来很大的伤害。此外他们有一个管理小教堂的神甫专门为他们服务,哪场弥撒都不落,大小节日都参加领圣体。

再说,这种行为举止并非他们一家独有。自从帝国垮台,人称"我们的根特之父①"的人重返法国后,宗教信仰就成了贵族的阶级地位的标志。大革命前的绅士、哲人现在都表现出宗教感情,以便更好地与雅各宾派和不信教的老百姓区别开来。恰如从前,他们为了显示与仍然深陷迷信的平民大众迥然有别而不信教一样。当然也有一些人坚持不信教,如老侯爵。他临死之前明确拒绝堂·昂贾贝给他做临终宗教仪式。但这类人毕竟寥寥无几。反之,贵族当中也有真诚的天主教徒,如已故南萨克伯爵夫人。但这类人也很少见。

---

① 《我们的根特之父》,一八一五年拿破仑百日政变时期,路易十八逃到比利时的根特市。当时的保皇党利用一首时兴曲子,采用同音异义词的文字游戏填上歌词,歌颂路易十八。这是歌曲名,暗指路易十八。

今天我们看见那些冠以贵族姓氏的大资产者和其他人,与贵族为伍,处处模仿他们。可是这些人都不如从前那么虔诚了,做事也不如从前那么得当了。这些人当中有很多人喋喋不休地自称是个好天主教徒,他们的全部宗教信仰就在于,如果礼拜五他们不在家,而是在饭店里,会装模作样要鳕鱼吃①。但如果要他们指出谁是他们的神甫,他们会极其尴尬。

可是在我跟你们提到的那个时代,我不曾想到这些。让老伯给我讲的所有这些故事,我偶尔会思考一阵。除了我深知南萨克伯爵其人以外,还能做什么呢?睁大眼睛:这正是我所做的。但防不胜防。窥伺者总是占着上风。有时夜里,我在森林里遇到几个孤身行走的人或两三个同行的人。他们的无边软帽压得很低,帽檐一直压到眼睛边上,手中拿着一根木棍,大步快走,一看到有人,就迅速钻进矮树丛里。有时,他们拎着鼓鼓的口袋,有时他们裹在外衣里面的背包鼓得很高,如同赶集的人。这些人我很熟悉,是住在森林边缘孤零零的破旧老屋里或密林深处烧炭人遗弃的木棚里的盗贼。所有这些人你都可以按圣阿芒德高丽人的方式问好:"晚上好,正直的人,如果你们是的话。"不时听说一座偏僻的房屋失窃,或从附近集市回来的旅行者半路遭劫的事儿,对此我一点不感诧异。我深知谚语说得好,巴拉德森林一向有狼也有盗贼。可是自从我住到莫雷兹村让老伯家里以后,我就注意到有人在监视我的行踪。一天夜里,我去野兔观察点,路上借着月光看见远处有两个男人,一见我走

---

① 基督徒礼拜五不应吃肉。

来就钻进一片矮林。

我想:"高个的是伯爵,另一个,要是他儿子从巴黎回来了的话,准是他儿子。"

这次相遇令我更加警惕。夜里行走时我总是胳膊下揣着枪,随时准备好射击。经过林地时,我尽量左右看看,避免走两侧树林过于茂密的小路。可是明枪易躲,暗箭难防。最厉害的还是选择行动时机的人。当你的对手是不择手段的恶棍时,你迟早要遭殃。

格朗瓦尔村上方的森林里有一座小丘,换句话说,一座小山冈。那里有三条小路交叉,中间长了一棵粗壮的老橡树,五个男人都很难合抱。当地人把它叫作"卢贾德拉法达",就是"仙女橡树"的意思。这棵树或许有几千岁了吧。我们的祖先高卢人崇拜的大概正是这样的树,德鲁伊特①用金柴刀砍的大概正是这种树上长出的槲寄生。当地人说,这个地方经常闹鬼。有时,脚登银鞋、穿着轻曼飘柔的白长裙的奈阿莱妮娅仙女②,在两只黑犬的陪同下,驾着白云从天而降,神秘地轻轻滑落到树梢上——这时树叶会微微颤抖,然后来到巨大的橡树脚下休息。有时,女人形的妖精借着星光,展开蝙蝠式的巨翅,从四面八方飞来,栖息在古树宽广伸展的树枝上,在黑暗中窥伺蹲在树脚下的偷猎者。被哪个女人诅过咒的人于是就

---

① 德鲁伊特(druide),古代克尔特人中一批有学识的人。他们来往于橡树林,担任祭司、教师和法官。
② 奈阿莱妮娅仙女(Nehalenia),又名维维亚娜或尼尼埃娜,朗斯洛的养母,梅兰的伴侣。首次出现在一二二五至一二三〇年亚瑟王传奇里,众多证据表明她颇似罗马神话中的月神狄安娜。

活该倒霉了！就在他潜藏于树脚下，身形与凹凸不平的树干浑然一体，难以分辨，树叶的沙沙声给他催眠之际，这些凶恶的怪兽就抓住时机，如猛禽般向他身上扑去，撕开他的胸膛，吞掉他的心脏，然后放他一条生路，从此这个人就如行尸走肉一般了。

我在前面说过，这类老太太叙述的故事我一点也不害怕。我经常到这个观察点去，那里便于观察所有猎物。狼、野猪、狐狸、獾、野兔从老远的地方爬上山冈都要经过那里。由于这个地方恶名远播，谁也不到这儿来放哨狩猎，因此位置总是空着。

一天夜里，我待在这棵古橡树下，坐在一根从地下冒出、如同巨蟒脊梁一般的树根上，背靠古树，想着心事。火枪的药池藏在外衣里面。四周弥漫着潮湿的浓雾。弯弯的月牙还不能完全穿透迷雾，但可以透过雾帘微微照亮地面。我那时眼力好，这点亮光就足够看得见了。在我周围，古树的树叶滴着露水，好像在落泪。淹没在黑暗里的森林没有丝毫声响。只有远处鲁西村方向传来一条狗凄惨的哀号。这天夜里，我思念着心上人丽娜，心情忧郁。她的那个老妖婆母亲和那个坏帮工纪莱姆使她在家中度日如年。自从我警告过这个无赖之后，他没再招惹丽娜，但凭他与玛蒂芙相处的方式，丽娜反过来受了她妈很多气。像平常一样，纪莱姆对老女人非常粗鲁，可怜的丽娜就很不幸。前一个礼拜天我见到她，她向我哭诉了她遭的罪、受的难。想起这些，我脑子里就翻腾着许多疯狂的念头，如打死这个卑鄙的家伙，或者我和丽娜双双逃到遥远的地方去。可是我担心这会使她处境更糟，只好克制自己。

想到将来，我觉得命运多舛、前途难卜，充满忧伤和黑暗。回顾

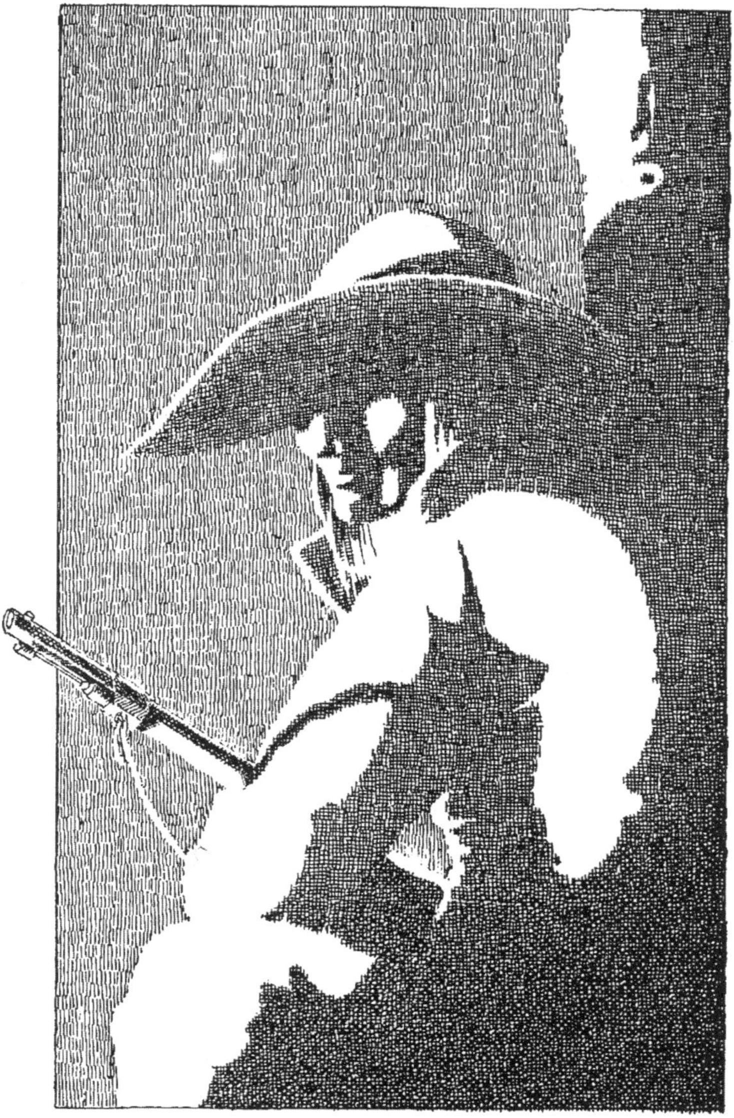

往事,我想到好像一直穷追我们可怜的一家不舍的厄运,想到我的种种不幸、我那死在苦役犯监狱里的父亲和我去世的母亲——就是现在想到母亲,我的心还流血不止。再往上一辈想,我想到祖父。他因反叛雷涅阿克领主,焚烧领主城堡,被投进黑牢。就在他等死之际,大革命一声霹雳,将他解救出来。始终回忆着往事,我想到那位把"反叛者"的绰号传给我们的祖先,想到他被黑色佩里戈尔地区的绅士们吊在德鲁伊勒森林的大树上的情景。这些贵族无情地责罚那些穷困潦倒、被逼造反的穷人。这时我的内心充满积怨。我把我一家的不幸与遥远年代的农民——从巴哥达①到塔达维塞②——的苦难联系起来,博那尔跟我们叙述过这些农民的历史。透过这些岁月,我隐约看见法兰西人民的悲惨命运。他们自古以来一直饱受残酷无情的主人的蔑视、践踏、压迫,大批惨遭屠杀。可怜的泥腿子,贫苦的种田人,被饥饿和绝望逼得揭竿而起,这就是我们先辈的命运。我把自己的命运与他们作了一个比较,觉得几乎差不多。大革命过去三十多年了,这个南萨克伯爵还如此骄横暴虐,与从前最凶恶的土豪劣绅毫无二致,我们还要遭受他的可怕欺凌,真是是可忍孰不可忍!对这个所谓的贵族的仇恨之火在我心中燃烧。我想谁能为乡里除去这个坏蛋,就是做了一件善事。一种反叛精神在我的血液里涌动,正是这种精神导致"反叛者费拉尔"的远祖丧了命;正是这种精神把我祖父一直带到绞刑架下;也正是这种

---

① 巴哥达(Bagaudes),公元三世纪,举行暴动反抗罗马人统治的高卢农民。
② 塔达维塞,参加暴动的农民为甩掉贬义称呼"克罗刚",改用其他称谓。有的地区互称"塔达维塞",有的地区互称"捉贼人"。

精神使我父亲死在苦役犯监狱里。这种精神被已故神甫博那尔的谆谆教导和圣洁的埃米娜小姐的仁慈善良平抚了多年,现在又在我心中沸腾起来。我忽视了要小心谨慎的嘱咐,忽视了特立独行的行吟诗人在以下这段副歌里发出的要思虑周全的谨慎劝诫,民间传统保留的这段副歌一直在与盖西相邻的佩里戈尔地区流传:

当心,骄傲的佩特罗科里欧①,
三思过后再拿起枪、刀、匕首,
要是你被打败,
恺撒会斩断你的双手!

啊!要不是牵挂丽娜,我为了向伯爵报仇,别说是断送两只手,就是献上一颗脑袋我也敢冒险呀!

就在这些想法在脑子里混乱地急速掠过时,我听到右侧一只追捕野兔的狐狸间歇发出的轻微尖叫声。我拿起枪,等待着。一刻钟后,看见这只野兔不慌不忙地跑来了。它到了岔路口,站在距我四步远的地方,立起身,竖起耳朵,凝神听了一会儿追赶它的狐狸的叫声,发现狐狸离自己还远,便跑上一条小径,跑了约莫五十步,然后一个纵身钻进树林,不久重新回到岔路口,遁入另一条小路,如此重复了三次,使它走过的路线扑朔迷离。远在狐狸到达之前它回到来

---

① 佩特罗科里欧(Petrocorien),创建佩里戈尔的高卢部落的名字,该部落参加了公元前五二年维辛热托里克斯人反抗古罗马占领军的起义。

249

时的那条小道,随即猛窜了两下,钻进矮树丛不见了。

我愉快地看着它这么行动:"去吧,可怜的野兔,"我心想,"这次赶紧逃吧,小心追赶你的臭狐狸!"

很快狐狸来了,鼻子嗅着地,尾巴拖在地上,贴着野兔走过的小径贴得那么近,以至于放松了它平时的多疑警觉。我在距它二十步远的地方将它一枪打倒在地,然后拾起来装进背包,就往家返。

这时是凌晨两点钟左右。浓雾弥漫。月落星沉。天色呈现一种深褐色。只有像我这样对过道和小径了如指掌的人,才能在这种潮湿黑暗的森林里前行。我把枪夹在胳膊底下,不时朝左右瞅一眼,以防迫在眉睫的危险,这是我养成的习惯,而不是害怕,因为两步之外什么也看不见。我一边走一边还想着丽娜,思绪忧伤。知道她家里发生的事情以后,这是很自然的。天开始下毛毛雨了,在一条横穿返回莫雷兹必经的矮树丛的小路上,我加快了脚步。半路上,我的双脚被一根横系在小路上的绳子绊倒。由于我走得很快,连人带枪摔了个大跟斗,趴在地上。还没倒地,就有几个人扑到我身上,用手帕把我的嘴堵起来,用口袋把我的头裹扎起来,将我双手反捆在身后,又把我的双腿捆起来,拿走我的刀,把我横系在马背上。我就这么遭绑架了。

毫无疑问,尽管没听见一个人说话,我敢肯定这是南萨克伯爵干的。我心想他会把我怎么着:把我扔进古尔湖的深渊?有一刻,我是这么想的。但从我们随后走的方向判断,我又觉得不是。走了近一个小时,从马匹经过一座桥时发出的响亮蹄声推断,我知道"这是城堡的壕沟"。不一会儿,马匹停止前进,我被人抬着,或者不如说被人拖下石阶,又被重重地摔在地上。然后有人将一根绳子从我胳膊下穿过,我很快感到有人松开绳子把我往下降。估计降了八到十米左右,我触到了地面,肚皮贴地躺在地上。同时,绳子顺着一头被抽了上去。我听到一声响,是石板落在石头上的那种响声。然后就寂静无声了。

"我就这么被活埋在埃尔姆城堡的地牢里了!"这是当时我脑子里产生的第一个想法。随后我就思索如何摆脱所处的窘境。但那些卑鄙的家伙用绳子把我捆得结结实实,要解开来谈何容易。我首先要设法翻身仰面躺着。我试着像鲤鱼打滚似的转身,好不容易翻过身来。接着我试图站起来,可是怎么也做不到。试了好多次,都重重地摔在地上。摔得全身疼痛,累得精疲力竭。我一动不动躺了很长时间,然后又艰难地滚动了多次,终于滚到一面墙的墙根。我转身背对着墙,将捆缚我双手的绳子靠着墙使劲磨擦。但这么磨擦不得劲,而且绳子也很结实。我磨擦了很久,累得一点力气也没有了,只好停下来。透过粗麻布袋,我艰难呼吸的空气很重很厚。潮湿地下层淡淡的气味钻进我的鼻孔。听不见一丝一毫或轻或重的声响,哪怕是遥远的声响:我待在一座坟墓里。

可以想象我当时思绪乱极了,非常忧伤。我注定要慢慢地饿死在这座地牢的深处。我太了解南萨克伯爵了,对此没有一秒钟的怀疑。然而我没有丧失勇气。休息过后,我重新开始靠着墙磨擦绑绳,双手也磨破了皮。这根绳子始终不断。所幸的是,我在摸索中发现一块石头比其他石头更粗糙,我就对着这块石头反复磨擦,估计擦了十来个小时,我感到绑绳松了,我的手很快自由了。我用这双手做的第一件事,就是拽掉套在我头上的麻布袋,掏掉堵着我嘴巴的手帕,然后解掉捆着我双脚的绳子,站了起来。

我始终处在最黑暗的夜色里,周围一片漆黑。我双手贴着墙,小步往前走,发现这座地牢呈圆形,但有个想法使我立刻停住了脚步:这座地牢的地面上有没有井?

我想了一会儿,重新慢慢地、小心翼翼地、一只脚伸向前探着走,以便弄清地面上确无空洞。当我的脚下触碰到一段段的绳索时,我知道重新回到了起点。我明白了我处在埃尔姆城堡一座塔楼的最深处。我紧贴着墙转了一圈后,就大着胆子四肢趴地穿越地牢。我的胳膊始终伸得长长地在地面上摸索,生怕掉进一口井里。最后,我把所有方向都摸索过了,确定没有井,也就放心了。但有一点确定无疑的是,我注定要在这座地下密牢里腐烂掉。腐烂,这个词是恰如其分的,因为从墙壁不断渗出的水分可以证实,我处的地方比城堡壕沟的水平面还低。

我很久没有吃饭了,从胃的痉挛判断,起码有二十四小时没吃饭了。这使我很疲劳:在我所处的一片黑暗中,只有这个办法可以衡量时间。实在受不了了,我背靠墙壁坐在地上,思念起所有我热爱的人,尤其是我亲爱的丽娜,我只好任她毫无自卫能力地受她下流母亲的迫害,受那个混蛋纪莱姆的引诱。想到此我心里很难过,比饥饿的感受还痛苦。但很快我自己的处境就让我分了神。我在这里等待什么?缓慢可怕的死亡,这个念头令我颤栗。希望,我是一点也没有:我心想,让老伯见我不回来,会到村长家去,会派人通知骑士。我敢肯定,骑士会想尽一切办法找到我。我猜测,他们首先会想到,是南萨克伯爵把我弄失踪的。可是他们会以为他在我的脖子上拴了一块石头,把我像一条狗似的扔进古尔湖了,如同那么多被匪徒杀害的倒霉鬼的尸体那样,那些尸骨至今还躺在深不可测的湖底。对于南萨克伯爵以及他的安全来说,这是上策。是的,然而伯爵不仅执意要除掉我,而且更执意要让我死得痛苦,让我在焦虑不安中缓慢死去。让老伯和骑士如何能想象到我被关在埃尔姆城堡的最深处,关在他们可能一无所知的地牢里呢?这是很难的。此外,我敢肯定伯爵一定采取了一切谨慎措施,万一有人搜查城堡,也不至于找到我。

被活活埋葬,这个可怕的想法令我极度痛苦,加上饥饿的折磨,我无法入眠。失眠使我两眼灼热,种种奇怪的幻影在眼前燃烧。我好像看到火焰宫,光亮的景象进入黑暗,徐徐地一个接一个。为了逃避这种熬煎,我设法闭上眼睛,可是在我垂下的滚烫的眼皮前总是出现痛苦的幻象,出现荧光闪闪的或发红的蒸汽,犹如巨大火灾的反光。我坐得很累,可又不敢躺下。在失眠和饥饿的双重作用下,我的想象陷入一种疯狂,担心一入睡就永远醒不来了。于是尽管身体虚弱,我还是在潮湿的地上摸索着爬行,尽力徒手挖洞,把我发现的类似鼹鼠洞的小洞扩大,累得疲惫不堪,最后力气用尽,停了下来,气喘吁吁地躺在地上。过了很久,我开始重新探索我的坟墓,机械而绝望地寻找出口。就在我这样四肢爬行的时候,我摸到一种东西,开始好像是一小堆小枯木块,可是仔细触摸后,可怕的真相突然显现:这是一具尸骨架的残骸,长年腐烂后,经我的手一摸,就成了碎块。

这时,我充满了绝望,在多年埋藏此处的这些死人碎骨块旁,沮丧地颓然倒地。就在我这么躺着的时候,突然上面的穹顶传来沉重的脚步声。我爬起来仔细听,听见一种几乎难以分辨的嗡嗡声,就像人在远处的说话声,一直传到秘牢深处,然后被沉重缓慢的脚步声打断。

我想这是宪兵在搜查。我心中重新升起希望,开始叫喊起来。可是与此同时,嘈杂声停止了,脚步声渐行渐远越来越小。我再度陷入死一般的寂静之中。自从落到这座坟墓的深处,我一直被这种死寂包围着。绝望将我击倒,我颓然瘫倒在地。地牢的恐怖从我痛苦的思想中消失,我头晕目眩,失去了知觉。

脸颊一阵剧烈的疼痛使我苏醒过来。我抬起手,感到有个东西溜跑了,顺着我的身体游走的类似东西也因为我的动弹吓跑了。

这时我才明白我在地牢里发现的是什么洞:原来这是从前的老鼠洞。这些动物在城壕的老墙里大量繁殖,而且长得硕大。它们在城堡的基石底下挖了许多地道。它们有一种可怕的嗅觉,能穿透最厚的墙壁。这些饥饿的硕鼠,一闻到捕获物的气味,就纷纷跑来。注定要被这些令人憎恶的动物活活吞食,这个恐怖的意识最终令我惶恐不安。我想用头撞墙把脑袋撞破,可是已无力站起来,特别是我已没有所需的那种冲劲。于是我想到曾经捆绑我用的绳子,我在这可怖的黑暗中摸索着,经过漫长的几个小时终于找到了。没有把绳子一头钩住的东西,我就用绳子打了一个结,把脖子伸进绳结里,设法自缢。可长时间不进食,我已极度虚弱,双臂无力地垂下,呆滞地一动不动地躺在那里。

我没有一点动静后,老鼠见我精疲力竭,就重新大批跑来,准备冲到我身上。我听见它们在黑夜里疾跑,甚至大胆地啃咬我皮鞋的皮。这时我想抓住一只老鼠,给折磨我的饥饿垫垫饥。唉!我是怀着怎样热烈的贪婪想着用我的牙齿咬碎一只这种污秽不堪的动物,将它活生生地吞食了!

我等待着,很快就感到老鼠爬到我身上,寻找我的脸和手。我多次试着要抓住它们,可是两手已经没那么灵活,根本抓不到。

这时,饥饿绞得我五脏六腑阵阵疼痛,我昏头昏脑,把自己的手伸进嘴里,机械地设法咬自己的手,可是我连咬的力气也没有了。我长时间一动不动地躺着,就像死了似的。现在老鼠在我身上乱窜,我无法驱赶。就连它们的啃咬我都几乎没感觉了,我无力自卫,成了它们的捕获物。我好像觉得在地牢里已经待了八天了。我的耳朵嗡嗡直响,脑袋里已没有任何思想,我的意志在涣散,在毁灭。我感到生命在离我远去。最后我陷入了昏迷,这是死亡的前兆。

当我醒来时,发现自己躺在一张床上。有人在轻轻掰开我的牙齿,用一把匙子给我喂下掺酒的稀粥。由于久不见光,我的两眼已承受不了白天的光亮,赶紧把眼睛闭上。我感到手和脸有些地方剧烈地疼痛,那是被老鼠咬破的地方,可当时我没有把这种疼痛与这个原因联系起来。我觉得我的脑浆融化了,头空空的犹如葫芦,无法形成一种思想。我就这样躺着,只有呼吸,而且是微弱的呼吸。后来渐渐地随着时间的推移,同时多亏精心照料,我开始复活了。我认出了守在床边的让老伯。

我声音微弱地问他:"丽娜呢?"

"啊,等你能下地,就可以见到她了。"

我略微放了一点心,又睡着了。

几天后,骑士来了,见我好点了,就说:

"这个时候,你这回算是得救了……!这是肯定的了,就像神甫的日课经那样肯定。"

我微微笑了笑,感谢他的好心相助。我知道他和他姐姐送来好几只煨汤的母鸡、白面包、陈酒和糖。

他说:"呵!这没什么,可怜的雅古。"

"对不起,骑士先生,"让说,"要是没有这好酒,我相信他恐怕早就到鼹鼠国去了。"

"啊!啊!那再好不过了,我的良药起作用了,这再好不过了。不过话又说回来,这有何重要?

不管是狗屎还是金币
到了审判日都一样!"

这一回,我笑得声音更大了一点。骑士很满意地走了,走之前我一再请他替我好好感谢好心的埃米娜小姐。

一个月后,我可以下地了,虽然还很虚弱,只能拄着手杖小步慢行。后来我渐渐恢复了力气。躺在床上时,我始终想着丽娜,见不到她我很忧虑。我经常跟让谈到她。让总是能找到话让我平静下来,叫我耐心一点。最初几天我能明白一点事情时,问让我怎么会躺到他床上的。他解释说,有人一天早晨在森林里的荒野小路上发现我像死了似的躺在地上,满脸满手是血。我告诉他的关于我所在地方的所有情况,都使让确信是南萨克伯爵绑架了我。这时我才知道我在地牢里听到的脚步声确实是宪兵的脚步声。宪兵接到骑士的投诉后,与村长一起到城堡里来搜查。伯爵带他们从地窖爬到顶楼到处查看,并把他们带到监狱。可是关住地牢的那块石板以及整个地面都覆盖了厚厚一层灰土,宪兵和村长想也没想到下面有一座地牢。再说,村长是为伯爵效劳的,宪兵巡逻时经常在城堡吃饭。还有,他们知道这个匪徒有钱有势,首先就敬畏了三分,因此他们的搜查有点做做样子。但是我也要为他们说说话,他们大概不相信伯爵能够做出这样的事。

但是让从几个老人那里了解到埃尔姆城堡里有座地牢。他告诉了骑士。一天晚上,骑士再次来到蒙第涅阿克镇,说动了诉讼法官和宪兵再次进行搜查,主要是搜查监狱的下层。宪兵自感有点失职,相当不安。特别是蒙第涅阿克人不是胆小鬼,这桩案件已在全镇传得沸沸扬扬。最恼火的要算骑士跟我们谈到过的卡西乌斯老伯。他走遍全城,宣称必须重新闹革命,因为革命对有些人的教训还不够,他们还想再做从前的土恶霸。

面对满城风雨,面对骑士的坚定态度,宪兵决定翌日晨重新进行搜查。可是夜里有人专差信使通报了伯爵:是谁差遣的? 人们永远无法知道。总之,像我前面说过的,第二天早晨有人在荒野小路上发现了我。因此搜查停止了。而且司法部门根本无意弄清这桩案件,甚至都没有人来询问过我。

我呢,俟力气和意志甫一恢复,就在心里重续了我曾经立下的向南萨克伯爵复仇的誓言。从那一刻起我天天想着复仇。但在此之前,有一种比复仇更折磨我的念头,这就是重新见到我的丽娜的欲望。我急不可耐地盼望能够走得更远。因此一旦能够走得相当远了,我不顾让竭力叫我等下一个礼拜天再去的劝说,就到巴尔镇去了。我像往常一样等待着望过弥撒的人从教堂里出来。首先出来的是贝特丽一个人。她见到我,就朝我走来。

我没说一句客套话劈头就问她:"丽娜在里面吗?"

她那样神情忧伤地惊奇地看着我,我的心在隐隐绞痛。正在这时,玛蒂芙穿着丧服走出了教堂。

我怀着一种可怕的恐惧不安又问了一遍。

贝特丽把我拉到一边:

"怎么,你什么也不知道啰?"

"知道什么?你急死我了!"

"哎呀!我的雅古,你永远也看不到可怜的丽娜了!……她死了!"

我被这个消息惊呆了:"哦!天哪!"

贝特丽把我拉到更远的地方,一条偏僻的小路上,向我叙述了所发生的一切。

纪莱姆看得很清楚,一旦丽娜获得了自己的权利,他就不能这么称心如意了。因此他一直嚷着要走。为了挽留住他,玛蒂芙克服了妒忌心,坚决要女儿嫁给他。可怜的丽娜当然不肯,她家里总是嘈杂得要命,吵闹不断,搅得左邻右舍经常跑出门观看。后来闹到这个程度,玛蒂芙几乎习惯了天天殴打女儿,强迫她同意。一天晚上,玛蒂芙强逼她就范,捆她耳光,拽着她的头发拖她,打得很厉害,她的脸上留下了手指印。可怜的丫头吓坏了,从她卑鄙的母亲手中挣脱出来。她母亲有一阵能够把她给杀了。丽娜急忙跑到莫雷兹村,想告诉我她实在受不了了,问我该怎么办。她遇到我们的一个女邻居,问她我在哪里。

女邻居说:"啊!可怜的姑娘!谁知道他现在在哪里!已有三天三夜没人见到他了:他夜里在野兔观察点的。大概谁把他杀了,扔到古尔湖里了。"

可怜的丽娜听了这话,完全绝望了,晕头转向,跑着爬到格朗瓦尔山上。第二天,就在有人把奄奄一息的我从小路上抬起来的时候,她的一双小木鞋在古尔湖畔被人发现……

听了这番叙述,我痛苦得发疯了,像一头受了致命伤的野兽,向森林奔去。我扑进一片矮树丛,痛哭起来,一直哭到晚上,我抽噎着,咬着野草,有时像一条疯狼似的绝望地号叫。夜幕降临时,我回到莫雷兹村,没吃晚饭就上床睡觉了。

从这一天起,我开始晚上到埃尔姆城堡周围的村庄去。那里是受南萨克伯爵恶行之苦最深重的地方,如普里斯、拜塞德、梅纳、朗德、玛蒂拉、拉岗、布达里、吾乐以及其他村庄。我到处向村民讲述这个恶霸横行乡里欺负穷人的行径,他是如何冷酷地使用暴力,如何蛮横,他的儿子和客人是如何肆无忌惮地调戏乡下妇女的。我使每个人都回想起这个无法无天的可恶贵族使其遭受的特别的痛苦。

我竭力让这些被专横跋扈的恶霸压得弯了腰、丧失了人的尊严的人挺起腰杆,让他们感到他们是人,只要他们鼓起勇气拿起长叉与他抗争,就可以摆脱掉这个匪徒。

大家都同意我的看法。可是也有一些胆小怕事的人,真正要行动了,就想法退缩。这些人一方面同意我的意见,一方面又提出种种困难,说是伯爵有权有势,一向为所欲为,拿他问罪犹如向太阳吐痰,有做苦役的危险:

"你知道得最清楚,可怜的雅古,你父亲就因为反抗这个恶人,付出了惨重的代价!"

于是我对他们说:"大伙儿听着,法庭不会把我们村庄所有的人都判罚做苦役。领头的为大家承担责任:那么,我就把一切责任都揽到我身上!话说回来,朋友们,时代不同了。现在已不是一八一五年,而是一八三〇年了。芳拉克镇的德·加利贝骑士,那可是一位正直人的国王。我听他说,由于像南萨克伯爵那样的人想把我们重新拉回到旧时代,革命已为期不远了。"

对于这类事情,你常常不得不注意谈话的对象,以防出现叛徒。但在这里,没有丁点危险。伯爵在乡里只有仇敌。他的佃农与其他人相比,被他蹂躏得更厉害,也许更恨他,因此他们在伯爵田庄上待的时间从来不超过一年。

就这样,三个月里我跑遍了家乡的大小村庄,挨门挨户探访乡亲。我不断地向他们宣讲,给他们鼓劲,终于说服他们所有人都同意了我的观点。当我看见他们下定决心时,就和他们相约于一个漆黑的深夜,到莫雷兹村北一处荒地里聚会。

我和让以及我们的一个邻居晚上十一点就到了那里。我原以为最多会来四十多个男子,或者五十来个。当我看见很多女人和男人一起来时,备感惊讶。

聚会地点是一个远离所有道路、四周被树林环抱的小高地。多石多沙的地上长着几簇薪荑、野不凋花,这里、那里,长着几棵泛绿的刺柏。有处地方,就在矮林阴暗的边缘,一棵由风播种在那儿的树干银白的桦树就好像裹着裹尸布的幽灵。高地中间是一堆巨石,被人称作佩尔马尔或"狼庐"。听已故神甫博那尔说,那是提比略①时代被捣毁的一座德鲁伊特祭坛的瓦砾堆。提比略叫人摧毁了我们民族古老宗教信仰的建筑物,处死了宣扬这种信仰的神甫。克罗德莫蒂埃村的老巫婆于盖特就是在这里做夜间祭礼的。凡是请她占卜的人都到这个地方来。依情况的不同,有的带来一只公鸡,有的带来一只母鸡。老巫婆装腔作势搞一套仪式后,就把鸡给杀了,将鸡血洒在石头上,然后用刀给鸡剖膛开肚,借着月光在鸡肚里乱翻,看翻出的是心还是肝,预测求卦者所询事情的前景。

如今老巫婆已经作古,杀鸡占卜的事已经停止,可是见证过这些仪式的一些老人还健在。

人们逐渐走出树林,围拢在佩尔马尔石堆周围,拄着粗重的棍杖等待着。见大家都到齐了,我站起来,先跟妇女们说话,问她们到这儿来干吗。

普里斯村的一位老大妈说:"你以为我们没有仇要报吗?"

---

① 提比略(Tibère,前42—公元37),古罗马第二代皇帝。

另一位大妈补充说:"你以为我们比男人胆小怕事吗?"

"既然这样,那么好极了!"

于是,我登上一块巨石,把我最初在村庄里宣讲的道理又深入地重讲了一遍。我明确讲述了我们可悲的处境。我滔滔不绝、简明扼要地概括了全乡人对南萨克伯爵的谴责,我的话触痛了所有这些穷苦人的伤疤。我在黑暗中看见他们的眼睛闪闪发光。这些农民夜里聚集到这块荒僻的地方来,真是一件奇特的事。他们所有人都穿得寒碜极了。有的穿着磨损得发白的粗毛呢外衣,有的穿着因劳作而弄脏的褪色旧罩衣,有的穿着打了许多补丁的粗麻布或横条布短裤。有几位老人,像让老伯一样,披着下摆散成丝缕的粗羊毛大衣。还有些穷光蛋穿的褴褛衣衫,只能半遮着身体,连形状和颜色都没有了。大多数人都戴着缀了一股小穗子的蓝布或白布无边软帽,帽子很脏,多数都破了,露出一绺绺头发。有的人戴着佩里戈尔地区产的软边大圆帽,帽子年久变了形,日晒雨淋变成了焦黄色。没有一个人穿皮鞋,都是光脚穿着塞满麦秸或干草的木鞋。女人都有的头戴破旧的棕色粗呢尖顶风帽,穿着印花紧身上衣和粗毛呢衬裙,有的肩披粗布方围巾,我们方言里叫作"固籁"①。

这些人确实是昔日佩里戈尔贫苦农民的典型。他们被统治者处心积虑地维持在无知状态,忍饥挨饿,衣衫褴褛,整日流汗,终岁勤苦,贱如草芥,遭富人鄙视。

演讲完毕后,我说:

---

① 固籁(coullet),音译佩里戈尔方言。

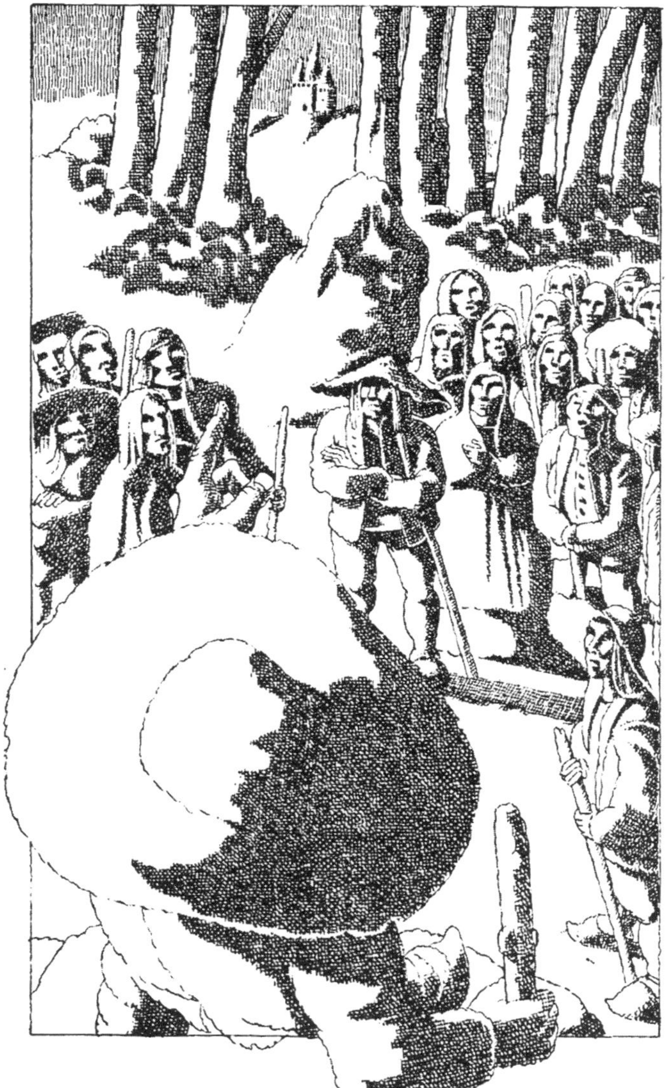

"现在你们说吧。你们的命运掌握在自己手中,只要有志事就能成。你们是否下定决心,向这个南萨克匪徒报仇?下定决心把他横行霸道的权势打翻在地?下定决心永远铲除这个豺狼家族?"

他们低沉地异口同声说:"是的!是的!"

"太好了!"

于是我请他们全都转身朝着埃尔姆城堡方向,按我们祖先的古老方式发誓,就像我母亲从前教我的那样。大家都像我一样,朝右手心吐一口唾沫,用左手大拇指在唾沫上画个十字,然后张开手掌,一边跟着我低声说道:

"打倒南萨克!"

"很好,朋友们。现在每个人都要时刻准备好动手。最近几天的一个夜晚,我们就要伺机行动。要是你们间隔地听到三声短号声,接着一声长号声,大家就迅速聚集到这里来。这意味着报仇的时刻临近了,我们的解放就掌握在我们手中!"

说完,人群就在林中分散开,各人回自己的村庄去了。

普里斯村的一个少年,机灵又果敢,负责监视城堡,随时告诉我城堡里发生的情况。一天晚上,我和让刚吃完饭,看见这个少年来了。

"所有到城堡里做客的先生都走了。伯爵的儿子好像回巴黎去了。现在城堡里只剩下伯爵、几位小姐、小教堂神甫、卫士和仆人了。"

"啊!"我站起身说,"这一天终于来到了!听着,小伙子:你马上跑到朗德村和梅纳村去,跟布鲁家的弗朗索瓦和大个子米恕说,叫他们听见我吹的号角后,重吹一遍。然后,你躲到城堡旁边,绕着城堡壕沟转一圈,看到所有灯光都熄灭后,就到佩尔马尔来会我。

小伙子,喝上一杯再去。"

我把骑士送给我的尚未喝完的葡萄酒斟满一杯给了他。少年一饮而尽,用手揩揩嘴,跑着走了。

九点钟左右,我拿起让的长枪径直赶往佩尔马尔高地。我自己的枪在上次遭绑架时不见了。这是五月底的一天。白天下了一场雨。大朵大朵的乌云在天穹慢慢游移,遮住了星星。月亮沉下去了,夜很黑。我静悄悄地走着,心里盘算着如何行动才能成功。

我的意图是先进攻城堡。拿下城堡后,放火烧掉,给乡里清除这个匪徒家庭。我希望进攻时找到伯爵,在他对抗时将他杀死,他作恶多端,仅仅凭他对我的残害,就足够死罪了。其他还有多少人深受其害呀!这个家伙,专门由我来对付。我好像觉得,凭我对他的深仇大恨,他应归我解决。因此我打算尽一切可能与他面对面地搏斗,在怒火中,在激战中,将他打死在我脚下。我如此渴望与他单打独斗的最后一个理由是,我省视了自己的意志,感到要是他做了俘虏,我永远也不可能镇定地把他处死,也不可能在他解除武器没有自卫能力的时候让别人杀了他。尽管心中的仇恨与这种想法相违,可是这种想法本身令我自豪,我感觉自己比这个卑鄙的家伙高尚得多,这个怯懦的家伙布下埋伏把我抓起来,还想如俗话所说,把我折磨致死。

想到这一切,我思忖要是伯爵熬过这一劫活下来,他的境况也不会好到哪里去。因为一段时间以来就盛传他破产了。听说他把家产都吃完了。从他的生活排场看,这种传闻是可信的。大家之所以知道这件事,是因为两三个月以来,常有执达吏到城堡来。他们未受到礼遇,证据是,其中一名执达吏谈到要记下伯爵欠债不还的事由,遭伯爵威胁,被迫跳进壕沟逃命,直到胳肢窝,满身浸的都是水和淤泥。尽管这样,城堡火灾将使他彻底破产,因为当时还很新颖的保险公司在我们家乡尚无人知晓。对这个傲慢的家伙、这个野蛮的恶霸来说,家境败落、穷困潦倒、丧失权势的惩罚也许比死还严酷。

我还操心另一件事。我敢肯定,这事不会就这么轻而易举地了结。伯爵和他的人绝不会束手就擒。我要寻找办法,既达到目的而又不让我的人冒险。我很快明白,要获得成功,必须趁着城堡酣睡的时候进行突袭,强力猛攻。我一直思考着如何着手。权衡、思量很久之后,心中的计划敲定了,我等待着时机。

天气温和。湿润温暖的土地在发酵。微风轻轻吹过荒地,令瘦弱的野草微微打颤,给我送来潮湿的林木和绽放的花蕾的芳香,送来远处路边开满鲜花的白色灌木丛的芬芳。在我坐着的巨石堆下面,一只老鼠在鼠洞里啃噬着它过冬储存的栗子。有时,一只夜鸟沉重而悄然地飞过高地,发出忧郁的求偶声。在这个散发着芳香的黑夜里,可以觉察到肥沃的大地萌动着新生,呼唤着所有的生命去爱。于是我又思念起死去的丽娜。想起我可怜的心爱的女友,心中涌起沉痛的惋惜,夹杂着对虐待她的人的愤恨。我把头埋在两只手里,久久地沉思着。

听见荒地边响起一阵急促的脚步声,我立即站了起来。来人正是普里斯村的少年。

他对我说:"整个城堡都入睡了。"

"太好了,我的孩子。"

我把号角送到嘴边,先向朗德村,再向梅纳村方向接连吹出三声短促的号角声,接着是第四声号角声,这声音渐渐微弱下去,如同倒在屠夫大榔头下的牛只的哞哞声。

很快,两支号角向我作出回应,在夜空里发出阴沉的召唤。没过多久,住在附近的农民来了。三刻钟后,所有村庄的人都到齐了。把妇女算在内,约有九十多人。女人拿着棍棒、草锄和刺棒。男人携着长枪、长柄铁叉、砍刀、斧头,梅里涅阿克村的铁匠带来了铁匠铺里最大的铁锤。

见所有的人都到齐了,我叫他们围拢成一圈,我站在当中,首先向他们解释,要想一举成功而又不冒太大风险,必须行动神速。第一扇大门,就是城堡院墙的大门,只有一道门闩。只要一个男人涉过壕沟的水,攀着从壕沟石缝里长出的小树,爬到壕沟的墙上,就可以轻轻打开了。但是城堡入口处的大门是用很厚的橡木板做的,并用粗大的防卫铁钉加固,一把大锁将大门牢牢地锁上,门内还有两根粗壮的木闩闩着。由于有铁钉,用斧头砍这扇大门是不容易的。若用铁匠的大铁锤砸,也不容易。不管怎么说,这样要费很长时间。而在这段时间里,伯爵和卫士,还不提几个很会操弄武器的小姐,会从枪眼里开枪把我们都击毙。因此,需要一个强有力的大家伙。

"你们是否知道附近有非常粗大的木梁?锯掉枝杈的大树干?"

有些人告诉我:"在埃尔姆村里,贝蒂尤老伯造了一座谷仓,里面有几根粗大的檩子。"

"这正是我们需要的。三十个身体最强壮的男人,像小孩玩游戏那样把长巾拧起来,两条两条扎在一起抬檩子,每边十五人。进了院子后,就以最大速度向城堡大门冲过去,用檩子的一头撞击大门,檩子头跟走在最前面的男人之间要留出一段距离来。大门肯定不会一次就被撞开,因此队伍要后退一段距离,然后重新再撞。在这段时间里,五六个有枪的人负责监视那些防卫入口处的枪眼。一看见枪眼里有枪管伸出来,就向里面开枪。与此同时,二十个男人经过村庄时,把所有登阁楼的梯子都拿来,穿过朝向普里斯村一侧的壕沟,迅速爬上城堡窗口,冲进去把里面的人分隔开。另外几个人分散在城堡四周,向玻璃窗放枪,尽量把声音闹得很大:这样伯爵和他的人不知所措,我们就可以抓住他们了。"

我把这一切解释清楚后,就给每个人分配任务。一切安排妥当,我又说:

"我们有言在先,城堡里的一颗纽扣都不许拿。我们是去报仇的正直的人,而不是盗贼!"

大家低声地说:"对!对!"

于是我问道:

"请问你们,现在几点啦?"

老人抬眼看看天空,在云朵之间的空隙处,观瞧星星的位置。

有几个人说:"大约十一点。"

"我们出发吧。大家别出声。"

就在我上路时,感觉有个人挽起我的胳膊。我转过身:

"啊!我可怜的让。我跟您说得好好的,请您安安静静躺在床上,让年轻人去干。"

"把枪给我,"他回答我说,"它只会妨碍你指挥。我嘛,眼神还行。我负责瞄准枪眼。让我干吧。我很高兴看到大伙儿把这只狼从狼窝里赶出来。"

"好吧,那就按您的意思办!"

我把枪给了他,我们一起出发了。

我们静悄悄地向前走着,只听见一支队伍脚踩大地的沉闷声响。当我们穿过矮树丛时,也只听见枝叶的沙沙声。一上了那条来自岱农、从埃尔姆村下方经过的大路,我们行进得更加轻手轻脚。离埃尔姆村越近,每个人就愈加小心。就连妇女,虽然平素喜欢絮叨,也都一声不响了。再走两百步就要出森林了,森林径直通往埃尔姆村,负责扛檩子的汉子已经把长巾拧好,聚合起来,负责爬云梯登城堡的人也集合在一块儿,然后大家一起继续前进。

普里斯村和埃尔姆村的家犬都已事先圈在牲口棚或家里,以免发出太大的狗咬声。负责爬云梯登城堡的人去谷仓找梯子。我们其他人等待着。天空始终阴云密布,气温不冷不热。葡萄园里,黑暗中隐约可见几棵形状怪异的桃树。田边,枝叶稠密的高大核桃树向灰蒙蒙的天空抬起圆圆的头。房屋四周的大麻田散发出强烈的气味。一个院落边的一堵老墙上长出一株开花的接骨木,将空气染得芬芳馨香。离院落不远处,一只夜莺在万籁俱寂的夜里唱着美妙的歌。这时,我的心在剧烈地跳动。我并不是为自己感到害怕。自从我可怜的丽娜撒手人寰后,生命于我已无所谓。我可以廉价地付出我的生命。我是为所有这些追随我的正直的人担忧。我担心不成功。我清楚地知道,若是不成功,南萨克伯爵会叫他们承担怎样的后果。

这期间,其他人已经带着梯子回来了。我驱走这些想法,一心只想着如何按计划行动。经过贝蒂尤老伯家时,扎好长毛巾的人到屋里挑拣最粗大的檩子,然后一步一步踩着村中小路上腐烂的欧石南,悄无声息地缓缓前行。这时,我走到队伍前面,派一个敏捷的少年下到城堡壕沟里。不一会儿,城堡院墙的大门打开了。尽管大家百般小心,但所有这些行动不可能不发出一点声响,因此伯爵家的大狗在狗窝里狂吠起来。幸好这种情况经常发生,城堡里的人没有介意。

这时,檩子像一只百足怪虫似的爬来了,进了城堡大院。距二道门十五步远左右,男子汉们就开始奔跑起来,向大门猛烈撞击,撞击声响彻带楼梯的塔楼,可是大门依然坚挺。我们的人扛着檩子朝后退,退到一定距离时,城堡的窗扇口露出惊恐的脑袋,听得见惊叫声,不一会儿,城堡里面到处游走着光亮。这时,檩子第二次猛撞撼动了大门。

我高声叫喊:"朋友们,加油呀!大门就要撞开了!"

与此同时,我们埋伏在城堡周围的人放枪了。登云梯攀城堡的人用力砸玻璃窗,发出巨大的声响。

就在扛檩子的男子汉们朝后退,准备再次猛撞大门时,防卫入口处的城墙枪眼里伸出枪管,响起好几声枪击声,既有城堡里面的人放的,也有我们的人放的。这时,妇女们看见一名受伤男子扔下了檩子,开始大叫起来。但一位漂亮健壮的农妇立即奔上去把他替换下来。这梭枪弹放出时,我感到面颊和肩膀被刺痛了。可是我处于极度兴奋状态,根本没介意。

我高喊道:"勇敢些!狠狠地撞!这一回,门就要撞开了!"

我们的人一边喊叫着助劲,一边奋力向大门冲去,门锁脱落,门闩断裂,铰链扭曲,大门松动了,可还没有完全倒下,铁匠用他的大铁锤将它一锤砸倒。

"向前冲!"

我一把抓过一名男子手中的斧头,飞身冲上楼梯,后面跟着我们所有在楼梯上的人,其中有几个人拎着提灯。我三步并作两步跑上楼,很快跑到二楼,这是伯爵和他几个女儿以及马斯克莱居住的地方。他们全都穿着睡衣睡裤,正急急忙忙地给枪上子弹。

"啊!匪徒!"我高举着斧头,大喊一声向伯爵冲去。

他没来得及上好子弹,一把抓起枪管想用枪托猛击我的头部。

幸亏我用斧头招架,斧头落下,我愤怒地随即重新举起,没有注意马斯克莱和伯爵最小的女儿用枪管向我两侧进攻。我一斧头向伯爵砍去,直劈他脑袋。他朝后跳了一大步,躲过这一招,正好跳到大厅入口处的门边。算他有运气,在那里他被我们的人抓获,他的卫士也被揪住。赶来的这些人正是爬云梯翻窗扇进入城堡、击退驯犬仆人和其他家佣的那些人。

我不想在伯爵无法自卫的情况下砍他,于是垂手放下斧头说:"哎呀!朋友们!你们可坏了我的事!"

见伯爵和其他人有点受到粗暴的对待,我补充说:"现在不得伤害任何人!"

伯爵的三个女儿见其父被擒,就往楼上奔去。但伯爵最小的名叫嘉丽奥特的女儿却勇猛自卫,用枪托猛打想解除她武装的人。为了擒获她,又不至于伤着她,我们的人扯下大厅里一块大窗帘,抛盖

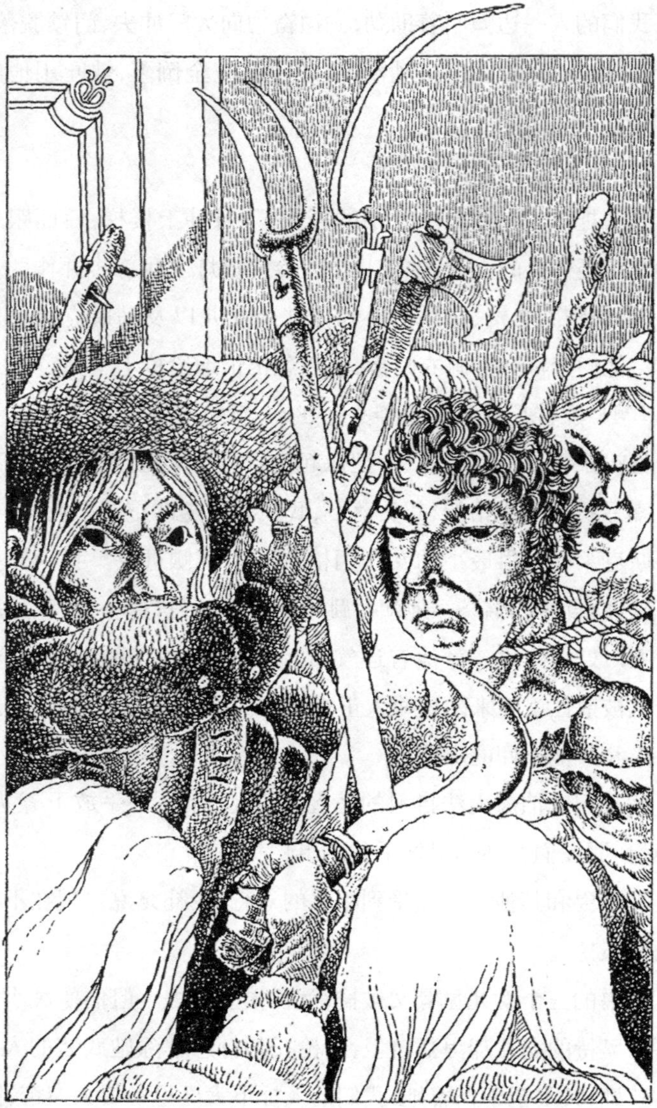

她身上。就在她拼命挣脱之际,我们的人解除了她的枪,使她再也不能伤害任何人。

伯爵、马斯克莱、驯犬仆人以及其他人双手被窗帘饰带捆缚住以后,就被赶到城堡大院里。然后,几名男子跟着我爬楼梯寻找三位小姐。这三位小姐没有她们的妹妹勇敢,早就逃跑了。我们连破了好几道堵死的房门,终于在一个壁橱深处找到她们,壁橱掩藏在挂着的几条长裙后面。她们吓得直哆嗦,跪倒在她们昔日无数次虐待的农民脚下。

我对她们说:"不用害怕。我们不是会侮辱和殴打妇女的南萨克种。你们去把衣服穿起来,赶快回来。"

我走下楼。黑黢黢的院子里,只有农民带来的几盏提灯闪着光亮。伯爵双手被捆绑着,身上只穿了一条长裤和一件撕得破破烂烂的衬衫。他身边站着城堡里的人,个个心惊胆战的样子。各村庄所有男男女女的村民将他们团团围住,口里骂着,做着威胁的手势,历数他们的罪恶。有几个人甚至开始高呼应当把南萨克处死。南萨克面容苍白,竭力在这群他惯称"乡巴佬"的农民面前保持镇定。可还是看得出来,他感到任这伙群情激愤的农民摆布,既狂怒又恐惧。现在被枪声惊醒的各村庄的老老少少也都跑来了,人群在不断壮大。

我到的时候,一位头发灰白的妇女,就是在佩尔马尔村第一个回答我提问的那位妇女,拨开人群,怒不可遏,一棍子朝伯爵砸去,这一棍在伯爵躲闪中砸在他颈子上。她说:

"混蛋无赖!我的闺女就是被你的坏蛋儿子糟蹋的:这笔账要跟你算!"

话音刚落就响起其他讨伐伯爵的声音。盛怒之下,有的人把拳头伸到他鼻子前面。有的人已经抓住他的脖子,其他人则在他头顶上举着棍棒和砍柴刀:我来得正及时。

血从我的面颊流下。我感到肩膀伤口的血在衣服底下流着。可我顾不上这些。我拨开人群,举起手臂高喊:"住手!……正直的人们,到现在为止,我给你们出的主意都是正确的,是吧?那么请再听一回我的话!……你们人人都有心酸事要控诉这个家伙和他家人。他对你们无恶不作……"

"是的!是的!"

围在伯爵四周的所有人都伸出拳头或挥动着武器,当着他的面控诉他的恶行。

一位妇女冲我喊着:"可是你,雅古,你是我们所有人当中最需要控诉的人!"

"您说得一点不错,娜达尔。就是这个人使我父亲死在苦役犯监狱里,使我母亲在贫困中绝望地死去,使我可怜的丽娜以为我永远失踪了,纵身跳进古尔湖。而我呢,被他关在城堡黑牢里四天四夜。如果说我没有在地牢里慢慢饿死,没有在奄奄一息时被老鼠活活咬死,这主要多亏了德·加利贝骑士!……"

说到这里,我见伯爵摇头,就对他说:"啊!你这个混蛋,你还抵赖!"

我对身边的三四个人说:"你们带着梯子到监狱里去。掀开大石板,下到那座坟墓里去,你们可以在那里找到捆绑我的一截截断绳,那是我花了很大力气顶着墙壁磨断的。你们在那里还可以看到从前被扔进地牢的哪个不幸者腐朽成灰的尸骨。"

就在这些人去监狱的当儿,伯爵小女儿的行为引起了我的警惕。她半裸着站在她父亲身边,一副无所畏惧的样子。她那一头浅黄褐色的浓密长发犹如金路易般闪闪发光,瀑布似的落在赤裸的两肩上。她紧闭的嘴巴表露出一种蔑视,略微弯曲的鼻翼愤怒地鼓起,深蓝色的眼睛锐利如利剑一般,向我投来仇恨的目光。

可我那时也毫不胆寒,两眼一眨不眨地盯着她。她是一个十八岁的漂亮姑娘,高挑个儿,身材匀称,大胆放肆。她半裸着立在所有这些人当中,毫无害羞尴尬之色。这倒不是因为她是个淫荡的姑娘,相反她是四姐妹当中唯一一位没人说闲话的姑娘,她的这副态度源于她对所有这些农民的鄙视。在她眼里,这些农民算不上男人。

可是我为她感到害臊,对她说:

"您去把衣服穿起来。"

她盯了我一眼,一句话不答,两只胳膊始终交叉在胸前,一动不动。

"把你们小姐带走,"我对一名贴身女仆说,"要不,我就请我们的妇女先给她把衣服穿起来。"

这时她才决定穿衣服,可是假使她的眼睛是手枪,我当时必死无疑。

这时,到城堡监狱去的人回来了。从地牢里带来几段绳索和若干尸骨碎块。

"到这个时候,你还抵赖么?恶人克罗查!"

他的脸色更加苍白,闭起双眼,一声不响。

几个人高声说："应当把他吊死！该死的！应当把他吊死！"

我高声说："要是我们把他吊死，他只不过短暂地痛苦一下。两分钟后，一切就完事了。我们有更高明的办法。你们大家到枫佩林去望弥撒时，在维泽尔河畔图萨克堂区都见过雷涅阿克城堡的废墟吧！大革命前，那里曾经有一个贵族，卑鄙无耻至极，是个专门玩弄女人的坏蛋，当地人叫他'雷涅阿克的公山羊'。大家知道吧，这些废墟，是我祖父带着那些再也无法忍受这个无耻之徒的恶行的图萨克人一起干的。在他们烧毁了他的城堡后，这个本已负债累累、家底败尽的雷涅阿克的公山羊在乡里混了一段时间，最终在狂怒和穷困中死去。就这样，图萨克人除掉了他……

"既然你们都认为我要控诉这个人的苦水最多，你们就让我来伸张正义吧。对他这样一个傲慢骄横的人来说，最大的惩罚，比死亡更可怕的惩罚，莫过于破产，莫过于过着遭人鄙视的生活。而这是必然要发生的，因为他一旦没了钱，也就没了朋友，而其他贵族并不比农民更敬爱他更尊重他。"

听到此，伯爵冷笑了一下。

"你心里很清楚，克罗查，他们并不把你视为他们的同类！他们记得你的祖父只不过是奥弗涅的一个送水工！"

我随后继续说：

"图萨克人烧毁了雷涅阿克城堡，我们也要烧掉埃尔姆城堡，彻底端掉这个匪徒的老巢将最终叫这个所谓的贵族倾家荡产。他将从一座城堡到另一座城堡乞求令人鄙视的怜悯。这将是对他最大的惩罚！……

"朋友们,请相信我!我属于这样的种,大家很熟悉。早在亨利四世时代,我的一位祖先就是一支农民起义队伍的首领。他烧毁了贵族——那些欺压穷苦农民的暴君——的城堡。正是从他那里我们代代继承了反叛者这个绰号!我刚才也告诉你们,我的祖父焚毁了雷涅阿克城堡。而我十三年前就开始反叛,放火烧了埃尔姆森林。今天我要火烧埃尔姆城堡!"

"太对了!太对了!"

"好吧,请你们在厨房里、楼下大厅里,到处堆满柴捆!把地窖的烧酒大桶和成桶的油搬上来!我们将观赏一场绚丽欢乐的大火!"

就在大家伙儿跑去办事时,贴身女仆从城堡走出来,到我跟前说:

"小姐不肯下楼。"

我应声答道:"我去。请跟我来,告诉我她在什么地方。"

来到楼上,我看见伯爵的幺女衣着整齐,坐在卧室一角。

我对她说:"现在必须下楼:我们马上要烧城堡了。"

她目光凶狠地看了我一眼,一句话不说。

"要是您不自愿下楼,我就强迫您下。"

说完,我向她走去。

说时迟那时快,她举起一把小匕首向我冲来,想捅我一刀。我在空中一把抓住她的手腕,解除了她的武器。

"您虽然想用这把刀刺我,可刀却落到了我的手里,眼下我还得保存它!"说着,我把匕首揣进我外衣的口袋里。

与此同时,我拦腰挟住她,抱她下楼,任由她拼命挣扎。

这就是男子汉!尽管我对南萨克伯爵充满仇恨,这仇恨也延及他家里人,可是抱着这个美人儿穿过大厅和过道时,我内心还是很激动的。这股吹到我脸上的她喘出的气息,这个紧贴着我、扭动着要从我手臂中挣脱的美妙身体,都使我脑海里浮过攻城略地的兵痞的种种野蛮疯狂的举动。当我瞥见我脸上的血滴到嘉丽奥特的额头时,我最终飘飘然起来。再说,当时只有我们两个人。那个贴身女仆想到城堡即将燃起大火,早已吓得魂飞魄散,赶紧连滚带爬地下了楼梯。我穿过一条走道时停下脚步。

"安静一点!"我生硬地对她说,双目直视她的两眼。她千方百计要用指甲抓伤我,而我把她抱得更紧。

她明白了,不再扭动。不一会儿,我让她双脚沾地,把她撂在她父亲身旁。

之后,一切准备就绪,我从一名男子手中拿过一盏提灯。就在我朝大厅走去之时,一个声音高叫着:

"小教堂神甫呢?"

活见鬼!谁也没想到他。

我说:"那么,快去把他找来。"

不一会儿,脑满肠肥的堂·昂贾贝就被三四名男子拖到院子里来了。神甫藏在顶楼,被他们找到了。这个可怜虫像杀猪似的大喊大叫,后来他停住叫喊,用可怜巴巴的声音求人饶命。

"好了!叫什么叫,闭上你的嘴!你没见到其他所有人都站在那儿好好的么?……城堡里没人了吧?好!我们行动吧!"

我走进城堡,用斧头劈开两个大烧酒桶,烧酒流得满地都是,我随后点了火,走出城堡。

所有的窗扇都敞开了,好让火烧得更旺。透过窗扇,可以看见发蓝的火苗往上蹿升,擦到墙壁,包围了家具,攀上窗帘,将堆放在大厅里的柴捆燃成熊熊大火。一刻钟后,巨大的柴堆一直烧到了天花板。大火开始攻击相邻的房间。随着火焰的迅速游走,窗洞一个接一个地照得通亮。一小时过后,整座城堡的内部变成了一座无比巨大的火炉,从所有洞开处喷吐出火流。火流如炽烈的火舌舔着城堡的外墙。随后,烈火直往上冲,冲上了高层。须臾,经不住高温热烤的城堡的旧屋架也像剥去麻丝的大麻茎一样着起火来。此时,被燃烧的护壁板烤得过热的石板瓦开始像雨点似的落到院里。必须向后退。最后屋顶轰然倾塌,烈焰穿过开间升到户外,将泛红的火光辉映到远处的山丘。此时,鲁费涅阿克镇和圣热拉克村的警钟一声紧似一声地敲响。

"对啦!对啦!敲吧!敲吧!"

当人们被钟声唤醒,看见是埃尔姆城堡着火,就不动弹了,他们说:"不是什么大灾祸!"虽说来了几个人,也是出于好奇心。

尽管这些陈年旧木尽情燃烧着,但屋梁和檩子非常粗壮结实,撑了很久。不过,到了早晨,屋架还是坍塌了,下面几层楼的房梁也随之倾倒,一时间无数火苗喷射向天穹。烧焦的墙壁之间只剩下烧黑的木梁残块在巨大的火炭堆中燃烧。

这时,我听见身后两个男人在争吵,转过身,见他们在争夺一支从城堡的人手中抢来的双管枪。

"朋友们,你们不用争抢主教的长袍了,谁也甭想得到。你们知道大家事先说好的:无论谁,一颗纽扣也不能拿。"

我把枪夺过来,从一个窗扇口扔进大火中,然后反身回来。

"现在正义得到了伸张,让所有这些人走吧!"我指着伯爵和他的人说。伯爵一伙人面容苍白,在清晨凉飕飕的空气里瑟瑟发抖,尽管城堡成了炽热的炭火盆,火盆上空升起泛蓝的烟云。

这些人被松了绑绳后,朝最近的租田走去。见他们走远后,我又对大伙说:

"你们大家一定要牢牢记住:是我一个人放火烧了城堡,把发生的一切都推到我身上。一切都由我一个人承担。"

我心想宪兵肯定很快就会来造访我的。因此话一说完,我就带着另外两名伤员径直到岱农镇去,找人帮我们把子弹从肉里取出来。

次日天蒙蒙亮,有人用劲敲门。让起床去开门,回来对我说:

"宪兵来了。"

"请告诉他们我这就来。"

我穿好衣服,把嘉丽奥特的匕首交给他:

"让,您帮我保存好这个工具。再见!"

宪兵给我戴上手铐,把我夹在他们中间,先带到普里斯村,然后又带到埃尔姆村,把小孩子都吓得躲了起来。他们把所有人都召集到城堡内院里,面对着依然冒烟的废墟,诉讼法官和村长开始没完没了的审问。可是这很不容易:他们得像用开塞钻那样费劲,才能从村民嘴里掏出只言片语。就这样,审讯也无多大进展。因为这些回答说明不了什么问题。至于我,我高声供认,我是唯一的罪魁祸首,这一切都是我一人所为。可是他们说,一个人是不可能攻下城堡的。最后,凭借村长提供的情报以及伯爵的揭发,宪兵根据法官的命令,从那些有捣乱分子或恶人名声的人当中,胡乱抓了五六个农民,把我们两个两个用铁链拴在一起,带到蒙第涅阿克。我们在一个恶气冲天之地的草垫上睡了一夜。第二天一早,有人把我们从那里提出来,将我们带到萨尔拉。

我对审问我们的预审法官的答复就跟对诉讼法官的一样。我回答说这一切都是我一个人干的,是我放的火,其他事情也是我干的。其他人按照事先的约定,把所有事情都推到我头上。可由于这是不可能的,法官固执地要我们坦白,可是他审问的人比他还固执。于是他让我们安静了几天。一场大规模的调查开始了。埃尔姆城堡周围所有村庄的人都被召到鲁费涅阿克镇政府去。检察官、预审法官和一位书记官都在那里坐镇办案。法庭武装侍从协助他们。可是他们没怎么糟蹋做审讯笔录的白纸:谁都一问三不知。大家都是听见警钟响或看见大火才来的。至于此前发生的事,谁也没瞧见。但是这些先生不想空手而归,又在这群人里挑出三名男子,把他们和我们一起押到萨尔拉监狱去。

萨尔拉监狱蛮不错的。只有一名狱卒,看管所有囚犯。他叫他女儿帮忙,给我们送饭。这姑娘面容苍白,看上去有肺病。她对我们非常关心,特别是对我。我想她大概是把我当作著名的匪首了。她不时给我送来一些敷料纱布,贴在我痛得要命的肩膀上。她借口看看我们是否想逃跑,白天来上十次,站在一扇朝向小院子的铁窗前,把城里有关我们的传闻告诉我。四周围着高楼的小院是我们放风的地方。在她的要求下,我把我的故事讲给她听。她非常感兴趣,竟至一天晚上主动提出要帮我逃出去。

我对她说:"可怜的小姑娘,我很感激您。我永远也不会忘记您这颗善良的心。可是您要知道,我宁愿让人割颈,也不会遗弃那些追随我的人。再说,您父亲也会受连累的,您懂吗?"

我们在萨尔拉被关了一个半月。起初,法官几乎每天早晨都来提审我们,主要是我。这个狡诈的家伙很在行。他有时向我提一些会有正反两面结果的问题,犹如一把双刃刀,因此我有时难以对付。这种时候,我就装傻,好像听不懂,以便争取时间思考。其他人就一口咬定啥也不知道,啥也没听见,只是在听见失火的警钟敲响后赶到埃尔姆村的。最后,法官见从我们口中掏不出什么话,就不来提审我们,自个儿写他的案审报告了。

尽管我们在监狱里待得相当不错,我却感到无聊至极。正如骑士所言"世无美好的监狱,亦无丑陋的恋情"。再说,我渴望受审。因此一天清早当狱卒早早把我们唤醒时,我很高兴。

他说:"你们马上到佩里戈尔去。"

我们准备就绪后,他给我们每人一块面包,然后宪兵就来把我们两两拴在一起。

就在我们动身之时,狱卒的女儿跑来对我说:

"愿上帝保佑你们!我要给你们这些人点根蜡烛。"

她说这话时,两眼湿润地瞅着我,那样子是让我知道她虽是说给大家听的,但实际上是说给我一个人听的。

我很感动,回答她说:

"万分感谢,万分感谢您的好心!"

现在囚犯不是坐轿车,就是乘火车。那个时候可不像现在,我们只能徒步前行。原因很简单,那时既没有铁路,也没什么轿车。轿车嘛,只有少数几辆,穷鬼们是坐不上的。

此前,萨尔拉地区的街头巷尾,不论是商埠、集市,还是礼拜天在教堂门前,人们对我们的案子议论纷纷。因此一路上我们所到之处都听见人们在说:"他们就是火烧埃尔姆城堡的人。"路边的人给我们送水喝,我们当然不拒绝,因为天热得要命。

我们步行需要三天,可老实说我们走不快,因为好几个人穿着沉重的木鞋,他们就是因为穿那双木鞋跑不快被抓来的。我们的第一个宿营地是蒙第涅阿克。宪兵把我们关在我们已经住过的那座臭气熏天的监牢里。我们抵达这座小镇时,一位等候在那儿的高个子老伯和另外几个人对我们高喊:

"勇敢些!公民们!"

我回答说:"谢谢,谢谢!我们有的是勇气!"

后来我才知道,这位老伯就是德·加利贝先生有一回跟我们谈起过的卡西乌斯。他是一个正直的人,见不能为我们做什么,就想法给我们当中那些吸鼻烟的人送来一个圆锥形小袋鼻烟。

翌日,我们只走了约十公里路,直到岱农镇。可是第三天很艰辛,尤其是对几位拖着沉重木鞋的人来说。这段路程很长,我们很晚才赶到佩里戈尔。一到那儿,我们就立刻被关进监狱。那时,监狱设在图尼小径旁的奥古斯丁教派修道院旧址。

次日,重罪法庭庭长来审讯我,问我有无律师。

我回答说:"有,维达尔-枫格拉夫律师。"

"啊!维达尔-枫格拉夫律师?"

"对,先生,他为我们所有人辩护。"

这时,我从他的惊诧中理解到我们的案子在他看来不好办了,因为维达尔-枫格拉夫,这位被大家称作"正直者"的律师名声在外,对非道义的诉讼他是不会容忍的。

我曾从萨尔拉寄信给他,请他为我们辩护。我把发生的事情一五一十地告诉了他。我们到达佩里戈尔后,他常来监狱看望我们大家,主要是我,以便熟悉案情。记得有一天,我向他陈述完我制定的计划,叙述我是如何行动,攻下城堡的,他就像从小看着我长大那样,以你相称对我说:

"你真该当个兵!你很有军事才能。"

"天哪,枫格拉夫先生,我抽了个好签①,我一点也不想入伍,我太爱自由了。"

接着,他聊起为我们辩护的事,对我说,埃尔姆村和邻近村庄的很多人作为证人受到传讯,他们都为被告辩白。他希望伯爵的所有这些受害人的证言将对陪审员的决定产生影响。

我们的开审日是一八三〇年七月二十九日。法院里传闻纷纷。律师和所有好奇者都在谈论巴黎宣告革命的消息。检察官传唤的证人是伯爵、他的几个女儿以及城堡里的所有人。至于其他人,啥

---

① 当时征兵实行抽签制,这里指有幸逃脱了服兵役。

也没看见。在一桩众人卷入的案件中,重金收买个把坏蛋背叛他人的事并不罕见。可是在我们这里完全不一样,谁也不吭声。南萨克伯爵拼命加重我的罪名。昂贾贝教士也是如此,他叙述了那么多事,就好像只有他一人知道事情的全部经过。我听了极不耐烦,忍不住驳斥他道:

"您藏在顶楼的一个衣柜里面,怎么看见这一切的呢?"

大家哄堂大笑,而他张口结舌,一句话也说不出来了。

伯爵的三个大女儿也添油加醋说了一点。我由此明白了最胆小的人对我控诉得最厉害。

因为伯爵的幺女只对事实真相作了证明。法庭庭长为了给我添加新的罪证,话里有话地叫人相信,我去找她时,曾试图强暴她。她干脆利落地说根本没这回事儿,说我是这帮袭击城堡的匪徒首领,是我一个人放火烧城堡的,她很遗憾没能用枪打伤我,除此之外,她没有任何可以指责我的地方。

庭长反驳道:"不过,小姐,被告费拉尔脸部当时有抓痕,而您本人脸上有血迹。"

"他把我挟出城堡时,我拼命挣脱,用指甲抓破了他的脸。我额头的血,是他脸上的伤口滴下来的。"

"得了,小姐,也许您觉得公开说出这个强暴未遂行为有点不好意思,这很自然。不过,您放心,您的名誉绝不会有丝毫损害。请把真相告诉我们吧。"

"我已经说了全部真相。我憎恨被告,可是我个人对他没有什么要指责的。我甚至还应当补充一句,要是没有他,我父亲肯定早就被愤怒的人群打死了。"

庭长生硬地说:"好吧,您去坐下吧。"

随后一长串为我辩白的证人陆续出庭。这些穷苦人长年横遭伯爵的凶残暴力,受尽他令人发指的欺压。就在他们天真地叙述自己的悲惨故事的时候,装着在一堆纸里寻找什么东西似的检察官,鼻子拉得越来越长。而庭长在办公桌上用裁纸刀不耐烦地轻轻敲打。至于陪审员们,很明显这场庭讯给他们产生了很好的印象。

德·加利贝骑士的出庭非常成功。首先是满足了人们的好奇心,因为城里人早已忘记了像他这样旧制度时期的贵族的穿着。其次是他的证言对我极其有利,对我们感兴趣的听众中响起低低的啧啧赞同声。

他讲完后,维达尔-枫格拉夫先生站起身说:

"庭长先生,我想请德·加利贝骑士先生跟我们谈谈他对南萨克伯爵的看法。"

"我认为这个问题毫无意义……"

但骑士急忙答道:

"就这一点谈谈我的看法,丝毫不感到为难。有句古老的谚语说:

封斋前的狂欢节与老婆狂欢,
复活节与神甫狂欢。

"我要补充一句:

'巫魔夜会与南萨克伯爵狂舞。'
谁跟他，谁遭殃。"

　　此话虽有点牵强附会，但他一说完，全场哄堂大笑。尽管庭长厉声喝斥，但听众席上仍是一片喧哗。后来时间也晚了，案子放到第二天继续审，由检察官起诉，枫格拉夫律师为我们所有人辩护。

　　第二天，大家获悉巴黎老百姓打败了瑞士禁军①，查理十世②逃跑了。这些消息令司法界人士有点震惊。他们本来期待另一种结局。可是这并没有妨碍检察官强烈要求处我死刑。他不是那种主持公道的人，那种超越人与事、权衡具体情况，探测动机，考虑一系列重大因素，凭良心要求给予公道处罚的人。不，他不是那种人。他的职业就是要把我送上断头台。他竭尽全力要达到这一目的。他声称我的血液里就流动着罪恶，证据是：我的祖先从前就因起义和纵火被判过绞刑，我承传的贬义绰号③"反叛者"就来自这位祖先。从这位祖先，检察官又讲到我的祖父，说他因焚毁雷涅阿克城堡，大革命前锒铛入狱。接着他又谈到我父亲，杀死了拉波里，死在苦役犯监狱里。最后言及我时，他说，在危害能力方面，我很早熟，是青出于蓝而胜于蓝。早在烧毁埃尔姆城堡之前，我八岁时就焚毁

---

① 瑞士禁军，一六一六年至一七九二年保卫法兰西国王的一个瑞士步兵团。
② 查理十世（Charles X, 1757—1836），法国国王（1824—1830）。
③ 这个绰号的音译为"克罗刚"，本义"大口咬"，转义为"挥霍"。起初，老百姓称搜刮民脂民膏的贵族为"克罗刚"。后来，贵族反用此名称呼造反的农民。而这个称呼就此沿袭下来。此后，起义的农民为甩掉这个贬义称呼，改用其他称呼。故文中说是个"贬义绰号"。

过伯爵的森林。他滔滔不绝地声言,对富人的仇恨是我唯一的犯罪动机,然后开始起诉其他被告。对于这些人,他同意罪减一等,只要求判处终身苦役。可是我呢,正如我自己供认不讳的,这起罪行是我一手策划、预谋和执行的,我的人头必须落地。说到这里,他用干枯的手做了一个手势,好像亲自砍掉了我的脑袋似的。

我心不在焉地听着这一切,一点也不激动。我的思绪已在别处。我仿佛又看见可怜的父亲坐在我坐的这张条凳上,看见绝望至极痛苦欲绝的母亲躺在破床上奄奄一息的情景。我想到心爱的丽娜永远躺在古尔湖的深渊里。多少伤心事涌入心头,我想现在我已为我所爱的人报了仇,我的任务完成了,死没有什么可怕的……

庭长说:"枫格拉夫先生,该您说话了。"

于是我们的律师站起身,摘下他的无边软帽放在面前,用庄重深沉的声音开始辩护。《维苏那①回声报》次日全文刊登了他的辩护词:

"诸位陪审员先生,

我仿佛瞥见数百年来对世道毫无觉悟的司法的痕迹。诚然,这不是人类渴望的那种明镜高悬、毫无偏见的司法,而是一种以牙还牙、以眼还眼的司法,它使得压迫招致仇恨,暴虐引起反抗,暴力呼唤暴力,不公导致违法。

"你们现在审理的这桩案子,只不过是长期以来饱受残酷欺凌、

---

① 维苏那(Vesone),高卢-古罗马时代佩里戈尔古城名。

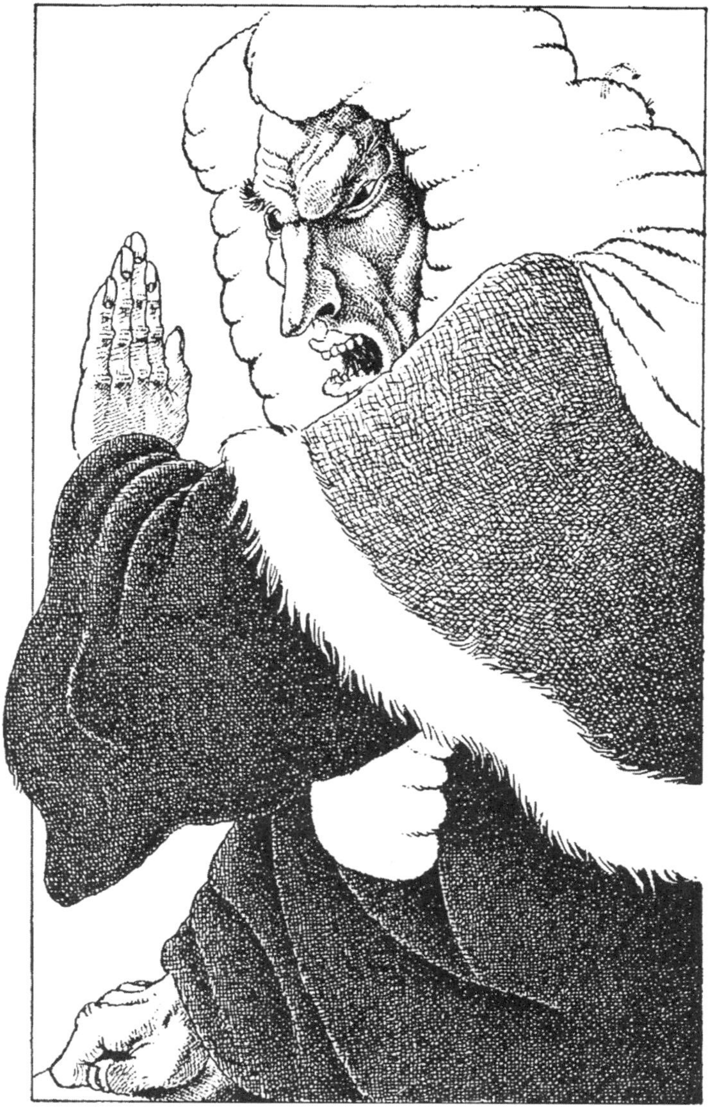

惨遭最粗暴压迫的农民一次又一次暴动的历史中的一个片断而已。

"诸位先生,并非所有的罪人都坐在了我身后这条长凳上!还缺少那位其罪恶行径引发这些重大事件、导致这些被告需对之承责的罪人。还缺少那位所谓的绅士、那位在甘康普瓦街溪流里拾捡不洁的黄金块的卑鄙家伙的傲慢孙子……"

这时,庭长打断他的话说:"枫格拉夫先生,这些回顾性评论毫无意义。您无需对一个令人尊敬的家族的财富追根寻源。您只要对这桩诉讼案就事论事:私有财产应当得到尊重……"

"庭长先生,我完全认同这条准则……因此我尊重通过诚实不懈的劳动获得的财富,也尊重明显通过劳动积累的私有财产。可是,当一种财富建立在毁损公共财产的基础之上,当私有财产来自大规模的诈骗,作为一个人,作为一名律师,我有权痛斥之,鄙视之!

"陪审员先生们,我刚才说到,最大的罪人就是这位获得爵位的人,他在这个世纪活像一个过时的怪物。"

于是枫格拉夫先生重述了为被告辩白的证人的证言,描绘了一幅伯爵的农民邻居遭受贫困、欺压、暴虐的可怕画图。他如实地描述了伯爵其人:傲慢骄横、心狠手辣,无情蹂躏穷人,专横跋扈地欺压他们,纯粹为了取乐而作恶。由于地方当局难逃其咎的软弱,他作恶多端从不受罚。

他大声说:"这就是人权宣言问世四十年后的今天我们所处的现实!现在,先生们,难道人们不该对南萨克伯爵的邻居为何一忍再忍感到惊诧,对他们为何不早点说'不'感到惊诧么?"

随后他特别提到我。他介绍了我幼年起就经历的悲惨生活,叙述了伯爵的野蛮恶行导致我所遭遇的所有苦难。当他叙述我父亲如何受高烧折磨,在苦役犯监狱的床上咽气时,我母亲这位勇敢的女人如何被绝望和焦虑折磨致死的时候,我有一阵把头埋在双手里,擦拭泪眼。

他继续说着,指出伯爵的罪恶行径在我幼小的心里播下仇恨的种子,随着年龄的增长愈益成为深仇大恨。由于缺乏人间的正义,为我不幸父母报仇的决心对我来说就变成了一种美德。这时陪审员的脸上显出怜悯之色。当他叙述我在埃尔姆城堡地牢里度过的那四天四夜,如何被饥饿和绝望折磨得半死不活,险些被老鼠活活吞吃的遭遇时,听众一阵不寒而栗,随后传出低沉的窃窃议论。

枫格拉夫律师大声说:"这种把我们带回到最凄惨的封建时代的可怕暴虐行径,这种万恶的罪行,为何一直未受惩罚呢?这个罪人,这个在本世纪继续使用往昔最凶恶的土豪劣绅所采用的最凶残暴力手段的罪人,为何逍遥法外未受惩处呢?

"啊!先生们,当正义和人类被如此践踏、如此破坏而不受处罚时,人民便揭竿而起,即席判决和制裁罪魁,你们无需感到惊奇!在这桩案件中,人民的制裁仅限于物质报复,这真是万幸!

"假如我们温习一下历史,就可以看到,直到大革命,所有的民众起义都是强者的残酷暴政引起的,如巴哥达起义、牧童起义①、扎

---

① 牧童起义(Pastoureaux),一二五〇年和一三二〇年在神秘教义和政治激情驱使下,两次在法国发生的农民暴动。

克雷起义①、戈蒂埃起义②、克罗刚起义③,大革命是这些起义的集大成者……"

"枫格拉夫先生!快点结束您追溯那么久远的长篇大论吧!"庭长说。他从辩护一开始就在座椅里焦躁不安地动来动去。

"庭长先生!我这就结束。这场洪水,就是民众的潮流。这三天的风暴中,这股大潮淹没了查理十世的王座。此时此刻,他正走在流亡的路上!……"

听众对这句以响亮声音进行的回驳报以热烈的掌声,尽管庭长发出威胁。法庭安静下来之后,枫格拉夫先生继续说:

"先生们,我的话讲完了。所有这些起义者,我原本可以枚举更多,历史上所有这些无名之辈曾在数百年里设法掀翻压在他们身上的重负,或者说得更确切一点,掀开压在他们身上的墓石,可是却白费力。我要说,正如所有这些不幸者已被后人宽恕一样,眼前这些不幸的人,你们也应当宣告无罪。他们所做的这一切,他们的先辈曾经做过。肆无忌惮的暴虐、无缘无故的摧残,侮辱性地伤害他们做人的尊严,这一切把他们逼得造反了。既然法律对他们是不存在的,既然那些本来应当保护他们,使其免受这些专横的欺凌压榨和这些难以名状的暴力侵害的人将他们遗弃,既然可以说他们被弃置

---

① 扎克雷起义(Jacques),泛指不同的农民起义,最著名的一次是一三五八年法国东北部农民反对贵族制度,尤其是封建时代杂税的起义。
② 戈蒂埃起义(Gauthiers),一五五七—一五八九年发生于法国诺曼底(Normandie)和佩尔什(Perche)地区的农民武装起义。
③ 克罗刚起义(Croquants),一五九〇年代以及一六三六—一六三七年发生在佩里戈尔地区的农民起义。

于法律和司法之外,我要高声地说:他们是可以原谅的。我甚至几乎可以说:他们是无辜的!他们这些穷苦、柔弱、受压迫的人,想恢复他们的天然权利,换一种说法,从牲畜重新变为人的权利:谁敢判他们刑呢?肯定不会在拉博埃希①的故乡出现十二位这样践踏人类的公民!陪审员先生们,我满怀信任将所有这些被告的命运交到你们手中。我敢肯定,在此首都人民把那些想剥夺我们所有自由的人赶下台的时候,你们将把自由还给他们的家人。费拉尔和他的伙伴们在小范围内做了巴黎人干的大事业:由于没有法律,他们只好动用武力为正义服务。宣告他们无罪吧,先生们!革命,在巴黎获胜了,总不至于在这里受谴责!宣告他们无罪吧,你们将满足你们同胞的心愿。他们将为你们祝福,祝福你们不是以冷漠的法学家,而是作为关怀所有涉及人道问题的有良心之士判案的!"

枫格拉夫先生在热烈的掌声中坐下。

这场辩护词的效果从陪审员的表情上明显可见,国王检察官万分尴尬,觉得回驳已无意义。至于庭长,在概括法庭辩论要点时,想竭力夸大检察官论据的合理性,缩小我们律师论据的合理性,以期消除我们律师辩护产生的效果。可是无济于事:陪审团经过半个小时的合议,重返法庭时带来了宣告所有被告无罪的判决书。

离开法庭时,一大群好奇的人等待着我们,想靠近我们看个仔细,城里人真是爱看热闹。我已经说过这一点,这可以举很多例子。只见这些好奇的人拥挤着说:"瞧,他们来了!他们来了!"我心想:

---

① 拉博埃希(Etienne de La Boetie, 1530—1563),反对专制的法国思想家、作家。

"要是砍我们脑袋的话,看热闹的人恐怕还要多!"不过我什么也没说,以免扫了同伴们的兴,他们曾经很担心再也见不着家里人了。

我们一起到慈悲街那家小客栈去过宿,当年我和我母亲为我父亲的讼案也曾在那里住过。店里没有足够的床位。可是那个年头,旅行时两个或三个人同挤一张床是很平常的,特别是对穷人来说。我们就这么挤着过了一宿。第二天早晨,我们结队一起去感谢枫格拉夫先生,问他我们应当付他多少钱。

他知道我们一贫如洗,说:"啊!这算不了什么,朋友们。帮助你们打赢了一场凶险的官司,这种愉悦已是对我的辛劳的最好补偿。你们都平平静静地回家去吧。"

他跟我们每个人握了手,我们对他一再道谢,表达我们的感激之情,然后就与他告别了。我们的感激并没停留在口头上,他效劳的不是一些忘恩负义之徒。他活着的时候,所有人都表示了我们没有忘记他的善心。有的人送他一对子鸡或一对阉鸡、一篮时鲜水果、一罐蜂蜜或几只鸽子,有的人送他一只山羊羔、一只小绵羊或一只火鸡。而我呢,年年通过岱农镇食品杂货商吉贝尔给他捎去一只野兔。吉贝尔每年到那里的三王来朝节①集市采购。有时我能打到几只丘鹬,也会给他捎去。

我们辞别枫格拉夫先生后,顺坡而下来到格莱福广场,穿过老桥和巴里镇,踏上通往里昂的大路,径直向巴拉德森林方向走去,太阳落山时抵达巴拉德森林,大家都非常高兴再见到它。

---

① 三王来朝节,每年元月初纪念朝拜初生耶稣的三王的节日。

第八章

  重新获得自由最初的高兴劲儿一过,我便思念起我可怜的丽娜,坠入无尽的悲哀之中。当我身处危境、自己的脑袋朝不保夕时,想她就想得少些。人生来都是这样吧。我深信其他强于我的人也会和我的反应一样。可是现在案子结清,我没事儿了,对女友的怀念又重新痛楚地袭上心头,犹如旧伤似的隐隐作痛。
  有时,逢上礼拜天,我就到巴尔镇去找贝特丽,与她聊聊我已故的心爱女友,从中寻求些许安慰。这位善良的姑娘很乐意顺从我的意愿,跟我长时间地谈论丽娜,把少女之间议论自己恋人的所有悄悄话都告诉我。虽然从某种意义上讲,贝特丽的讲述使我得知可怜的丽娜对我一往情深,这更加重了我的痛苦,但听她这么叙述,毕竟使我感到很满足,因此我总是不厌其烦地盘问她。
  有时,心里难受极了,我就到古尔湖畔去,躺在树荫下,久久地追忆着丽娜。我想起我们纯洁无瑕的爱情的点点滴滴,脑海里重新浮现出她的一个眼神、一丝微笑、一句可人的话。我仿佛觉得我们又相见了,两人手牵手低着头,走在一条人迹罕至的低洼小路上,一路悄无声息,偶尔几句表明我们相爱的话语甫一出口,我们便抬起头彼此看着对方深情的眼神。

当所有幸福的往事都想遍后,我又想到这可怜的姑娘在家中遭遇的磨难,怒火就会涌上心头。我想象着她跑到莫雷兹村来,打算向我讨教对付她那混账母亲的办法,得知我失踪后,绝望万分,来到古尔湖跳水溺亡的情景。我想象着人们发现她那双木鞋的地方。我伤心极了,把脸埋在草丛里,像头野兽似的狂吼。

现在一切都完了。她躺在了古尔湖的深处,躺在流着地下水的某个岩洞的角落里。这个原本迷人的躯体如今面目全非、腐烂不堪,只在细沙层上留下一具尸骨架,或许数千年后,在地壳发生激变之后,成为未来某位学者创立学说体系的研究材料。

啊!她的母亲,那个把她推向绝望境地的玛蒂芙老太,我是多么痛恨她呀!幸而有那个少有的纪莱姆让她受苦,就像她让她女儿受苦那样。可怜的丽娜离开人世还不到三个月,热拉尔去世才一年,这两个卑鄙小人就结婚了。那个粗鲁的家伙强迫那个神魂颠倒的老婆子签署合同,把她所有的财产都赠给他。现在他成了主人,当然拿出主人的架势!活儿他一点都不干,成天逛市场,荡集市,赶乡村节日,花天酒地,打牌作乐,与享受节日的轻佻女人一块儿大吃大喝,回家纯粹是为了休息。假使玛蒂芙要抱怨一下,他就把她当作最下贱的女人对待,责骂她一通,最后像摇罐子里的豌豆似的把她翻过来滚过去痛打一顿。可是当夜晚降临,当那个男人酒足饭饱之后,一直爱着这个强悍男人的她就百般讨好,可以说,就连亲吻他的脚都做得出。可是他却几脚就把她踹到门外,对她说:"老母狗,滚到草堆上去!"然后就把房门给闩起来。啊!这个恶娘正在遭到应有的惩罚。

平日里,活计很多,使我不能分神,痛苦的感觉会轻一点。即使这样脑子里时不时还会刀绞般地想起我可怜的丽娜。我必须挣几个苏,因为让老伯的那点钱无法维持我们两人的生活。再说,即使他有比现在多百倍的财富,我也不愿无所事事靠他养活。因此我重新开始了平常的生活,在田里干活,到处打短工,礼拜二到岱农去卖几只野兔或一对山鹑。冬季到来时,我就到拉斯莫特拉村附近的一个采伐区去伐木。这种活儿对我最适宜,因为独自一人干。早晨,我在帆布背包里装上一块黑面包、一块硬如石头的羊奶酪、一个洋葱和一壶我用花楸果自制的饮料,背着出门去。我沿着小径前行,有时,冰块在我的木鞋的重踏下发出碎裂声。有时,我抄近路穿越矮树丛时,高大的荆豆和蕨上的银霜会撒满我的全身。白日里,我独自一人在矮林里伐木。有时往事涌上心头,我会停下来,撑着斧头,盯着前面看,目光停留在前面阴郁茂密的树林中,仿佛丽娜就要从树林里走出来似的。随后,我回过神来,朝两手手心里吐口唾沫,重新砍起树来。

不过男人到底是男人。当他一心希望终生与之为伴而且爱到生命最后一刻的那个女人的死剜去了他的半颗心时,他真以为自己是没法再活下去的。他觉得心上人的去世是无可挽回的灾难,这灾难不仅冲击了他,而且冲击了全世界。可是随着时间的推移,他看到世事如常,看到严冬过后,升上高空的太阳将光明和温暖洒满大地。环顾四周,肥沃的土壤涌动出勃勃生机,鸟儿忙着筑巢,情侣们彼此寻觅,他受着周围环境的影响。他感到自己与大自然一起复活了。渐渐地痛苦减轻了,记忆淡忘了,那个在最初的日子里看上去犹如一枚新币那般清晰的、本以为不朽的心爱形象在记忆中逐步减弱,越来越不那么明晰,如同一枚磨损的旧埃居上的头像。

我当时正是这样的状况。随着时间的推移,我的忧伤不再那么刻骨铭心,我的痛苦不再沉重得难以承受。充满愤慨怨恨的剧烈痛楚过去之后,我感到渐渐陷入一种无可奈何的忧郁之中。这并不是我从此忘记了我的初恋、我最温柔的恋人。她在我心中虽说始终是心爱的,但这种回忆已不再那么揪人心肺了。

自从火烧埃尔姆城堡后,我获得了周围农民的信赖和尊重。在岱农市场,在鲁费涅阿克集市,我所到之处,常有许多人邀请我喝酒,要是我乐意的话,会喝上一杯。但我不常接受邀请,因此有时会让人以为我傲慢,其实他们误会了。再说我没有任何理由傲慢,我也许在他们当中属于最卑微者之列。我有不同的想法,不同的情趣。多亏博那尔神甫的熏陶,我比周围的穷苦人看得更清楚看得更远。我同意和他们干杯时,都是因为我可以为他们帮帮忙。我是乡里唯一能看书识字会写写的农民。与其去找岱农的小学教师或法律界的职员,他们更愿求助于我。我呢,要么给他们服兵役的儿子代写家信,要么帮他们做份短工账,要么在某个佃农租约到期时帮助他结清账目。经过大大小小的村庄,到处都有人邀请我进屋喝一杯。甚至有些比较富有的姑娘让我明白她们很愿意跟我交好。其中不乏漂亮纯真,甚至温柔的姑娘。可是我却以为再也找不到我可怜的丽娜的踪影了。

而我最吸引大家的地方,是曾经捍卫过他们,帮他们铲除了伯爵,拆毁了这个无赖聚集的老巢。现在他们生活安定,不再担心麦田被猎马的铁蹄践踏,成熟的葡萄被猎犬吞食,走在路上心里踏实,不用再为躲闪不及而挨鞭抽打,赶集也好下地也好,不用再担心妻女遭哪个骄横的年轻贵族作践。

自城堡被焚毁后,伯爵和他家所有人都走了。伯爵到哪儿去了人们不甚清楚。他的二女儿,跟随昂贾贝神甫做了他的管家,堂·昂贾贝被任命为卡卢克斯一带的本堂神甫。他的三女儿到一个大户人家做了女伴,很快把这家人搅得一团糟。他的四女儿是几位小姐中最不知廉耻的一位,到巴黎找她那位早已堕落的大姐去了。至于伯爵的幺女,就是火烧城堡时被我强行抱到城堡外面的那一位,在离埃尔姆村不远的一小块领地上安顿下来。这块领地是她已故母亲的陪嫁财产。由于这个原因,债权人没法像售卖其他土地那样出售。她在那儿住在曾做过她奶妈的女佃农家,睡在一间小卧室的一张坏床上,和其他人一样吃黑面包、栗子和玉米糕。白天,她胳膊下夹着猎枪,带着猎犬,在树林里奔来跑去,行如脱缰的雌马。她是她家唯一一个比较好的人。她像其他几个姐姐一样也很傲慢,可是她的几个姐姐傲慢得不是地方,她们继续过着挥霍的生活,甚至不惜牺牲自己的自由或名声。而她却宁愿过艰苦的农民生活,而不愿过寄人篱下或放纵的生活。她的几个姐姐稀里糊涂,不明白这一点。因此,当嘉丽奥特向她们宣布自己的打算时,就招致众多嘲笑:

"那么,你就成了一个道地的农妇啰?"

"你就缺根纺纱杆了!"

"你以后就嫁给雅古吧!"

"你以后就嫁给雅古吧!……"这句可笑的嘲讽是嘉丽奥特的奶妈大笑着转述给我听的,可是却把我的思绪引到了她身上。我回想起将她抱出城堡时感受到的那股冲动,不觉陷入沉思。当然,我相信所有像我一样体魄健壮、和我同龄的男孩,在感到这个姑娘的美丽躯体在自己怀抱里扭动挣扎时都会心慌意乱的。我对此毫不奇怪。奇怪的是,我从未想过别的女人,只想到我的丽娜,而仅有这么一刻的回忆怎么会依然令我激动不已呢?!整整一天,我沉湎于回想已故恋人的点点滴滴,竭力把那一刻的情景从脑海里驱逐出去,可是却白费力。这情景犹如绊住脚的荆棘那般顽固,不时闯入我的脑海。

我好多次在想:"这个弗朗塞特见鬼去吧,谁叫她把这种蠢话说给我听的呀!"

从这天起,我根本无法把这个令人心慌意乱的场景从思想里完全驱赶出去,好像是哪个魔鬼在我心里重新激活了似的,令我万分气恼。

我把这个念头视为对我已故父母的背叛,对我已故的可怜丽娜的羞辱,我对自己非常忿恨。就在我处于这种思想状态时,让老伯在病倒四天后谢世了。我孑然一身。他那个同样也是烧炭人的侄儿带着老婆和五个孩子住到让老伯的屋里来了。这笔意外的遗产令他们非常高兴。他的侄儿不是坏人,可是他们穷困至极,这笔小小的遗产在他看来如同秘鲁①一般宝贵。因此,他和他家人首先对让叔叔的去世感到欣慰。

在我看来,极端贫穷的最大弊病之一就是扼杀了亲戚之间的天然情感。那些虽不富有,但也不拮据的人可以不太费劲地首先表露对亲戚的亲情友爱,然后再想到遗产的好处。可是像让老伯的侄儿这样一年到头累死累活地干,才能勉强使孩子糊上口的穷鬼,叫他们在感受略略摆脱贫困的喜悦时不忘记亲友的亡故是不容易的。

这是我们这些农民最为人痛责的劣根性之一。可是我们每天都看见那么一些有吃有穿的绅士们也如此行事,他们就没有那么好原谅的了。

对我来说,我痛惜让老伯的去世。他生前对我很好。我帮忙把他的遗体送入公墓,然后就准备另找住处。

我在收拾我的那几件旧衣裳时,发现了嘉丽奥特的那把小匕首。这又令我想起在让老伯病重期间我有点淡忘的往事。我一度想将这把匕首给扔了,可最终还是放进了背包深处。

我的行囊很快就打点好了。我只有两件衬衫,其中一件穿在身上,一条长裤、一件破旧外衣、一件大裼、一顶狐皮鸭舌帽、一双皮鞋和几只木鞋。除此之外,还有已故博那尔神甫送我的一本介绍一名古罗马奴隶的小书、一把斧头和我的老枪。有人在一间小木棚里找

---

① 秘鲁(Peru),有个时期这个国家被视为淘金地,故其国名"秘鲁"就成了发财、富有的代名词。

到了这支藏在树叶底下的枪。这就是我的全部家当。丽娜活着的时候,我很留心穿戴得好一些,为她挣面子。可现在我已经无所谓了。

我打点好我的小包袱以后,就吹口哨唤来我的狗一起走了。我将钥匙留给一位女邻居,请她转交给让老伯的侄儿,他这会儿去搬他的那一点点家具去了。

我毅然决然地走了。可是走出一段路以后,我停下了脚步,心想能到哪儿去呢? 我已经说过,不少人对我很友善。我笃定可以找到安身之处。在农民家吃住干活的帮工的条件虽然并不艰难,可是我太热爱我的自由了,不想受雇于人。也许这样找个人家,我还可以像雅各①那样娶个妻子却无需干上七年活儿。拜塞德庄有一位可爱的姑娘,对我很赞赏。她的守寡母亲需要一个女婿经营田亩。我曾在那里干过一段时间短工,她们母女俩,一位表示希望嫁给我,一位表示希望招我做女婿。尽管这一切还是很值的,可是我既无心要姑娘,也无意要财产。因此我对姑娘主动亲近愿做我女友的话语和她母亲的主动接近反应冷淡。

可眼下这一切都已过去。到哪儿去呢? 想来想去,想到位于拉索里亚村和克罗德莫蒂埃村之间的一座破房子。那是从前贵族老爷的看林人临时歇脚的地方,这几年已经废弃。最后一个住户是个匪徒,他在那里住了一段时间,后被抓起来送到苦役犯监狱度其余

---

① 雅各(Jacob),《圣经》人物,为了娶他喜爱的女人拉结,雅各答应了该女子父亲的条件,在他家干了七年活儿。

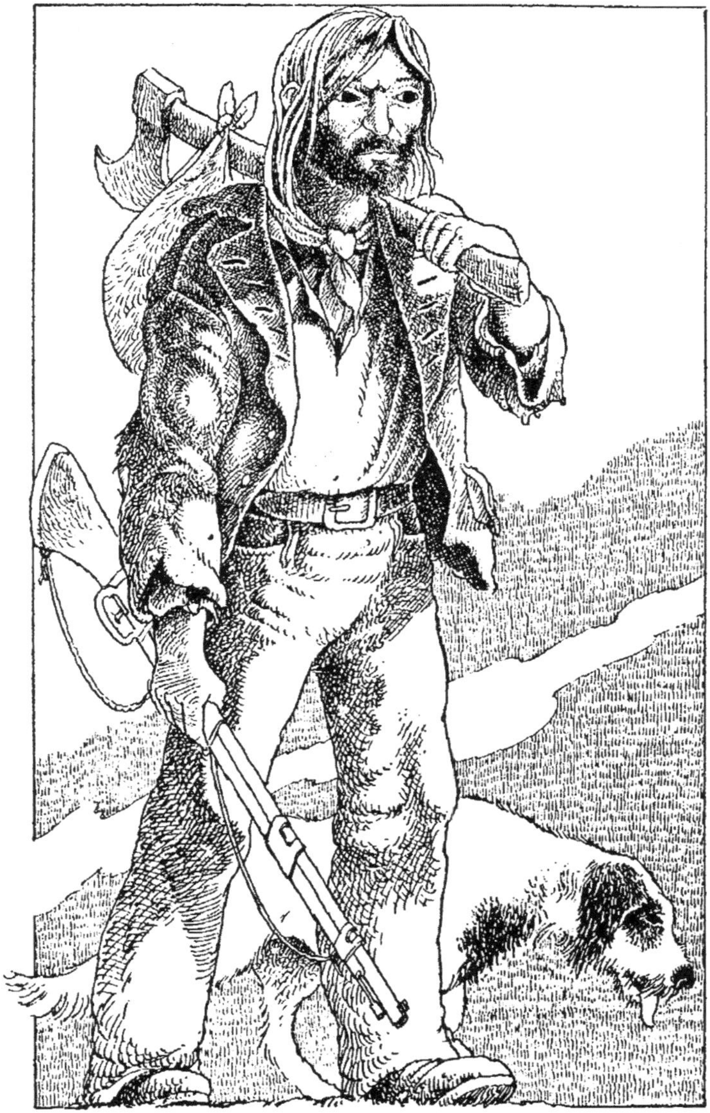

生了。这间破屋被人叫作"阿祺",周围的树林归博纳瓦尔村一东主所有。我立即找到了这位屋主。屋主是个好人,我们立即达成了协议。按照协议,我住这间破屋不用付房租,每年十月二十一日福斯玛涅镇主保瞻礼日时,送他一只野兔和两只山鹑作为租金。事情谈妥后,我就径直到这间木屋去了。

说实在的,与这间破屋相比,让的房子简直就算豪宅了。我重复着骑士说过的一句谚语,不禁开怀大笑:

这座房屋若有几个供麻雀做窠的瓦罐,该有多么美丽①!

这间破屋徒有四堵墙壁,屋顶破烂不堪。壁炉用粗糙的石头草率建造,全部开口就是一扇矮门,用插闩关住。地面是泥巴地,因长期无人居住,长出了野草。第一天,我在附近一处地方拾了一些蕨草,就睡在草堆上。第二天,我找来几块木板和几根木桩,做了一张形同大木箱的床,用类似办法架起一张桌子。炉膛两侧各放了两根劈得方方正正的木墩,权当板凳。我就这样如俗话所说安置起了一套"家具"。然后,我还得买一口锅、一只木桶、一只有盖大汤碗和一把小匙。幸亏在让老伯去世时,我留下了几个苏,现在正好派上用场。这地方非常荒野,但一点也不讨厌,起码对我来说是这样。我相信佩里戈尔城里的先生住在这里一定不会很容易习惯的。陋屋四周长着五六棵粗大的栗树,浓荫蔽日。树荫下长着天鹅绒般密密

---

① 这是法语里的一句谚语,意思是"这是一座又小又贫穷的房子"。

的小草,草丛中有些地方长着蕨和一簇簇方言叫作"帕乌托卢波"的葡枝毛茛,因为此花的叶子与狼爪印相像。一座围墙坍塌的小花园与破屋毗邻,园里长满野草、树莓、灌木丛和犬蔷薇,把一棵李树都快没了。李树上爬满铁线莲绿篱,人们管它叫"乞丐草",因为那些每逢集市日在市镇入口处可怜巴巴大声叫嚷的乞讨人就是用铁线莲的树叶或汁水制作假伤口,展示在行人面前的。

除了几棵大栗树外,陋屋四十步开外有一片茂密苗壮的矮林环绕。一条荒僻的小路通往陋屋。小路已被欧石南吞食,看不见它的延伸。离小屋三百步远,在一个长满灯芯草的小背斜谷深处,有一眼类似从前瓦窑水洼的潭水。水质虽然不好,也只能将就了。佩里戈尔某些高原地区好泉潭是很珍稀的。因此水质好、水量大的水源自打德鲁伊特时代以来就一直是我们家乡人崇敬的对象。刚一入秋,有些人就打老远像朝圣似的赶到这些潭泉边,畅饮有益健康的泉水。在几潭清泉边,妇女们习惯把一只鸡蛋放在石头上,企盼给众儿女带来幸福。有几潭清泉,姑娘们喜欢扔进一枚发夹,祈求找个好郎君。由于祈求许愿的姑娘人数众多,有的泉水底下可以看见数千枚发夹。在某些没有泉水的地区,井水就像泉水一样成为人们崇仰的对象。家里的闺女圣诞之日将一块面包扔到井里,祈望井水不要枯竭。

阿祺小屋令我满意的,是它孤零零地处于密林深处,离周围村庄相当远,不会有与邻居发生争执的危险。这处人迹罕至的地方与我忧伤的思绪很合拍。在这里生活必定很孤独,这很合我的情趣。再说我热爱森林,尽管森林声名狼藉。我喜爱那些依高低不平的地势而生长的莽莽林木,夏日里它们给家乡披上绿色外衣,秋日里林木如染,各种树木色彩斑斓:有黄色、浅绿色、橙红色、淡赭色,还点缀着野樱桃的鲜红色,凸显出零星松木林的深绿色。我也喜爱那些野猪嘴经常搜寻的杂草丛生的背斜谷;喜爱那些点缀着玫瑰色欧石南、染料木和开金花的荆豆的多石高原;喜爱那一片片辽阔的高耸松林下的植物带,那是遭逐猎的野兽匍匐隐藏的地方;喜爱那些山冈上的林间小空地,贫瘠的土壤上长满薰衣草、百里香、不凋花、欧百里香和牛至。当我扛着枪经过这些林间空地时,花草的芳香扑鼻而来。我虽然穿得不太好,但像个野人似的自由而自豪。

不过,有时我到周围地区去打工时,还必须离开这儿,而回来时总是充满愉悦。晚上,做完工,吃完晚饭,我的小狗尾随着我,在林间小路上缓步慢行,然后回到阿祺小屋。摆脱受人差使和被人吆喝的难堪,我很高兴一个人独处,与我的回忆进行交流。

离开莫雷兹村时,我不知何故以为早已摆脱了折磨我的嘉丽奥特的影像,其实不然。一闭上眼睛,我仿佛又见到她站在城堡院子当中,长发披散,双肩裸露,鼻翼微颤,向我投来刀一般锐利的目光。我仿佛仍然把她夹在胳膊里,而她因我的血滴到她的额头上而异常愤怒,拼命挣扎中不经意地向我展示了她那美丽的躯体。

啊!这已经不再是我眷念丽娜的那种温柔深厚的爱情,也不是在我心目中只有她一个的那种倾慕,而是一种对这个美人儿的美丽肉体的狂热欲望。我并不爱她,可以说很恨她。可是我的心被她吸引,我疯狂地想占有她。我与这种激情搏斗,我责备自己怯懦,由此将一种欲望掺糅进我对这个可诅咒的南萨克家族的仇恨之中,从而削弱了这种仇恨。可是尽管如此,我仍然无法将这个挥之不去的影像从脑海里驱除。

尽管我无法将这个令人羞辱的顽念赶走,但我仍然感到还能控制自己的意志。这令我宽慰。可是我很快就受到一次可怕的震撼。

有个礼拜天,我在福郭第村和黑人湖之间的林中打猎。我的猎犬跟踪一只野兔,行至矮林两条小径交叉的地方,突然我与嘉丽奥特不期而遇。她正在敏捷地走着,后面跟着她的母狗。她扛着枪,一副天不怕地不怕的模样,神色笃定。她穿着人字斜纹布短裤,腿肚上扎着帆布护腿套,上身一件条纹棉布打皱褶宽大罩衣,系一条宽松皮带,戴一顶灰毡帽,帽上插了一根松鸦羽毛。猎袋的宽皮带从她的两个年轻乳峰中间穿过,把薄衣下面的双乳绷得挺立而丰满。我见到她猛然停住脚步,仿佛被灼烧得窒息了一般。她双颊绯红,目光炯亮,红唇咬着一株牛至,打我身边经过,这时我感到两个太阳穴咚咚直跳。

她傲慢地从我身边走过,朝我投过鄙视的一瞥。而我万分尴尬地呆立在那里,一句话也说不出来,眼看她迈着轻快的步伐渐渐远去。

这次邂逅加重了我的尴尬处境。我仿佛是肉里深深扎进一根刺的人,只要动弹一下,就会感到阵阵剧痛。所有的事物都令我想起嘉丽奥特:一只朝我飞来的怪叫的松鸦会令我想起她帽子上插的羽毛;牛至的气味会令我想起她口里衔着的那株牛至;在林间小路上,在新鲜的土壤上,我发现她的玲珑脚印;最后,寂静和孤独,一切都令我想到她的存在,更不用说我那种年轻人的火性。尽管如此,我始终抵抗着,我甚至有足够的力量不到埃尔姆村周围去打猎,以免再遇到她。可是正如俗话所说,当魔鬼要管闲事时,你总是在意想不到的地方被弄个措手不及。

一个礼拜二的薄暮时分,我去岱农卖一只野兔和一对穴兔归来,眼看暴风雨就要来临,空气沉闷得叫人透不过气来。我急匆匆地走着。野生染料木被太阳晒得发热,散发出呛人的气味。一道道长长的闪电划破天穹。随后雷声隆隆,此起彼伏。一股灼热的大风把乌黑的、泛红棕色的云吹得直跑,将矮林的树木吹弯了腰,将高高的幼树吹得在空中摇摆。受惊吓的小鸟从觅食的田野纷纷躲进树林。牛虻紧贴在我脸上,可怕得如同饥饿的虱子。无数只牛虻在我周围发疯似的旋转。

我瞅着天空心想:"我再怎么赶也不可能在下雨之前赶到家了。"

果然,离阿祺陋屋还有三四百米远时,大雨点就开始落下,打在小路的尘土上,散发出一股淡淡的气味,这是暴风雨天气里从尘土里散发出的那种特有气味。随后,雨点密集而至,倾盆大雨从天而降,待我到家时,已经浑身淋得透湿。

我脱掉罩衣,换上破外衣,抱了一捆树枝扔到炉床上,迅速点燃。我坐在炉火边烤着双腿。我的那只本来看着火的狗,突然转身低吼,而后尖叫起来。与此同时,屋门被人哗地推开,我一眼看见了嘉丽奥特。

我大吃一惊。她惊诧的程度也不亚于我。她看见我,就停在门口不动了。

我站起身,对她说:"请进!别害怕,请进吧。到这儿来烤烤干。"

她关上门,向炉火走去。

她勇敢地说:"害怕,我可一点也不会!"

"您说得有理。瞧,您在这儿坐坐,面对着火……"

说这话儿的当儿,我已经把充当凳子的木墩推到中间,正对着炉膛。

她把枪搁在壁炉一角,取下猎袋搁在桌上,背对着炉火坐下。在这期间我的公狗嗅着她的母狗,和它作乐。

说实话,不管我怎么充好汉,见到她我的心还是怦怦直跳。她淋湿的罩衣紧贴着身体,显露出她那美丽的体形。她立刻抽起烟来,薄薄的水汽笼罩着她。为了掩饰我的慌乱,我去抱来一大撂干木柴,扔到火上。然后是一阵沉默。此时黑暗的陋屋里水汽蒸腾,犹如栗子干燥室似的,弥漫着燃烧的刺柏的香味儿。

为了打破这令人尴尬的沉默,我对她说:"您不常到这一带来。"

"这是第一次。我在追一只受伤的野兔,迷了路。"

"幸亏我及时从岱农赶回来。否则您这样淋着会生病的。"

她耸耸肩膀,只是说:"哦!……"

我本想不做声,可是不能。

我又说:"您帽子上的水滴得您身上到处都是。您最好脱下帽子,烤烤干。"

309

她脱掉帽子,找一处可以搁帽子的地方。可是没有铁扦架,什么也没有。

"给我吧。我给您拿着。"

我渴望触摸她用的东西,从她手里拿过帽子,尽管她有点不情愿。

帽子一脱,她那一头浓密的堆于颈部的金发在炉火的辉映下闪闪发光,照亮了阴暗的陋屋。她看着屋里破破烂烂的家什,那张木板搭的床、塞着蕨草的床垫和破旧被褥,看着那张用四根木桩插在泥土里撑起的桌子,桌肚底下一口生锈的锅代表了所有的炊具。

为了不佯装沉默,她问:

"那么您住在这里?"

"唉!对了。您瞧没有一样多余的东西。我睡在剑鞘里,如同国王的宝剑。"

她点点头,表示赞成。

又是一阵沉默。寂静中,听得见雨水透过屋顶的漏洞滴落在泥地上的沉浊声音,一滴一滴很有规律,犹如钟表秒针的摆声。我坐在炉膛的一角看着她,而她看不见我。我欣赏着她颈部那弯曲的金波,她那小巧玲珑、不戴耳环的粉红耳朵。她感到背部烘干了就转过身子面对着炉膛,将一双穿着钉钉皮鞋的玲珑小脚伸向炉火,把一双湿漉漉的手伸到火苗上烤,发出舒适的微颤。

于是我尽力看着她,不再装模作样。她微微撩起贴在胸脯和两条胳膊上的罩衣,看着她冒气的护腿套。啊!好一个美人儿!这个年轻俊俏的身体散发出多么健康而强壮的魅力呀!那些别在她衣服上的小装饰品丝毫无损于这种魅力！见她就在我眼前，离我近在咫尺，可以这么说吧，可任我摆布，我的脑海里翻腾着疯狂的念头。我手里拿着的她那顶帽子飘着她的体香。我仿佛醉了一般，我感觉理智正离我远去。

于是我努力克制自己，走到门外，逃避诱惑，让她独自一人自由自在地把自己的身体完全烤干。暴风雨过去了，只听见远方还有几声雷鸣。刚才还是令人窒息的闷热，这会儿已是一片清凉。房屋四周，高大的栗子树发亮的树叶上落下一滴滴水珠，令树荫下的蕨草微微发颤。我略略远离房屋，慢慢走在布满水洼的小路上。树林里一切似乎都变得年轻了：青草更青，染料木花更黄，欧石南花愈益粉红。落满雨水的野山萝卜低下了头，弯下了娇弱的茎秆。矮小的枸骨叶冬青硬直的树叶闪闪发光。太阳落到了地平线下，穿过树林射出最后几道光，将野燕麦小穗上微微颤抖的细水珠映照得闪闪发亮。雨水浇灌的土地里飘来一股乡野的清香。地上长满野生植物，如百里香、鼠尾草、牛至、欧百里香，还有散发幽香的黄色蚤草。我光着脑袋散了一会儿步，贪婪地呼吸着纯洁清新的空气，脑海里翻腾着相互矛盾的念头，心里激荡着复杂的感情。此时，福斯玛涅教堂敲响了圣母经钟声。震颤的声响带着忧郁的谐音在暝色中回荡。我渐渐感到薄暮降临时的那种安定。不一会儿我四周的清凉最终使我平静下来。于是我返回我的小屋。

幽黑的破屋深处只有壁炉的炉火闪着亮光。嘉丽奥特站在壁炉前问：

"天黑了吧？"

311

我回答:"黑夜了。"

她一边拿起她的猎枪,一边说:"那我马上就走。"

"我把你领上路。否则您在这树林里会迷路的。"

我跟在她身后出了门。

我们静悄悄地走着。我想着这个美人儿,不再怀着方才那种火热的觊觎,而是怀着男子汉的决心,牢记我们之间存在着永远不能忘却的事情。她想什么就不得而知了。行走了半个小时,来到昂古莱姆通往萨尔拉的那条声名狼藉的大路上,沿这条路走了一段,一直走到与普伊村成直角的地方,然后进入矮林,穿过埃尔姆森林。我们走的都是一些狭窄的较少有人走的小径,有些小路是完全荒僻的。我走在嘉丽奥特前面,时而拨开一根犬蔷薇的枝条,时而告诉她前面有水洼。有时,一根被暴风雨刮断的从伐根上长出的萌芽条挡住了去路,我就把枝条掀起来,让她过去。走了三刻钟左右,我们走出森林,来到一片荒原,在那里可以看见她居住的田庄房屋的窗玻璃在黑夜里闪着微弱的光。

"现在你到了。"

"雅古,谢谢!"嘉丽奥特盯着我,用一种明亮的声音说,"谢谢!"

我凝视她片刻,用火热的目光将她全身笼罩起来。有那么一刻我就要冲口而出回答她说:"我相信我救了你的命!"但我还是克制住了,只是说了一句:

"再见,小姐!"

她渐渐远去,我也穿过树林往回走。

为了回我的家,我打贾里德拉法达村经过。爬上小山冈后,我在树脚坐下。天边升起红彤彤的血色月亮。月亮缓缓地不祥地升上漆黑的夜空。我目不转睛久久地遥望着月亮,一边想着嘉丽奥特,一边责怪自己刚才没有更坚定些。我懊悔没当着她的面说出我对她和她家人的深仇大恨。当时确实不由自主,她出其不意地出现在我面前,令我神思不安,以致一时忘了一切。随后我又给自己找理由:我当时不那样做又能怎样做呢?难道在那样一个照俗话说连狗都不能放到屋外的天气里,我能把她推出门外吗?不,不能那么做。这么一番推理后,我的心稍微安定了一点,脑海里又浮现她的形象,就好像她仍在我面前一样。

诚然,她与我告辞时向我投来的最后一瞥不再是城堡焚烧那天夜里她在院子里向我投来的那种似剑一般锐利的凶狠目光了。她全身散发的那种鄙视和仇恨业已消失。我深深明白,一定是今天晚上我对待她的方式导致她发生了这种变化。可是回忆她的言行举止以及她的表情,我觉得还有比感激我帮了她忙的更多一层的含义。我胡思乱想着:"这个骄傲的、不齿爱情的姑娘,没有被她几个姐姐的坏榜样以及常来埃尔姆城堡做客的狂妄年轻贵族的阿谀奉承腐蚀,是不是被我虽竭力隐藏、可依然看得出的那种炽烈的激情所感动了呢?"诚然,如果不看我一贫如洗的境况,我对此是不会感到太奇怪的。那个时候,我是一个体魄健壮的英俊小伙子,匀称的身材可以令一位贵妇人神魂颠倒。我听说有那么一些贵妇人专门找门第低下的男人做情夫,便于把他们握于自己股掌之中。可是,尽管激情把我推向嘉丽奥特,可是一想到扮演这种令人鄙视的情夫角色,我就反感。她虽然有她贵族小姐的骄傲,我也有我男子汉的自豪。尽管她天性蛮横暴躁,我自感有足够的力量驾驭她,让她折服于男子汉的阳刚之下。

就在我胡思乱想,激动不安,对嘉丽奥特的真实感情捉摸不定之时,蜷着身子躺在我脚边的狗抬起头,低声吠叫起来。我把耳朵贴在地上,听见向我走来的男人的脚步声。我立即抓住狗颈的皮,把狗拖到大橡树背后我隐藏的地方,我背靠大树,握着枪。约十分钟后,三个男人爬到小山冈的顶端。他们穿着褐色外衣,戴着垂边大帽子,眼睛下面手帕蒙面。他们每人手里拿着一根木棍,我们方言里管这叫作木棒。我看他们走过去,用手捂住狗嘴,生怕它叫出声来。天太黑了,他们那身装扮,让我认不出是谁。然而,不难看出他们是刚刚作案归来或准备去作案的匪徒,是那种为一把梳子也会杀了杂货店老板的歹徒。

我在小山冈上又待了一个小时,然后向阿祺小屋返回,脑子里一直想着嘉丽奥特。我步履缓慢地走着,一如知道睡不着而不急于睡觉的人。离住屋还有一枪射程远的时候,我突然听见远处,就在波尔多到布里夫的公路与昂古莱姆到萨尔拉的大路交叉的荒僻岔路口方向,响起高声呼救的喊声:"救命啊!"然后,呼救声戛然闷了下去,仿佛一个人被人猛地卡住喉咙或被人打了一闷棍。我的头发都竖了起来,心想:"是哪个倒霉鬼给人干掉了。"我拔腿就朝这个方向跑去,跑到岔路口,气喘吁吁,满头大汗,但啥也没看见。我顺着公路一直跑到奥姆十字架,喊道:"哦!哦!"以示警告,如果还不算太迟的话。然后我又朝相反方向,往雅里皮吉埃奔去,时不时地呼喊一下,可是什么也没看见,什么也没听见。就这样我在周围奔来跑去找了三刻钟,无果,就返回阿祺小屋。我倒在蕨草堆上想睡觉。可是这声可怕惊恐的叫声,加上被激情搅得神魂颠倒的思绪,怎么也睡不着。我想:"也许是哪个到附近赶集的可怜鬼被匪徒杀了,然后扔进了古尔湖。"

那个时候,有很多罪犯逍遥法外,不受惩处。有些远道而来的商人、有些皮腰带里揣着钱赶集的货郎失踪了,大家都没察觉。只是很久以后,见他们老不回来,家乡的人才不安起来,设法打听他们究竟在什么地方什么时候怎么失踪的,特别是想弄清楚谁是凶手。住在很远的亲属就无法打听了,因为这如同大海捞针一般困难,特别是匪徒让他们永远消失在像古尔深渊或布格镇附近的波美萨克洞这样一类地方。多少人在附近大路上惨遭杀害后被扔进这个深洞,以致人们后来不得不把这个洞给填起来了……

现在暂且不谈这些匪徒的恶行吧。我内心依然在一段时间里傻乎乎地激烈地斗争着,一方面渴望再见到嘉丽奥特,另一方面我的良心禁止我再见她。我烦闷疲惫极了,有时心想还不如躺在那永远升不上来的深渊底下。我想:"啊!要是我永远躺在我的丽娜的遗骨旁,一切就结束了!生活对于我,除了穷困潦倒和令人心碎的遗憾之外,还有什么可以期盼的呢?"我虽然情不自禁地念着这个非常迷人的姑娘,疯狂地追她,可我仍然铭记着我那纯洁无瑕、无比心爱的初恋。虽然我目前的青春冲动可能会在狂热时将她淡忘,却不会将她完全抹掉。

幸亏这种万念俱灰的时刻还是很少的。而随后一想起博那尔神甫的谆谆教导,我总是深感羞愧。他常说,男人应当像个男人的样子用力量去承受苦难,力量是美德的一半。

虽然我不寻求再见到那位令我神魂颠倒的姑娘,可毕竟有时会与她不期而遇。我的那一点虚荣心,让我觉得她并不讨厌这些相遇。我们擦肩而过时,彼此会说几句话。有时,她停下来,为的是多聊一会儿。

我告诉她哪里是野兔过夜的地方或哪里有山鹑群,她很高兴,完全改变了从前那种鄙视人的做派。她发现我并不笨,也不是完全无知无识,她可能开始猜想一个乡巴佬也可以是一个男子汉。说实话,我相信她喜欢我的人格。我在前面已经说过,我年轻的时候身材高大匀称,肩膀宽阔,眼睛乌黑,脖颈粗壮,头发浓密,一把黑色卷曲短须遮着褐色脸庞的下巴颏。我蓄胡子,是因为没钱每个礼拜到岱农镇花两个苏请剃头匠给我理发剃须。

每当我们俩相遇驻足几分钟时,看得出来,这个一向怕跟男人交往的姑娘开始想恋爱了。当她大胆地盯着我看,像欣赏一头骏马似的毫无顾忌地从头到脚打量我的时候,她的眼里明显流露出她那个贵族血统的本色。我很了解这一切,有点受辱的感觉。可是在我心目中,这位美丽大胆的姑娘是高我一等的,也就不太在乎她的举止。

这种时候看着她,我常常产生一种狂野的念头,想扑到她身上,像狼叼羊那样把她带到浓密的矮树丛的深处。她从我闪亮的眼睛、哽咽的声音、颤抖的身体可以看得出我的欲念。可是她无动于衷。要是当时这样的事情真的发生了,我委实不知会怎么收场。因为她

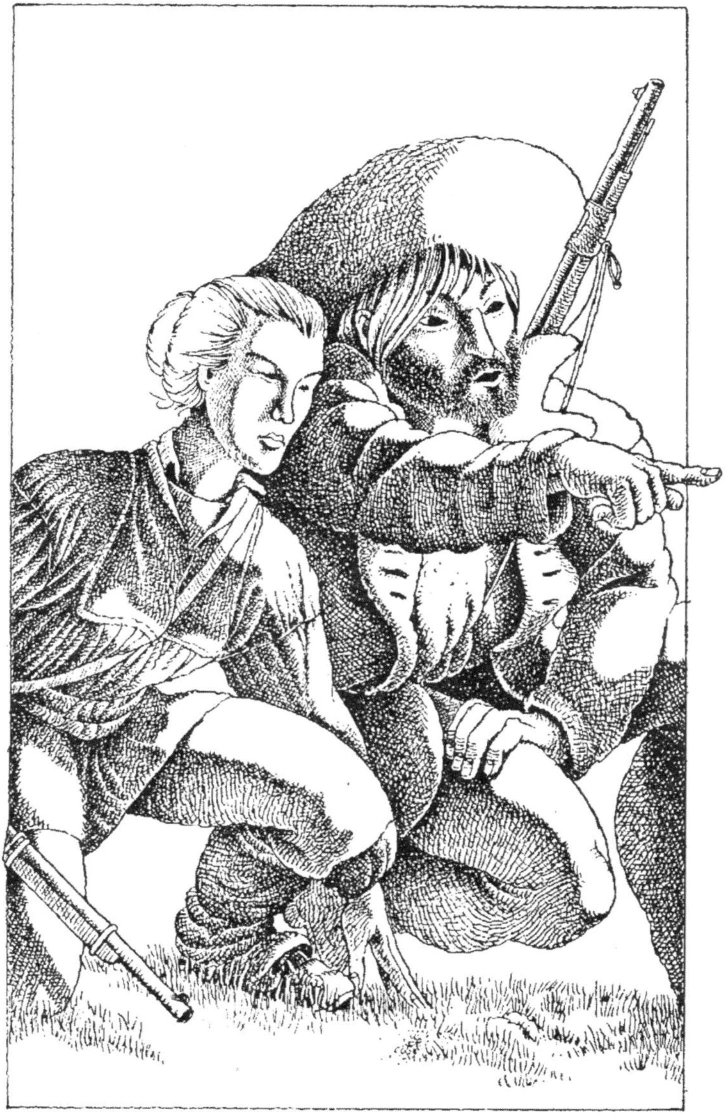

不是那种由于软弱或善良而顺从所爱之人的女人。她是那种能用指甲和牙齿拼命自卫,反抗男人控制的厉害女人,即使这个男人激起她的情欲,在此情况下也要男人顺从她的女人。

一个冬天就这样过去了,我在激情和意志的夹击中备受折磨。见到嘉丽奥特时激情燃烧,只要她不在眼前,我的意志就会胜过我的激情。天气不好的季节里,田里没有活儿,只能砍点木柴。为了生存,我必须打猎,设陷阱。有时,我在森林四周长满刺柏的多石的荒地里,布下小陷坑,捉斑鸫;或在荆棘篱、欧亚山茱萸树篱和犬蔷薇篱里,布下捉乌鸫的器械。有时,我在围墙环抱、布满兔穴的葡萄园里,放置绳圈捕捉兔子。有时,我捉狐狸;或在废弃的破房子里逮石貂和其他有恶臭的野兽。有时,我趁着月光到有獾穴的地方潜伏起来,伺机捉獾。獾来的时候,会在一根被遗忘于田地角落里的玉米秸前直起身子,以为可以找到玉米粒。天气特别恶劣时,我就待在家里,制作抓鼹鼠的圈套,做木笼,用枸骨叶冬青枝做鞭杆,编篮子,做连枷或干些其他零活儿。通过所有这些办法,我能吃得上面包。不过我多半吃的是擦蒜和擦洋葱的面包,很少吃烤鸡。虽然我常常接连数日连一个说话的人都没有,可我一点也不烦闷。我已习惯长时间一人独处,而且本性不爱热闹。再说,当时我处于一种愚蠢的精神状况,满脑子都是嘉丽奥特,够我操心的了。我常常瞅着她曾经坐过的树墩,觉得好像又看见她向炉火伸出娇小的双脚和隐约可见血脉的粉红双手。有时,我会抬起头,朝门口看一眼,好像觉得门就要被打开,嘉丽奥特就要进屋来似的。我从她手里夺来的匕首一直搁在我床头的木板下。有时,我把玩着匕首,试着用匕首尖刺自己的手指头。钢刃的深蓝色令我想起她眼睛的颜色。

寒冬即将结束的三月里的一个礼拜天,阳光明艳,我突然萌生想再见嘉丽奥特的强烈愿望。快有两个月没见到她了,我仿佛觉得已经过去了十个年头。这年冬天特别寒冷,大雪持续了很久。一种本能的情感把我推向她,如同水向低处流,火向空中蹿,植物围绕太阳转。我拿起猎枪,打算到她居住的领地附近去,希望在周围转悠时能见到她,而又不被她看见。可是当我走到格朗瓦尔村附近时,突然想起已故神甫博那尔,由此及彼,我的童年记忆和我那死于贫困和绝望的双亲的记忆犹如一股反抗的浪潮,涌入脑海。

我猛地收住脚步,被自己意志的丧失惊呆了,心想:"混蛋!懦夫!难道你要忘了对可诅咒的南萨克家族发过誓的仇恨不成?……"

我一怒之下,改变了行路方向。我走到栗树小径的尽头,那里埋葬着可怜的神甫。堆起的坟土包已经塌陷,白木棺材已经下陷,以致显不出坟包了。无人行走的小径上平展地、密密麻麻地长满杂草,遮盖了一切。我思忖:"再有一个冬季,雨水就会把整个地面都下平了。这位正直的人的坟茔痕迹就将完全消失。认识他的人还会记起他。可是轮到这些人也死了以后,谁也不会记起他了。深深忘却的阴影将覆盖他的墓穴连同对他的回忆。世事就是这样的。"于是一些忧伤事袭上心头,我缓步向古尔湖走去,在那里待了很久很久,两眼一直瞅着源自深渊的河水水面。那深渊下面躺着我可怜的丽娜。我突然很想跟人谈谈她,于是就到巴尔镇去找贝特丽。

319

待我赶到巴尔镇时,人们正做完晚祷走出教堂。我站在榆树前等她,可白白窥伺了半天,始终不见她人影。所有的人都出来了。我溜达了一会儿,希望找到一个熟人,打听一下情况,我以为她一直住在碧波蒂埃村。巴尔镇那家蹩脚的小客栈里,人们在扯着嗓门唱歌。我打那儿经过时,瞥见那个少有出现的玛蒂芙的男人纪莱姆。他喝醉了,就像俗话所说,醉得如同罗伯斯皮尔的驴子,我也不知这个俗语是怎么来的①。镇上房屋不多,快走到房屋尽头时,我从一座简陋的小屋门前经过,贝特丽正好打屋里出来,见到我,就迎上前来。

我对她说:"你好吗?"

"唉呀!可怜的雅古,从上次见到你以来,我一直厄运不断。"

"贝特丽,怎么啦?"

"我母亲瘫痪了,再也不能下床了。而且我可怜的阿诺在可以退役前六个月,死在非洲那边了。"

"可怜的贝特丽,我真同情你!"

然后,我们俩彼此诉说各自的不幸。我跟她谈她的男友,她跟我谈丽娜。

说到丽娜,她告诉我,那个堕落的老女人玛蒂芙找了这么个坏家伙纪莱姆,可算是倒霉透了。纪莱姆在家里雇了一个年轻贴身女佣,把玛蒂芙的家产吃了一半,而且还对玛蒂芙拳打脚踢。

我说:"活该!要是见到她背着褡裢,死在路边,我才高兴

---

① *法语原文是:醉得如同罗伯斯皮尔的驴子*(soul comme la bourrique à Robespierre),*意即酩酊大醉。*

呢!……"我接着又转到刚才的话题说,"哦,你母亲再也没有康复的希望了吗?"

"唉呀!没有了。你不妨看看她。"说着她重新打开房门。

我跟着她走进屋。

多么悲惨的情景!这是一个烘烤栗子的小屋,里面做了一个粗糙的壁炉,就像森林木屋里的那样。这两个可怜女人就住在这样的地方。事实上,屋里的全部家当就是一张靠墙放着的桌子和一条长木凳。另一侧是一张破床,床上躺着贝特丽瘫痪的母亲。侧着身才能从桌子与床中间走过去,屋子实在太小了。

贝特丽说:"妈妈,雅古来看你了!你知道,当年在格朗瓦尔,博那尔神甫家的就是他。"

可怜的病人只有两只眼睛还露出一点儿生气。她耷拉着眼皮,表示:"是的,我知道。"

为了安慰她,我跟她说不要绝望,也许等热天到了,她的病就可以治愈了。她把眼珠从右到左转了一下,表示一点也不相信。

我又说了几句宽慰的话,就和贝特丽走出来。

我们慢慢沿着夹在两侧厚篱当中的陡坡的洼陷小路走着。我忽然有一个想法,但又不敢跟可怜的姑娘开口。我机械地望着黑郁郁的灌木丛,灌木丛中只剩下几棵因严寒而枯萎发蓝的黑刺李,满布在荆棘丛和铁线莲丛上的忍冬向小路路面垂下新枝芽。我们不停地走着,有时我折断一根小树枝,然后咀嚼着细枝,始终沉默不语。我很快对自己的怯懦感到羞愧,于是鼓起勇气说:

"可怜的贝特丽,请原谅我的冒昧……你又不能去打短工,你们怎么生活呢?"

"我纺纱,能纺多少就纺多少。"

"干这一行只能挣四五个苏。你连面包都买不起。今年面包很贵呀!"

她低着头往前走,不答话。

有种东西像针似的刺透了我的心。

我又说:"也许,你们现在没有面包了吧?"

她始终不回答。

于是,我抓住她的手说:

"贝特丽,瞧着我。"

她抬起泪水盈眶的眼睛。

"我口袋里有三十个苏。请拿去吧……给你……"

她犹豫了片刻。可当她看见我湿润的双眼,就接受了我的钱。

"雅古,谢谢。"

"要是穷人不互相帮助,谁来帮助他们呢? 我在这个世界上没有一个亲人。我觉得你就是我的姐妹。"

她把钱放进她围裙的口袋里。我们重新向巴尔镇走去。

走到她家门口,我对她说:"听我说,贝特丽,别难过。别为了面包钱纺线累垮了身体。有我在呢。下个礼拜天,我再来。"

"啊! 雅古,我一点也不希望把我们两个女人的负担搁在你肩上。"

我回答说:"我很强壮,可以承担。不要不好意思,"我一边向她伸出手一边补充说,"就好比我是你兄弟。"

她内心万分激动地瞧着我,眼里闪出火光,令我激动得微微颤栗。

我对她说:"再见,下礼拜天见!"

我走时和来时截然不同,现在对自己很满意,心里很踏实,觉得赴汤蹈火都可以。给这两个可怜女人帮了忙的愉快和决定在她们倒霉的时候帮她们一把的意志,令我兴奋。我觉得从今往后我不再是一个对大家无用的人;我有了一个目标,有了一项我给自己规定的必须完成的任务,这项任务蕴含某种神圣的东西,提高了我的自尊心。这一切对我很有益。

整整一周,我鼓足劲干活,一天也不浪费,有时我一心只想自己时也会这样。随后,礼拜天到了,我就到巴尔镇去。想到将要做的事情,我内心感到一种满足。这种感觉从前不曾有过。我脚步轻快地走着,渴望为这两个深陷贫困的不幸女人带来些许轻松。

她们境况依旧:母亲躺在破旧的病榻上。女儿一只手在腰侧拿着纺纱杆,拼命地纺纱,简直把手指都要纺坏了。我和她们待了一会儿,就走出屋子。贝特丽跟着我走出来。我一边走,一边把我一个礼拜所挣的钱给她。于是可怜的姑娘对我说:

"哦!雅古!因为是你,我才拿这个钱!若换了别人,我会羞死的。"

"从我这里,你什么都可以拿去,就像从你兄弟那儿拿什么的一样。我跟你说过:这点东西你就痛快地收下吧,就如同我送给你的一样!"

于是接过钱以后,她挽住我的胳膊。我们一块儿默默无语走了百余步。

然后,又回到她的家门口,相视一会儿,两人都很满足。我对她说:

"贝特丽,下礼拜天再见。"

"好吧,下礼拜天见,我的雅古。"

这种情况持续了近三个月。那种仿佛成为贝特丽和她母亲的小小保护神的喜悦,那种主动承担重负的感觉,使我这样一个卑微之人变成了一个男子汉,一个完全不同的人。畴昔所有那些搅得我心神不宁的疯狂念头、所有那些火热的觊觎、所有那些肉欲的激烈反抗,都被对履行责任的满足感所制服。一些外部的情境偶尔会令我依稀想起嘉丽奥特。出现这种情况时,我已不再感到一丝慌乱。摆脱掉她传给我的、践踏我意志的情欲狂热,我感到非常高兴。

我暗想:"如果我应当爱的话,起码也要爱佩里戈尔乡土上的一个穷姑娘,一个像我一样清贫的农家女,而不是南萨克这个可憎恶的坏种的女儿!"

我偶尔也会与嘉丽奥特相遇,尽管次数比以前稀少了许多。可她出现时,我不再有从前那种令我慌乱的热血沸腾,那种狂野欲望。姑娘们,尽管不曾与男人打过交道,如嘉丽奥特这样,但她们很清楚她们激起的这种激情。因此,当嘉丽奥特见我现在在她面前显得非常平和冷静,颇感诧异。一天,为了把她从我的脑海里根除掉,我把她的那把小匕首还给了她,她做出一个很气恼的动作。也许她对我态度的改变颇为愠怒。因为据说有些最傲慢的女人对一个庄稼汉

324

天真表示的欣赏,对他不加修饰表露出的性欲会感到一种窃喜。

从她的举动看,我觉得她想重新燃起我熄灭的欲火,但这是徒劳的。即使她站在我面前,我心里牵挂的依然是那边两个不幸的女人,她们需要我,我一心一意地忠实于贝特丽,不可能再对嘉丽奥特想入非非。先前那种令我神魂颠倒的肉欲之火已不复存在,如今我随心意生活。而这颗心在这位美丽高贵的姑娘面前已不再躁动不已。

这倒不是因为我像从前深爱丽娜那样爱着贝特丽,也不是她像嘉丽奥特那样令我产生性欲。不!现在我只不过像一个兄弟那样爱她,如我对她说过的那样。我爱她是因为她和我一样贫穷,是因为她不幸。我感激她让我记起博那尔神甫的谆谆教诲,感激她唤醒我心中那不幸者相互帮助的博爱之情。在她身边,我的心灵得到满足,而我的情欲并不激荡。

换句话说,作为女人,她与丽娜和嘉丽奥特都无法相比。她是我们乡土之上那种地地道道的农民的女儿,身强体壮,但不是那种美人胚子。丽娜是个例外。那类美人需要游手好闲、富裕的物质生活和优越的环境才能代代相传。贝特丽中等个头,丝毫没有古代美人那种完美的身段:她的胯骨宽大,胸脯强健,胳膊粗壮,凸显了承负耕田苦役的农家女的典型特征。这些农民世世代代辛勤劳作苦不堪言,衣食寒酸,居所简陋,然而却从我们多石而健康的土壤里汲取了足够的力量,完成劳作和传代的使命。显然,她天生是为了承担义务,而不是做花瓶的。

她五官不很端正,但她神情善良,褐色的双眸流露出她那颗坚

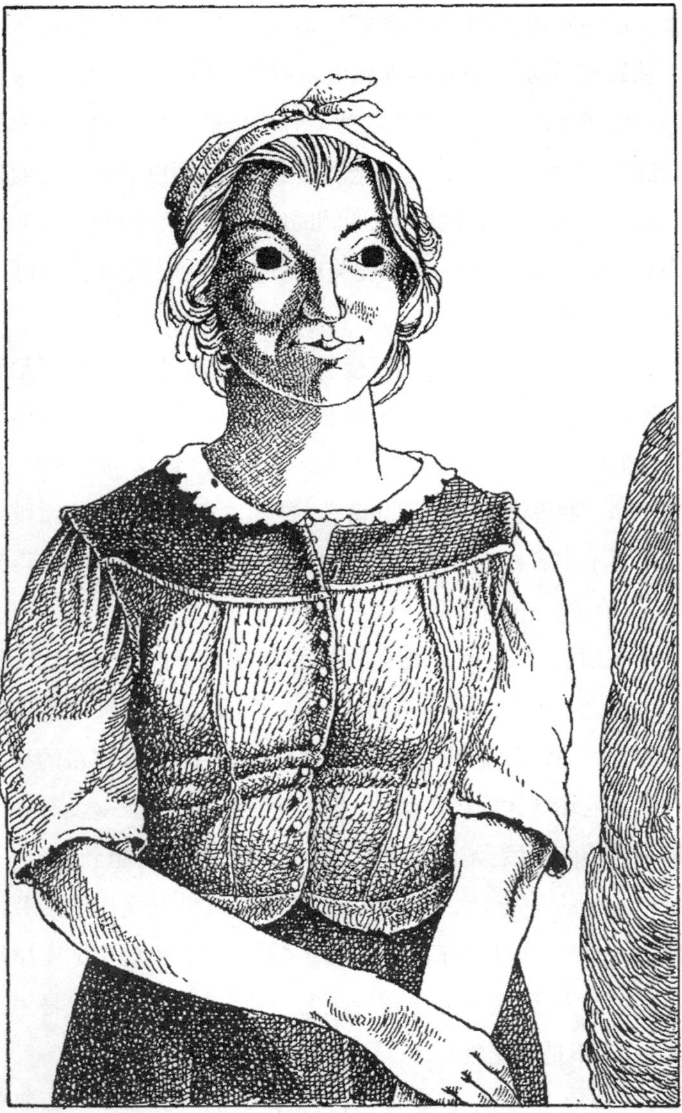

强的心的真诚,令人舒心。

她保持着她的本色,我觉得我对她日复一日愈加眷念,为此我很愉快。我觉得如今在世上我不再孤独,我有一个我所爱且可以对她推心置腹的人,多好啊!

有个礼拜天,我到贝特丽家时,发现可怜的姑娘哭成了泪人。原来她母亲快要不行了。一位老妇人出于怜悯赶过来,立在临终病人的床边数念珠祷告。我从未见过比这更凄惨的情景了:垂危女人的脸部只剩下皮包骨,脸色蜡黄,发亮,干瘪多皱,嘴巴半开半闭,露出仅剩的两颗长而发黑的门牙。呆滞无神的眼睛望着前面,却什么也看不见。棉布头巾下露出几绺稀疏的白发。鼻子细瘦萎缩,显出两个黑洞洞的鼻孔。裹着这颗干瘪脑袋的皮肤里透出亡魂出壳的征象。

我在那里一直待到晚上。我跟贝特丽说我第二天再来,然后就走了。

早晨八点,我走进贝特丽家时,她的老母亲已经死了。贝特丽坐在一根油脂蜡烛照着的床边守灵。

她两眼红红的,站起来,走到我身边。

我对她说:"可怜的女人,她的痛苦结束了!"

随后,我从盛着圣水的褐色陶土盘里拿起黄杨枝,朝尸体上洒了几滴圣水。

这时,帮助贝特丽的女邻居回来说:

"姑娘,神甫要八个法郎,而且要先付钱。"

可怜的姑娘说:"唉呀!我只有一枚三法郎的埃居,已经给了波纳图订棺材。"

我接过话茬说:"你们的神甫,好一个新教徒!不过我一点也不奇怪。"我想起我可怜母亲的艰难葬礼。

贝特丽为她母亲不经神甫祈祷就要下葬感到忧愁,于是我对她说:

"别发愁。我想法去找钱。"

说完,我立即离开贝特丽,回到阿祺小屋,取了一张獾皮和两张狐狸皮,然后到岱农镇去卖给一位经常买我猎货的商人。下午三点左右,我赶回巴尔镇,用卖兽皮所得和商人给我的预支款凑齐了八法郎。

女邻居把钱交给了神甫。神甫告诉她葬礼五点举行。

于是到了五点,在另外三名男子的帮助下,我们毫不费劲地把棺木抬到教堂,因为可怜的妇人尸体不重,加上教堂就近在咫尺。

神甫身穿宽袖白色法衣,脖子一圈佩着襟带,头上戴着方形无边软帽。他草草做完祈祷,一刻钟后,我们就到公墓去了。神甫与手持十字架、拿着圣水桶的本堂区管理员走在送葬队列的前头。走在棺材后面的是贝特丽及几名妇女。

待葬礼结束后,我来到我母亲下葬的地方。说什么好呢?在埋葬着一位可怜女人尸骨的六尺泥土之上,开着鲜花还是长着野草,其实都无关紧要,不是么?人是很容易被目睹的现象所困惑,而很少倾听理智的。因此见到墓地断垣残壁的这一角乱石遍地、荆棘丛生,牛蒡、锦葵和荨麻蓬勃繁衍,我在那儿待了好一会儿,无限忧伤地盯着这块废弃之地,地面上我可怜母亲的坟坑早已踪迹全无。走的时候,我经过一座年久失修的破碎墓穴,日晒雨淋、霜打寒冻将这座坟墓完全侵蚀,使之化成一堆瓦砾,即将消失殆尽。我心想千方百计要永久保存对已故者的记忆是徒劳之举。石头比木制十字架要经久得多,然而能摧毁一切的时间也可以将石头磨灭。再说,这一切对于埋在地底下的死者来说有什么用呢?说到底,对亡故人的纪念难道不是最终要消失在自有人类以来数以万亿计的死者形成的无边无涯的汪洋大海之中吗?把死者丢给用绿装覆盖一切的大自然总比这些坟墓好得多。未亡人以纪念亡故人为借口,用坟墓来掩饰他们的虚荣。

先是妇女们陪伴着贝特丽,然后是我。我去跟她道晚安,并向她许诺下个礼拜天再来。第二个礼拜天一到,我果然又来了,接下来的所有礼拜天也是这样。我焦急地等待一个礼拜结束了,去巴尔镇。而且我觉得我不可能到别处去。

冬天来了。接着美好的春天来了。贝特丽老母的墓穴上长出浓密的小草,遮掩了树枝编织的十字架,这是她女儿在葬礼那天放在她坟头的。我呢,我感到始终被贝特丽吸引着。再见她时我很高兴,与她分手时我很难过。现在我一心想着今后的日子,我常想我要娶她为妻,两人共同生活在一起。

一天晚上我们在通向枫罗热村的小路上散步时,我把这个想法告诉了她。

她回我说:"哦,雅古!为何要把我们的苦难集中在一块儿?"

"两个人能够更好地承受苦难,因为我们彼此相爱。"

"如果你愿意,那么我也愿意。"

她说着靠在我身上,抬起头看着我。

这时,我从她的眼神里看出她和我都想到了一处。我用胳膊搂着她,默默地走了很长时间。在对我们已故的昔日所爱的人怀念的基础上,产生了一种真实而纯正的崭新爱情,将我俩终生相连。感觉到这一点,我们俩都很高兴。

过了一会儿,贝特丽说:"咱俩都一贫如洗。我可怜的雅古,我们也许做了一件蠢事!"

"别害怕:我很健壮,也相当坚强,可以一个人干活养活我们俩。"

"不错,可是娃娃呢!……"

我把她紧紧搂在怀里,对她说:"不用担心。"

她停了一会儿又说:"我得等到服孝期结束后才行。"

"好吧,我的贝特丽。现在你肯定要做我的妻子了,需要等多久都行。"

说完,我俯下身,给了她一个订婚吻。

我把贝特丽一直送到她家,然后与她告别,高高兴兴地回到阿祺小屋。

后来我俩说妥,过了圣诞节再结婚。时候到了,必须跟巴尔镇神甫打招呼。他大概心想:"既然这个姑娘的男友能找到八个法郎安葬她母亲,就一定能找到十个法郎举办婚礼!"他居然脸皮厚到跟贝特丽要十法郎。啊!再也找不到像博那尔那样正直的神甫了,他把钱看得一文不值。这位神甫只为羊毛才爱羊,而且贴着羊皮把羊毛剪得干干净净。

当贝特丽跟我说这事儿时,我想了一会儿,对她说:

"你看着吧!既然他这么做,我们就作弄他一下。"

于是我去找福斯玛涅镇的神甫,阿祺小屋属于他那个堂区。我跟他解释了我的境况。我实话实说,我们俩都很穷,想请他以最便宜的价格给我们举行婚礼。

福斯玛涅神甫是位正直的老人。他听了我的要求笑了起来,回答说:

"孩子,我要用最惠价给你主持婚礼:看在上帝的份上给你免费。"

我也笑着说:"太感谢了,神甫先生,跟您打交道的将不是忘恩负义之人。"

可以想象,我们的婚礼并不漂亮,没有左邻右舍站到家门口观看婚礼队列经过。我呢,几乎没有一个亲戚,只有我父亲的一个堂弟。他住在桑德里厄,我连他的姓名都不知道。贝特丽和我差不多,只有一些远亲,过去在圣奥斯村那边做佃农,但她已有十年没再见过他们,也许早已更换了五六处租田。因此在福斯玛涅镇府和教堂里就只有我们两个,谁最先来谁就做证人。

我们乡里有些地方,新郎新娘步出教堂时,有人会在教堂门口赠给他们一碗土兰汤①或洋葱汤。可是我们这对无亲无友的穷人,

---

① 土兰汤(Le tourin),佩里戈尔地区传统特色汤,用鸭油或鹅油、大蒜、蛋清熬的乳白色的汤。

谁也不会对我们这么彬彬有礼。

我千谢万谢本堂区神甫后,离开了教堂。我曾给镇上一名男子帮过小忙,认识了他。我向他借了一头骡子和一辆二轮运货马车,随后和我老婆一起去取她在巴尔镇的那点家具。

没用多长时间,我们把所有家什装上车,经过森林坎坷的小路,回到阿祺小屋。

当我妻子走进陋屋,见到木板钉在木桩上做成的桌子,大木箱充当的床板床架,蕨草铺成的床铺,眼里充满同情地看着我说:

"我的雅古,你在这儿过得不太好呀!"

我回答:"嘿!我毕竟可以睡觉嘛。"

把马车上的所有家什卸下,把床架搭起来后,我又返回福斯玛涅,把骡子和马车送还给男主人。我妻子把锅搁在火上,把她已经准备好的一只母鸡放进锅里烧。

三个小时后,我带了从小店打的半品脱葡萄酒回到家。我妻子已尽力把一切都整理安排好了。在这座简陋的小屋里,一张床、一张桌子不是什么了不得的东西,可是在我看来小屋完全变了样。这张床连同用下脚麻做的床单,取代了放在墙脚的大木箱。屋子中间,在原先支着木板钉的桌架的地方现在放了一张桌子。火苗在黑色的炉膛里闪着明亮的光,锅里飘出阵阵热乎乎的扑鼻香气。桌子的一端铺了一块灰色粗布环形擦手毛巾,上面摆了一个开切过的面包和两个褐色陶土盘子。

我妻子来来回回忙碌着,冲洗两只发绿的无脚杯,擦净两把匙子,尝尝汤,又在里面加点盐,切下面包,放进大汤碗,仅仅因为她的到来,就给这个贫穷不堪、先前忧郁孤独的陋屋增添了生气。

于是,当她走近我身边时,我一把搂住她,用力亲吻她,以致她脸都有点红了。

当一切准备停当时,黑夜已经降临。她点亮了小油灯,将汤倒在面包上。然后,我俩坐下来,她端上鸡汤。她在鸡肚里放了一种鸡蛋馅,这就是我们的全部婚礼饭。不过,这餐饭吃了很久,我们一边吃一边回忆往事,说话的时间比吃饭时间长。

"我的贝特丽,我们从圣雷米回来时,谁会想到我俩会结婚呢?"

她回答说:"这都是因为当时在我们俩中间有两个可怜的人如今已不在人世了!"

就在我们一边吃饭一边聊天的时候,我的狗席地而坐,一边用尾巴扫地,一边瞧着我们,好像对屋里发生的变化很满足。

"瞧,我的老伙计,"我一边说一边把几根骨头扔给它,"美美地吃一顿吧,不会每天晚上都是这样的。"

贝特丽微微笑了:

"要是两个真心相爱的人共同承受贫穷,这贫穷就好承受得多了。雅古,这话是你说的!"

"这是千真万确的,我的贝特丽。谁知足,谁富有。今天晚上,我们就很富有,不是吗?"我又有点开玩笑地说,"等我们有了娃娃,还会更满足的!"

她简单地回答说:"是的,我的雅古。"

"为上帝保佑我们干杯!"我给她斟了一点葡萄酒,又说,"我们俩都身强力壮,都很勇敢。我相信我们一定会摆脱贫困的生活……

贝特丽,为你的健康干杯!"

"雅古,为你的健康干杯!"

我们最后一次碰杯,把酒喝下后,因为天冷,就到炉火边继续聊天。

我们在炉火边待了很久。狗吃得饱饱的,在壁炉一角蜷成一团睡着了。我和我老婆坐在木墩上,待在壁炉的另一角,相互紧紧地偎依着。她把脑袋靠在我的胸前,我则用胳膊把她搂在怀里。

屋外,料峭冬风一个劲地刮着,有时蹿进炉膛,撩起烟灰,把挂在壁炉台上的煤油灯吹得摇曳不定。我可以感觉到我女人的心脏低沉而有节奏地跳动着,心里充满幸福感。

我又想到我俩共同走向未来的前景,一边憧憬着这一切,一边凝视着柴火慢慢燃烧,变成火炭,室外的空气又将火炭吹红。

尔后,火炭上面覆盖了一层白烬,炉火渐渐熄灭。有一刻,一股强劲的阵风把炉膛里的灰烬吹得满屋乱飞,吹熄了煤油灯。

我在黑暗中拥吻着我的女人,对她说,"我们不能待在这儿了。"

第九章

　　我的故事已近尾声。接下来的六十年可以简短地叙述一下:都是一些普普通通的事。

　　婚后的那个礼拜天,我立即和我的贝特丽到芳拉克去拜访德·加利贝骑士和他姐姐。尽管我曾写信告诉他们我娶妻了,但这是不够的。可到了芳拉克后,纺织工瑟甘的遗孀告诉我们埃米娜小姐已在一年前在圣马丁辞世了。她弟弟仍然健在,毕竟老多了,而且姐姐的去世令他忧伤难平。我们在他家的餐厅里见到他。他坐在大壁炉的旺火前烤着双腿。他的腿经常疼痛,有时疼得他紧咬牙关。可这并不妨碍他热情地接待我们,说很多古老的谚语让我们好一阵乐。虽然在我看来,他用这些谚语已不如从前那么恰到好处了。

　　"啊!你来啦,雅克师傅!"他回应我的问候时说,"我敢打赌,这位就是你的妻子?"

　　"唉!对啦,骑士先生。"

"那么你们信奉圣约瑟夫①的说教啰:床前四只木鞋!"

我们笑了笑,他又说:

"既然你成家了,雅古,要记住男人应当如何管理自己:'既做老婆的伴侣,又是自己的马的主人。'你们之间一切都应当是共同的,同甘共苦,包括日常生活中的一切,正如俗语所说:

同吃共饮,同床而眠,
我觉得这就是结婚。"

说完,骑士问我现在在哪儿,做什么。

我告诉他后,他说:

"这样挣得不多。不过你们两个还年轻,今后一定可以摆脱困境:

贫穷不是缺陷。
不欠债就是富有。"

接连说了两句格言后,骑士用胳膊撑着座椅扶手站起来,然后拄着拐杖,走到厨房,叫道:

"喂!塞贡德!"

待在院子里的贴身女仆立即走进屋来。

---

① 圣约瑟夫,对基督徒来说,是耶稣之母、圣母玛利亚的丈夫。

"你得为这两位年轻人准备午饭,听见了吗?"

"好吧,骑士先生。"

骑士先生转身朝着我,解释说:

"可怜的杜瓦奈特在我姐姐去世前六个月过世了。"

他沉思了一会儿,又说:

"一切都可以找到良药,唯独死亡除外。"

说完,他坐到炉火边,塞贡德忙午饭。

她把汤浇到面包上,我们开饭了。席间,善良的骑士跟我谈起过去,愉快地回忆起往事。他长时间跟我谈论博那尔神甫,最后说:

"这个人既是个好汉,又是一位神甫!所以那些伪善者才迫害他。"

闲聊中他还问我南萨克一家现在怎么样了。我告诉他南萨克家所有的人都影消踪散,只有最小的那位小姐留在了她奶奶家。他说:

"她会有个好归宿的:

漂亮姑娘和旧裙子总会找到挂靠的人。"

下午两点左右,我们就要告辞之际,骑士对我说:

"你听我说,雅古,要是你万一陷入困境,需要帮忙的话,一定要告诉我。"

"骑士先生,非常谢谢您这句话,同时也万分感谢您以往的所有恩情,只要我活着一天,我都永远感谢您的恩德。您说的情况是不会发生的,我很年轻,不需要帮忙。可是从我这方面说,不论什么事儿,您如果有用得着我的地方,我非常乐意为您效劳。"

"谢谢,雅古!我欣然接受:

红花还要绿叶扶持。

"好吧,再见了,我的娃娃!"

"再见,骑士先生,希望您身体健康。"

回家的路上,我妻子对我说:"多么正直的人呀!他说起那些格言和成语是多么有趣呀!"

"要是你认识他姐姐,该多好啊!他姐姐是一位圣洁之人。可怜的小姐,我刚到芳拉克时,头两件衬衫就是她给我做的!……我没能参加她的葬礼,心里永远都得不到安宁!"

我结婚后不久就明白,到处打短工,挣不了几个苏,而且经常找不到这样的短工,被迫之下做零工维持生计,这样下去不仅收益小,而且太靠不住。现在我有了家室,最好谋个职业或从事一项工作,这工作使我能凭自己微薄的能力获得比短工更多的收益。骑士以往有时会笑着说这句成语,我只赞同一半:

谁相信老婆和神甫

不管怎样注定无救……

因此我跟我的贝特丽商量此事,她完全赞成。

商量过后,我就去找让的侄子,因为曾听说他找人做帮工,我们达成了协议:我就做了烧炭人。

当一个人动机明确而且很想学手艺时,学起来就很快:因此我的学徒时间不长。当然也应当说这种职业不需要手特别灵巧:好的烧炭人是经验加技能造就的,只要肯动脑筋,技能相当容易掌握。

此外,不要以为这份职业又黑又脏令人讨厌。不要只看表面。比如,大概很多人更喜欢面包师这个职业,以为这份职业比烧炭干净。其实不然!整夜关在地狱般闷热的面包房里,汗流浃背,在揉面箱前屈背弯腰用力揉面,将面包送进炉内,脸被烤得滚烫,别人起床时,他们去睡觉,好一个好职业!哪里赶得上烧炭工!

在我看来,烧炭这个职业对我很合适,因为一个人待在树林里,日子过得很安静,很少与人打交道。有些人需要社交,希望生活在人群当中,需要左邻右舍、八方消息,需要与别人说客套话或泛泛空谈。而我则不。我觉得不懂得独处是不幸的。群居不如独处,不论对精神还是身体都是如此。众人聚会不论对精神、心灵还是身体都不健康。城里人虽然大谈这种那种好处,大吹这样那样的益处,可城里的穷人并不比我们强。因此当我听见别人吹嘘城里的住房条件时,是很反感的。

总之,言归正传,我觉得没有哪种工作比在大自然里,在阳光下伐木、在星光下看守炭窑更令人愉快的了。这种工作不妨碍人思考,恰恰相反,烧炭人有充分的闲暇思索,而且主题很多。多少个夜里,抬头仰望暗蓝色的天穹下散落于无限深邃的宇宙中那数以百万计的闪烁群星,我陷入沉思。多少回,我欣赏着这些在无限辽阔的苍穹中移转的星斗,犹如调整好的钟表那样精确,在它们应当经过的地方准时到达太空的某一个点!由于经常观察,我最终了解了它们所处方位的时间,如同看钟表一样。我委实不知还有什么比遥望长庚星缓缓从天边升起更美妙的景象了。我经常独自一人在密林深处,注视着它壮丽地升向苍穹,心想也许这颗星上也有那么一位在哪座巴拉德式的森林里看守炭窑的烧炭人正凝视着地球,就像我这个地球人在出神地凝望着他的星球一样。

也许有人会对我说:"天好时,这一切确实很美。可是下雨天呢?……"

咳,落雨时,我就待在我的陋屋里。再说我还有一张质量很好的山羊皮,可以为我挡风遮雨。下点雨不算什么,时而有点雨,一点也不讨厌。

另外,我也很喜欢观察周围发生的情况,了解野兽和鸟类的习俗和习性。我窥伺刺猬如何驱逐蛇;松鼠如何寻找山毛榉的果实;狐狸在野兔经过的小路上如何尖声急叫;伶鼬和榉貂如何突袭抱窝鸡;狼群如何在繁星升起时从狼窝里跑出来到处游荡,吃掉某只留在村外未归的狗犬后,凌晨返回狼窝。有时,我会长时间地监视看不见我的某个动物的诡计。

有一件令人好奇的事儿,就是观察鸟类如何筑巢。它们用苔藓、羊毛、野草、马鬃等物编织鸟巢的那种灵巧以及筑成鸟巢的那种速度令人惊叹。我熟悉所有的鸟巢。如：云雀在地面的牛蹄印里做的小巢，它把巢遮掩得极其隐蔽，收割庄稼的农民从上面走过都看不出来。黄鹂在树的杈枝之间构筑悬吊的巢。黄菊莺筑造的球形巢还留出一个洞眼，作为出入口。我们叫作"桑子儿"的山雀在栗树洞里做巢，十五到十八只小山雀挤在巢里相互依偎。斑鸠把几根小树枝简单交叉在一起就搭成个窝。只要看到一只鸟蛋，我就可以毫无差错地说出这是哪种鸟生的。要知道我们家乡有各种各样的鸟。

我还很想弄清家乡大量生长的植物的名称。我是说它们的法文名称。令我惊奇的是，大多数植物没有方言名称。不过，我虽然不知道所有这些植物的名称，但起码熟悉许多植物的形状、开花时间、有益的用途或害处。譬如：治疗伤口的药草车前；使猫发疯的草；叉角草；祛鬼草；医治冻疮的草；惹人打喷嚏的草；退烧草；疯人草；治疗疥疮的草；铁线莲或铁线莲属植物；醒酒草，即法语里的黑麦草或方言里的"味拉觉"；治疗麻风病的草；有毒的狼草；治疗瘰疬的药草；巫士草，即曼德拉草；给缺奶的乳母服用的催奶草；圣菲亚克①草或白汤草；灭虱草；驱跳蚤草；治瘰疬草；家畜祝福日拴在牛轭上的蚤草②；头癣草或牛蒡；白屈菜；最后还有夏至五草③，乡里人

---

① 圣菲亚克(saint Fiacre)，园丁的主保圣人。
② 蚤草(herbe de saint Roch)，又称圣罗克草，法国某些乡村地区流行一种习俗：为保佑牲畜不生疾病，八月十六日圣罗克日这天请神甫为这种开黄花的草祝福，然后把它喂牲口。欧洲人认为此草有治赤痢的功效。
③ 佩里戈尔地区的老百姓相信，夏至这一天夜里采摘的五种草有消灾祛病的功效，故称夏至五草。

把这五种草编成十字架钉在牲口棚门上。若想要一件事获得成功,人们也不会忘记这五种草。

大概不会有人来跟我说,我在森林里的生活并不比和我境况相同的城里人生活得更自由、更健康、更智慧百倍。城里人行动受到种种限制,生的一些病我们乡里人都不知道,而且五谷不分。如果有人这么跟我说,我也一点儿不相信。

可以想见,由于一直在户外在林中干活,我绝不会忘了打猎。我确实始终非常喜爱打猎。我的猎枪始终放在小屋里上了子弹,随时可以使用。不过,别以为当我干活时,当烧炭炉在燃烧时,我可以想去打猎就去打猎。只不过在可以打猎的时候我才去打。

有时我也会有意外的收获。譬如,有一次我在森林里的克罗德莫蒂埃村附近端了一窝小狼崽。我妻子把这些如三周大的小狗般的小狼崽放在一只篮子里,送到佩里戈尔去。上面给了她一笔奖金。这笔钱帮了我们大忙,我们用来装修了一下我们的小破屋,并增添了一间卧室。

自那以来,我还在狩猎地或不期的遭遇中打死了几只野猪。后来我还用以下办法打死了三只狼。冬季里,我模仿发情母狼的叫声,对着木鞋嚎叫,呼唤公狼。我模仿得像极了,一天夜里,我在潜伏的地方看见来了四只漂亮的公狼,它们发出回应的嚎叫,并很快开始相互围着圈打转,狼毛直立,同时发出低沉的吼叫,像公狗一样妒嫉万分。我向这四只狼开枪,其中一只狼中弹倒地。

好奇者也许会说:"适才您谈到您妻子,当您在林中烧炭时,她在干什么呢?"

我么,可不是那种离不开老婆衬裙、对老婆过于关心的人。当然我很爱我的妻子,但用不着整天卿卿我我,表露爱恋之情。需要时,我们毫无痛苦地分离。话说回来,我也绝不是乡村乐师,这些人习惯于走到哪儿花天酒地到哪儿,总觉得自己的家是天下最差的;而我回家时总是怀着愉快的心情。

最初,我在维埃尔湖一带烧炭时,我老婆来到我身边,和我一起待上两三天,然后返回阿祺小屋,看看家里有什么情况,然后再返回来,同时带来一些面包或必需品。白天,她有时帮我搭造烧炭炉①,或者等炉子点燃后,她就纺纱,然后烧饭,把锅底下的火拨旺,锅就吊在三根木棍搭起的支架上。晚上,我们在明亮的炭火边谈笑,然后在小木屋里躺在蕨草和羊皮上睡觉。有时,我得起来看看烧炭炉,让妻子静静地休息,横卧在门口的狗看护着她。我情不自禁要再说一遍,那是一种自由、健康、充实的美好生活。

我们刚结婚时就是这么过的。九个月过后,我妻子生了个宝宝,她就独自带孩子,给孩子喂饱奶以后,就让他睡在小木屋里,孩子睡得可香啦。只有一个孩子时,这样还行。可是当第二个孩子降临后,就不行了!她必须待在阿祺小屋里照料新生儿,此时老大已经拽着她的衬裙,开始走路了。可怜的雅古不得不独自一人待在森林里,自己做饭。随着时间的推移,差不多每隔两年或两年半,屋里就添一个娃娃,我妻子根本就没法离开阿祺小屋了,直到老大七八

---

① 烧炭炉,用泥土制作的炉子,每窑炭都要制作一个。

岁左右,帮助照管几个最小的弟妹。

而我并不是老待在附近地方,甚至也不是老待在巴拉德森林里,尽管这是我的家乡或我的居住区。有时,我会到很远的维特森林,或介于瓦尔汝村和塔尼埃村之间的马奈格森林,甚至一直到贝尔威斯村附近的拜塞德森林以及博恩森林烧炭,主要是给炼铁厂供应焦炭。这样我和我妻子不得不习惯于时不时的分离。可是这并不妨碍我们和从前一样相爱。甚至说一句大胆的话,这些短暂的分离更加深了我们的爱情。要是一对夫妇朝朝暮暮都在一起,这种爱情反而会枯萎。

婚后,我们的情况变化不大。只是让老伯的侄儿早就把他在莫雷兹的房子和仅有的一点财产给卖掉,到萨利涅阿克一带去了,所以我成了乡里唯一的烧炭人。工作需要时,我就雇一个小伙子。这并不意味着我们有钱了,因为家里所有这些娃娃都很能吃,需要买面包,而且要买很多。此外还要穿衣。况且直到二十岁,他们都是光头顶天,赤脚走路。只有到了冬天才穿木鞋。不管什么天气,他们还需要穿短裤和衬衫。天寒地冻时,还要加一件外衣。当然,随着他们逐渐长大,我们会把大的旧衣服将就给小的穿,按年龄一个一个排下去,以致待一件衣服穿到最小的一个身上时,已是补丁摞补丁的破衣烂衫了,不过总是干净的。最令我妻子为难的,就是纺纱织布,做衬衫和被单:冬天她熬夜熬到很晚,尽可能多纺纱,她把干李子含在口中,以便生出唾液来。喂养和照料那么多娃娃,这一切都要花钱,此外我们不得不购置许多东西:一个装衣物的橱子,一个面包箱,又为所有这些娃娃添了一张大床,孩子们挤在这张床上,有的竖着睡,有的在床头、床脚横着睡。

每个娃娃来到人世后,我们就带着他到福斯玛涅那位老神甫那儿去,请他给孩子洗礼。老神甫经常笑着说:

"啊!啊!我会带来福气,我真是好手气!"

至于费用,始终一样:分文不取。

不过一有机会,我妻子就给他捎去或送去一只野兔或在候鸟季节里打下的一对斑尾林鸽,或满满一篮蘑菇、红鹅膏、食用牛肝菌,或者这一类小礼物,向他表示感激之情。

我们虽然不富有,但比拥有十万法郎还快乐高兴。我一心只想着我的妻子、孩子以及我的活计。而想我的活计,依然是念着我的家人,因为我干活是为了养活他们。不过,我并没有忘记过去,只是想着眼前,过去的事就不再总是占据着我的心。

然而,要是某种情景令我忆及往事,往事的思绪会被鲜活地唤起,将我拉回过去,想起我童年和少年时代的不幸。一想到那个极其卑鄙的伯爵,我依然如一只无法平静的狗那样感到仇恨在心中燃烧。当我经过一些曾与嘉丽奥特邂逅的地方,我常常会回想起当年心中燃烧的狂热情欲。如今我一心一意爱着自己的女人,变得非常冷静,简直弄不懂昔日的疯狂。我的长子出生之际,嘉丽奥特离开了家乡。她的哥哥姐姐缺钱用,要卖掉她居住的领地。她到哪里去了?她是否最终也像她的几个姐姐那样堕落了?我永远不得而知。这种可能性是有的,但我宁愿相信不是这样,因为她比她的几个姐姐好多了。

至于伯爵,当时乡里人讲,可以这么说吧,他靠别人施舍过了一

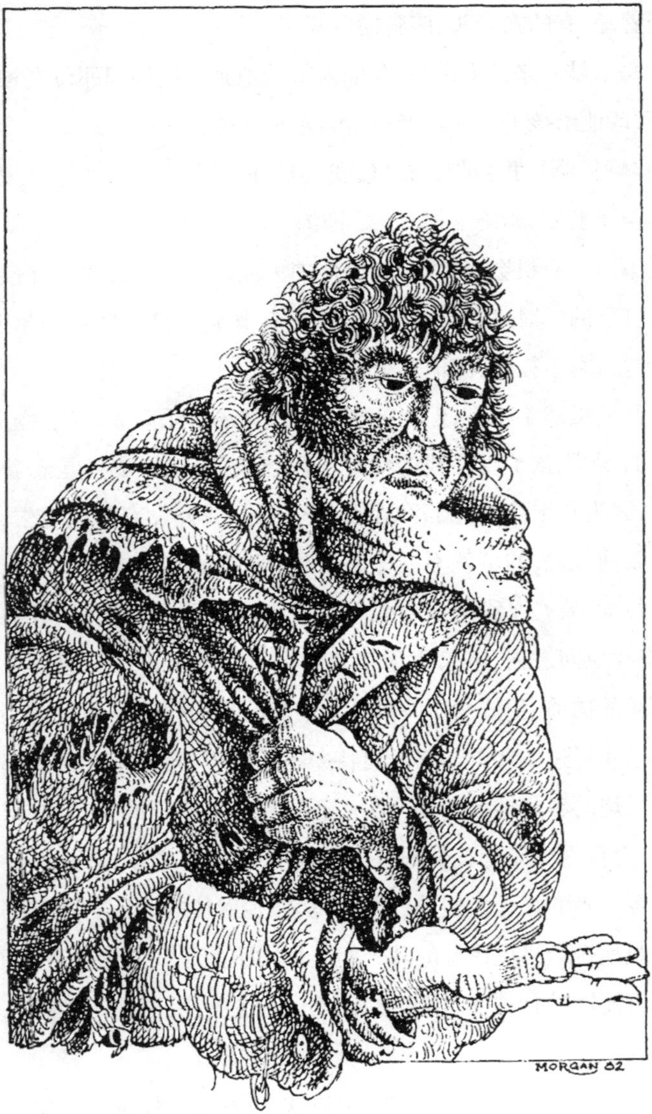
MORGAN 82

段时间,到各城堡或到昂贾贝修道士那里吃白食,到处过着贫困羞耻的生活,后来他逃到巴黎他那个很堕落的长女那儿,最后死在济贫院。

这正如骑士常说的:

三十年河东,三十年河西。

婚后,我和我妻子谈起我在埃尔姆城堡地牢里半死不活度过的可怕的四天。虽然她不是第一次听说,但每次听到这段叙述,她总是双手合十,发出可怜的惊呼。她想知道这座地牢在什么地方。结婚数年后的一个礼拜天,我们散步来到埃尔姆村。

我们来到城堡废墟前,现在居住在这里的是猫头鹰和蝙蝠。见到我的杰作,想到我这么一个受人鄙视的穷小子,竟然战胜了有权有势受到严密保护的南萨克伯爵,心中不禁涌起一股自豪感。当我妻子看到监狱的石板实际上是一个翻板活门,看到南萨克手下的人当年把我投进黑暗地牢里的那个黑洞时,她难受地打颤,恐惧地倒退了一步。

"哦,我可怜的男人!你怎么能在那里面度过四天四夜啊!"

走出城堡院墙,我找到了火烧城堡那天夜晚负责放哨的小伙子。他现在和本村的姑娘结了婚。他好说歹说一定要把我们拉到他家喝一杯。在他家里,我们一边碰杯,一边谈起我们给予这个黑心狼家族应得惩罚的那个夜晚。小伙子于是对我说:

"我真不明白乡里人如何能够忍受这些苦难忍受了那么长时

间！他妈的！我相信要是没有你,我们至今还在任这伙匪徒宰割!"

我回答说:"大概最后总会有人为乡里除害的吧。"

"也许是吧。可是在此之前,是你除了这个祸害!"他看着我面颊上子弹留下的伤疤又说,"你到死都会带着这些标记的。"

干了最后一杯,我就和妻子一块儿返回阿祺小屋。

还有一次,我俩一块儿到鲁费涅阿克元月二十五号的集市去买一头小猪——我这里绝无粗俗之意——我顺便带她去看那座破瓦窑。母亲去世之际我曾在那里度过极其可怕的时刻。但从那以来,多少年光阴荏苒,瓦窑的梁架和屋顶已经坍塌,柴泥墙也随之倾圮,如今这座小屋已然成了一堆废墟,一个被荆棘和杂草覆盖的混杂着石块和碎瓦片的泥土堆。土堆里露出半已腐朽的木头,犹如埋在废墟下的一头巨兽的尸骨。

在那里,我告诉妻子,当时还很年幼的我眼看着迷糊不清的母亲在绝望的痛苦中死去时,心里那种极其恐惧不安的感受。

她说:"太可怜了！你童年的时候真是太不幸了。"

"确实是的。可是现在,谢天谢地,这些苦难的日子已经过去,除非森林里发生大灾祸。"

她什么也没说,我们一起继续走路。

我和妻子最后一次到芳拉克镇去的时候,我就叮嘱过卡里奥尔老伯,如果骑士发生什么事要告诉我。前面已经说过,当初未能参加埃米娜小姐的葬礼我已经感到无限遗憾,甚至真正的痛苦。尽管这不是我的错,但我觉得自己没有尽责,再也不能重犯这样的错误了。一天早晨,一个男孩受卡里奥尔之托来到阿祺小屋,告诉我们骑士去世的噩耗。那时,我们已经有了好几个孩子。长子已是大孩子了。我妻子派他到我当时所在的法涅阿克村一带来,把这个消息告诉我。我让雇工看着烧炭炉,立即赶回家,穿上我最好的衣服,赶往芳拉克。正好赶上葬礼。

这才叫一个正直的人呢!整个堂区的人都来了:老的,少的,男的,女的,小娃娃,除此之外,蒙第涅阿克以及附近地区的许多贵族和绅士也都来了。所有的男人都想抬他的灵柩到墓地,或者起码触碰一下他的灵柩。神甫已不再是接替博那尔的那一位:堂区信徒对那个人憎恨至极,他不得不离开堂区,这一点我前面已说过。两年过后,上面才派来他的接任人。他在骑士的坟头做了一场漂亮的布道,把骑士极力赞美了一番。骑士确实当之无愧。当他宣布骑士立下了遗嘱把他所有的财产赠送给堂区的穷人时,赢来了所有人长时间的低声祝福。善良的女人们不禁擦起湿润的眼睛。可惜,这位正直的人馈赠的并非巨款,因为看来他充其量只剩下二万五千到二万六千法郎现金,他的财产已大部抵押了。骑士和他姐姐的财产并不是因为胡乱挥霍或管理混乱被吞噬的,而是因为乐善好施。要是谁有困难,骑士从不拒绝借给他一百埃居。他像孩子那样信任别人,经常投资不慎,或忘记采取必要的防备措施。对于穷人也是这样。这姐弟俩给予别人时从不计算。就这样,他们的财产一点点地给耗掉了,多年来他们更多的是靠吃老本,而不是靠收入。再说,即使那些守财守得很紧的人,如果没有收入来源、产业、嫁资或遗产加以充实,即使金山银山也必定会吃空的。像骑士这样的乡村小贵族世纪初还有两千埃居的丰厚收入,三十年后就比较拮据了。若是到了今天,大概会沦为穷人了。除此之外,若碰上几个坏年成或重大装修工程,那就得借债了。债务像滚雪球一般利滚利,那就彻底破产了。

参加骑士葬礼后不久,我回到阿祺小屋,随后到波斯尼村一带去看一片伐木区。走在小路上,我看见百步之外有一个衣衫褴褛、弯腰驼背的老太太拄着拐杖、背着褡裢向我走来。她走得越来越近时,我心想:"这个老太太是谁呢?"突然间,我从她的尖鼻子、红眼睛,认出她就是玛蒂芙,尽管她模样大变,骨瘦如柴。我心中对这个下流女人的仇恨陡然复生。她走到我跟前时,略略抬起头,也认出了我是谁,她停下脚步,说:

"噢,雅古,你瞧我多不幸呀!"

"活该!在我看,你再怎么倒霉也不为过!"

她擦着眼睛继续说:"纪莱姆把我的财产全吃光了。现在我在要面包……"

"老无赖!自从可怜的丽娜死后,我一直希望你背着褡裢,死在哪条沟里!你正朝这条沟走去,我一点也不可怜你!"

说完,我就走了过去。

当然,在这种时候我没有想起博那尔神甫的教导是不对的。他总是主张慈悲为怀。可是,一想到这个卑鄙无耻的母亲让她的亲生女儿遭了那么多罪,而且可以说最终杀死了她的亲生女儿——那个世界上最温柔最好的人,我就极度反感,愤怒至极。话说回来,一个人无疑应当慈悲为怀,可是也得当心。要是过于轻易地宽恕,反而会鼓励坏人。那些良心泯灭的人需要别人的良心提醒他们认识他们犯下的过错和罪恶。再说,坏人引起的憎恶感是对他们的公正惩罚,也是对那些试图效法他们的人的一种警示。不管怎么说,我所企盼的事终于有一天发生了:一个寒冬的早晨,有人发现玛蒂芙死在玛蒂拉村和普里斯村之间的一条小路上,尸体一半已被狼群吞食。

我先前提到的那个少有的纪莱姆,这里我要带一笔。玛蒂芙死后不久,他被判了终身苦役。因为有天晚上,拉渡兹集市结束后,他在鲁夏十字架村的大路上打死了岱农镇一位卖猪商,抢劫了他的财物。这就是纪莱姆的下场。

这一切现已成遥远的过去。我眼下已有九十岁了。这些往事在昔日的薄雾中虽然多少有点模糊,可仍然时而涌入我的记忆。像所有老人一样,我喜欢叙述陈年旧事。也许我叙述得太长了,特别是有些往事令人心酸。然而,在我目前居住的埃尔姆村庄,人们不这么认为。这是因为他们习惯在漫长的冬季听一些没完没了的故事。尽管我跟他们叙述了回想到的所有细节,还是有人觉得我说得不够详细,还要问这问那,譬如:他们想知道我的狗是什么毛色,我们的雌猫死亡时的年龄。

我一共生了十三个男孩和女孩。有人说,十三这个数字不吉利。可是我从来也没有觉得过。这十三个孩子一个也没有夭折。这是很罕见的,几乎是不同寻常的。他们生下来就很强壮,在树林里,在有益健康的乡野里成长,不受那些在人口稠密拥挤的城镇流行的疾病侵害。我说我生了那么多孩子,并不是为了自我炫耀,这是不值得炫耀的,因为男人养这么多孩子并不受什么苦,所有的苦以及把孩子拉扯大的艰辛都是那些可怜的女人承受的。我们结婚时,我妻子是二十岁。从那时起往后,直到五十岁光景,她的怀里就没断过孩子。一个孩子刚会走路,另一个孩子就出世了。坦率地说,到后来,我都数不清了。记得有个狂欢节的晚上,吃饭时,我数孩子逗乐,数来数去只有十一个。

我老婆说:"唉,在那边,嫁到穆斯蒂埃村的让奈特,难道是私生女不成?"

"这倒是真的!我早就给忘了。可是这不还是十二个吗?"

于是她去把躺在床上的最小的一个抱来给我看:

"瞧,这个你不认识啦?"

"啊!可怜的!我忘了。"

从女人手里接过小娃娃,他冲着我笑,我亲亲他,把他举在空中舞了一下。然后,用我杯中的葡萄酒给他湿湿嘴唇。

此时,围坐在桌边的其他几个娃娃见父亲找不齐他的十三个孩子,都乐坏了。

那期间,有几个儿子娶了媳妇,有几个女儿嫁了人,还有几个孩子到住家以外的地方去干活,因此忘记个把孩子是不足为奇的:是的,可我老婆说,这是狂欢节的过错。

是的,生孩子养孩子的艰辛男人感觉不到,可是为了养育他们,维持他们的生活,你得拼命干活,这并非易事。特别是当你有这么多孩子时。然而谢天谢地,我不曾让他们缺过面包,这就需要拼命烧炭。不过这有什么!我们男人不就是为此而生的嘛。我无怨无悔。

可以想象,养了这么一大群孩子,我不可能发财。因此我的一生中,手头就不曾有过五十个埃居,然而只要能得过且过,家里有点钱,买上一袋小麦,我还是很快乐的,因此我留下的遗产不多:全部遗产就是阿祺小屋以及四周十六公顷半土地。所有这些花了四十个皮斯托尔①,还花了一个金路易的交易费,钱是按照逢夏至和圣诞支付五十法郎的合同逐步付讫的。

因此我富有的不是财产,而是儿女。想到这一点,我觉得我的造化还是比较好的。我宁愿死后留下很多儿女,而不是很多土地或金钱。有人会对我说,等我死的时候,这对我一点好处也没有,在此之前,我同意这个说法!我现在则非常高兴看着身边簇拥着这么多孙子女和曾孙子女。多少?我根本数不清了,或者说得好听点,我从来也没弄清楚有多少。其次,我得承认,在这件事上我很看重的一点,就是很高兴履行了我作为男人和好公民的责任。可惜,人们现今不大思考这种事儿了。可我听说从前有些民族,无后嗣为人所不耻,子女最多的公民总是备受尊重。今天,人们会说这是个傻瓜。所谓人们,主要是富人。他们宁愿只要一个孩子并使他富有。然而富人的孩子不怎么样,这是尽人皆知的现象。开始社会生活时应有尽有,这是件坏事:它使人丧失了一切动力和活力;或者它妨碍人不断进取。所以说,君子之泽五世而斩。当然也有例外,但例外很少。

我啰啰嗦嗦还没说完,该是收尾的时候了。我可怜的妻子去世已有十年。打那以后,我就把阿祺小屋留给了长子,让他和他的几

---

① 皮斯托尔(pistole),法国古币名,相当于十个利维尔。

个弟妹协商解决遗产问题。我则搬到埃尔姆村,住在我的一个儿子家里。我与妻子生活了这么长时间,不曾有过一刻的不愉快。她是一个极其善良、忠诚、坚强的女人。与她生离死别,对我是极大的打击。可是不管是好人还是坏人,最后总有一死。

我妻子去世后,我又遭遇了另一个不幸。这就是两年前的八月十五日,我几乎是突然间双目失明。在此之前,我还沿着小路放羊,可如今却成了废人。我需要我的儿媳妇或我的小夏洛特牵着我的手,把我带到一处避风的好地方坐下,在冬天的太阳下取暖。除了这点之外,我的头脑还很清醒,两腿还很有劲。当我的小孙女陪伴我的时候,我忙着回答她提出的各种问题,她老是会问这问那,众所周知,娃娃总是啥都想知道。可有的时候,她会把我撂下,跟村里其他孩子去玩耍。这时我就独自一人待着。我们最近的邻居佩罗娜老太太有时会走到我身边坐下。尽管如此,我们谈不了什么话,因为她耳朵聋得很。

每当冬季里我独自一人晒着太阳,或夏天坐在城堡壕沟边一棵乌鸦喜爱栖息的老栗树下乘凉时,我总会回忆往事,扪心自问。我想到我所做的一切,想到火烧埃尔姆森林,火烧埃尔姆城堡。我翻来覆去从各个方面思索,仔细研究了所有具体情况,都觉得自己是可以原谅的,如同陪审团正直的先生们所做的那样。只有用皮绳圈勒死伯爵那两条狗这件事,我感到遗憾,因为这些可怜的动物是无辜的。至于其他事情,我是以其人之道还治其人之身,只不过是为了保护自己,保护我的家人和所有人,对抗作恶多端、罪大恶极的南萨克伯爵。因此我毫不后悔。

埃尔姆村庄和周围村庄的人无疑也都这么认为。人们把我当作为民挣脱专横暴虐的桎梏的人爱戴我敬重我。尽管我没有这么想,却无形之中造福了家乡。因为当伯爵的土地在法庭拍卖时,教会把土地全都买了去,然后分块出售。于是埃尔姆、普里斯和周围其他村庄的人掏出锁在抽屉深处、所有口袋里存储的钱,他们购买了适合自己的土地、草地、林地、葡萄园,部分现金支付,部分通过分期付款合同支付。这彻底改变了家乡的面貌。譬如,埃尔姆村和普里斯村从前只有两三个小地主,其余的都是佃农、分成制佃农、三一税农、短工,大家都生活得穷困潦倒,毫无自由,明日永远无望,因为明日取决于南萨克伯爵随心所欲的作恶以及拉波里总管及其他人的敲诈勒索。从前,这些穷人的儿子和孙子,简直可以这么说,连头也不敢抬,胆小如鼠,这个可诅咒的家族把他们欺压得太厉害了。如今,他们都成了好农民,成了自己的主宰,不再有任何畏惧,并意识到自己是人。这样的结果意义非同小可。因此可以得出这样的结论:地产过于集中是农民的祸害,是一方乡土破败的根源。伯爵的消失还有一个重要的结果是,除了富足、安全和独立以外,人们开始相信法律了。先前,他们遭受这个人的恣意欺凌和残酷践踏,当局和有地位的人不闻不问。他们都说:"对穷人是没有法律可言的!"此人一倒,他们开始了解法律,尊重法律。今天,多亏可怜的雅古还有其他人,这些农民知道了法律对所有人都一视同仁。哪个人受到侵害,懂得使用法律了。甚至有些人都用得过了头,为一丁点小事诉诸法律,譬如为一只羊角被折断的绵羊、为一只闯进花园的母鸡打官司。而且,正如骑士过去常说的那样,这有点成了我们的病症:

犹太人复活节里破产,摩尔人婚姻上破财,基督徒为官司倾家荡产。

可是起码我这里谈到的人们不至于像我们从前那样,沦落到被迫自己给自己伸张正义,那是很糟糕的。

今昔对比告诉我们,人们只有被极度的贫困所迫,被正义无法得到伸张的极度绝望所逼,走投无路时才会造反。因此从前司空见惯的大规模农民起义后来日渐稀少,最终完全消失。如今每个人,不论他多么渺小,都可以诉诸保护我们所有人的法律。对我来说,我坚信我是佩里戈尔地区最后一位造反的农民。

俗话说,长寿并不减少痛苦。然而正如读者所见,我的晚年比我的童年和少年幸福。埃尔姆的村民为我几乎感到自豪。每当有些要人来参观城堡废墟时,如果问及有关城堡的这事那事,他们就会回答:

"雅古老伯会告诉你们这一切。他对埃尔姆村和巴拉德森林轶闻旧事的了解胜过任何人。他是本乡最年长者。是他烧毁了城堡。"

于是有的时候,有人就来找我。我坐在杂草丛生、满是瓦砾堆的城堡大院里一块大石头上,跟他们讲述我的故事。有位访客专程来了两三次。他对我说他要完全按我口述的方式把我的故事写下来。他是否会这么做,我毫不在乎:我对他说,到了我这把年纪已不再热衷听人谈论自己了。

我的最后岁月就这样愉快而问心无愧地流逝着,我深受子孙的爱戴、乡邻的尊敬以及世人的敬重。我成了我那一辈人当中最后一位尚还健在的人,享足天年。如同阿图尔墓园塔的长明灯一样,我独自一人守候在夜色中,静待死神的降临。

译后记

二〇〇七年初,法国上映根据《雅古复仇记》(Jacquou le Croquant)这部小说改编的电影,以纪念作者欧仁·勒儒瓦辞世一百周年。见到海报,陡生一种亲切感:"啊!我不是曾要译介这部小说的吗?"那是我第一次留法归国后不久,很想译介一些法兰西的好小说。我与一位同学看中了这一部,觉得其思想内容健康,情节跌宕起伏,扣人心弦,值得介绍给中国读者。我们决定合译。小说一共九章,我负责前五章,同学负责后四章。我负责的部分全部译出,但同学负责的那一部分始终没有下文。前五章的译稿从此躺在抽屉里睡大觉,渐渐地竟被忘了。直至这刻,又打开这段尘封的记忆。《雅古复仇记》问世逾百载,感动激励着一代又一代的法国人,至今不衰。我也因此受到鼓舞,决定动手将余下的四章译完,了却心中的夙愿。

欧仁·勒儒瓦算不上大作家,但他的这部代表作在法国的影响却很深远,由此被列入法国中学生的必读教材。《雅古复仇记》先以《巴拉德森林》的篇名在报上长篇连载,一八九九年结集成册出版,甫一问世便超越了佩里戈尔地区,在全国引起巨大反响,勒儒瓦也从此名扬全国。上个世纪六十年代末,根据小说改编的电视连续剧上映时曾出现万人空巷的轰动景象,一时传为佳话。二〇〇七年春又改编成电影,上映时也创下法国票房纪录。

这部小说旺盛的生命力我以为主要来源于两点。

首先在于作者通过小说主人公雅古表现了对正义和平等的追求,对社会进步理想的崇尚。农家少年雅古自幼父母惨遭恶霸贵族迫害双亡,孤苦伶仃受尽磨难。长大后将乡里的贫苦农民团结起来,与欺压他们的贵族老爷作斗争,最终为民除害,造福乡里。故事秉承了法国大革命的血脉精神,展现了一个命途多舛的人,只要把个人的苦难与追求社会公正结合起来,也能成就大事业。这种身处绝境而不气馁的舍己奋斗精神是超越地域也超越时间的,所以小说问世一百多年来始终能找到巨大的社会共鸣。

其二,用鲜活的语言讲述故事。法国大史学家米什莱(Michelet)一直想写一部大众读物,向人民讲述人民的历史,表达人民对压迫者的反抗,表达对乡村世界和传统生活方式日渐消失的不安,却苦于找不到民众语言的媒介而未能如愿。法国著名女作家乔治·桑(Georges Sand)也表示过同样的愿望,却遗憾没有掌握大众语言的形式而徒叹无力。米什莱辞世二十年后,这个愿望由勒儒瓦完成了,他填补了法国文学史上的一个空白。勒儒瓦在运用现实主义和自然主义写作手法的同时,采用了与先前同一流派的小说截然不同的"视角"。他不仅让一个佃农的儿子做了小说的主人公,而且使这个主人公成为小说的推定叙事者。这样,整个故事都是通过主人公的视野和语言来叙述的。作者在全书中让农民说话，将话语权交给了农民。要做到这一点，还要靠语言的创新。勒儒瓦成功地创造了一种表意方言，一方面频频采用地处偏远乡村农民常用的质朴的方言土语，赋予小说人物鲜活的真实性，另一方面又照顾到小说的易懂易读性，便于操法语者理解，常在方言后面随即加上法语通用词。有时干脆用方言替代法语。

大量的方言土语给翻译带来一定的困难。热心的法国朋友、索邦大学讲座教授贝内泽什先生在书店觅得法国总书店（Librairie Générale Française）一九九七年发行的一个版本。新版本对书中所有方言土语、历史大事件和背景作了详细注释，所有难题遂迎刃而解。至于本书的方言土语，却无法在翻译中全部体现。这也是翻译的局限所在。考虑到小说不同于文献和论文，大量的注释会使小说失去阅读的连续性和趣味性，因此，我仅从便于中国读者理解的角度，参照新版本作了适量的注释。在此我特意向给我提供了宝贵帮助的贝内泽什先生和兰斯大学文学教授戴斯内先生表示由衷的感谢。

　　　　　　　　　　二〇〇八年十月邱海婴记于法国位得利客寓

欧仁·勒儒瓦生平小传

1836年：十一月二十九日，欧仁·勒儒瓦（Eugène Le Roy）出生在法国西南地区多尔多涅省（Dordogne）奥特福镇（Hautefort）。父亲叫皮埃尔·勒儒瓦，母亲叫路易丝·戴布瓦。他父亲是布列塔尼人，替达马斯伯爵管理财务，母亲专为伯爵夫人浆洗缝补。父母不能在伯爵城堡里抚养他，将他寄放在乳母夏洛特·夏里埃尔家。直到十一岁，欧仁一直生活在乡村，住在一座土屋里。后来他很擅长描绘农民的寒舍陋屋。

1848年：少年欧仁·勒儒瓦到佩里戈尔的基督教教义兄弟会学校就学，学了两年。

1850年：他不愿做教士，到巴黎进了圣奥诺雷城厢街的一家商行做职员。他也不喜欢职员这个行当。可他很勤奋，总是不断地努力自学。

1854年：欧仁·勒儒瓦应募入伍，成了第四骑兵团的一名骑兵，参加了阿尔及利亚战役，在非洲待了四年。

1859年：他参加了意大利战役，获得下士军衔。可是由于不遵守纪律，特别是由于未经许可参观了柏菲，他的军衔被取消了。他的任性出了名。他宁愿退役，回到法国他的故乡佩里戈尔地区。在那里他开始了行政部门职员的生涯。

1860 年：回到奥特福后，他参加了间接税收税员考试。一八六〇年十月，他被任命为间接税编外收税员。一八六三年被任命为收税员。他先后在托卡那-圣-阿普尔、居米拉克勒格朗、多姆、多尔多涅的维泽尔河畔蒙蒂涅阿克担任这个职务。

1870 年：他在一八七〇年战争中被招募为志愿兵，成为阿尔及利亚志愿兵骑兵团成员。复员后，他被任命为居米拉克勒格朗收税员。

1874 年：他与女邮政局长玛利·佩隆奈生了一个儿子。直至一八七七年，欧仁·勒儒瓦才以民事婚礼的形式娶其为妻。他们后来又生了两个儿子。长子伊枫在波尔多医学院学医，过早去世。二儿子罗贝尔终生未离开维泽尔河畔蒙蒂涅阿克。三儿子在第一次世界大战中遇难。

1877 年：由于参加共和党人的斗争，同时也由于他与玛利·佩隆奈的非宗教婚礼在当时成了一桩丑闻，欧仁·勒儒瓦先被调到罗纳河口地区工作，后遭革职。

1878 年：他好不容易恢复了税务局的工作，仍在蒙第涅阿克任职，后又到波尔多和奥特福供职。

1888 年：他出版了一部研究性著作《大革命时期（1793—1794）蒙第涅阿克的平民社会》，书中研究了所有的庭审笔录。

1889 年：欧仁·勒儒瓦发表了《佩里戈尔地区蒙第涅阿克旧伯爵领地姓氏前的介词研究》，这是对佩里戈尔地区历史的又一部研究著作，表现了作者的渊博学识。

1895 年：他的首部真正的小说《弗劳的磨坊》(Le Moulin du Frau)，由德雷福斯及达尔萨斯出版社在巴黎结集成册出版，此书一八九一年曾以长篇连载的形式发表在《多尔多涅前途》刊物上。他在这部小说里讲述了一名拥护共和政体的磨坊主如何遭遇资产阶级、省府官员及神职人员烦扰的故事。

1899年：《雅古复仇记》(Jacquou le Croquant)以长篇连载的形式发表在《巴黎杂志》上，一九〇〇年由卡尔曼列维出版社出版。这部小说反映了农民反抗压迫剥削他们的贵族的斗争。按照作者的心愿，小说原本应叫《巴拉德森林》。这是他的成名作。

1901年：他的另一部小说《妮塞特与米卢》(Nicette et Milou)，由卡尔曼列维出版社出版。

1902年：欧仁·勒儒瓦退休，返回维泽尔河畔蒙第涅阿克。

1906年：欧仁·勒儒瓦在卡尔曼列维出版社出版了小说《奥贝罗克的富人》(Les Gens d'Auberoque)。此书写于一八九七—一八九八年，一九〇六年先登载于《巴黎杂志》。是年，他还在巴黎法斯盖尔出版社出版了一部短篇小说集《石头之乡》(Au pays des pierres)，在贝热拉克出版了论文集《佩里戈尔的乡年》(L'Année rustique en Périgord)，书中收集了他一九〇三年到一九〇四年发表在《里摩日小中心杂志》上的系列文章。

1907年：五月六日，欧仁·勒儒瓦在蒙第涅阿克辞世，享年七十一岁。人们为他举行了非宗教葬礼，只有一面三色国旗覆盖着他的灵柩。欧仁·勒儒瓦是自由思想者，共济会会员，坚定地拥护共和政体，强烈地反对教权，是一七八九年法国大革命的卫护士。他把他所有的小说都献给了故乡佩里戈尔。

1912年：他的遗著《死亡之敌》(L'ennemi de la mort)，先见于《两世界杂志》，后由卡尔曼列维出版社结集出版。小说描述了造福于多尔多涅杜布尔沼泽区的医生夏波尼埃尔的故事。他的行动令人想起巴尔扎克的《乡村医生》。多亏罗热·弗里尼和罗热·卡阿纳一九八一年将它改编成电视剧搬上荧屏，这部小说又获得新生。

1921年：他一八九四年开始撰写、一八九五——一八九六年继续创作、一九〇六年长篇连载在《小共和国杂志》上的小说《拉尔斐小姐》(Mademoiselle de la Ralphie)由里德出版社结集出版。作者在这部小说里宣泄了他贫苦的童年时代对等级偏见的所有积怨。主人公达马斯好像是他本人的写照。

1969年：斯岱利奥·洛朗兹根据同名小说改编的电视连续剧《雅古复仇记》问世。小说的作者，尤其是少年雅古的故事从此在法国家喻户晓，电视剧功不可没。

1981年：电视连续剧《雅古复仇记》在法国电视台重播，再获成功。

2007年：电影导演洛朗·布东纳根据同名小说改编的电影《雅古复仇记》在作者逝世一百周年之际搬上了银幕，成为当年法国票房冠军。

国外评论

色彩大胆,趣味浓郁,宛如一首诗。

法国一九〇四年诺贝尔文学奖得主
弗雷德里克·米斯特拉尔(Frédéric Mistral)

正是看了欧仁·勒儒瓦的《雅古复仇记》,才使我萌生了撰写《普通人的一生》这部小说的念头。

法国作家
爱弥尔·纪尧明(Emile Guillaumin)

他最大的才能是栩栩如生地再现农民的家常俚语,用精确和饶有趣味的语词展现田野和森林美景,描绘佩里戈尔地区普通人的习俗。

国立巴黎文献学院名誉院长、荣誉退休教授
伊夫-玛利·贝塞(Yves-Marie Bercé)

(欧仁·勒儒瓦)在他那个省的范围内按照自己的梦想重建了一个世界。为了使读者进入这个梦想,他用奥克语和精纯的法语之火巧妙地淬砺了一种语言。且不论评论界批评他的作品意识形态浓厚,瑕瑜互见,这种语言却展示了小说家的"天才"——就这个词的首要意义而言,展示了小说家的创造能力和以文辞传达形象的能力。

若埃尔·舍维和米歇尔·龚贝(Joëlle Chevé et Michel Combet),
《欧仁·勒儒瓦眼中的佩里戈尔》

《雅古复仇记》也实现了左拉的愿景,即"一方面保持事物的简单性和日常生活的平凡性,同时又很有悲剧性、很感人。"《雅古复仇记》保留了现实主义的色调,同时又从哀婉动人的素材里(如一个孤儿的小说)和传奇的素材里(如一个复仇的故事)广泛汲取养分。此外,《雅古复仇记》还把情节缩减到实用的成分。从这个角度看,小说也满足了莫泊桑提出的要求:小说家须在三百页里讲述一个人十年的生活,展示其特别的意义。小说家应从日常小事件中清除所有无用的事件,阐明赋予其作品意义和整体价值的事件。

法国评注家
阿莫里·弗莱热(Amaury Fleges)

也许从未有哪一部小说比它更好地展示了传统、日复一日的平凡生活以及民俗,其实构成了贯穿一个民族的整个历史,同时也贯穿每个人独特生存的生命冲力的基础。

欧仁·勒儒瓦研究专家
马克·巴罗(Marc Ballot),《欧仁·勒儒瓦,乡土文学作家》

欧仁·勒儒瓦创作的主人公"反叛的雅古"被视为反抗苦难命运和社会不公正的普世象征。

弗朗索瓦·马罗丹(François Marotin),
弗朗西斯·拉科斯特(Francis Lacoste),
《欧仁·勒儒瓦,革命之子与十九世纪的叙述者》